ATÉ O FIM DO VERÃO

CB009429

O Arqueiro

Geraldo Jordão Pereira (1938-2008) começou sua carreira aos 17 anos, quando foi trabalhar com seu pai, o célebre editor José Olympio, publicando obras marcantes como *O menino do dedo verde*, de Maurice Druon, e *Minha vida*, de Charles Chaplin.

Em 1976, fundou a Editora Salamandra com o propósito de formar uma nova geração de leitores e acabou criando um dos catálogos infantis mais premiados do Brasil. Em 1992, fugindo de sua linha editorial, lançou *Muitas vidas, muitos mestres*, de Brian Weiss, livro que deu origem à Editora Sextante.

Fã de histórias de suspense, Geraldo descobriu *O Código Da Vinci* antes mesmo de ele ser lançado nos Estados Unidos. A aposta em ficção, que não era o foco da Sextante, foi certeira: o título se transformou em um dos maiores fenômenos editoriais de todos os tempos.

Mas não foi só aos livros que se dedicou. Com seu desejo de ajudar o próximo, Geraldo desenvolveu diversos projetos sociais que se tornaram sua grande paixão.

Com a missão de publicar histórias empolgantes, tornar os livros cada vez mais acessíveis e despertar o amor pela leitura, a Editora Arqueiro é uma homenagem a esta figura extraordinária, capaz de enxergar mais além, mirar nas coisas verdadeiramente importantes e não perder o idealismo e a esperança diante dos desafios e contratempos da vida.

ABBY JIMENEZ

ATÉ O FIM DO VERÃO

Traduzido por Alessandra Esteche

ARQUEIRO

Título original: *Just for the Summer*

Copyright © 2024 por Abby Jimenez
Copyright da tradução © 2025 por Editora Arqueiro Ltda.

Publicado mediante acordo com a Grand Central Publishing, uma divisão da Hachette Book Group Inc., Nova York, NY, Estados Unidos.

Todos os direitos reservados. Nenhuma parte deste livro pode ser utilizada ou reproduzida sob quaisquer meios existentes sem autorização por escrito dos editores.

coordenação editorial: Taís Monteiro

produção editorial: Ana Sarah Maciel

preparo de originais: Sara Orofino

revisão: Mariana Bard e Pedro Staite

diagramação: Abreu's System

capa e ilustração de capa: Sarah Congdon

copyright de capa: © 2024 por Hachette Book Group, Inc.

adaptação de capa: Gustavo Cardozo

impressão e acabamento: Bartira Gráfica

CIP-BRASIL. CATALOGAÇÃO NA PUBLICAÇÃO
SINDICATO NACIONAL DOS EDITORES DE LIVROS, RJ

J57a
Jimenez, Abby
Até o fim do verão / Abby Jimenez ; tradução Alessandra Esteche. – 1. ed. – São Paulo : Arqueiro, 2025.
368 p. ; 23 cm.

Tradução de: Just for the summer
ISBN 978-65-5565-789-0

1. Ficção americana. I. Esteche, Alessandra. II. Título.

25-95847 CDD: 813
CDU: 82-3(73)

Gabriela Faray Ferreira Lopes – Bibliotecária – CRB-7/6643

Todos os direitos reservados, no Brasil, por
Editora Arqueiro Ltda.
Rua Artur de Azevedo, 1.767 – Conj. 177 – Pinheiros
05404-014 – São Paulo – SP
Tel.: (11) 2894-4987
E-mail: atendimento@editoraarqueiro.com.br
www.editoraarqueiro.com.br

Dedico este livro aos meus leitores maravilhosos.
Comecei a escrever só para mim. Nunca imaginei que minha escrita chegaria a algum lugar ou que alguém a leria.
Agora escrevo para vocês.
É muito melhor com companhia.

Querido leitor,

Embora meus livros sejam todos comédias românticas, certos temas desta história podem ser sensíveis para algumas pessoas. Se você acha que avisos de gatilho são spoilers e que não precisa deles, por favor, pule o próximo parágrafo e vá direto à história.

Este livro tem cenas que retratam ataques de pânico, ansiedade, estresse pós-traumático, depressão, problemas de saúde mental não diagnosticados, parentalidade tóxica e negligência infantil. Por favor, acesse meu site ou minha página no Goodreads para ver a lista completa de conteúdo.

r/SeráQueOBabacaSouEu *há 1 semana*

Postado por just_in_267

SQOBSE por colocar o nome do meu ex-melhor amigo no meu cachorro feio?

Eu [29anos/homem] sou amigo do Chad [32/h] desde que nasci. Nossas mães são melhores amigas, e nós dois crescemos juntos e passamos os últimos dez anos dividindo apartamento, até o incidente que deu início à nossa situação atual.

Deixa eu contextualizar um pouco. Estou em uma maré de azar, talvez? Basicamente toda mulher com quem eu saio algumas vezes acaba encontrando sua alma gêmea assim que a gente termina. É sério. Começou há três anos e já aconteceu cinco vezes. A gente termina, e a próxima pessoa com quem elas saem acaba sendo a Pessoa Certa.

Meus amigos acham isso muito engraçado. Eu sempre termino numa boa e fico feliz com a felicidade delas, mas eles pegam no meu pé sem dó. Me chamam de Amuleto da Sorte.

Enfim, corta para cinco meses atrás. Eu saí com a Hope [28anos/mulher] por algumas semanas. Nada de mais. Decidimos que não estava rolando, não tínhamos química, então terminamos. E de repente, vejam só, ela se dá bem com o Chad. É claro que, no melhor estilo Amuleto da Sorte, isso significa que o Chad é a alma gêmea dela. Está todo apaixonado, eles já conheceram os pais um do outro, estão procurando anel de noivado... e querem morar juntos. Já!

O único problema é que eu e o Chad ainda tínhamos seis meses de contrato de aluguel, mas ele encontrou uma casa nova perfeita para ele e a Hope, e não podia pagar dois lugares ao mesmo tempo. Então teve que tomar a difícil decisão de ferrar um dos dois – e escolheu me ferrar. E eu tive que achar um jeito de arcar com a parte dele até o fim do contrato.

Passei várias semanas preocupado. Não queria ir atrás de outra pessoa para dividir o aluguel, e o proprietário não me liberou do contrato, mas disse que eu poderia me mudar para um apartamento mais barato que ele tinha. A única unidade disponível no prédio era um estúdio. Meio pequeno, mas era temporário e barato. Aproveitei a oportunidade e concordei sem ver o apartamento. Aí descobri POR QUE estava barato e disponível: dá de frente para o outdoor de um serviço de encanadores chamado Rei das Privadas. Um que tem um cara vestido de Henrique VII, segurando um desentupidor na frente de um vaso gigante cheio de cocô. Deveria ser ilegal um outdoor ficar tão perto de um prédio. Parece que só quem vê o anúncio é a coitada da pessoa que mora no estúdio – que agora sou eu. É sério. Só dá para ver o outdoor. Nada de céu, nada de mar – só o Rei das Privadas. O dia inteiro. A noite inteira. Quando o sol se põe, suas luzes se acendem e entram pelas frestas da persiana. Eu trabalho em casa. Estou no inferno.

Chad acha que é a coisa mais engraçada que já aconteceu e tira sarro de mim o tempo todo, apesar de tudo ser basicamente culpa dele. Ele fica me mandando fotos de todos os outdoors, anúncios em pontos de ônibus e propagandas aéreas do Rei das Privadas que vê. Quem mora na região de Minneapolis/St. Paul sabe bem o quanto isso é comum.

Estou irritado, mas decidi tentar encontrar um motivo para passar mais tempo fora de casa e não ter que ficar olhando pela janela. Sempre quis ter um cachorro, mas Chad nunca concordou. Então fui até um abrigo e procurei o cão mais feio de todos. Tão feio que ninguém mais quis. O bicho tem o maxilar projetado para a frente, está com sarna e perdeu metade de uma das orelhas. É da raça griffon de Bruxelas, então tem aquele cenho franzido. Parece um gremlin te julgando. Eu adotei ele e coloquei o nome de Chad, já que ele é meu novo melhor amigo. Se estiver lendo isso, Chad humano, você morreu para mim. (Não é verdade, continuo amando o cara.) Mas marco ele na legenda de todas as postagens do Chad cachorro que faço no Instagram, dizendo: "Olha, um Chad fiel!"

Meu amigo ri, mas a Hope fica chateada e diz que eu deveria dar outro nome para o cão. A mãe do Chad concorda com ela e diz que só posso aparecer lá quando rebatizar o bicho, o que é um saco, porque ela é a melhor amiga da minha mãe e aí eu acabo perdendo vários eventos em família. Mas não quero mudar o nome.

Sou vingativo? Sou. Mas será que o babaca dessa história sou eu?

1

Emma

– Você viu isso?

Minha melhor amiga inclinou o celular para que eu entendesse do que ela estava falando. Na tela, havia uma postagem do Reddit intitulada: "Será que o babaca sou eu".

Estávamos no refeitório do hospital, no intervalo do almoço.

– O que é isso? – perguntei, colocando ketchup na batata frita.

– Lê aí. Vou te mandar o link.

Peguei o copo e segurei o canudo do chá gelado entre os dentes enquanto lia. No momento em que cheguei ao segundo parágrafo, arregalei os olhos.

– Ai, meu Deus… – falei baixinho.

– *Né?* E eu aqui achando que você era a única que tinha essa coisa de amuleto da sorte.

– É um dom – respondi. – Não pra *mim*, mas meus ex-namorados estão felizes.

Bebi um gole e continuei lendo. Quando terminei, larguei o celular.

– Ele não é o babaca da história.

– Concordo – disse ela. – Você viu o outdoor?

– Não.

– Eu pesquisei. Olha.

Ela estendeu o celular mais uma vez e eu quase engasguei com uma risada.

– Coitado.

– Eu jamais faria uma sacanagem dessas com você – disse Maddy.

– Assim espero. Não saberia viver sem você.

Ela abriu um sorrisinho de canto de boca e deu uma mordida no wrap vegetariano.

– É estranho vocês dois passarem pela mesma coisa – comentou ela, depois de engolir. – Todos os ex-namorados, cavalgando em direção ao pôr do sol.

– *Ha-ha*. Muito engraçado. A quantos casamentos será que ele já foi? – perguntei, tirando o picles do sanduíche de frango e deixando-o no prato.

Ela indicou o meu celular com a cabeça.

– Você deveria perguntar.

Olhei bem para ela.

– Tipo mandar uma mensagem?

Ela deu de ombros.

– É. Por que não? Os caras amam quando a gente manda mensagem. É sério. Pergunta. O almoço está chato. Assim vamos ter uma distração.

Soltei um suspiro.

– Tá bom. *Uma* mensagem – falei, limpando os dedos em um guardanapo.

Peguei o celular e abri minhas mensagens no Reddit.

O nome de usuário dele era just_in_267. Eu me perguntei se ele se chamava Justin. O meu nome de usuário era Emma16_dilema. Eu não mudava desde os tempos de colégio. Talvez devesse.

Comecei a digitar.

> Tenho o mesmo problema que você. Aconteceu sete vezes nos últimos quatro anos. A gente termina e o cara se casa em seis meses. Elas também convidam você para o casamento? Fui convidada para ser madrinha três vezes. 😂

Enviei.

– Pronto. Mandei uma mensagem pra um estranho – falei, largando o celular. – Parece uma coisa que minha mãe faria.

Maddy soltou uma risada de escárnio.

– Se fosse a Amber, ela gastaria o dinheiro do aluguel com uma vidente que pinta retratos da sua alma gêmea e te envia o mesmo retrato que manda pra todo mundo. *Isso* é uma coisa que a Amber faria.

Eu não ri. Era real demais para ser engraçado.

Meu celular apitou.
– O cara do Reddit acabou de responder – falei.
Maddy ficou paralisada, com o wrap a meio caminho da boca.
– O que ele disse?
Abri a mensagem.

JUSTIN: Me desculpa se não for o caso, mas você não é outra repórter tentando descobrir minha identidade para mais uma matéria sobre a postagem no Reddit, é? Você tem que responder a verdade. É tipo quando o cara é um policial disfarçado e alguém pergunta se ele é policial. Ele não pode mentir.

Dei risada.
– O que foi? – perguntou Maddy.
– Ele acha que sou repórter e estou tentando descobrir a identidade dele.
– Isso acontece muito com ele?
– Pelo jeito, sim.
Comecei a digitar.

EU: Não sou repórter.

JUSTIN: É exatamente o que uma repórter disfarçada diria.

Balancei a cabeça, abrindo um sorriso.

EU: Sou enfermeira.

Ele mandou um emoji com os olhos semicerrados.
Tive uma ideia.

EU: Me diga quantos dedos quer que eu levante.

Alguns segundos se passaram.

JUSTIN: Quatro

– Maddy, tira uma foto minha – pedi.

Ela ficou boquiaberta.

– Vai mandar uma *foto* para o cara?

– Vou, por que não?

– Hum... porque ele pode ser um serial killer?

– Um serial killer com senso de humor, um cachorro adotado, amigos de infância e um bom relacionamento com a mãe? – perguntei, entregando meu celular para ela. – Não é nada que ele não veria se desse match comigo no Tinder, e, de qualquer forma, logo, logo eu e você vamos estar no Havaí. Ele está em Minnesota. Mesmo que conseguisse descobrir quem eu sou, nunca viria atrás de mim.

– E se ele for um cara nojento que não usa fio dental e agora vai ter uma foto sua pra bater uma?

Revirei os olhos.

– Ah, *para*.

Inclinei a cabeça para que minha trança caísse para o lado e levantei quatro dedos. A contragosto, Maddy tirou a foto e me devolveu o celular.

Eu estava de uniforme, com o crachá do hospital preso ao bolso. Abri o editor de imagem, rabisquei as informações de identificação e mandei a foto.

EU: Estou no trabalho. Repórteres usam uniforme? E quantas vezes você foi abordado por eles?

JUSTIN: Esta semana? Ou, tipo, no total?

Mandei um emoji de risada.

JUSTIN: Agora que confirmamos que você é quem disse ser, posso responder a sua pergunta. Só fui convidado uma vez para o casamento de alguém que se beneficiou da minha maré de azar. Mas fui padrinho e o tema foi *Os fantasmas se divertem*.

Dei outra risada e li a mensagem para Maddy.

– Só acredito se ele mandar fotos – disse ela.

Então digitei:

Só acredito vendo fotos. 😉

Voltei a largar o celular.

– Você tem razão. Isso é divertido.

– Tenho boas ideias – afirmou ela.

Eu estava quase terminando o sanduíche quando recebi outra mensagem.

– Ele acabou de responder – falei. – Mandou uma foto.

Maddy saltou da cadeira para espiar por cima do meu ombro.

Quando abri a foto, caí na gargalhada. Os noivos estavam de Beetlejuice e Lydia, ela com o vestido vermelho do filme. Os padrinhos estavam como os Maitlands, mas com as máscaras que eles usam no início, para assustar os novos moradores. Ele estava com a máscara em formato cônico e com os olhos esbugalhados. Mandei vários emojis de risada.

– Você tem razão, ele tem *mesmo* senso de humor – disse Maddy.

Inclinei a cabeça.

– Pena que não dá pra ver o rosto dele – falei.

– Me manda a foto.

– Por quê?

– Vou fazer uma busca reversa.

– Ah, boa ideia. Tá, espera aí.

Mandei a imagem. Ela ficou mexendo no celular e eu voltei a comer.

– Achei – disse Maddy, menos de um minuto depois.

Fiquei boquiaberta.

– Tão *rápido* assim?

– O FBI deveria contratar mais mulheres. Somos investigadoras por natureza. Está no Instagram. E é ele mesmo, dá pra ver o outdoor. Vou te mandar o link.

Meu celular apitou com a mensagem, mas fiquei paralisada.

– Espera aí. A gente deveria mesmo olhar isso? Parece uma invasão da privacidade dele.

Ela me lançou um olhar por cima do celular.

– Quando os homens pararem de agredir mulheres que conhecem na internet, a gente para de espionar o perfil deles pra avaliar se eles não passam uma vibe estranha. Além do mais, se ele quisesse privacidade, era só manter a conta *privada*.

Assenti.

– Tá. É um bom argumento.

Abri o link e nós duas nos debruçamos sobre o feed dele ao mesmo tempo, cada uma no próprio celular. Ele tinha cabelo e olhos castanhos, sem barba. Branco, covinhas. Um sorriso bonito, e estava em forma... Ele era *gatinho*. Bem gatinho.

– Está vendo isso? – perguntou Maddy. – Esse cara definitivamente passa fio dental.

– Ai, meu Deus, o cachorro.

Ela arquejou.

– Caraca. Ele é feio *mesmo*. Parece uma gárgula.

Inclinei a cabeça.

– Não sei. Ele é tão feio que fica quase bonitinho.

O cachorrinho marrom era desgrenhado e tinha as orelhas caídas, o focinho achatado e o cenho bem franzido. Os olhos marejados eram um pouco esbugalhados. Na foto, Justin estava abraçando o cãozinho, rindo como uma criança que acabou de ganhar o que queria de Natal. A legenda dizia: *Bom, o Brad cachorro está com lombriga, mas pelo menos não me deixou sem o dinheiro do aluguel.*

– Brad? – perguntei, desviando o olhar da tela. – Achei que o nome do amigo dele fosse Chad.

– Ele deve ter usado outro nome pra proteger a identidade deles. Esperto. Você viu os comentários? – perguntou ela. – Dá uma olhada.

Abri os comentários. Emojis de risada e mais emojis de risada. Uma pessoa chamada Faith comentou: "Sério, Justin?" E um cara chamado Brad comentou: "Da próxima vez que eu te visitar, vou roubar o bastão que abre a sua persiana."

Fiquei rindo enquanto olhava o celular.

– Olha só o cachorro – disse Maddy.

– O que tem ele?

– O cachorro parece à vontade com ele. Sempre observe os animais nas fotos, eles dizem muito sobre a pessoa. Tipo, dá pra perceber quando alguém pegou emprestado o cachorro de outra pessoa só pra fazer a foto do perfil. O bichinho fica, tipo: "Tá, não te conheço, mas acho que tudo bem." Vai descendo – disse ela. – Viu? Dá uma olhada na foto dele no sofá.

Tinha uma foto de Justin em um sofá. De um lado, ele abraçava uma garotinha que dormia encolhida com a cabeça no peito dele. O cachorro dormia do outro lado, com o queixo na coxa de Justin. Uma fofura.

– Esse cachorro confia nele – disse Maddy. – E é um cachorro resgatado, então isso diz muito. Costumam ser ansiosos e assustados. – Ela ficou olhando para o feed dele em silêncio por um tempinho. – Desce mais. O outdoor.

Rolei a tela e ali estava ele. O infame outdoor. E Justin não estava brincando, era *péssimo* mesmo. Eu já sabia como era o anúncio por causa da pesquisa da Maddy, mas vê-lo da perspectiva da janela do apartamento era totalmente diferente.

– Ah. Caramba. É, Justin com certeza não é o babaca da história. Esse outdoor é *péssimo*.

A foto fora tirada da cozinha, então a visão era completa. Como se tratava de um estúdio, só tinha uma porta de vidro de correr, toda tomada por um homem de meia-idade barbudo, com um sorrisinho de canto de boca, vestido de rei e segurando um desentupidor na frente de uma privada entupida.

– Ele tem cabeceira – disse Maddy.

– E daí?

– E daí que é um bom sinal. Quanto mais próxima do chão é a cama, pior o ser humano. É comprovado que todo cara que finge ter esquecido a carteira em um encontro dorme em um futon ou num colchão no chão. Por isso que eu peço uma foto da cama antes de ir a um encontro. *E* eles perdem pontos se usarem um saco de dormir como cobertor, mesmo que *tenham* cabeceira.

– Por quê?

– Porque sacos de dormir têm energia de chão...

– E se for beliche? – perguntei.

– É a *única* situação em que minha teoria não se sustenta, mas também é o motivo pelo qual peço fotos do quarto antes de conhecer o cara pessoalmente.

– Você é uma figura.

Dei zoom na foto para ver o restante do quarto. A cama estava arrumada com um edredom bege. Havia uma escrivaninha organizada com um computador completo: três telas grandes, um teclado e um mouse sem fio. Uma caminha de cachorro ao lado da mesa e um vaso de planta no canto. Quadros nas paredes. Era um apartamento bacana – exceto pela vista. Ele evidentemente era caprichoso e tinha bom gosto.

Rolei a tela para ver o restante das fotos. Nenhuma com mulheres. Várias com o que parecia ser sua família. Um adolescente que parecia a versão de 15 anos dele, com as mesmas covinhas. Uma garota que devia ter 11 ou 12 anos e a garotinha que na foto no sofá estava dormindo e não devia ter mais que 5 anos. Nas fotos, ele marcou uma mulher que eu imaginei ser sua mãe. Abri o perfil dela, mas era privado.

– Encontrei o perfil dele no LinkedIn – disse Maddy. – O nome completo é Justin Dahl. Ele é engenheiro de software. – Ela ficou em silêncio por um tempinho. – O pai dele morreu faz alguns anos. Acabei de achar um obituário. É. É ele. As mesmas crianças do Instagram. Ele tem três irmãos. Alex, Chelsea e Sarah.

– Como o pai dele morreu? – perguntei.

– Diz apenas que foi "inesperado". Ele só tinha 45 anos. Que droga. Calma aí, estou dando uma olhada no registro de condenados por crimes sexuais – disse ela, digitando no celular. – Nada. – Ela largou o aparelho e pegou o wrap. – Não encontrei nenhum sinal de alerta, tirando o fato de o nome dele começar com J. Homens com inicial J são os *piores*. Comecei a seguir ele no Instagram pela minha conta alternativa pra ficar de olho. Pode ir em frente.

Olhei para ela, achando aquilo tudo muito divertido.

– Ir em frente com *o quê*?

– Sei lá. Continua falando com ele. Vê se ele é normal.

– Ele parece normal – respondi, voltando a olhar para o celular. – Nós é que não somos normais – resmunguei.

Fazia nove minutos que ele mandara a foto do Beetlejuice e nós duas já tínhamos dissecado a vida inteira do sujeito. Vi seu rosto, sua família, seu apartamento, o obituário do pai, e sabia até onde ele trabalhava.

Foi quando vi a hora.

– Ah, droga, temos que ir.

Maddy olhou para o relógio.

– Merda – disse, dando uma última mordida no wrap e se levantando.

Limpamos a mesa e corremos para a UTI. Quando voltei ao trabalho, Justin ainda não tinha respondido.

Naquela noite, depois do trabalho, Maddy preparou o jantar. Cogumelos portobello grelhados e arroz pilaf. Eu lavei a louça e arrumei a cozinha, em seguida tomei um banho e sequei o cabelo.

Já estava de pijama na cama quando finalmente vi a mensagem de Justin. Ele mandou logo depois do meu intervalo do almoço.

Era uma foto. Não estava no Instagram. Ele, na sala do apartamento, com o outdoor aparecendo por sobre o ombro. Estava com o cachorro no colo.

JUSTIN: Só para você saber que não sou um personagem de *Os fantasmas se divertem*. Por favor, não seja uma repórter disfarçada tentando um furo com a história do Amuleto da Sorte.

Ri e comecei a digitar.

EU: Então esse é o Chad?

JUSTIN: Brad. Mudei os nomes no Reddit. O nome da Hope na verdade é Faith.

EU: Ah. E o que Brad acha de estar famoso na internet por ser um babaca?

JUSTIN: Ele acha engraçado. Porque ele *é* um babaca.

Dei uma risadinha.

EU: Você não estava brincando sobre o outdoor.

JUSTIN: Acredite: é muito pior pessoalmente.

EU: Só para constar, eu não acho seu cachorro feio.

JUSTIN: Fico decepcionado por saber disso. Tira um pouco o brilho do nome. Você tem animais de estimação?

EU: Não. Sou enfermeira itinerante. Seria muito difícil. Mas compro uma planta nova em cada cidade.

JUSTIN: E leva a planta com você?

EU: Não, não posso. Eu deixo no lugar.

JUSTIN: *chocado* assassina.

Balancei a cabeça, abrindo um sorriso.

EU: Eu dou para alguém. Nenhuma planta é prejudicada por causa da minha carreira.

JUSTIN: Por que plantas? Você gosta de jardinagem?

Eu me sentei e cruzei as pernas.

EU: Plantas alegram o ambiente. E, sim, gosto de jardinagem. Mas me mudo demais para ter um jardim.

JUSTIN: Então a mesma coisa acontece com você? A coisa do Amuleto da Sorte?

EU: Acontece. Por que tem um monte de jornalistas querendo descobrir sua identidade secreta?

Ele levou um tempinho digitando, e aproveitei para passar um hidratante labial enquanto esperava.

JUSTIN: Porque todo mundo quer saber quem é o cara que pode garantir um final feliz. Acho que ninguém deu bola para o resto da história. A parte do Amuleto da Sorte foi o que fez a coisa viralizar.

EU: Dá para entender.

JUSTIN: Minhas DMs estão uma loucura. Tive que desativar as notificações, estava ficando maluco. Só respondi a sua mensagem porque você disse que a mesma coisa acontece na sua vida, e imaginei que não estivesse tentando sair comigo só para terminar.

Eu ri. Mais uma vez.
Vi que horas eram. Estava tarde.

EU: Preciso dormir. Meu turno é de doze horas amanhã.

JUSTIN: 👍 Beleza. Foi bom conversar com você.

Abri um sorriso.
É, foi mesmo.

2

Justin

Avistei Brad e Benny nos fundos do restaurante e fui até lá.

– Finalmente – disse Brad quando me sentei no sofá marrom. – Algumas pessoas têm um horário curto de almoço, babaca.

– Desculpa, tive que dar vermífugo para o Brad. Trouxe pra você também. Faith disse que você anda arrastando a bunda no carpete.

Benny soltou uma risadinha e Brad tentou ficar sério, mas não conseguiu.

Meu melhor amigo estava de camisa havaiana e bermuda cargo cor-de-rosa. Ele era gerente do supermercado Trader Joe's. Agora que não morávamos mais juntos, eu tinha saudade de não precisar ir ao mercado. Na verdade, tinha saudade de muita coisa. Como ter alguém com quem conversar, ainda que fosse *ele*.

Peguei um palito de muçarela do prato de aperitivos que eles pediram e mergulhei no molho marinara.

– O que tem de bom aqui?

– As asinhas – respondeu Brad.

– Por que eu sabia que você diria isso?

Brad pedia asinhas em todos os restaurantes, sem exceção. Ele pediria asinhas em um restaurante japonês, se tivesse no menu.

Benny indicou o cardápio com a cabeça.

– O hambúrguer é bom. Eles mesmos fazem o pão.

– Ah, legal – falei, tirando o casaco. – E a Jane?

– Está bem. Mandou um beijo.

Brad apoiou um dos braços no encosto do sofá.

– É, a Faith também mandou beijo. E disse pra você trocar o nome da droga do cachorro.

– Não – respondi, debochado, e peguei o cardápio. – Viralizou. Não posso voltar atrás agora. Como ficariam meus princípios?

– Aquela coisa do Reddit ainda está rendendo? – perguntou Benny.

– Está, sim – respondi, enquanto dava uma olhada no cardápio. – Acho que apareceu no TikTok esses dias, aí começou tudo de novo. Não parou a semana inteira.

– O que as pessoas estão dizendo? – perguntou Benny.

Dei uma risadinha.

– Principalmente que eu *não sou* o babaca – falei, olhando diretamente para Brad, que deu um sorrisinho malicioso. – Algumas pessoas disseram que eu deveria processar você pela quebra de contrato. – Comecei a rir. Jamais faria isso. – Vários comentários disseram que nós dois somos babacas.

– Isso é verdade – concordou Brad, olhando para o celular. – Somos babacas. Mas só um com o outro. É a base da nossa amizade.

– Várias mulheres perguntaram se eu sairia com elas só pra gente terminar e elas encontrarem a alma gêmea – falei, achando graça, enquanto analisava as opções de hambúrguer.

– E você vai fazer isso? – perguntou Brad. – Vai oferecer seus serviços?

Soltei uma risada curta.

– Não.

– Por que não? – perguntou ele.

– Elas só querem sair comigo pra terminar depois. Recebi umas duzentas mensagens, todas iguais.

– E se tiver alguém legal no meio dessas mensagens? – sugeriu Benny.

Olhei bem para ele.

– Alguém legal que quer terminar comigo? Antes mesmo de me conhecer? Eu sou uma anedota. Uma história divertida pra elas contarem às amigas. Elas precisam sair com o Amuleto da Sorte do Reddit. Não, obrigado. Além do mais, essa história de amuleto nem é verdade.

– Como alguém que se beneficiou dela, confirmo que é verdade, sim – disse Brad.

– São só coincidências – rebati. – Não tem magia nenhuma nisso.

Brad balançou a cabeça.

– Olha só, você pode acreditar no que quiser. Mas, quando conheci a Faith, e estou falando do *instante* em que coloquei os olhos nela, foi como se eu tivesse sido atropelado por um caminhão. E pra ela foi a mesma coisa. Você está levando as mulheres ao felizes para sempre delas. Podia cobrar por essa merda.

– Ah, agora que você me diz isso – falei, fechando o cardápio com força. – Teria sido bom receber 1200 dólares mês passado.

Ele me mostrou o dedo do meio.

Peguei mais um palito de muçarela.

– Sabe, acabei conhecendo alguém com essa história toda, pelo menos.

Benny pareceu interessado.

– Sério? Quem?

– Uma garota aí. Uma enfermeira. Ela me mandou mensagem uns dias atrás. Acontece a mesma coisa com ela.

– A coisa do amuleto? – perguntou Benny.

– É.

Ela era *linda*. Na foto, estava com um uniforme azul-claro e o cabelo castanho comprido preso em uma trança. Tinha olhos cor de mel e um sorriso largo. Não parecia enfermeira. Parecia uma estrela de cinema interpretando uma enfermeira. Também parecia ser bem legal.

– Então você vai ficar com ela ou o quê? – perguntou Brad.

– Acho que ela não mora aqui. É enfermeira itinerante.

– Caramba. Que droga. Onde ela está? – perguntou Brad.

– Não sei. Não perguntei.

– Deveria perguntar – disse Benny. – E se ela estiver, tipo, em Las Vegas? A gente podia ir até lá. Ia ser divertido.

Brad olhou para mim.

– Sabe, se ela tiver a mesma coisa que você, se vocês namorarem, os dois vão encontrar a alma gêmea quando terminarem.

Eu ri, mergulhando o palito de muçarela no molho *ranch*.

– Estou falando sério – disse ele. – Pensa só. Vocês iam anular um ao outro.

– Não sei. Mas ela foi bem legal.

– Mandou mensagem pra ela hoje? – perguntou Brad.

– Não. Por quê?

– Sei lá. Só estou ficando cansado de você solteiro o tempo todo. Está desequilibrando as coisas.

– Ousado da sua parte supor que me importo com isso – falei, dando uma mordida no palito.

Mas eu meio que me importava, sim.

Benny e Brad estavam em relacionamentos sérios. Eu não gostava de ficar de vela quando as namoradas deles estavam por perto – e elas geralmente estavam.

Os quatro estavam começando a fazer coisas de casais em todas as viagens e todos os aniversários. Tinham combinado de ir a Lutsen em outubro para fazer trilhas. Até me convidaram para ir junto, mas eu não quis. Não sozinho.

Bufei.

– Acho que estou cansado de tantos encontros.

– Eu odiava esse negócio de encontro – disse Benny.

Brad se recostou no sofá.

– Você deu sorte. Conheceu a Jane através da sua irmã. E sabe que ela está na sua pra valer, porque ela está com você desde que você nem tinha rim.

Benny riu. Fazia dois anos que ele fizera um transplante de rim, doado por Jacob, irmão de Jane.

Brad tomou um gole da bebida.

– Chama a enfermeira pra sair. Vai até ela. Dá a ideia, quem sabe ela topa.

Olhei bem para ele.

– Dar a ideia?

– É – respondeu Brad. – Ela sai com você, os dois terminam, e *ela* também caminha feliz em direção ao pôr do sol. Todos saem ganhando. É sério. É sua chance. Se não fizer alguma coisa, você vai passar o resto da vida ajudando mulheres a encontrar as próprias famílias, mas nunca vai conseguir a sua.

– Muito engraçado – falei, terminando o palito de muçarela. – Sabe, não é uma ciência. Nem *toda* mulher com quem saio acaba se casando.

– Não. Só acontece com qualquer uma de quem você goste o bastante pra chamar pra sair mais de duas vezes. Olha só – disse ele, se apoiando na mesa –, você sabe que não sou supersticioso. Não acredito em magia nem em feitiços ou maldições, mas isso que acontece com você é *real* e já acontece há três anos, e vai continuar acontecendo se você não fizer alguma coisa. Talvez essa seja a solução.

Balancei a cabeça.

– Por que devo me incomodar se as mulheres com quem não dei certo acabam encontrando a felicidade? Não vejo por que fazer alguma coisa.

– Porque toda garota que você leva a sério a ponto de sair com ela durante mais que algumas semanas está destinada a ficar com outra pessoa.

Olhei fixamente para ele.

Brad me encarou.

– Você nunca vai encontrar alguém se todas as mulheres com quem sair tiverem nascido pra outra pessoa. Você não é a alma gêmea dessas mulheres. A alma gêmea delas é a pessoa que vão conhecer *depois*. Isso já está definido desde o início. Elas estão destinadas a não serem a pessoa certa pra você. Pensa bem.

Mas eu nem precisava pensar. Porque, no momento em que Brad disse aquilo, soube que era verdade. Ele tinha razão. Desde que percebi a coisa do amuleto, parecia haver sempre algo… faltando. Ninguém parecia a pessoa certa. Nunca tinha química suficiente, ou eu simplesmente perdia o interesse depois de alguns encontros. Eu não ficava analisando a questão, só achava que não tinha dado certo. Mas agora que ele falara tudo aquilo…

– Manda uma mensagem pra ela – disse Brad. – Tenta. Que mal pode fazer?

Benny assentiu.

Eu estava *mesmo* pensando nela. Já tinha checado duas vezes se ela mandara mais alguma coisa. Não tinha mandado. A última mensagem era minha, dizendo que foi bom conversar com ela – três dias antes. Se ela morava em outro lugar, continuar falando com ela seria um beco sem saída. Mas não sei. Talvez Brad tivesse razão. Que mal podia fazer? Na pior das hipóteses, eu iria gastar tempo e dinheiro e acabar não me conectando com ela. Qual era a novidade nisso? Era o que acontecia com todos os meus encontros que não davam certo.

Que se dane. Peguei o celular e comecei a escrever uma mensagem para Emma16_dilema.

3

Emma

– Justin acabou de mandar mensagem.

Maddy estava dirigindo. Estávamos voltando do mercado.

Fazia três dias que eu não tinha notícias dele, e meio que imaginei que a conversa acabara.

– O que ele disse? – perguntou ela.

Li a mensagem em voz alta.

JUSTIN: Posso fazer uma pergunta médica?

Maddy olhou para mim.

– Você vai receber uma foto de pereba ou de pinto.

– Será que arrisco? – perguntei.

– Sim. Estou curiosa pra saber o tamanho de qualquer uma das opções.

Comecei a rir e digitei uma resposta.

EU: Estou aqui para responder a sua pergunta escabrosa. E, se for mesmo escabroso, você deveria procurar um médico.

JUSTIN: 😂

JUSTIN: É mesmo verdade que usar cotonete faz mal ou os médicos só querem acabar com a nossa felicidade?

Dei risada. Então li a mensagem para Maddy.

– Para um homem tão bonito, até que ele é engraçado – comentou ela.

Olhei para minha amiga.

– Por quê? Eles não podem ser bonitos *e* engraçados?

– Não. Quando são bonitos assim ou têm mais de 1,80 metro, eles geralmente têm a personalidade de uma palmeira sexy.

Gargalhando, escrevi uma resposta.

EU: Infelizmente a coisa do cotonete é verdade. Já fiz lavagem em muitos ouvidos prejudicados.

JUSTIN: Nunca vou parar.

EU: Nem eu. #cotonetesparasempre

JUSTIN: Rindo alto aqui.

Esperei alguns minutos, mas ele não mandou mais nada depois disso.

Aquele era o momento em que ou a gente se esforça para manter a conversa rolando, ou deixa morrer.

Estava um pouco entediada. Optei por me esforçar.

EU: E aí, com o que você trabalha?

Já sabia a resposta, porque Maddy tinha stalkeado o cara. Mas é claro que eu não podia dizer isso a ele, então tinha que fazer perguntas.

Ele respondeu quase na mesma hora.

JUSTIN: Sou engenheiro de software. Construo sites. Posso fazer mais uma pergunta?

EU: Pode

JUSTIN: Onde você mora?

EU: Por quê?

JUSTIN: Eu estava pensando que a gente podia tomar um café ou algo do tipo. Compartilhar histórias de amuleto da sorte.

Olhei para Maddy.

– Ele acabou de me chamar pra sair.

– Por que demorou tanto? – perguntou ela, como se fosse óbvio. – E você vai?

Balancei a cabeça.

– Não.

– Por que não?

– Ele mora em Minnesota – respondi.

– Quem sabe ele vem até você.

– Você acha que um cara que conheci há três dias vai pegar um avião para o Colorado só pra me levar a uma Starbucks? Por que ele faria isso?

– Hum... Porque você é gostosa? Sua mãe não te deu muita coisa, mas deu esse rostinho.

Revirei os olhos e comecei a digitar.

EU: Adoraria tomar um café, mas estou no Colorado. E daqui a três semanas vou passar três meses no Havaí.

Logo depois disso, chegamos em casa, e me ocupei de descarregar o carro e guardar as compras. Quando terminamos, Maddy foi tomar um banho e eu me joguei na cama com meu celular. Fazia meia hora que Justin tinha respondido.

JUSTIN: Para onde você vai depois do Havaí?

Comecei a digitar a resposta.

EU: Ainda não sei. Moro com a Maddy, minha melhor amiga, e nos revezamos na escolha dos destinos. Ela escolheu o Havaí, e eu ainda não decidi para onde ir depois.

Imaginei que ele não fosse responder na hora. Justin disse que desativou as notificações por estar recebendo muitas mensagens, e depois de meia hora eu tinha certeza de que ele não estaria sentado olhando para a caixa de entrada à espera de uma resposta, mas recebi uma mensagem em trinta segundos.

JUSTIN: Posso sugerir Minnesota?

EU: Hahaha. Por quê?

JUSTIN: O outono em Minnesota é lindo. Temos a Mayo Clinic e o Royaume Northwestern. Dois dos melhores hospitais do mundo...

Abri um sorriso e comecei a digitar.

EU: Uau, você quer tanto assim tomar um café comigo?

JUSTIN: 🤷

Uma pausa breve, então...

JUSTIN: Sabe, teoricamente, se a gente sair, depois do término nós dois vamos logo encontrar nossas almas gêmeas.

Semicerrei os olhos.

EU: Achei que você não quisesse sair com alguém que só quer terminar com você!!

JUSTIN: É diferente. Seria um benefício mútuo. Sério, o que você acha? Porque, para ser bem sincero, eu aceitaria.

E um segundo depois:

JUSTIN: Nada que fosse impróprio. Seria um acordo puramente profissional.

Eu me recostei na cabeceira, dando risada.

EU: Posso te ligar?

JUSTIN: Pode, sim. 651-314-4444

Por um instante, pensei em ligar de um número privado. Embora ele fosse simpático, eu ainda não o conhecia. Mas imaginei que seria fácil simplesmente bloqueá-lo depois, se ele começasse a agir de um jeito estranho. Liguei e ele atendeu no primeiro toque.

– Emma.

Não sei por quê, mas por algum motivo senti um frio na barriga ao ouvir aquela voz grave.

– Não acredito nessa história de amuleto da sorte – falei, sem enrolação.

– Nem eu.

– Não sou supersticiosa.

Ouvi Justin sugar o ar entre os dentes.

– Eu sou um pouquinho...

Soltei uma risadinha.

– É só uma coincidência – falei. – Você sabe disso, né?

– Concordo – respondeu dele. E fez uma pausa. – Mas...

– Mas? Mas o quê?

– Mas e se não for? Estou só dando uma de advogado do diabo aqui. E se não for? Brad disse que todas as mulheres que eu levo a sério o bastante pra sair mais que duas vezes estão destinadas a ficar com outra pessoa. – Ele ficou em silêncio por um instante. – Você já sentiu que alguém era a pessoa certa? Tipo, que tem o suficiente ali pra você dar uma chance, mas de repente tudo desmorona? É só comigo? Ou também acontece com você?

Dei de ombros.

– É, acontece comigo também. Mas acho que não conheci a pessoa certa, só isso.

– É, mas talvez esse seja o motivo. É muito cansativo começar tudo de novo, várias vezes. Parece que perde o sentido. Que estou preso em um looping, sempre saindo com mulheres só pra que elas sejam encaminhadas a outro cara. Estou começando a achar que nem vale a pena. Sabe o que o

Brad disse que me deixou pensativo? Que quando ele viu a Faith pela primeira vez, foi como ser atropelado por um caminhão. De tão forte. – Ele fez uma pausa. – Eu nunca senti isso. Com ninguém. Tenho 29 anos. Já deveria ter sentido isso com alguém, não?

– Tenho 28 e também nunca tive o momento de ser atingida por um caminhão – admiti.

– Você quer isso?

– É claro que quero. Quem não quer ser atingido pelo caminhão do amor?

– Olha só – disse ele –, sei que é um pouco exagerado. Mas se for verdade, estamos em uma excelente situação de risco/recompensa. Só precisamos sair algumas vezes e depois parar. Só isso. Se o que o Brad disse é verdade e a gente não consegue encontrar a pessoa certa porque todas aquelas por quem nos interessamos estão destinadas a ficar com outro alguém, eu gostaria muito de colocar um fim nisso.

Assenti.

– Tá, digamos que eu aceite essa proposta. E aí?

Imaginei Justin dando de ombros.

– Sei lá. A gente sai algumas vezes, termina. Vê se consegue romper o ciclo. Quantos encontros costumam bastar pra você? Pra mim são três.

– Pra mim não são encontros. É o tempo.

– Como assim?

– Tem que fazer pelo menos um mês que estou saindo com a pessoa pra coisa do amuleto acontecer – respondi.

– Tá. E como é? Você tem que ver a pessoa todos os dias?

Balancei a cabeça.

– Não. Preciso ter contato todos os dias. Por mensagem ou ligação. E tenho que ver a pessoa pelo menos uma vez por semana.

Ele pareceu pensar a respeito.

– Então ir até aí não daria certo a não ser que eu ficasse um mês ou fosse e voltasse toda semana.

– Acho que sim.

– Não é muito viável pra mim. O Havaí é bem longe e tenho umas questões de família rolando. Não posso me afastar por tanto tempo.

– Bom – falei –, volto do Havaí daqui a três meses e meio.

– É. Quem sabe quando você voltar, então?

– Claro. Pode ser divertido.

Não dava para ter certeza, mas parecia haver uma decepção no silêncio que se seguiu.

Maddy bateu no batente da porta.

– Pronta?

Assenti e ergui um dedo.

– Preciso ir – falei ao telefone. – Maddy quer assistir a um filme.

Justin e eu desligamos, e fui para a sala para ver *Forrest Gump*.

Esse filme sempre me deixou incomodada. Talvez porque Jenny – o interesse amoroso de Forrest, linda e problemática – lembrasse muito a minha mãe.

Maddy devia estar pensando a mesma coisa. Quando os créditos começaram a subir, ela colocou a TV no mudo e olhou para mim.

– Tem falado com a Amber? – perguntou.

– Não.

– Sabe onde ela está?

Fiz uma pausa.

– Não. O número dela está desativado. De novo.

Maddy pareceu irritada.

– Provavelmente não pagou a conta. Pra alguém que te pede tanto dinheiro, ela acaba endividada muitas vezes. Meu Deus, que ódio que eu tenho.

Desviei o olhar. Meu relacionamento com a minha mãe era complicado. Mas não para Maddy, que sabia *exatamente* como se sentia a respeito.

– Eu liguei para o café – falei. – Eles disseram que faz três meses que ela saiu. Simplesmente parou de ir trabalhar.

Ela revirou os olhos.

– Claro.

Fazia anos que eu tinha parado de ligar para cadeias e hospitais quando esse tipo de coisa acontecia. Registrar um boletim de ocorrência de pessoa desaparecida era perda de tempo. Amber não parava quieta, era muito impulsiva. Ela ia a um show e entrava no ônibus da turnê, aí acabava atravessando o país. Ou conhecia um cara em um bar que a convidava para passar quatro meses no barco dele na Flórida.

Eu só tinha certeza de onde minha mãe estava quando ela repentinamente reaparecia. Aí ganhava um pouco de paz durante algumas semanas, até ela voltar a desaparecer.

Maddy balançou a cabeça.

– Eu não me preocuparia com isso. Ela parece mofo, sempre volta.

Ela tinha razão. Isso sempre acontecia mesmo.

Mesmo assim, decidi ligar para o proprietário do apartamento onde ela morava. Só para garantir.

Só para ver se ela não deixou alguém para trás quando foi embora...

– Não entendo como aquela mulher é responsável por isso – disse Maddy, apontando para o meu rosto. – Um indivíduo funcional da sociedade.

– Amber tinha uma vida muito diferente da minha, Maddy. Acho que não é culpa dela.

– É claro que é. Você é muito boazinha. Tente ficar pê da vida para variar um pouco...

Soltei um suspiro.

A gente sempre acabava nessa quando o assunto era a minha mãe. Maddy furiosa por mim, e eu fazendo questão de lembrar que Amber não era tão ruim assim. Às vezes ela era maravilhosa.

Nos seus melhores dias, era possível encontrá-la e ir embora com a impressão de que estávamos na presença de uma musa. Uma mulher inteligente e encantadora que faz a gente se sentir interessante e especial.

Já nos piores dias...

Enfim.

Não acredito que as pessoas sejam uma coisa *ou* outra. Amber foi mãe solo aos 18 anos, sem família, sem dinheiro, sem apoio. Talvez sua infância tenha sido como a de Jenny de *Forrest Gump*, cheia de abuso e instabilidade. Minha mãe tinha problemas? Tinha. Eu acreditava que algumas pessoas não deveriam ter filhos? Acreditava. Mas quem poderia dizer o que fazia Amber ser Amber? Eu não ousava querer adivinhar que fantasmas ela enfrentava. Só sabia que eles existiam.

Quando Maddy se levantou para colocar a tigela de pipoca na pia, peguei o celular, como se esperasse encontrar uma mensagem da minha mãe. Não encontrei. Em vez disso, vi o número de Justin, o último para o qual eu ligara. Salvei o número nos meus contatos.

Gostei da ideia que ele deu, não só por causa daquela história de amuleto da sorte. Seria legal. Ele parecia simpático. Eu provavelmente teria deslizado para a direita e saído com ele se nos conhecêssemos por algum aplicativo. Mas Minnesota era um problema. Com certeza não estava na lista de estados que queríamos visitar.

Maddy voltou e se jogou no sofá.

– E aí, pensou na coisa do aniversário?

– Quê?

– Os trinta da Janet e da Beth. Elas querem que a gente confirme presença.

– Não sei. Acho que vou passar essa.

Maddy comprimiu os lábios.

– O que foi? – falei. – É muito difícil a gente conseguir uma semana de folga juntas. Eu fico pra você poder ir.

– Não é impossível. Você devia pedir uma folga. Elas querem sua presença. Você também é filha delas.

Fui obrigada a desviar o olhar.

As mães da Maddy eram minhas mães adotivas. Elas queriam ser minhas mães pra valer, mas nunca rolou. Eu tinha mãe. E tinha 14 anos quando elas me adotaram. Não pegou. É tudo que posso dizer a respeito da situação, não pegou. Eu gostava delas. Ligava nos aniversários e ia com Maddy para o Natal quando conseguíamos tirar folga. Mas elas não eram... *minhas*. E Maddy sabia disso. E ficava incomodada. Ela não conseguia entender e eu não conseguia explicar de um jeito que ela achasse aceitável.

Ela suspirou e se levantou.

– Acho que vou sair com aquele cara de TI do Tinder, beber alguma coisa. Quer ir junto? Posso ver se ele tem um amigo.

– Acho que não. Quero terminar meu livro.

– Tudo bem. Não me espera acordada. Acho que vou pra casa dele depois.

Arqueei uma sobrancelha.

– O que foi? – perguntou ela. – Essa vida nômade não é muito propícia a relacionamentos e estou cansada de ser a DJ da minha própria festa.

– Imagino que ele tenha cabeceira...

– Claro – respondeu ela, indo para o quarto.

– Maddy?

Ela parou à porta.

– Sim?

– Vou pedir a folga. Tá?

Sua expressão suavizou um pouco.

– Tá.

Eu ia mesmo pedir. Mas, em segredo, estava torcendo para não conseguir.

Maddy não voltou para casa naquela noite, como prometido, e acho que o encontro foi bom, porque ele ia levá-la para tomar café da manhã e depois para uma exposição de arte. Ela só voltaria para casa na hora do jantar. Era meu dia de folga e não tinha nada para fazer.

Estava de roupão no quarto, acabara de sair do banho, e me preparava para fazer as unhas quando Justin mandou uma foto.

Abri a imagem e caí na gargalhada. Era uma selfie dele com uma peruca ruiva comprida e um batom borrado. A mensagem dizia: "Passei a manhã com minha irmã mais nova, Chelsea. Tive que ser a Anna. Ela foi a Elsa."

EU: Você fica bem ruivo.

Meu celular tocou.

Abri um sorriso e atendi.

– Princesa Anna?

– Princesa Emma – respondeu ele.

– Só um lembrete: você não pode se casar com um cara que acabou de conhecer.

– Posso, se for amor verdadeiro – respondeu ele, sério.

Tive que segurar a risada.

– Chelsea me obrigou a ficar parado durante quinze minutos – disse ele. – Eu não podia me mexer. Era aquela parte do final... Não me lembro de a cena ter durado tanto no filme.

– Rá.

– Eu ia morrer, não ia? – perguntou ele. – Se ficasse realmente congelado?

Peguei o esmalte vermelho no banheiro e o sacudi a caminho da cama.

– Talvez. Primeiro a gente ia esquentar você, pra tentar uma reanimação. A pessoa só é considerada morta quando está quente e continua morta.

Eu me sentei no colchão e ouvi barulho de chaves em uma fechadura do outro lado da linha. E logo o latido de um cachorro animado.

– Está com seu cãozinho? – perguntei.

– Estou, acabei de chegar em casa. Ele quer passear.

– Ah – falei. – Então vou deixar você ir.

– Não preciso desligar. A não ser que você precise ir.

Dei de ombros.

– Não estou fazendo nada. Acabei de chegar em casa.

Ouvi o tilintar de uma guia sendo presa em uma coleira e os barulhinhos das patinhas no piso.

– Ah, é? – perguntou ele. – Aonde você foi? Me conte seu dia do início ao fim.

– Por que você quer saber?

– Por que eu não ia querer saber? Sou curioso. A não ser que você seja repórter e esteja com medo de deixar escapar.

– *Ha-ha*. Muito engraçado.

Ouvi uma porta sendo fechada e passos ecoando em um corredor.

– Pode me chamar de antiquado – disse ele –, mas estamos falando de enfrentar juntos a tradição exaustiva, íntima e consagrada de quebrar uma maldição. Não podemos começar enquanto você não voltar do Havaí, mas *podemos* nos preparar conhecendo um ao outro.

– Ah, então agora é uma maldição?

– Ué, e não é? Está nos impedindo de encontrar a felicidade.

Soltei uma risada curta. Ele não estava errado.

– O que acha que fizemos pra merecer isso? – perguntou ele.

– Não sei – falei, colocando os fones e pegando o creme que estava na mesinha de cabeceira. – Acho que sou uma pessoa boa. Acho que não mereço isso.

– Nem eu. Não consigo imaginar por que alguém desperdiçaria um bom feitiço *comigo*.

Ouvi a porta do elevador ser aberta.

– Então, seu dia – disse ele, voltando ao assunto. – Conta.

– Bom, acordei e tomei um café…

– Como é o seu café?

– Café normal, com creme de baunilha – respondi, passando hidratante nas pernas.

– E onde você tomou esse café?

Ouvi o elevador mais uma vez.

– No sofá da sala, mexendo no celular.

– Dia de folga, então... – disse ele.

– Dia de folga. Só trabalho amanhã.

– Por que você virou enfermeira? Sempre quis?

– Sim. Sempre. Desde que tinha 10 anos.

– Sério? Por quê? – perguntou ele.

– Tenho o temperamento certo para o trabalho. Sou paciente. Não fico irritada ou enjoada com facilidade. Sei lidar bem com o estresse...

– E você sabia de tudo isso aos 10 anos? – perguntou ele.

– Sabia. Quer dizer, sabia aos 10 anos que queria cuidar das pessoas. Já era boa nisso.

– De quem você cuidou aos *10* anos?

– Da minha mãe.

– Entendi... Ela estava doente ou algo do tipo?

– Algo do tipo.

Ele deve ter percebido meu desinteresse, porque mudou de assunto.

– E aí, qual é a vista da sua sala? Como é sua casa?

– Moramos em um chalé de dois quartos totalmente mobiliado – falei, estendendo a mão para pegar o esmalte vermelho na mesa de cabeceira. – Sempre tentamos achar um lugar divertido. Uma casa na praia ou um apartamento em uma cidade grande de onde possamos fazer tudo a pé. Uma vez ficamos em um silo de grãos que tinha sido transformado em uma casa, foi incrível. Ah, e numa casa na árvore.

– Uma casa na árvore? – perguntou ele, parecendo impressionado.

– É, tinha pontes de corda e tudo. Era uma missão rápida de duas semanas em Atlanta. Maddy e eu tivemos que dormir na mesma cama, mas foi legal.

– Uau.

– No Havaí vamos ficar em um apartamento – falei, apoiando o queixo nos joelhos e pintando as unhas dos pés. – Não é tão legal, mas podemos ir à praia andando.

– Bacana. Então você tomou seu café. E depois?

– Depois preparei o desjejum – respondi. – Ovos mexidos e queijo num muffin inglês. E uvas.

– Sem sementes?

– Claro. Não sou masoquista.

– Hum, você sabe cozinhar – disse ele.

– Sei. E você?

– É, sou bom na cozinha.

– Qual foi a última refeição que você preparou? – perguntei.

– Bom, a última coisa que preparei foi macarrão com queijo e salsicha pra Chelsea. Ela tem 4 anos. A última coisa *boa* que preparei foi costelinha na panela de cocção lenta. Tenho uma, sob o olhar atento do Rei das Privadas.

Dei risada.

– E depois? – perguntou ele. – O que mais você fez hoje?

Abri um sorriso. Eu tinha que admitir, era revigorante ele querer saber de mim. A maioria dos homens com quem eu saía preferia falar de si.

– Bom, depois fui até a Target pra comprar acetona...

– E foi à Starbucks.

– Sim, e fui à Starbucks. Fui obrigada. Estava do lado.

– O *domínio* que a Starbucks exerce sobre nós. O que você pede lá? – perguntou ele.

– Café gelado com creme de caramelo salgado, mas peguei descafeinado, porque já tinha bebido café normal hoje. O que *você* pede?

– No inverno eu peço o *macchiato* grande de caramelo triplo. No verão peço chá gelado. De pitaya.

– Então você bebe *macchiatos* de caramelo durante nove meses do ano?

– Ei, não tire sarro de Minnesota – disse ele, bem-humorado. – Não é tão ruim assim.

Dei uma pausa na aplicação do esmalte.

– Vi no jornal que vocês passaram uma semana com -35ºC há alguns meses. Como pode não ser ruim?

– A gente só sai de um lugar para entrar em outro bem rapidinho. São trinta segundos de frio, no máximo. É como pegar alguma coisa em uma câmara fria. Na metade do tempo, eu nem visto casaco. E temos roupas adequadas pra quando precisamos passar mais tempo ao ar livre. O verão é incrível, o outono é lindo. A blogueira de viagem Vanessa Price mora aqui, e ela poderia morar em qualquer lugar.

– Hum, gosto dela. Então, eu te contei como foi meu dia – falei. – O que *você* fez hoje?

– Bom, acordei e passei um café… da máquina da Nespresso. Usei meu espumador de leite pra preparar um cappuccino. Com leite semidesnatado. Abri a persiana e fiquei ali parado com a caneca na mão, olhando para o outdoor, questionando todas as minhas escolhas de vida. Levei o Brad pra passear, voltei, tomei um banho. Fiquei uma hora com a Chelsea, depois encontrei o Benny e meu melhor amigo, Brad, pra almoçar.

– Aonde vocês foram? – perguntei.

– Um restaurantezinho que o Brad descobriu.

– O que você pediu?

– Um hambúrguer com manteiga de amendoim – respondeu ele.

Fiz uma careta.

– E estava bom?

– Estava, sim. Tinha cebola caramelizada e uma geleiazinha de uva.

– E aconteceu alguma coisa diferente no almoço com seus amigos?

– Hoje, não. Mas ontem quando almocei com eles a gente conversou sobre a postagem do Reddit. Contei sobre você, claro – disse ele. – Foi quando o Brad fez a profecia sobre a gente quebrar a maldição.

– Ah, então foi *por isso* que você me mandou mensagem – falei, apoiando o queixo nos joelhos e assoprando as unhas esmaltadas.

– Não. Eu precisava mesmo saber sobre o cotonete.

– Entendi. – Sorri. – Aí você foi pra casa?

– Parei pra abastecer e fui pra casa. Mandei a foto de Princesa Anna pra você. E aqui estamos.

– Onde exatamente? – perguntei. – O que está vendo na sua caminhada?

– Espera, vou mostrar.

Tive um instante de pânico ao achar que ele ia me ligar por vídeo, mas em vez disso recebi uma foto.

– É aqui que estou caminhando agora. Tirei essa foto um dia desses, ao pôr do sol.

Era uma foto do horizonte de uma cidade tirada do meio de uma ponte de concreto para pedestres com um gradil cor de ferrugem.

– Essa é a Stone Arch Bridge – disse ele. E recebi mais uma foto. – Ali é o rio Mississippi.

O rio era cercado de árvores. Muito bonito, urbano mas rodeado de natureza ao mesmo tempo.

Fechei a foto e pesquisei a ponte, clicando em IMAGENS.

– Estou vendo fotos da ponte na internet. Tem muitas imagens de pedidos de noivado.

– Vejo um pedido por semana, mais ou menos – disse ele. – É um cenário muito popular para o grande pedido.

– Pedidos públicos são praticamente sequestros – falei, voltando para a foto dele e dando zoom.

Dava para ver a parte de trás de um outdoor, e me perguntei se era o prédio dele que aparecia logo atrás.

– Você não gostaria de ser pedida em casamento em público? – perguntou ele.

– Nããããão.

– É. Nunca entendi esse conceito. Parece ser algo que deveria ser íntimo, né? Pedir alguém em casamento na frente de um monte de estranhos me parece exibicionismo.

– Foi *exatamente* o que eu falei pra Maddy esses dias. Fomos assistir a um jogo e um cara pediu a mulher em casamento na frente do estádio inteiro... e ela disse não.

Ele fez *tsc, tsc, tsc.*

– Isso é o que dá não conhecer seu eleitorado.

Ouvi um latido.

– Brad? – perguntei.

– Não, um husky latindo para o Brad. Você gosta de cachorros?

– Quem não gosta de cachorros?

Ele fez uma pausa. Eu sabia que estava sorrindo.

– Então, voltando a Minnesota ser o melhor estado do país...

Soltei um suspiro.

– Tá. Admito que você está dando ótimos argumentos pra visitar Minnesota, mas é muito provável que isso nunca aconteça. Não está na nossa lista de 25 estados pra visitar.

– Como faz para um estado subir na lista?

– Não faz – respondi, me levantando da cama para pentear o cabelo. – Isso nunca aconteceu.

– Humm. Então como vocês decidem qual estado será o próximo? Eles estão em ordem?

– Não. Analisamos fatores decisivos. A época do ano, como vai estar o clima, se tem algum show ou festival rolando, que tipo de casa conseguiremos alugar, em que hospital poderemos trabalhar e os cargos que eles estão oferecendo.

Tirei a toalha do cabelo e ele caiu, comprido e molhado, sobre meu colo. Eu estava passando a escova quando Justin arquejou.

– Ah, meu Deus. Está rolando um pedido de casamento na ponte – disse. – Sério. Espera aí, vou tirar uma foto pra você.

Abri um sorriso e comecei a prender o cabelo úmido em um coque.

– Tá – disse ele. – Acabei de mandar.

Eu me debrucei sobre a tela e comecei a rir. A mulher estava com as mãos na boca e o homem de joelhos, prédios altos se erguendo ao fundo.

– Uau. É mesmo um cenário lindo pra uma foto. Eu meio que entendo por que fazem isso aí.

– É bom pra passear também. Brad adora. Quer ver em tempo real? Posso te ligar por vídeo…

– Ah, não. Não estou vestida.

– Você pode aceitar a chamada e não ligar a câmera.

Pensei por um instante.

– Tá. Mas não vou ligar a câmera mesmo.

– Entendido.

Depois de um tempinho, ele ligou por vídeo. Quando atendi, vi a ponte de concreto. Tinha pessoas de bicicleta e uma mulher correndo.

– Diga oi, Brad – disse ele, abaixando a câmera.

Brad olhou para cima, com o cenho franzido e uma coleira vermelha.

– Está vendo bem? – perguntou Justin, voltando a mostrar a ponte.

Aproximei o celular do rosto.

– Estou. Uau, é muito bonito.

– Olha só pra isso – disse ele, movimentando a câmera para fazer uma imagem panorâmica do rio. Tinha uma cachoeira ao longe. – A ponte faz parte de um circuito histórico de caminhada com pouco mais de três quilômetros. Quando o tempo está bom, tento completar o circuito uma vez por dia.

Ele voltou a caminhar, apontando a câmera para a frente de modo que eu visse o que ele estava fazendo.

– Tem lojas no caminho? – perguntei ao enxergar prédios com mesas ao ar livre à distância.

– Tem, sim. Uns cafés bem legais, alguns restaurantes. Mas pra ir ao meu restaurante favorito, só de carro. Comida equatoriana, de um lugarzinho chamado Chimborazo. Eu te levo se você vier pra cá.

Então ele virou a câmera para o próprio rosto e abriu um sorriso largo. Respirei fundo.

Meu Deus, como ele era lindo.

Era ainda melhor ao vivo. Ou talvez fosse melhor porque ele também tinha uma personalidade bacana. Acho que o senso de humor o deixava ainda mais atraente.

Ele estava com uma blusa cinza e um fone preto no ouvido. O cabelo estava bagunçado. As covinhas apareciam, e ele tinha os olhos castanhos mais lindos que já vi. Eram olhos gentis.

Justin parecia o típico namorado da protagonista de uma série de TV *teen*. O namorado fofo, que mora na casa ao lado, a leva ao baile e deixa que ela use seus moletons, e eles só terminam porque ele vai fazer faculdade em outro estado e ela acha melhor assim. Ele parecia um cara tranquilo e pé no chão.

Percebi que estava sorrindo para o celular. Suspirei e fechei o roupão. Depois também liguei a câmera.

Quando meu rosto apareceu na tela, ele abriu um sorrisinho.

– Oi.

– Achei que você também tinha o direito de saber que não está caindo em um golpe – falei. – Não sou mesmo repórter.

Ele riu. Continuou andando, mas com a câmera virada para o rosto.

– E aí? – falei, voltando a me deitar na cama. – Agora você fisgou a atenção da plateia. E está em um lugar bonito. Me mostre sua cidade.

4

Justin

Parei na fila de carros em frente à escola e peguei o celular para dar uma olhada na foto de Emma. Mais uma vez.

Tínhamos passado três horas conversando na noite anterior. Ela ficou no telefone comigo durante todo o passeio, e depois mais duas horas quando voltei para casa. Ela era legal. *Muito* legal. Eu gostava dela. A história de quebrar a maldição estava ficando muito mais interessante do que eu imaginava.

O sinal tocou e as crianças começaram a sair. Era o último dia de aula do curso de verão. Quando vi meu irmão, Alex, indo com um grupo de amigos para os ônibus, abri o vidro do passageiro e me escorei no assento.

– Ei! Precisa de uma carona?

Ele olhou para mim e seu rosto se iluminou. Alex se despediu dos amigos com animação e correu na minha direção, a mochila saltitando. Saí quando ele chegou ao carro e joguei as chaves para o meu irmão. Ele as pegou, apoiando-as na barriga, e olhou para mim com os olhos arregalados.

– Sério? – perguntou.

– A mamãe disse que você precisa de experiência ao volante. Você dirige.

Seu rosto se abriu em um sorriso.

– Ebaaa! – disse, dando um soquinho no ar.

Passamos meia hora passeando de carro, então paramos em um drive-thru, compramos comida e fomos para a casa da nossa mãe. Ele bateu no meio-fio e quase não parou em uma preferencial a caminho de casa, mas sobrevivemos.

– Oi, chegamos! – anunciei, entrando e fechando a porta. – Comprei McDonald's.

– Na cozinha! – gritou minha mãe.

Ela estava colocando a louça na máquina para lavar. Leigh, a melhor amiga dela e mãe de Brad, estava sentada à mesa da cozinha.

– Oi, Leigh – cumprimentei, colocando a comida sobre a mesa. – Não sabia que estava aqui, ou teria comprado algo pra você também.

Ela ergueu a mão sem se levantar da cadeira, e as pulseiras em seu pulso tilintaram.

– Tenho um encontro daqui a meia hora. Ele que pague pela minha comida.

Estranhei.

– Um encontro? E o George?

– George já era, Justin. Que descanse em paz.

Pisquei, atônito, olhando para ela.

– Seu namorado *morreu*?

– Pra *mim* ele morreu.

Minha mãe deu risada, e eu balancei a cabeça diante da minha tia honorária.

Leigh era uma figura. Tinha 48 anos, como minha mãe, mas era seu oposto em todos os sentidos. Teve quatro casamentos e foi noiva o dobro de vezes. Os períodos que Leigh passava solteira eram sempre muito divertidos para a família. Entretenimento da melhor qualidade.

Ouvi Chelsea descer a escada correndo. Tirei a comida dela da embalagem no instante em que ela entrou na cozinha.

– Jussin! – disse ela, abraçando minhas pernas por uma fração de segundo, então me soltou e subiu em uma cadeira. – Oba! – deu um gritinho ao ver o McLanche Feliz.

Comecei a preparar o lanche para ela, abrindo a caixa de nuggets e a embalagem de molho agridoce.

Minha mãe olhou da máquina para nós bem na hora em que espetei o canudo no copo de suco da Chelsea. Ela fez uma careta.

– Justin, por que comprou bebida? Tem suco aqui, não precisava gastar dinheiro com isso.

– Se eu não comprasse o McLanche Feliz, ela não ganharia o brinquedo.

Minha resposta saiu mais seca do que eu pretendia. Minha mãe ignorou meu tom.

– Comprei um sanduíche de frango pra você. Cadê a Sarah? – perguntei, olhando em volta.

Minha mãe secou as mãos em um pano de prato e se sentou ao lado de Leigh.

– Está no quarto. Você não vai comer? – perguntou ela ao perceber que não havia comida na minha frente.

– Não, tenho que ir embora logo – falei. – Preciso levar o Brad pra passear.

Leigh revirou os olhos.

– Você continua com isso, é? Christine, por favor, manda seu filho trocar o nome do cachorro.

– Ele é adulto – respondeu minha mãe, cansada. – Não mando em mais nada.

– Sabe, tenho pensado muito nisso, e você tem razão, Leigh, estou exagerando – falei, tirando a batata frita para Chelsea. – Se o Brad concordar em pagar os sete mil dólares que pretendia roubar de mim, eu troco o nome do cachorro.

Leigh soltou um suspiro exasperado.

– Sete mil... Você está em um apartamento novo, Justin. Seu aluguel está mais baixo que antes, como ele te deve sete mil dólares?

– Agora é pela dor e pelo sofrimento.

Contra a vontade, Leigh caiu na gargalhada.

– E aí, como ele se saiu? – perguntou, indicando Alex com a cabeça, ainda rindo.

– Ele foi ótimo – respondi.

Alex abriu um sorriso largo, mostrando as batatas que tinha na boca.

– Obrigada por ajudar com isso – disse minha mãe, esfregando o pulso.

Leigh olhou para ela.

– Como foi o trabalho? – perguntou.

Minha mãe deu de ombros.

– Foi tudo bem. Peguei quatro casas ontem. A da família Klein tem três beliches. É difícil arrumar. Fico exausta. Mas estou pegando todos os trabalhos que posso antes de ir.

Antes de ir.

Meu maxilar se retesou e tive que desviar o olhar.

Agora minha mãe limpava casas.

Eu não via problema nenhum nisso. O que me deixava mal era o *motivo* pelo qual ela limpava casas.

Ela era formada em contabilidade. Já tinha sido diretora financeira. Mas seu diploma e os doze anos na empresa onde trabalhava já não valiam de nada. Ela nunca mais conseguiria um emprego como aquele. O que ela fez já estava repercutindo, e ela ainda nem tinha ido.

Minha mãe ia para a cadeia.

Meu cérebro simplesmente não conseguia compreender, não parecia real. Mas *era* real. Ia acontecer. E minha vida inteira viraria de ponta-cabeça para que a de todos pudesse continuar igual. Em algumas semanas, eu assumiria a guarda dos meus irmãos. Teria que voltar a morar naquela casa. Abrir mão do meu apartamento... Não que fosse grande coisa.

Se eu não fizesse isso, Chelsea, Alex e Sarah teriam que ir morar com Leigh. Teriam que mudar de escola, sair do bairro onde cresceram. Já era péssimo eles terem perdido o pai; agora também perderiam a mãe. Eu não podia deixar que o resto de seu mundo se desintegrasse. E não conseguia nem pensar no que isso significaria para mim e para a *minha* vida, porque quando pensava não conseguia respirar.

Fiquei de pé.

– Preciso ir. Quer que eu leve pra Sarah? – perguntei, apontando para o pacote de comida.

– Pode fazer isso? – perguntou minha mãe.

Saí da cozinha sem me despedir.

Quando cheguei ao quarto de Sarah, tive que gritar para ser ouvido por causa da música. Ela logo abriu a porta e voltou para a cama sem me cumprimentar.

Entrei e olhei em volta.

– Isso é novidade – falei.

Sarah tinha colocado luzes de LED vermelhas na parede. O quarto inteiro estava banhado em vermelho. Era meio deprimente.

– Trouxe McDonald's pra você.

– Obrigada – resmungou ela, sem tirar os olhos do celular.

Coloquei o lanche em cima da escrivaninha.

– E aí, o que você anda fazendo?

Ela não respondeu.

– Está assistindo a alguma série bacana?

Ela olhou para mim, mal-humorada.

– Tá booom – falei. – Beleza. A gente se vê.

– Tchau – disse ela, irritada.

Fui embora.

Isso era outra coisa que me preocupava. Alex era tranquilo. Chelsea também, à sua maneira. Mas Sarah? Ultimamente eu não sabia qual era o problema dela. Ela andava mal-humorada e irritada, e *eu* é que teria que lidar com aquilo.

Eu estava exausto por antecipação.

Era provável que meus irmãos precisassem de terapia. Eu teria que encontrar alguém, pelo menos para os dois mais velhos, que entendiam o que estava acontecendo. Mais um item para acrescentar à longa lista de coisas pelas quais agora eu era o responsável.

Algumas horas depois, eu já tinha ido correr e voltado para casa, e colocado umas asinhas para cozinhar, para o dia seguinte. Procurei opções de terapia familiar e mandei alguns e-mails, o que pelo menos me deu a sensação de que estava indo na direção certa. Estava pensando em dar uma passada na casa de Brad ou de Benny, só para me manter ocupado. Mas algo melhor surgiu. Emma mandou mensagem. "O que está fazendo?"

No momento, Emma era minha distração favorita. Para falar a verdade, ela era a única parte da minha vida que *não* estava uma droga.

Não respondi à mensagem. Liguei.

– Oi – disse ela ao atender.

– Oi.

Ouvi o longo som de um zíper de mala sendo fechado.

– O que está fazendo? – perguntei. – As malas para o Havaí?

– Não. Ainda não. Estava só guardando um negócio. Só faço as malas no dia da viagem.

– Sério? – perguntei, me sentando em frente ao monitor. – Eu preciso de um dia inteiro pra fazer as malas.

– Porque você precisa decidir o que levar. Eu já sei o que levar. É só colocar tudo que trouxe comigo.

Sorri, abrindo a planilha que tinha começado na noite anterior.

– E aí, você tem um tempinho? – perguntei.

– Tenho. Se não tivesse, não teria atendido.

– Sei que só vamos começar quando você tiver voltado do Havaí, mas eu estava pensando em algumas diretrizes. Sabe, pra estarmos preparados quando formos nos encontrar.

– Diretrizes? – perguntou ela. – Pra quê?

– Para os encontros. Pra gente fazer isso do jeito certo. Precisa ser um experimento controlado. Temos que replicar os padrões que levam ao resultado de sempre. Quanto tempo os encontros precisam durar, o que precisamos fazer nesses encontros, aonde precisamos ir. Temos que garantir todos os denominadores comuns.

– Ah – disse ela. – Boa ideia. Você é tão organizado.

– Eu tenho que ser, por causa do meu trabalho. Comecei uma planilha. Posso mandar pra você quando estiver pronta.

– Pode ser.

– Tá, então precisamos de no mínimo quatro encontros – falei –, ao longo de um mês. O tempo de cada encontro faz alguma diferença?

– Acho que tem que ser no mínimo duas horas.

– Talvez três horas, só para garantir?

– Tá. Pode ser três horas.

– Ou mais. Os encontros podem até durar mais. Sabe, se parecer natural, claro.

– Claro.

Abri um sorriso.

– Tem alguma coisa que a gente não pode deixar de fazer? – perguntei. – Alguma coisa que foi igual em todos os encontros e que precisamos levar em consideração? Por exemplo, todos foram jantares ou algo do tipo?

– Todos foram diferentes.

– Tá. Os meus também.

– A gente precisa se beijar? – perguntou ela.

– Eu beijei todas elas pelo menos uma vez.

– Eu também – disse ela. – E eles sempre me beijaram primeiro.

– Tá. Então a gente tem que se beijar uma vez, e eu é que devo tomar a iniciativa. De língua ou sem? No meu caso, tanto faz.

– De língua. Então você beijou a namorada do Brad? Isso não é estranho agora?

– Na verdade, não. Foi bem rápido e nenhum dos dois gostou tanto assim. Foi tipo beijar minha irmã…

– Ha, ha.

– Então, se alguns deles você só beijou uma vez, imagino que sexo não seja um pré-requisito, certo? – perguntei no tom mais profissional possível.

– Se fosse, eu não aceitaria ir para a cama com você só pelo experimento. Só pra você saber.

– Só estou sendo minucioso. Também não é pré-requisito pra mim. E eu também não aceitaria. Credo. – Fingi estremecer. – Só vou para a cama com alguém depois do quinto encontro. Então você deu sorte.

Ela deu risada.

– Muito bem – falei. – Então temos que sair quatro vezes no decorrer de um mês, uma vez por semana, no mínimo três horas por encontro, podemos fazer qualquer atividade, precisamos conversar ou trocar mensagens todos os dias e eu tenho que te beijar pelo menos uma vez.

– Isso. Acho que é tudo.

– Então quatro encontros, um beijo e terminamos.

– Quatro encontros, um beijo e terminamos – repetiu ela.

– Vou digitar tudo isso. Me avise se você se lembrar de mais alguma coisa.

– Combinado.

Parecia que a ligação tinha chegado ao fim, mas então ela disse:

– E aí, o que você fez hoje?

Abri um sorrisinho. Emma não queria desligar.

Eu me recostei na cadeira.

– Bom, fiz exatamente a mesma coisa que fiz quando acordei ontem… Tomei meu café olhando com tristeza para o outdoor. Levei o Brad pra passear. Trabalhei algumas horas, levei meu irmão pra dirigir um pouco… Ah, esqueci. Também fiz uma coisa pra você.

– Fez? O quê?

Eu me debrucei sobre o teclado e enviei o rascunho que tinha elaborado.

– Vou desligar pra você dar uma olhada.

5

Emma

Justin me mandou a foto de uma montagem. Quando abri, quase engasguei de tanto rir.

Justin Dahl te convidou para quebrar uma maldição.

Parabéns!

Sabemos que você tem muitas opções quando se trata de quebrar uma maldição, e escolher o parceiro certo pode ser difícil, por isso fizemos questão de providenciar algumas avaliações.

- "Justin foi um perfeito cavalheiro. E conheci meu marido, Mike, depois que terminamos. Eu com certeza terminaria com ele de novo." – Sabrina B.
- "Justin tem um cheirinho muito bom e até meu gato gostou dele, e meu gato não gosta de ninguém. Recomendo muito." – Karina S.
- "Justin realizou todos os meus sonhos mais loucos, ou seja, o de me casar na Disney com alguém que não fosse ele! Se pudesse dar seis estrelas, eu daria." – Kimberly R.
- "Justin salvou meu cachorro e minha vó de um prédio em chamas. Ele é meu herói." – Uma pessoa de verdade.

E por fim:

» "Só estou escrevendo isso porque se ele conseguir uma namorada imagino que ela vá dizer como é ridículo colocar o nome de Brad no cachorro e vá convencê-lo a trocar. Justin foi muito educado e tem um altíssimo nível de higiene pessoal. Recomendo sair com ele." – Faith.

Balancei a cabeça enquanto olhava para a tela, rindo.
Mandei mensagem para ele.

EU: Nerd

Ele respondeu com emojis de risadas.
Eu tinha que admitir: ele despertou meu interesse por Minnesota depois da ligação do dia anterior. Despertou meu interesse por *ele*, motivo pelo qual passei o dia fazendo ligações, enviando e-mails e preparando uma apresentação para Maddy. O tempo era curto e eu precisava fazer a proposta naquela noite, e *não* seria fácil. Soltei o ar com um biquinho e me levantei para procurá-la.
Ela estava no sofá da sala, em frente à lareira, mexendo no celular. Parei à porta.
– Ei, você tem um tempinho? Queria conversar sobre uma coisa.
Maddy ergueu a cabeça. Quando olhou para o notebook nas minhas mãos, de algum jeito ela soube o que estava prestes a acontecer.
– Não – disse, balançando a cabeça. – Não. Não, não, não, não, não. NÃO.
Entrei na sala e me sentei ao lado dela no sofá.
– Só escuta...
– A gente vai para o *Havaí*, Emma. Era minha vez de escolher. Comprei um maiô novo...
– Você também pode usar o maiô novo aqui.
– Eu *não vou* para Minnesota. Não tem nada de interessante lá. Não está na lista dos 25...
– Como você sabia que eu ia dizer Minnesota?
– Hum, porque você está toda obcecada por aquele cara lá? Escuta o

que vou te dizer: você não gosta dele de verdade. Só está encantada assim porque ele tem mais de 1,90...

Dei risada.

– Ele *não* tem mais de 1,90.

– Bom, qual é a altura dele, então?

– Não sei. Não perguntei. Isso não importa.

– Bom, ele me parece ter mais de 1,90, e acho que isso está prejudicando seu raciocínio. Você não vai trocar o *Havaí* por Minnesota.

– Por que não? – perguntei. – É um estado lindo, podemos fazer bate-volta no Canadá. Se lembra daquela loja de cupcake que você viu na Food Network? Nadia Cakes? Tem duas lá. E a lista dos 25 é só uma diretriz, não é exatamente uma regra.

Ela cruzou os braços.

– Uma diretriz que a gente nunca desrespeitou em três anos. E como você ousa tentar me dissuadir de ir pra uma ilha tropical recorrendo a cupcakes? O pau desse cara é tão incrível assim?

– Maddy!

– O que foi?! Você não vai me convencer de que de repente se apaixonou pelo Meio-Oeste. Nem ouse fingir que não é tudo por causa daquele cara.

– Justin. E, sim, é um pouco por causa dele. Mas também é uma questão logística.

– Ah, é? Em que sentido?

Eu me sentei em cima de uma das pernas.

– Tá, sei que vai parecer loucura. Mas, se Justin e eu sairmos juntos durante um mês e depois terminarmos, teoricamente – fiz aspas com os dedos –, o próximo cara que eu conhecer vai ser o cara certo.

Ela olhou bem para mim.

– O que foi? Parece divertido – falei. – Vai me dizer que não está curiosa pra ver se funciona?

– Faz ele ir até o Havaí pra ver se funciona. Não nos desdobramos assim por causa de um *homem*. Não nos damos a todo esse trabalho por um homem, não mudamos nossos planos por um homem. Não.

– A passagem de ida e volta para o Havaí está custando mil dólares. Não posso pedir que ele vá até lá uma vez por semana durante um mês, não faz sentido. Olha só.

Abri o notebook.

– Olha o lugar que eu achei pra nós...

– Não tem nenhum lugar que seja suficiente pra me...

– É um chalé histórico em uma ilha no meio de um lago.

Ela se deteve de um jeito que me fez perceber que eu tinha conquistado sua atenção.

Abri a aba correspondente e virei a tela para ela.

– Tem dois quartos. É muito fofo. Olha só a varanda. Podemos tomar café aí toda manhã, olhando para o lago. Tem uma praia, com areia e lugar pra fazer fogueira.

Ela deu uma olhada e comprimiu os lábios, analisando as fotos. Então olhou para mim com os olhos semicerrados.

– Se fica em uma ilha, como vamos chegar lá?

– O barco está incluso.

Ela arqueou uma sobrancelha.

– Barco?

– Isso.

Maddy fez uma pausa.

– Posso ser a capitã?

Assenti.

– Você pode ser a capitã. Fica a quinze minutos do hospital. E adivinha qual é? O Royaume Northwestern.

Ela arqueou ainda mais a sobrancelha.

– O Royaume?

– É.

Minnesota nunca esteve na nossa lista, mas o Royaume Northwestern era um dos melhores hospitais do mundo. Isso fazia toda a diferença. Hospitais como esse tinham uma proporção excelente de auxiliares por enfermeiro, salas de descanso ótimas e muitos benefícios.

Ela pareceu pensar por um instante. Então voltou a balançar a cabeça.

– O pessoal da agência vai ficar irritado se a gente desistir do Havaí.

– Não. A gente ainda não assinou o contrato. Eles precisam muito de enfermeiras no Royaume, disseram que podem fazer a troca sem nenhum problema. E é um contrato de seis semanas, rapidinho. Vamos pegar só o verão.

Ela se recostou no sofá.

– Qual é o departamento? – perguntou, olhando bem para mim.

Fechei o notebook e resmunguei a resposta baixinho, sem olhar para ela.

Maddy se aproximou.

– Qual? Não ouvi. Por um instante pareceu que você disse "cirúrgico".

Olhei para ela.

– Eu disse. É cirúrgico mesmo.

Ela bateu as mãos nas coxas e se levantou.

– NÃO.

– Por favor! – gritei, vendo-a andar até a porta. – Não é tão ruim assim.

Ela se virou.

– Enfermagem cirúrgica não é tão ruim assim? Você está de brincadeira? Cirurgiões são uns babacas. A babaquice deles é proporcional ao talento. Consegue imaginar a *audácia* dos médicos que trabalham lá? Os abusos a que a gente seria submetida todos os dias? Não. – Ela balançou a cabeça. – Não vou fazer isso. De jeito nenhum.

– Eles só são babacas se a gente fizer um péssimo trabalho...

– A energia deles vem das lágrimas dos enfermeiros. Vamos ser cordeiros indo para o abate. E você sabe que vamos ficar com toda a parte ruim do trabalho porque seremos as novatas. Vão ferrar com a gente três vezes por dia... Não.

Expirei devagar. Então coloquei o notebook com delicadeza ao meu lado no sofá.

– Eu não queria ter que fazer isso...

Ela voltou a cruzar os braços.

– Fazer o *quê*?

– O trailer.

Deixei a palavra pairando entre nós.

Ela baixou os braços.

– Você disse que nunca mais iria usar isso – disse ela, baixinho.

– Não, eu disse que iria deixar pra lá. Mas acho que vou ter que retomar o assunto, porque você não me deixou outra escolha.

– Isso foi há três anos, Emma...

– Eu concordei com uma estadia de três meses em um trailer de *luxo* em Utah, com toooooodas as comodidades...

– Emma…

– E quando chegamos lá era um trailer de uns dois mil anos, com o ar-condicionado quebrado, ratos, uma piscina vazia e uma lavanderia assustadora. E não tinha nenhum outro lugar para alugar porque era alta temporada, então passamos três *meses* presas no trailer de *Breaking Bad*…

– Eu achei outro lugar pra nós e você não quis!

– É mesmo? O quarto de hóspedes de um bêbado que você conheceu no pronto-socorro e que ficava falando que eu seria mais bonita se sorrisse mais? *Aquele* cara?

Maddy desviou o olhar.

– Não acredito que você está falando disso – resmungou ela.

Eu me levantei e fui até ela devagar, pois já sabia que tinha ganhado a discussão.

– Só estou pedindo que a gente adie o Havaí por seis semanas. Vamos ficar em um chalé incrível no lago, passar o verão com um barco, e podemos tirar o Royaume da nossa lista de desejos. Sim, sei que a enfermagem cirúrgica está bem longe do ideal, mas vamos trabalhar com alguns dos melhores cirurgiões do mundo. E eu vou poder testar essa coisa do Justin… Vai ser uma aventura.

Ela não respondeu.

– Você pode escolher nosso destino pelos próximos seis meses. Vai poder escolher duas vezes seguidas.

Maddy olhou nos meus olhos.

– Podemos passar os seis meses no mesmo lugar?

Isso me pegou de surpresa.

– Nunca passamos seis meses no mesmo lugar – falei.

– É, e também nunca escolhemos um lugar que não está na nossa lista e nunca deixamos de alternar quem escolhe.

Meu coração começou a martelar. Eu não sabia por quê, mas a ideia de não me mudar de repente me deixou meio em pânico. Talvez fosse a alteração na rotina? A gente sempre se mudava quando um contrato acabava.

Mas eu queria aquilo. Seria divertido. E, se eu esperasse até voltarmos do Havaí, já estaria esfriando em Minnesota, e eu me recusava a ir para lá no inverno, por mais que Justin tentasse me convencer de que era incrível.

– Tá – falei. – Podemos passar seis meses no mesmo lugar. Como você quiser.

Ela respirou fundo e me olhou, relutante.

– Tá – resmungou. – Vamos pra Minnesota.

Comecei a saltitar pela sala.

Ela me mostrou o dedo do meio.

– Mas você não pode mais falar do trailer. Nunca mais. Estamos quites. E vai comprar cupcakes pra mim quando a gente chegar lá, ou o acordo está cancelado.

Fui saltitando até Maddy e a abracei.

Ela balançou a cabeça.

– Enfermagem cirúrgica e adiar o Havaí, só pra você poder terminar com um cara.

– Já fizemos coisas mais estranhas que isso.

– É – respondeu ela. – Já mesmo.

Não contei sobre Minnesota para Justin. Quis fazer uma surpresa. Passamos uma semana e meia conversando e trocando mensagens, até Maddy e eu fazermos as malas para a viagem de dois dias rumo ao nosso novo estado.

Nosso contato do chalé era uma mulher chamada Maria. Ela trabalhava para o proprietário, que tinha uma casa à beira do lago. O carro ficaria na entrada da garagem dele e nós usaríamos o cais para ir e voltar do chalé.

Quando paramos em frente à casa, cinco minutos antes do horário combinado, ficamos sentadas no carro, boquiabertas. Era *enorme*. Uma mansão.

– O que é que esse cara faz? – perguntou Maddy, balançando a cabeça.

– Sei lá – respondi baixinho.

Ela olhou para mim.

– Como você achou este lugar mesmo?

– Pela agência. Pelo jeito a mulher conhece alguém. Acho que foi sorte.

Saí do carro e observei a casa, protegendo os olhos do sol com as mãos. Eu nunca tinha visto nada como aquela propriedade na vida real. Parecia um castelo. Com muros de pedras e torres. Dava para ver pelo menos quatro chaminés.

– Talvez ele seja um rapper famoso – disse Maddy. – Ou, tipo, um executivo importante.

– Jeff Bezos, quem sabe – sugeri, em tom de brincadeira.

– Ele deve ter um heliponto no telhado – comentou ela.

– Deve...

Quando começamos a tirar as malas do carro, uma mulher de meia-idade e cabelo castanho saiu pela lateral da garagem para três carros.

– Você é a Emma? – perguntou ela, com um sotaque mexicano carregado.

– Sou, sim. Olá – falei, com um sorriso.

– Oi. Eu sou a Maria. Vou levar vocês até o chalé. Essas são todas as malas? – perguntou ela, olhando para as duas que eu tinha levado e as três da Maddy.

– São, sim – falei. – Tudo bem deixar o carro aqui?

– Não – respondeu ela, pegando uma das malas de Maddy. Então nos entregou um controle e apontou para o portão que ficava mais à esquerda. – Podem deixar lá dentro. O proprietário não gosta de ver carros no pátio. Eu espero vocês.

Guardamos o carro na garagem – que tinha um elevador, para que um carro pudesse ficar em cima do outro. Quando Maria não estava olhando, Maddy mexeu os lábios, dizendo: *Que loucura*. Então fomos atrás de Maria, atravessando um quintal enorme que levava ao lago e arrastando nossas malas pelo gramado perfeito.

Os fundos da mansão eram ainda mais grandiosos que a frente. O quintal tinha piscina e um gazebo. Havia cadeiras Adirondack brancas em uma faixa de areia enorme e, atrás delas, um iate no cais, sob uma cobertura.

Mais adiante, um barco tão detonado que parecia ter sido pego em uma tempestade estava amarrado a um poste.

– Este é o barco de vocês – disse Maria. – É velho, então podem usar o quanto quiserem, o senhor não vai se importar. Vocês sabem pilotar?

– Não – admiti.

Ela abriu uma porta lateral do barco e começou a colocar nossas malas.

– Eu ensino. É fácil. Como dirigir um carro.

Ficamos atrás dela enquanto Maria mostrava rapidinho como dar a partida e erguer e baixar a hélice. Então ela desamarrou o barco, empurrou-o para longe do cais, engatou a ré e saiu para o mar aberto com habilidade. Maria virou o barco e partiu em direção a uma ilha grande no centro do lago.

Ela foi falando por sobre o ombro enquanto pilotava.

– O rádio não funciona e o barco não anda rápido. Tem coletes salva-vidas e um remo embaixo do assento. Vocês têm que abastecer na marina, eu mostro no mapa. Olhem na direção da casa para saber aonde ir quando voltarem.

Maddy soltou uma risadinha.

– É, acho que não vamos perder a casa. Deve dar pra ver até do espaço.

Meu cabelo chicoteava à brisa quente do fim de julho, e tive que segurá-lo na nuca para afastá-lo do rosto. O sol nos iluminava. O barco não tinha cobertura. Parecia um conversível náutico antigo sem capota. Sem nenhuma proteção contra as intempéries.

Maddy devia estar pensando a mesma coisa que eu.

– Chove muito em Minnesota? – perguntou ela, falando alto por causa do barulho do motor velho.

– O tempo todo – respondeu Maria. – Estou tão feliz por ele ter feito isso. É a primeira vez que o senhor aluga o chalé.

– Por que ele decidiu alugar?! – gritei.

Ela ergueu uma das mãos.

– Ele nunca usa. A namorada terminou com ele há alguns anos, e depois disso o senhor nunca mais foi até lá. Fica muito triste, porque sempre ia com ela, sabe? O chalé é da família há cinquenta anos, e agora está vazio. Vocês vão gostar, é muito bonito.

Maria apontou para a frente com a cabeça.

– Estão vendo o cais com a coruja?

Nós duas nos esforçamos para enxergar. Havia um cais pequeno na ilha à frente, com uma coruja de plástico empoleirada.

– É ali. Bem fácil de encontrar. E dá pra ver a casa daqui. Estão vendo? Muito fácil.

Fiquei aliviada por ser tão perto. Tinha olhado no mapa e o lago Minnetonka era *enorme*. Eu estava com um pouco de medo de que nos perdêssemos indo e voltando, mas de um cais dava para ver o outro.

Quando chegamos, o que levou mais tempo do que a distância curta indicava – Maria tinha razão, o barco *não* era rápido –, Maddy se segurou no poste e nos puxou enquanto Maria me ensinava a desligar o motor. Ela nos mostrou como amarrar o barco e desligar a bateria, então pegamos nossas malas.

Fomos em direção ao chalé, as rodinhas das malas batendo nas tábuas do cais. Havia uma prainha de areia, do tamanho exato para uma fogueira e quatro cadeiras de praia. No topo de uma escadaria de madeira em zigue-zague, dava para ver um pequeno chalé branco em meio às árvores. Havia vizinhos dos dois lados, mas a uma distância que garantia nossa privacidade.

Subimos com nossa bagagem e chegamos suando à porta. Entramos por uma varanda de tela com vista para o lago. Maddy e eu trocamos um olhar. O chalé era um encanto. Havia cadeiras de balanço de vime brancas e uma namoradeira combinando com almofadas grossas de estampa floral, uma mesinha fofa, samambaias de plástico em vasos de ferro forjado e cestos pendurados.

– Chegamos – disse Maria, abrindo a porta da frente. – Não são permitidas velas, mas vocês podem usar a lareira. Não tem aquecedor.

Ela empurrou a porta e a seguimos por uma sala maravilhosa, iluminada e aconchegante. Maddy e eu olhamos em volta, sorrindo.

– Uau! É ainda mais bonito que nas fotos – falei.

Maria pareceu satisfeita.

O estilo da casa era um rústico vintage. Tapetes coloridos cobriam o piso de madeira envelhecido. Em frente à lareira de pedra, vi um sofá branco robusto com uma manta de tricô grossa pendurada na lateral e almofadas xadrez nas duas pontas. Havia poltronas de estilos diferentes que pareciam ter sido bem usadas, e um baú fazia as vezes de mesinha de centro. Na cozinha, um lustre de madeira pendia sobre a mesa para quatro pessoas. Havia também uma pia branca grande de fazenda, armários brancos com portas de vidro, com canecas ao estilo vidro de conserva e tigelas e pratos feitos à mão. Não tinha lava-louça, mas a gente ia sobreviver.

Maria suspirou, olhando para a casa, e balançou a cabeça.

– Venho todo ano, limpo tudo e tiro o pó. Ele nunca vem. Um dia eu finalmente disse: "Por que não deixa alguém ser feliz neste lugar? Alugue." Que bom que ele me ouviu.

– Que bom mesmo – disse Maddy.

– Um lugar como este merece risadas – disse Maria, nos levando até os quartos. – Lembranças.

Os quartos ficavam depois da sala, cada um de um lado de um corredor curto, com um banheiro compartilhado entre eles. O banheiro tinha uma banheira branca com pés de metal, azulejos azul-claros e uma pia antiga. Fiquei com o quarto que tinha um assento acolchoado na janela, e Maddy ficou com o que tinha uma cadeira de balanço pendurada no canto.

– Onde fica a máquina de lavar roupa? – perguntou Maddy, olhando em volta.

– Não tem – respondeu Maria. – Me deem as roupas que eu lavo. Tem uma taxa extra. Ou vocês podem levar até a lavanderia, mas não é perto. Vocês também precisam levar todo o lixo. Não tem serviço de coleta. Podem jogar nas lixeiras da garagem quando forem até a casa.

Nós duas assentimos.

– Podem usar o endereço da casa pra receber correspondências – disse ela, continuando com as instruções. – Eu deixo pra vocês na garagem. Qualquer problema, podem me ligar.

Ela deixou a chave do chalé e o número dela, então a levamos de volta até a mansão. Maria fez tudo parecer fácil, mas achei bom que o barco fosse velho e detonado, porque era bem difícil de manobrar e eu tinha a sensação de que iríamos bater no cais mais vezes do que gostaríamos.

Decidimos ir até a cidade fazer compras, já que estávamos ali.

– É incrível, não é? – perguntei a Maddy ao tirar o carro da garagem da mansão.

– É incrível, sim.

– Viu os quadros de fotos nas paredes? Todas as coisas relacionadas à vida nos lagos de Minnesota?

– Vi – respondeu ela. Então tirou os chinelos e colocou os pés no banco, apoiando o queixo no joelho. – Parece que a gente voltou pra década de 1950.

Abri um sorriso.

– Quem você acha que é o dono da casa? – perguntei.

– O senhor.

Dei risada.

– É meio triste que ele tenha parado de usar o chalé – falei, deixando a vizinhança.

– Pelo jeito tinha muitas lembranças difíceis.

– É. Mas nós vamos curtir.

Dirigimos mais ou menos 1,5 quilômetro até uma área mais comercial da cidade, onde o Google Maps dizia haver um mercado. Foi quando vi.

– Ah, meu Deus – falei. – Preciso encostar.

Maddy olhou pela janela.

– O que foi?

– Uma coisa para o Justin.

Entrei no centro comercial e estacionei.

Maddy olhou em volta.

– O que você encontrou para o Justin *aqui*?

– Espera aí.

Mandei mensagem para ele.

EU: Me diga quantos dedos quer que eu levante.

Um segundo depois:

JUSTIN: E aí? Você já está no Havaí? Como foi o voo? Chegou bem?

Olhei para o celular com um sorrisinho de canto de boca.

EU: Cheguei, sim. Quantos dedos? Tenho uma surpresa pra você.

Ele respondeu com um emoji sorridente e o número três.

– Vamos – falei, saindo do carro.

– O que a gente vai fazer? – perguntou Maddy, indo atrás de mim.

– Tire uma foto minha neste ponto de ônibus. Me ajude a deixar ela boa.

Maddy olhou para o banco.

– Acho que *nada* é capaz de deixar essa foto boa.

Ela tirou a foto e me devolveu o celular. Cortei a imagem para que mostrasse só eu e o anúncio no banco do ponto de ônibus. E mandei.

Uns bons quinze segundos se passaram, então meu celular começou a tocar.

6

Justin

Quando recebi a foto, me levantei tão rápido que a cadeira caiu atrás de mim, e Brad se assustou e correu para debaixo da cama.

Não acredito. *Não acredito.*

Meu coração começou a martelar na garganta. Ela estava sentada em um ponto de ônibus. Um ponto de ônibus do Rei das Privadas. Ela estava *aqui.*

Liguei para ela na hora.

– Está falando sério? Você está aqui?

Percebi que Emma estava sorrindo antes mesmo que ela dissesse uma única palavra.

Fiquei andando de um lado para outro dentro de casa.

– É só uma escala aqui a caminho do Havaí? Podemos nos encontrar? Posso levar você para jantar, posso sair daqui agora.

Ela começou a rir.

– Justin.

– Diga.

– Vou passar seis semanas aqui.

Parei de andar, e um sorriso surgiu em meu rosto.

– Você adiou o Havaí?

– Está surpreso? – perguntou ela.

Mordi os nós dos dedos e dei um soquinho no ar no meio da cozinha.

– Está brincando? Onde vai ficar? Quando posso ver você?

– Estou no lago Minnetonka, em um chalé em uma ilha. E acho que… amanhã? Você pode?

Assenti.
– Posso. Claro. Pode ser, sim.
– Tá. Justin?
Eu estava radiante.
– Sim?
– Você tem razão. Minnesota é lindo.

7

Emma

Quatro horas depois, Maddy e eu estávamos de volta ao chalé, sentadas na varanda de tela. Jantamos na cidade e voltamos. A geladeira estava abastecida e já tínhamos desfeito as malas.

Maddy saiu da casa e me entregou um chá gelado.

– Sem cafeína – disse.

– Obrigada.

Estava rolando uma festa em algum lugar da ilha. Dava para ouvir a música e a gritaria, e o ar cheirava um pouco a churrasco. O sol estava se pondo sobre a água.

Aquele seria um verão incrível.

Maddy se sentou com uma latinha de Sprite na mão.

– E aí… Justin amanhã…

Olhei para ela.

– É estranho eu estar animada?

– Hum, é. No seu caso, é.

– E se ele tiver um cheiro estranho? – perguntei. – Isso já aconteceu com você? Conhecer uma pessoa e tudo nela parecer perfeito, menos o cheiro? Tipo, não que seja um cheiro ruim, mas não ser… atraente?

– Sim! Como pode isso? – disse ela, abrindo a latinha.

– Não sei. Talvez sejam os feromônios? Espero que o cheiro dele seja bom. Tenho que beijar o cara.

– Ah, olha só como é caridosa – disse ela, sarcástica.

Nem mesmo Maddy, com todo o seu cinismo, podia negar que Justin era *muito* gato.

– Você faria mais que isso com ele? – perguntou ela.

Dei de ombros.

– Não sei. Não sei nem se o cheiro dele é bom.

– Bom, você está gostando dele? Tipo, de verdade?

– É, tô gostando dele. Não estaria aqui se não gostasse.

– Mas?

Olhei para ela.

– Mas a ideia é sair pra terminar. Não sei exatamente quais são as regras. Talvez ele só queira acabar logo com isso.

Ela fez uma cara de *por favor, né?!*

– Você não acha mesmo que ele quer ver se rola alguma coisa entre vocês?

Dei risada.

– Por que ele faria isso? A próxima mulher vai ser a Pessoa Certa. Ele deve estar querendo partir logo pra ela. E eu só vou ficar seis semanas aqui.

– Acho que se você gosta dele deveria tentar de verdade. Não tratar isso como uma tarefa.

Eu a encarei.

– A gente só quer se divertir. Ele também não vai tentar de verdade.

Meu celular começou a vibrar.

Peguei o aparelho, achando que fosse Justin, mas não reconheci o número – e eu *sempre* atendia quando não reconhecia o número.

– Espera, preciso atender. Alô?

– Emma, você não vai *acreditar* em quem eu encontrei.

Eu me levantei de repente.

– Mãe? Por onde você andou?

Maddy revirou os olhos e pegou o próprio celular.

– Boston – respondeu minha mãe. – Eu te falei.

Balancei a cabeça.

– Não. Não falou. E seu número estava desativado. Eu fiquei preocupada...

– Eu te dei meu número novo há semanas, lembra? O outro ainda estava no plano do Jeff, e ele cancelou meu número, acredita? Aquele merda. Meu Deus, homens com inicial J são os *piores*.

Levei a mão à testa, sentindo o alívio que sempre me invadia quando finalmente descobria onde ela estava.

– Enfim. Adivinha quem eu encontrei! Você não vai acreditar. – Ela fez uma pausa dramática. – O Pelucinha.

Ergui a cabeça.

– O Pelucinha?

– É. Aquele unicórnio que você carregava pra todos os lugares! Fui fazer uma visita à Renee. Você se lembra dela? Passamos dois meses na casa dela quando você estava no quinto ano. Ela se divorciou daquele cara, o eletricista, lembra? Finalmente. Não sei por que ela pensou que se casar com alguém de libra seria uma boa ideia... e com lua em touro ainda por cima, imagina só! Agora ela vende apanhadores de sonhos na internet, e eu comprei um. Enfim, ela ainda tinha nossas caixas guardadas na garagem. Abri algumas e lá estava ele, em cima de uns jogos de tabuleiro.

O Pelucinha. Eu não conseguia nem respirar.

Eu não me apegava a muitas coisas. Não era nada sentimental. Mas *amava* o Pelucinha. Achava que nunca mais o veria.

– Me dá seu endereço que eu mando pra você – disse ela.

– Quer que eu transfira o dinheiro do envio? – perguntei, rápido demais. Não queria que ela deixasse de mandar por estar sem dinheiro. Ela iria perder ou estragar o Pelucinha, ou se distrair e esquecer de mandar.

– Não, não precisa. Consegui um emprego preparando bebidas em um campo de golfe, as gorjetas são boas. E aí, como você está? Onde está? Me conta tudo!

– Estou em Minnesota. Chegamos aqui hoje, na verdade.

– Minnesota... – repetiu ela, parecendo meio desanimada.

Por algum motivo foi só nesse momento que lembrei que minha mãe cresceu aqui. Ela quase nunca tocava no assunto. Tinha ido embora com 18 anos.

– Onde? – perguntou ela.

– No lago Minnetonka.

– Ah, é um lago muito festeiro! – comentou, voltando à vida. – Você vai se divertir muito! Arranja alguém pra preparar um peixe picão-verde na grelha pra você. Espera.

Ela começou a falar com uma voz abafada ao fundo. Ao voltar, soltou um suspiro dramático.

– Tenho que ir. Manda o endereço por mensagem. Amo você!

E desligou.

Eu me joguei de volta na cadeira. Maddy ergueu a cabeça e trocamos um olhar silencioso. Ela estava me dizendo que Amber a irritava, e eu respondi que sabia disso.

Mandei o endereço da mansão para minha mãe e salvei o número novo, então deixei o celular de lado.

Maddy também largou o dela.

– Então, comprei uma coisa pra você – disse ela.

– Sério?

– Sério. E quero muito que mantenha a mente aberta. Promete que vai fazer isso?

Olhei bem para ela.

– O que...

– Só mantenha a mente aberta. Prometa.

Ela esperou.

– Tá – falei. – Vou manter a mente aberta. O que é?

Maddy pegou uma caixa debaixo da cadeira de vime em que estava sentada.

Assim que vi a caixa, balancei a cabeça.

– Não. Não vou fazer um exame de DNA.

– Por quê?

– Porque não quero bagunçar a vida de ninguém. Meu pai nem sabe que eu existo...

– E você não acha que ele tem o direito de saber? Qualquer pessoa que submete o próprio DNA pra esses testes sabe que pode acabar tendo uma surpresa. E daí que o cara pode descobrir que tem uma filha? Ele *tem* uma filha. Você existe e não é sua culpa, e qualquer um que descobrir que tem parentesco com você é uma pessoa de sorte.

– *Não.*

– Desculpa, mas a Amber não pode ser a única família que você tem. Eu proíbo isso.

– Ela não é a única família que eu tenho. Tenho você.

Maddy ficou me olhando por um tempo.

– E nossas mães. Né? Elas também são sua família.

Umedeci os lábios.

– São. Claro.

Mas minha resposta saiu meio falsa.

Ela desviou o olhar.

– Emma... – disse, e voltou a olhar em meus olhos. – Por favor. *Por favor*, faça o teste. Faça antes que perca a chance de conhecer seu pai. Ninguém vive pra sempre.

Eu sabia a que ela se referia. Meus avós morreram antes de eu nascer. Não os ter conhecido sempre foi algo que me deixou muito triste. Minha mãe não teve irmãos, primos, ninguém. Eu só teria meu pai.

Minha mãe disse que minha concepção foi uma noitada apaixonada com um estranho lindo e charmoso, *casado*, em uma praia de Miami. Ela não sabia o nome dele – ou não quis me dizer.

Eu conversei com ela uma vez sobre fazer um exame de DNA. Ela ficou muito chateada. Disse que a única família que eu poderia encontrar seria a que ele já tinha, e deixou bem claro que isso colocaria um fim em um casamento. Também me disse que ele falou que não tinha e nem queria ter filhos. Eu não seria uma surpresa feliz.

Então, já que não havia a possibilidade de eu descobrir algum irmão e meu pai era alguém que preferia não saber que eu existia, qual era o sentido de fazer um exame desses?

Mas... e se as coisas tivessem mudado?

E se ele agora *tivesse* filhos? As pessoas mudam de ideia. E se eu tivesse uma irmã? Ou um irmão? E se fosse tia, ou prima de alguém... e se *essas* pessoas quisessem me conhecer? E se ele tivesse alguma doença que eu devesse saber? Algo genético? E fosse recomendável que eu fizesse um exame?

Mordi o lábio.

– Que tal se for assim... – disse Maddy. – Faz o exame e deixa sua conta privada. A gente muda as configurações de privacidade só por alguns minutos, dá uma olhada por aí. Se você tiver algum parente, a gente tira um print da tela e volta a deixar sua conta privada. Aí eu procuro a pessoa na internet e te digo se é alguém que vale a pena conhecer.

– Não sei...

– Você não tem curiosidade?

Exalei pelo nariz. Eu tinha. Sempre tive.

– Tá – falei. – *Tá bom*.

Ela deu um gritinho de felicidade e abriu a caixa.

Fizemos o teste. Fiz meu cadastro no site e Maddy disse que enviaria o teste pelo correio na manhã seguinte.

Ela voltou a mexer no celular e eu fiquei ali sentada, olhando para a água enquanto o sol se punha. Quando meu celular apitou ao meu lado, eu meio que esperava que fosse minha mãe de novo, mas dessa vez era Justin.

Era um link para uma pesquisa.

– Hã? – resmunguei.

Maddy indicou o meu celular com a cabeça.

– Amber?

– Justin.

– O que é?

Cliquei no link, que levou a uma pesquisa intitulada "Seu encontro com Justin". Tive que cobrir o sorriso com uma das mãos.

Parabéns pelo encontro com Justin! Suas preferências são importantes, então ele gostaria de saber sua opinião. Por favor, responda ao questionário até as nove da noite de hoje.

– Ah, meu Deus – falei baixinho. – Ele *não* fez isso.

Era múltipla escolha.

HORÁRIO PREFERÍVEL PARA O ENCONTRO:

☐ Café da manhã
☐ Almoço
☐ Jantar

QUAIS ATIVIDADES DESPERTAM SEU INTERESSE?

☐ Caminhada
☐ Jantar e cinema
☐ Museu ou aquário
☐ Um dia no lago
☐ Escape room
☐ Surpresa (escolha do Justin)
☐ Outra:

COMIDA:

- ☐ Tailandesa
- ☐ Americana
- ☐ Churrasco caseiro
- ☐ Vegetariana ou vegana
- ☐ Churrascaria
- ☐ Indiana
- ☐ Italiana
- ☐ Escolha do Justin
- ☐ Outra:

NÍVEL DE ELEGÂNCIA:

- ☐ Pijama
- ☐ Roupas esportivas
- ☐ Casual
- ☐ Social
- ☐ Filme do James Bond

CUMPRIMENTO:

- ☐ Sem contato
- ☐ Saudação vitoriana (pequena reverência e leve aceno de cabeça)
- ☐ Aperto de mão
- ☐ Abraço
- ☐ Dois beijinhos nas bochechas
- ☐ Toca aqui

TRANSPORTE:

- ☐ Por favor, diga ao Justin que venha me buscar no seguinte endereço:
- ☐ Prefiro ir sozinha (o destino será revelado até no máximo duas horas antes do início do encontro)

Eu estava gargalhando.

– Ele mandou um questionário pré-encontro.

– O quê? Deixa eu ver – disse Maddy, e pegou meu celular. Então olhou bem em meus olhos. – Gostei disso.

– Eu também.

Ela me devolveu o celular e eu mordi o lábio. Queria muito, *muito*, que o cheiro dele fosse bom.

Comecei a preencher o formulário. Escolhi Almoço, Surpresa (escolha do Justin) para a atividade, Escolha do Justin para a comida, já que imaginei que ele conhecia os melhores lugares e eu não era enjoada para comer. Quase escolhi James Bond para o nível de elegância, só para ver o que ele faria, mas acabei escolhendo Casual, porque não tinha nenhuma roupa nível James Bond. Escolhi Abraço para o cumprimento, e optei por ele vir me buscar para que Maddy pudesse ficar com o carro.

Enviei minhas respostas.

Na manhã seguinte, acordei com um convite em minha caixa de entrada. O tema era floral e o título era "Encontro casual com Justin":

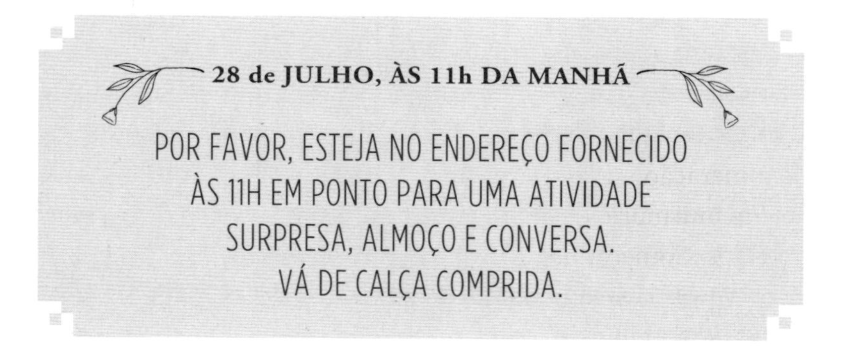

Dando risada, me levantei da cama e fui até o quarto de Maddy.

– Olha só pra isso – falei, me deitando em sua cama.

Ela bocejou e pegou meu celular. Deu uma olhada no convite.

– Tenho que admitir, ele está se esforçando – disse, me devolvendo o aparelho e se espreguiçando. – É uma pena que ele seja apenas seu futuro ex-namorado.

Mordi o lábio e fiquei olhando para o convite com um sorriso largo.

– Ei – disse ela. – Tenta dar um jeito de rejeitar esse cara no encontro.

Olhei para ela.

– Como assim?

– Diz um não pra ele e vê como ele reage. Ou tenta ganhar dele em algum jogo. Se ele te levar pra jogar boliche ou minigolfe, acaba com ele.

A gente sabe muito sobre um cara pelo jeito como ele lida com a rejeição ou com uma derrota.

Dei uma risadinha.

– Tá...

Ela jogou o cobertor para longe.

– Vou começar o café da manhã. Melhor você ir se arrumar.

– Verdade.

Eu me levantei de um salto e corri até meu quarto para escolher uma roupa. Acabei me decidindo por uma legging verde-oliva, uma camiseta branca ampla e uma sandália dourada, brincos dourados pendurados e uma pulseira combinando. Então fui tomar banho.

A água tinha um cheiro estranho. De ferrugem. Talvez fosse de poço? Quando saí e penteei o cabelo, parecia que eu não tinha passado condicionador.

Abri a porta do banheiro e coloquei a cabeça para fora.

– Você achou a água estranha?! – gritei. – Meu cabelo está todo esquisito.

– Acho que é água dura! – gritou ela lá da cozinha. – Estamos perto de áreas de mineração.

Soltei um murmúrio de insatisfação e me esforcei para passar a escova pelos nós rígidos. Começaríamos a trabalhar no dia seguinte, e eu pretendia tomar banho no vestiário do hospital sempre que possível. Aquilo era terrível.

Finalmente terminei de pentear e coloquei o secador de cabelo na tomada, mas, quando liguei, a luz da casa inteira apagou.

– É... O que aconteceu?! – gritou Maddy da cozinha.

Joguei a cabeça para trás.

– Acho que queimamos um fusível.

– O que você fez?

– Nada, só liguei o secador.

Passamos dez minutos procurando os disjuntores, até que desistimos e ligamos para Maria.

– Ah, a casa é muito sensível – disse ela. – Não dá pra usar a torradeira e o secador de cabelo ao mesmo tempo. Quando passo aspirador, tenho que tirar *tudo* da tomada.

Ela disse onde ficavam os disjuntores. Religamos e ficamos uns vinte minutos testando o que podíamos ligar enquanto eu secava o cabelo. A resposta foi: nada. Não dava nem para ligar a cafeteira e o secador sem que a chave caísse.

Priorizamos a cafeteira e passamos o café. Fiquei sentada na cozinha com uma toalha na cabeça. Quando ficou pronto, Maddy me serviu uma xícara.

– A casa é antiga – falei. – O que vamos fazer?

Ela se escorou no balcão com uma xícara na mão.

– Aposto que é difícil trazer alguém pra fazer manutenção aqui. Tem que ir buscar a pessoa – disse ela.

Inclinei a cabeça.

– Acabei de me dar conta de que não podemos pedir comida.

– Não podemos pedir nada que seja entrega rápida – disse ela, como se tivesse acabado de pensar nisso. Então olhou para mim. – E se precisarmos chamar a polícia? Eles têm barcos?

Franzi a testa.

– Acho que sim. Eles não param as pessoas no lago? Mas será que trabalham à noite? E se precisarmos chamar uma ambulância? Eles têm ambulância aquática?

– Não sei.

Pensei um pouco.

– Nosso barco é *muito* velho – falei.

– É.

– E se ele quebrar? Vamos ficar presas aqui.

– Ou morrer na água.

Ficamos ali paradas, pensando nisso. Maddy iria me levar até a margem para meu encontro e depois voltar sozinha, e então me buscar quando Justin me levasse de volta. Ela teria que atracar o barco sem ajuda.

Acho que só nessa hora eu parei para pensar na logística daquela história de barco. Quer dizer, a gente só tinha um carro, e isso sempre funcionou para nós porque havia outras opções disponíveis: Uber, transporte público, caminhada. Mas o único jeito de chegar e sair da ilha era usando aquele barco.

Aquele barco velho, frágil e sem cobertura.

– Me lembra de comprar capas de chuva – falei.

– Boa – disse ela, bebendo um gole do café.

Peguei minha xícara e fui arrumar o cabelo.

Enquanto os bobes faziam efeito, tomei café da manhã. Então lavei a louça, me maquiei e soltei o cabelo, passei perfume e estava pronta para ir.

Às 10h45, partimos para a margem do lago.

Não dava para ver se ele já estava lá. Justin ia esperar no carro, em frente à casa. Era provável que eu só o visse quando desse a volta na garagem.

– Vou esperar até ter certeza de que ele está aqui – disse Maddy quando nos aproximamos do cais.

Estava ventando. Ela tinha que ficar virando o barco porque as rajadas nos tiravam da rota.

– Quem sabe se você acelerar um pouco mais? – falei, em meio ao barulho do motor e do vento.

– Eu estou acelerando. Esse é o máximo.

Acho que ela ficou com medo de acabar flutuando para longe do cais, então só desligou o motor quando chegamos bem pertinho. Acabamos indo rápido demais em direção à margem do lago.

– Ré! Engate a ré! – gritei.

A velocidade de tartaruga do barco de repente pareceu aumentar quando nos aproximamos da praia. Maddy engatou a ré. O motor reduziu com dificuldade, mas a velocidade foi caindo. Então, para meu horror, começamos a andar de ré, o motor puxando, em direção ao cais.

As laterais do barco tinham amortecedores, bolas de ar enormes que evitavam que o barco batesse e sofresse danos. Mas o motor não tinha nenhuma proteção. Eram só as hélices e o motor, indo em direção ao cais.

– Vamos bater! – gritei.

– Bom, então dá um jeito de empurrar! – disse ela, voltando a acelerar para a frente.

O motor fraco lutou contra a inércia – e perdeu.

Corri até a parte traseira do barco, ergui o banco, peguei o remo e me escorei na lateral bem na hora em que estávamos prestes a bater. Estendi a mão e usei o remo para empurrar o cais segundos antes do impacto. Foi o suficiente, e voltamos a flutuar em direção ao centro do lago.

Nós duas estávamos ofegantes. Ficamos ali paradas, o coração acelerado, flutuando sem rumo como astronautas ejetados no espaço.

Quando estávamos a uma distância segura de qualquer coisa em que pudéssemos bater, Maddy desligou o motor e se jogou no assento do capitão.

– Se estivéssemos do outro lado do cais, correríamos o risco de bater no iate – disse ela, parecendo abalada.

Olhei para o iate, que provavelmente custava mais do que nós duas ganhávamos em cinco anos. Tive um ataque cardíaco retroativo.

– Você vai conseguir atracar sozinha na ilha? – perguntei.

Ela ainda estava recuperando o fôlego.

– E eu tenho escolha?

Olhamos para a margem. Precisávamos tentar de novo. Tínhamos que ficar boas naquilo. Teríamos que pilotar o barco no mínimo duas vezes ao dia quando fôssemos trabalhar.

E teríamos que fazer isso à noite. Na chuva. Durante ondas de calor e quem sabe até tempestades – se tivéssemos que ir trabalhar nessas circunstâncias.

Não imaginei que seria tão difícil ou que seriam tantas variáveis. Quando dirigimos um carro, não precisamos nos preocupar com o vento.

– Quer que eu tente? – perguntei.

Ela assentiu. Trocamos de lugar.

Alinhei o nariz do barco com a lateral do cais e acelerei. Mas dessa vez desliguei o motor antes. Fomos flutuando pela lateral do cais e engatei a ré para diminuir a velocidade enquanto Maddy agarrava um dos postes, até que paramos.

– Não amarre – falei. – Eu desço e empurro você de volta.

Trocamos mais uma vez de lugar. Peguei minha bolsa, desci do barco, dei um empurrãozinho para que ele voltasse e fiquei olhando até que Maddy estivesse na rota da ilha.

Eu não fazia ideia de como ela iria atracar sozinha. Fiquei preocupada.

– Me liga quando atracar! – gritei.

Ela ergueu o polegar.

Eu estava exausta. Abalada pelo quase acidente. O vento tinha desgrenhado meu cabelo e parecia que minha pele estava começando a ficar queimada de sol. Não era *assim* que eu queria começar aquele encontro.

Fiquei observando Maddy por um instante. Então me virei e cruzei o gramado em direção à lateral da mansão, dando a volta na garagem. Quando cheguei ao outro lado, Justin estava ali, encostado no carro.

8

Justin

No momento em que Emma apareceu, tudo ficou em câmera lenta. Meu cérebro capturou aquela imagem. Senti a cena congelar.

Ela era *linda*.

Eu tinha visto fotos, conversado com ela por vídeo, mas nada disso me preparou para aquele momento.

Cabelo castanho comprido, camiseta branca, legging. Emma sorriu para mim, um sorriso fácil, tranquilo, e quanto mais perto ela chegava, mais paralisado eu me sentia. Não consegui nem obrigar minhas pernas a caminharem ao encontro dela. Eu não estava ao lado do carro, esperando a mulher que iria sair comigo. Estava no meio da estrada, vendo as luzes de um caminhão vindo na minha direção.

Eu me considerava uma pessoa bastante equilibrada, confiante e tranquila. Não ficava nervoso ou ansioso com encontros. Mas tudo que sabia sobre mim mesmo até o momento em que coloquei os olhos *nela* parecia não ser mais verdade.

Virei uma pilha de nervos. Na hora.

Ela se aproximou.

– E aí?

– E aí? – falei, meio sem fôlego, torcendo para que meu nervosismo não transparecesse.

Aí fiquei parado olhando para ela. Calado e com os olhos arregalados, como uma estátua de cera humana.

Ela não pareceu perceber. E se aproximou para um abraço. O abraço com que concordamos na pesquisa. Mas eu *não* estava preparado.

Emma me envolveu em seus braços, e registrei suas características em uma fração de segundo. Mais baixa que eu. Macia. Quentinha. Seu cabelo tinha cheiro de flores. Essa é a sensação de abraçá-la. Essa é *ela*...

– Gostei do seu perfume – disse ela ao se afastar.

– Obrigado. Também gostei do seu – respondi.

– Meu Deus, estou esgotada – disse ela. – Você tinha que ver a gente tentando atracar o barco.

Senti a boca seca.

– O que aconteceu? – perguntei.

– Quase encalhamos. Parecia um esquete de comédia.

O celular dela tocou.

– Ah, espera. Preciso deixar o celular ligado caso a Maddy tenha algum problema tentando voltar. – Emma olhou para o aparelho. – É ela.

Atendeu e levou o celular ao ouvido.

– Maddy? Tudo bem? – Ela ouviu por um instante e então olhou para mim. – Tá bom.

E desligou. Apontou com a cabeça para trás.

– Podemos ir até ali rapidinho?

– Claro.

Emma se virou e começou a voltar pelo caminho de onde viera. Demos a volta na lateral da casa enorme e chegamos ao quintal com vista para o lago.

Vi uma mulher baixinha de cabelo castanho em um barco perto da margem. Ela ergueu o binóculo a fim de olhar para nós.

– É ela? – perguntei.

– É, sim – respondeu Emma, parecendo se divertir com aquilo tudo. – Ela deve ter achado o binóculo no barco. Pode ir!

Ela fez um gesto indicando à mulher que fosse embora.

– Me liga quando tiver atracado!

Emma virou para mim, balançando a cabeça.

– Acho que ela queria ver você.

Acenei para Maddy por sobre o ombro de Emma e o sorriso da mulher desapareceu. Então ela passou o dedo pelo pescoço, fazendo aquele gesto universal de *Vou matar você*.

Pisquei, sem reação.

Emma percebeu minha expressão e virou a fim de ver para onde eu estava olhando, então Maddy abriu um sorriso largo e acenou com entusiasmo para a melhor amiga.

Tá...

Emma voltou a olhar para mim com um sorriso.

– E aí? Vamos?

– É... claro...?

Andamos até o carro e eu corri na frente dela para abrir a porta. Depois que ela entrou, dei a volta até o lado do motorista por trás do carro, porque estava com vergonha de caminhar na frente dela.

– Gostei do seu carro – disse Emma quando entrei. – Não acredito que você deixa o Alex dirigir.

Deixei escapar uma risada, que deve ter saído alta demais, e liguei o carro.

Ela deu uma olhada no porta-copos.

– Você foi à Starbucks.

– Ah, é. Comprei bebidas pra nós. Aqui – falei, passando o café gelado com creme de caramelo salgado para ela... e deixando-o cair.

O copo caiu no colo dela, mas ela pegou antes que virasse de lado. A tampa não saiu, mas um pouquinho do café espirrou pelo buraquinho em sua camiseta branca.

– Merda! – falei baixinho, procurando que nem louco por um guardanapo. – Merda merda merda merda merda.

– Está tudo bem – disse ela, limpando as gotas com os dedos.

Eu não tinha um único guardanapo no carro. Nada. Fui abrir o porta-luvas para dar uma olhada e minha mão roçou em seu joelho. Ela o afastou às pressas.

Literalmente tudo que fiz naquelas últimas dezesseis horas desde que descobri que ela estava em Minnesota foi me preparar para o encontro. Fiz o questionário, digitei o convite, fiz planos e dei telefonemas. Até limpei o apartamento – não que eu estivesse achando que ela iria até lá. Mas, caso ela quisesse ver o outdoor de perto ou conhecer Brad ou algo do tipo, eu queria que estivesse tudo brilhando. E agora estava me perguntando para que tudo aquilo, uma vez que não adiantaria de nada se eu ficasse me envergonhando daquele jeito de tanto nervosismo.

Eu queria dizer "Desculpa, estou nervoso", mas não queria que ela soubesse disso. Queria que ela me achasse calmo e equilibrado, como eu costumava ser em um encontro. Mas aquele não era um encontro qualquer, e não pelo motivo que eu esperava. O fato de não ser de verdade, de estarmos só testando um experimento idiota por diversão, deveria ter deixado as coisas menos estressantes. Eu não tinha que impressioná-la. Nós éramos parceiros em um experimento, ela não precisava gostar nem se sentir atraída por mim. Mas de repente eu queria *muito* que ela gostasse e se sentisse atraída por mim, e mesmo depois de tudo que fiz para que aquele dia fosse especial fiquei com medo de que não fosse o suficiente para compensar o *meu* comportamento.

Vasculhei o porta-luvas e soltei um palavrão baixinho ao não encontrar nada.

– Justin, está tudo bem – disse ela, dando uma risadinha. – Tenho lenço umedecido na bolsa.

Foi quando percebi que ela tinha mexido a perna não porque encostei nela sem querer, mas porque estava pegando a bolsa do chão. Ela pegou um lenço umedecido e começou a esfregar a manchinha.

– Viu? Já saiu quase tudo – disse.

Emma terminou de limpar a camiseta, amassou o lenço e jogou-o de volta na bolsa. Então pegou o copo.

– Obrigada pelo café. – E bebeu um gole. – Não acredito que você lembrou. Eu nunca me lembro da bebida de ninguém. E já fui garçonete... Eu era péssima.

Senti os cantos dos meus lábios se curvarem, apesar do nervosismo. Pigarreei.

– Vou mandar uma mensagem avisando que estamos a caminho – falei, pegando o celular.

– Avisar? Quem? – perguntou ela.

– Minha amiga Jane. Namorada do Benny.

Mandei a mensagem e coloquei o cinto.

– E aí, o que vamos fazer? – perguntou ela.

– Não posso contar. É segredo. E aí – falei, mudando de assunto –, a Maddy já matou alguém?

Ela fingiu pensar um pouco.

– Não que eu possa provar.

Dei uma risadinha nervosa ao arrancar com o carro.

Eu me sentia muito tenso com Emma sentada ao meu lado. Só conseguia pensar que ela estava ali. Estava me esforçando muito para parecer tranquilo. *Fique calmo, Justin. Fique. CALMO. Ela é uma pessoa como outra qualquer.*

Olhei para ela. Emma definitivamente não era uma pessoa como outra qualquer.

Por sorte, *ela* não estava uma pilha de nervos e continuou a conversa pelos minutos seguintes. O fato de Emma parecer tão à vontade e tranquilo me fez pensar que ela não percebeu que *eu* não estava à vontade e tranquilo, e isso me ajudou a me controlar. Quando chegamos à casa de Benny e Jane, já estávamos de volta à conversa natural que tínhamos ao telefone, graças a Deus, e eu estava quase recuperado.

Descemos do carro, e Jane abriu a porta antes mesmo que tocássemos a campainha.

Ela exibiu um sorriso largo.

– Oi, é um prazer! – disse ela, apertando a mão de Emma.

– O prazer é meu – respondeu Emma.

– Benny ainda está no trabalho? – perguntei.

Jane fez um biquinho.

– Está, ele achou que fosse conseguir sair pra almoçar, mas não deu. Sinto muito.

Antes, eu não estava me importando tanto assim com a possibilidade de Benny não estar lá. Ele não era o motivo da visita. Mas isso mudou naqueles últimos dez minutos. Agora eu *queria* que meus amigos a conhecessem para que tivesse com quem conversar sobre ela.

Jane nos conduziu pela sala de jantar e por um corredor e parou em frente a uma porta fechada.

– Está tudo pronto. Podem entrar quando quiserem.

– Tudo o quê? – perguntou Emma, olhando para mim.

– Acho que vou esperar até você ver – falei, erguendo uma das mãos. – Mas não esqueça, não importa o que houver atrás dessa porta, não se apaixone por mim. Não é esse o combinado.

Emma riu, e fiquei aliviado por ter me recuperado o bastante para conseguir ser engraçado.

Abri a porta e ela arquejou.

– Gatinhos? – disse, com um sorriso largo.

– É.

Os cinco gatinhos de seis semanas que Jane tinha acolhido vieram miando até nós, os rabinhos levantados. Entramos e fechei a porta antes que algum deles pudesse escapar.

Emma pegou um.

– Ah, Justin, olha isso! Que fofo!

Abri um sorrisinho.

– Quer se sentar? Eles escalam a gente. Por isso sugeri usar calça.

Emma largou a bolsa e se sentou de pernas cruzadas, e eu me sentei à sua frente. Os gatinhos começaram a nos escalar na mesma hora. Um deles subiu pelas costas dela e surgiu em seu ombro, por baixo do cabelo, enquanto outros dois brincavam em seu colo.

Seu rosto inteiro se iluminou.

Fiquei feliz por ter decidido visitar os gatinhos primeiro. Isso me deu a oportunidade de observá-la sem que ela percebesse que eu a encarava fixamente – e eu *estava* encarando. Sardinhas no rosto. O cabelo cor de bronze. Os olhos castanhos que eram um caleidoscópio de verde com manchas douradas. Eram diferentes ao vivo.

Tudo era diferente ao vivo.

Imaginei que, se soubesse antes que ela estaria ali, se ela tivesse me contado seus planos de trocar o Havaí por Minnesota, nada daquilo pareceria tão inacreditável. Mas, naquele momento, algo me disse que seria inacreditável de qualquer maneira.

– A gata dela teve filhotes? – perguntou ela.

– Não. Eles fazem lar temporário para a Bitty Kitty Brigade. Também já fiz algumas vezes. Gosto de gatos. A gente tinha um quando estava na faculdade, o Cooter. Benny ficou com ele quando se mudou há alguns anos. Ele deve estar por aí.

Emma se dirigiu a um gatinho, mas na verdade estava falando comigo.

– Só se passaram vinte minutos e esse já é o melhor encontro que eu já tive. Não sei como vai conseguir superar isto, Justin.

– Tenho muitas ideias.

Ela olhou para mim.

– Ah, é? Vão ser seus quatro melhores encontros?

– Você só vai sair comigo quatro vezes? – perguntei. – Vai passar seis semanas aqui. Podemos sair mais vezes.

– Não quero me aproveitar de você.

– Por favor. Se aproveite.

Por favor.

Ela abriu um sorrisinho irônico, e torci para que estivesse dando em cima de mim.

– Sério. Eu gostaria de te ver mais vezes. Pra te mostrar Minnesota – acrescentei depressa, com medo de parecer ansioso demais.

– Bom, você falou *mesmo* muito bem deste lugar. Seria uma pena se eu não tivesse um guia pra me mostrar os destaques.

– Concordo. Cem por cento. Considero esse meu dever, é algo puramente obrigatório, não vou curtir nem um pouco.

Ela deu risada.

– E aí, onde vamos almoçar? – perguntou, abraçando um filhote.

– Na verdade vamos a um lugar que serve café da manhã. A não ser que você prefira pizza.

– Eu *amo* comida de café da manhã.

– É muito superior a qualquer outra comida – concordei.

– Mas também gosto de pizza.

– Você come a borda? – perguntei, acariciando um gatinho que passava por mim.

– Eu *amo* a borda da pizza – respondeu ela.

– Eu *odeio* a borda.

– Maddy também odeia, então eu como a dela – disse ela. – Em parte é por isso que somos tão compatíveis.

– Brad também gosta da borda. Ele come todas as minhas. Sabe, aposto que se fizessem um estudo sobre relacionamentos, românticos ou não, descobririam que aqueles em que um gosta da borda e o outro não são os que mais dão certo.

– Imagina colocar isso num aplicativo de namoro – disse ela.

– Precisa estar disposta e comer a borda da minha pizza, sem duplo sentido – comentei, bem sério.

Ela caiu na gargalhada. O alívio que senti ao perceber que tudo parecia ir bem foi insuperável.

– O que você não gosta de comer? – perguntei, ainda sorrindo.
– Cenoura. E você?
– Pappardelle – respondi. – Não suporto.
– Aquele macarrão fino e achatado?
– É. Parece que a gente está comendo uma língua – falei, e meu braço foi atacado por um filhote malhado alaranjado. – Tudo bem, tudo bem, já chega, Garras Assassinas.
Tirei o gatinho uma garra por vez, e Emma abriu um sorriso largo para mim.
O celular dela tocou, e ela pegou o aparelho e olhou para a tela.
– Ah, espera, é a Maddy. Alô? – disse, e ouviu por um instante. Então fez uma careta meio alarmada. – É para isso que servem os amortecedores. Que bom que conseguiu, eu estava preocupada. Tá bom. Tá bom. Pode deixar. Tchau.
E desligou.
– Ela conseguiu atracar?
– Conseguiu, bateu meio forte, mas disse que está tudo bem com o barco.
– Até o fim do verão vocês vão estar craques.
– Tomara. Isso tudo é meio estressante – disse ela, pegando o Garras Assassinas. – Acho que não pensei muito bem nessa coisa de ilha. Pareceu uma boa ideia, mas é um pouco inconveniente. Enfim, vão ser só seis semanas, e a Maddy gosta do chalé, então…
– Onde você e a Maddy se conheceram? – perguntei.
Ela deu um beijinho de nariz no gatinho.
– Ela é minha irmã de lar temporário. As mães dela me acolheram quando eu tinha 14 anos. Elas foram incríveis. Pagaram a minha faculdade de enfermagem e tudo.
– Elas não chegaram a adotar você? – perguntei.
Emma balançou a cabeça.
– Não.
– Por que não? Na verdade, quer saber… Não precisa responder. É muito pessoal.
– Não me importo. Eu não quis ser adotada – disse ela. – Queria que minha mãe pudesse voltar e me buscar se quisesse.
– E… ela voltou?

Ela fez uma pausa.

– Não. Não voltou.

Outro gatinho rastejou na minha direção. Sacudi os dedos e ele pulou na minha mão, então o peguei no colo enquanto ele mordia minhas articulações.

Emma inclinou a cabeça.

– Isso é muito fofo. Preciso tirar uma foto – disse, pegando o celular.

– Ei, você deveria me seguir no Instagram – falei depois que ela tirou a foto.

– Hum... – Ela largou o celular. – Preciso confessar uma coisa. Eu já vi seu Instagram.

– Já?

– Já. Maddy achou você.

– Quando?

– Uns quatro minutos depois das primeiras mensagens que trocamos no Reddit.

– Tá – falei, dando risada. – Bom, me siga pra que eu possa seguir você também.

– Tá bom. Mais uma coisa: a Maddy também encontrou seu LinkedIn. E o obituário do seu pai. Sinto muito.

Fiz uma pausa.

– Não sei dizer se devo me sentir violado.

– Ela só queria garantir que você não era bizarro.

– Isso te ajudou a decidir se deveria falar comigo?

– O pior é que ajudou.

– Então fico feliz que ela tenha feito isso.

Ela abriu um sorriso. O Garras Assassinas se pendurou em seu braço, preguiçoso.

– Meu Deus, os gatos parecem líquidos, não parecem? Sempre quis um, mas eu e minha mãe nos mudávamos muito.

– Por causa do trabalho?

– Às vezes. Às vezes porque não conseguíamos pagar o aluguel ou ela estava cansada da cidade onde morávamos. Minha mãe não era muito boa em ficar em um só lugar – respondeu ela.

– Então como você acabou em um lar temporário? Se não se incomodar com a pergunta.

Ela balançou a cabeça.

– Não. Ela me abandonou.

Emma falou como se fosse algo normal, como se não a incomodasse e ela estivesse falando sobre outra pessoa.

Então deu uma risadinha.

– Uma vez, quando eu tinha 8 anos, minha mãe saiu no fim de semana e não voltou. Ela me deixou vinte dólares, e tinha um pouco de comida na despensa. Mas uma semana se passou. E mais uma. Em três semanas, a comida acabou. Quando ela fazia isso no inverno ou no outono, eu comia na escola. Sempre guardava um pouco do almoço pra levar pra casa, assim podia ter alguma coisa pra comer no fim de semana, mas dessa vez era verão. Eu estava de férias. A vizinha tinha uma horta, e, de tanta fome, não consegui dormir e fui até lá no meio da noite, arranquei as cenouras dela. Todas. Levei pra casa e passei dias comendo cenoura. Fiquei laranja. – Ela riu. – O betacaroteno me deu carotenemia. Achei que fosse morrer. Fui até a casa ao lado e eles ligaram pra emergência. Foi assim que fui parar no primeiro lar temporário. E também é por isso que odeio cenoura.

Fiquei olhando para ela.

– Onde ela *estava*? – perguntei.

Emma deu de ombros, acariciando o gatinho.

– Não sei. Ela tinha conseguido um emprego de comissária de bordo, e eu passava muitas noites sozinha. Mas dessa vez ela simplesmente não voltou pra casa. Acho que aconteceu alguma coisa. Não sei bem o quê. Hospital. Cadeia.

– *Cadeia?*

– Acho que às vezes ela enfrenta algumas questões de saúde mental. E acaba se colocando em apuros. Enfim, ela tinha se esquecido de pagar a conta de telefone, então alguns dias depois ele foi cortado, e acho que ela não sabia como entrar em contato comigo sem contar pra alguém que tinha me deixado sozinha. Ela sempre teve muito medo de que alguém me tirasse dela.

– Alguém *deveria* ter tirado você dela – falei, incrédulo.

– Ela era mãe solo, Justin, estava fazendo o melhor que podia. Não tinha grana pra pagar alguém pra cuidar de mim à noite e eu era muito independente. De verdade, eu estava bem em noventa e nove por cento do tempo.

Balancei a cabeça.

– Emma... Isso é muito zoado.

– Não acredito mesmo que ela tivesse a intenção de me machucar. Estava fazendo o que tinha que fazer. As coisas eram assim. Eu estou bem. Me saí bem. Sou feliz e tenho uma vida boa.

Pisquei algumas vezes, atônito.

– Não sei como você pode perdoar alguém assim.

Ela deu de ombros e olhou para mim.

– Por que não perdoar? Em um mundo onde podemos escolher entre a raiva e a empatia, sempre escolha a empatia, Justin. Não sei como era pra ela. Mãe solo aos 18 anos, sem dinheiro, sem família. Ela tinha dificuldades. *Ainda* tem. Mas ela me ama, e nunca duvidei disso nem por um segundo, independentemente do que ela fizesse.

Emma voltou a brincar com o gatinho em seus braços e eu fiquei parado ali, olhando para ela.

Sempre escolha a empatia...

Queria ser capaz de fazer isso. Queria poder seguir com a vida e não guardar rancor da minha mãe. Mas não conseguia perdoá-la. Pelo menos não naquele momento.

Depois de uma hora com os gatinhos, nos preparamos para ir comer.

Eu queria levá-la a um lugar especial, então escolhi com cuidado. Tinha que ser um lugar que só tivesse em Minnesota, a comida tinha que ser incrível e memorável. Escolhi um restaurantezinho familiar chamado Hot Plate. Quando ela entrou e sorriu, eu soube que fiz a escolha certa.

As paredes eram cobertas por centenas de pinturas coloridas de acordo com os números. Havia bonequinhos por toda parte, uma prateleira cheia de jogos para que as pessoas se divertissem enquanto comiam e lustres e castiçais variados pendiam sobre as mesas.

– Uau! – exclamou ela, olhando em volta.

E fui recompensado com mais um sorriso.

A espera era de quinze minutos, então ficamos conversando do lado de fora. Fiquei feliz por poder prolongar o encontro, que estava passando rápido demais. Eu ia levá-la para ver as cachoeiras do Parque Minnehaha depois de comermos, e quis perguntar se ela gostaria de ver o Jardim de Esculturas de Mineápolis ou tomar um sorvete, só para que durasse mais, porém ela disse que iria começar a trabalhar no dia seguinte e que precisava voltar. Fiquei torcendo para que a mesa demorasse mais do que tinham informado, só para termos mais tempo, mas depois de dez minutos chamaram meu nome. Eu estava segurando a porta para ela quando Emma colocou a mão em meu braço.

– Vamos ficar aqui um pouco – disse.

Olhei para ela, confuso.

– Por quê? O que foi?

Ela estava olhando para trás de mim, para o outro lado da rua, onde havia uma mulher de meia-idade sentada em um ponto de ônibus com uma propaganda do Rei das Privadas, vasculhando a bolsa que tinha no colo.

Olhei dela para a mulher.

– O que foi?

Emma não me respondeu, só ficou observando a mulher por mais um tempinho, então atravessou a rua. Soltei a porta e fui atrás dela. Emma se sentou no banco ao lado da mulher.

– Olá.

A mulher olhou para ela e voltou a olhar para a bolsa.

– Sabe que horas o ônibus passa? – perguntou Emma.

A mulher não respondeu.

– Estou indo ver minha mãe – disse Emma. – Quem você vai ver?

– Samantha – respondeu a mulher, sem olhar para ela. – Estou esperando o Uber. Nós vamos para Santa Monica.

– Ah. Que horas é seu voo?

A mulher continuou ocupada com a bolsa.

– Não vamos pegar nenhum voo, é uma viagem de meia hora de carro.

Emma me olhou por uma fração de segundo.

– Parece que o aplicativo da Uber caiu – disse Emma. – Conversei com a Samantha, e ela pediu que eu te levasse para tomar um café ali naquele restaurante até que ela possa vir te buscar. Vamos?

Os olhos da mulher vasculhavam a bolsa aberta. Emma segurou seu cotovelo com delicadeza.

– Meu nome é Emma. E o seu?

A mulher olhou para ela.

– Lisa.

– É um prazer, Lisa – disse Emma, ajudando a mulher a se levantar. – Posso dar uma olhadinha no seu celular? Pode desbloquear o aparelho pra mim? Quero ver se a Samantha já está chegando.

Quando Lisa entregou o celular, Emma colocou o aparelho na minha mão.

– Justin, pode fazer uma ligação pra mim? – sussurrou. – Pode avisar à Samantha que a Lisa vai tomar um café com a gente?

Encontrei o nome Samantha nos contatos e liguei.

Dez minutos depois, uma mulher chorosa, na casa dos 20 anos, entrou apressada no restaurante e veio até a nossa mesa para pegar a mãe. Emma ficou o tempo todo conversando com Lisa sobre um dia imaginário na praia, que aconteceria em uma cidade a mais de três mil quilômetros dali.

– Como você sabia? – perguntei quando voltamos a ficar sozinhos.

A mulher me pareceu absolutamente comum. Pelo menos à primeira vista.

– A camisa dela estava abotoada errado – disse ela. – Já trabalhei com o cuidado de pessoas com problemas de memória. Ela parecia desorientada.

– Era demência? Ela parece nova demais pra isso.

– A demência pode acontecer com pessoas jovens. Alzheimer precoce, traumatismo craniano. Podem ser muitas coisas.

A garçonete parou em nossa mesa e encheu nossas xícaras de café. Emma pegou uns pacotinhos de açúcar, rasgou e despejou na xícara.

– Por que não falou a verdade pra ela? Que não estamos na Califórnia? – perguntei.

– É confuso demais pra eles. A verdade assusta. Às vezes, o melhor jeito de demonstrar amor ou ser gentil é encontrar a pessoa onde ela está.

– Literalmente? Ou em sentido figurado?

Ela fez uma pausa com a colher na mão.

– As duas coisas.

Fiquei observando Emma enquanto ela mexia o café. Gostei de vê-la ajudar a mulher. Gostei que ela tenha percebido que precisava ajudar.

Pedimos a comida, então fomos dar uma olhada nos jogos.

– Que tal xadrez? – perguntei.

– Gosto de xadrez – disse ela, olhando para a prateleira de jogos. – Mas você não quer uma coisa mais divertida? *Uno* ou algo do tipo?

Arqueei uma sobrancelha.

– Acha que já está na hora de jogarmos *Uno* juntos? Esse jogo é capaz de desfazer famílias.

Ela deu risada.

– Tá. Então vamos de xadrez.

Levamos o jogo para a mesa e montamos. Dez minutos depois, eu soube que não iria acabar bem para mim. Eu era bom no xadrez, mas ela era melhor. *Muito* melhor.

– Então, por que enfermeira itinerante? – perguntei, vendo-a derrubar minha torre.

– O salário é bom. Queremos conhecer todo o país. E também fazemos uma viagem internacional por ano.

– Então você voa muito – falei, analisando o tabuleiro.

– Muito.

– Você aplaude quando o avião pousa?

– De jeito nenhum.

– Você corre nas esteiras do aeroporto?

Mexi o bispo.

– Eu *caminho* rápido nas esteiras do aeroporto. *Você* corre nas esteiras do aeroporto?

– Não. Por quê? Alguém te falou alguma coisa?

Ela riu e colocou a mão na dama.

– Aposto que você seria o cara que fica parado na esteira e eu teria que pigarrear bem alto pra você se tocar.

Olhei nos olhos dela.

– Eu pareço o tipo de cara que atrapalha o fluxo de pessoas sem querer? Sou uma pessoa *muito* atenciosa – falei. – Fique sabendo que não monopolizo apoios de braço e ajudo as velhinhas a pegarem a bagagem.

Ela pareceu achar engraçado.

– Uau. E imagino que agora vai me dizer que também lava a louça antes que comece a ficar com mau cheiro?

Emma pegou meu cavalo.

– *Claro* que lavo – falei.

– E quando foi a última vez que lavou sua fronha?

– Espera... Você tem fronhas? – perguntei, em tom de brincadeira.

– Ah, pronto.

Comecei a rir debruçado sobre o tabuleiro, e ela sorriu. Um sorriso largo.

– Com que tipo de homem você anda saindo? – perguntei, conseguindo um de seus peões. – Eu me orgulho do meu apartamento.

– Já percebi isso.

– Por quê? Porque você me stalkeou e já viu todas as fotos? – perguntei, abrindo um sorrisinho.

Ela mexeu a dama.

– Não vi *tudo*. Tem coisas que eu não sei sobre você.

– Por exemplo? – perguntei, também movimentando a dama.

Ela olhou para mim.

– Por exemplo, o que aconteceu com seu pai.

Fiquei em silêncio por um instante.

– Um motorista bêbado bateu no carro dele quando ele estava indo para o trabalho – falei.

Seu olhar suavizou.

– Sinto muito...

Mantive o olhar fixo no jogo.

– Eu nunca me acostumo a explicar isso... O que tenho que fazer sempre que começo a sair com alguém, então vai ser ótimo quando quebrarmos a maldição – falei, dando uma risadinha.

– Eu entendo. Também não gosto de ficar explicando sobre a minha mãe para os outros.

– É. Te entendo.

Ficamos observando o tabuleiro em silêncio.

– Sabe o que eu fico pensando às vezes? – disse ela, olhando em meus olhos.

– O quê?

– Sabe quando uma coisa ruim acontece com alguém que a gente ama, mas que seria melhor se tivesse acontecido com a gente?

– Sei.

– E se o universo ouviu? E se era pra você ou sua mãe ou as crianças terem morrido em um acidente de carro, mas aí seu pai disse "Me leve no lugar deles" e o universo fez isso? E ninguém se lembra de como deveria ter sido, porque esse é o acordo. Você nunca vai saber que ele foi um herói. Os destinos se invertem e a pessoa que se entregou aceita o que pediu pra salvar alguém que ama. Se pensar assim, em vez de ficar triste por ele ter morrido, vai ficar feliz porque ele conseguiu o que queria. E por alguém ter te amado tanto a ponto de ir no seu lugar.

Assenti devagar.

– É estranho como isso serve de consolo.

Os olhos dela se fixaram no tabuleiro.

– Muitas coisas ruins aconteceram comigo, Justin. Acho que às vezes o segredo da felicidade é olhar pra essas coisas de um outro jeito.

– Se isso for verdade, quer dizer que magia existe – falei.

– Talvez exista. Não é por ela que estamos aqui? – respondeu ela, os lábios curvados. – Xeque-mate.

Ela derrubou minha peça.

Olhei para o rei caído.

– Eu já perdi?

Ela deu de ombros, rindo.

Eu me recostei na cadeira.

– Você é *muito* boa no xadrez.

– Está surpreso? – perguntou ela.

– Na verdade, não.

– Em um dos lares temporários eles tinham um tabuleiro de xadrez e uma TV quebrada.

– Então fui enganado – falei, inexpressivo.

– Será que a babaca sou eu? – perguntou ela, piscando depressa.

– Não. Foi um privilégio ver você em ação.

Emma deu risada e eu dobrei o tabuleiro bem na hora que chegou a comida.

Depois do café da manhã, fomos ver as cachoeiras. Uma hora depois, levei Emma para casa. Eu não queria fazer isso. Parecia que não tinha sido tempo suficiente, mas nem um dia inteiro seria o bastante.

Quando chegamos à mansão, fui com ela até o cais, onde Maddy estava esperando no barco.

Emma e eu paramos no gramado pertinho da praia.

– Então você trabalha o resto da semana? – perguntei.

– Trabalho. Os próximos quatro dias. Amanhã tem a orientação e no dia seguinte começamos de vez.

– Então não vou poder ver você? Quem sabe a gente almoça juntos?

– Eu nunca sei quando vou conseguir um intervalo. Mas é fofo você querer almoçar comigo – disse ela, sorrindo. – Foi um encontro muito legal. Posso fazer um pedido para o próximo?

– Claro.

– Posso conhecer seu cachorro?

Abri um sorriso.

– Com certeza.

Ela se aproximou e me deu um abraço. Ao se afastar, fez uma pausa, como se talvez eu fosse beijá-la. Era esse o combinado, mas ainda não parecia a hora certa, principalmente com Maddy ali, nos observando. Mas os olhos da Emma se concentraram em meus lábios por uma fração de segundo, e comecei a considerar a ideia. Então ela olhou por sobre meu ombro e respirou fundo. Eu me virei para ver o que ela tinha avistado.

Um iate estava atracando no cais, com uma mulher acenando.

– Ah, meu Deus… – sussurrou Emma.

– O que foi? – perguntei, olhando do iate para ela. – Quem é aquela?

Uma pausa longa, de incredulidade.

– É minha *mãe*.

9

Emma

Fiquei olhando, incrédula, para o iate que atracava.

Maddy desceu do barco e correu pela praia na minha direção. Ela parou à minha frente, recuperando o fôlego.

– Essa *mulher* – disse, com dificuldade.

Justin estava parado ao meu lado.

– Ela não foi convidada?

– De jeito nenhum – respondeu Maddy, olhando por sobre o ombro para minha mãe, que descia do barco.

Amber estava com um vestido leve de verão, branco e pêssego, com uma fenda na coxa. O cabelo castanho e comprido estava solto, e ela usava um chapéu de aba larga e óculos de sol enormes. Trazia uma garrafa de champanhe em uma das mãos e as sandálias na outra, penduradas na ponta dos dedos. Com um sorriso largo, veio correndo pela praia em nossa direção, chutando a areia.

– Emma! – gritou, dando risada.

Apesar do choque e do olhar fulminante de Maddy, abri um sorriso. *Mãe...*

Aquela velha sensação percorreu meu corpo. A que eu sempre sentia quando ela aparecia de repente, para me resgatar, ou me fazer uma surpresa, ou finalmente me levar para casa. Corri até minha mãe. E quando a encontrei no meio do gramado e ela me abraçou, senti tanto alívio que comecei a chorar.

Eu era uma garotinha de novo. Fui lançada de volta aos meus 8 anos de idade, nos braços da minha mãe. Seu cheiro era o mesmo de todos os bons momentos. Cheiro de rosas. Um perfume marcante e fresco, e me senti absolutamente renovada.

Aquele cheiro era um indicador. Quando ela parava de se perfumar, significava que estava prestes a desaparecer de novo. Quando começava a perder o interesse em se cuidar, ela começava a perder o interesse em tudo. No emprego, nas responsabilidades.

Em mim.

Era estranho perceber que eu sabia disso, mas meio que não sabia que sabia. O desaparecimento do aroma de rosas fazia com que eu começasse a me preparar, a prestar muita atenção nas idas e vindas da minha mãe, a tentar não ser um fardo, para que talvez ela não sentisse a necessidade de me abandonar e ir embora mais uma vez.

Ir bem na escola. Lavar minhas roupas. Preparar minha comida. Não pedir nada. Não *precisar* de nada. Limpar tudo que eu sujasse. O que ela sujasse também. Ser prestativa. Ser invisível. Ser pequena.

Ela me soltou e sorriu.

Enxuguei o rosto e o chapéu dela saiu voando. Minha mãe riu, segurando o cabelo com as mãos enquanto o chapéu voava para a água. O homem que estava pilotando o iate vinha em direção à praia. Ele se abaixou e pegou o chapéu no caminho.

Era bonito. Devia ter cinquenta e poucos anos. Maxilar marcado, cabelos fartos e grisalhos, covinha no queixo, alto. Vestia uma camisa polo cor-de-rosa e uma bermuda branca. Minha mãe abriu um de seus sorrisos deslumbrantes quando ele parou ao lado dela.

– Emma, você não vai *acreditar* no dia que eu tive – disse ela, voltando a olhar para mim. – Queria te fazer uma surpresa. Peguei um voo pra cá de madrugada, chamei um Uber e vim até o endereço que você me deu, mas, quando bati na porta, um homem charmoso atendeu.

O homem charmoso estendeu a mão e disse:

– Neil.

Apertei sua mão, me dando conta de que estava conhecendo o proprietário do chalé. Maddy deve ter percebido a mesma coisa, porque veio até nós, e Justin veio logo atrás.

– Essa é a Maddy – falei. – E esse é o Justin.

Minha mãe sorriu para Maddy.

– Oi – cumprimentou minha amiga, sem expressão.

Justin estendeu a mão para Neil.

– É um prazer.

Eles se cumprimentaram e Justin inclinou a cabeça, observando minha mãe, que recolocava o chapéu.

– Que dia – disse Neil, olhando para minha mãe. – Eu achei que ia ser só mais uma terça-feira chata, e de repente surge essa mulher linda na minha varanda.

Amber olhou para ele com os olhos brilhando, e ele abriu um sorrisinho.

– Depois de um ou dois minutos, nos demos conta de que você está alugando o *chalé* dele – explicou ela, ainda olhando para ele. Então minha mãe se virou para mim. – Ainda era muito cedo, e não quis ligar e acordar você, então ele me convidou para tomar um café e começamos a conversar sem parar. Aí ele teve a ideia de me levar até a ilha, então pegamos o barco e acabamos dando uma volta no lago. Passamos o dia na água. Paramos no Lord Fletcher pra beber alguma coisa...

– Obrigada por cuidar dela – falou Maddy, inexpressiva.

– A gente vai grelhar umas lagostas – disse Neil, apontando para a piscina por sobre o ombro. – Querem se juntar a nós?

Minha mãe arquejou, feliz.

– Isso! Vocês todos deveriam se juntar a nós! Vou preparar um Bloody Mary.

Maddy balançou a cabeça.

– Ainda estamos desfazendo as malas...

– Ah, vocês podem fazer isso depois – disse minha mãe, dispensando o comentário com um gesto. – O que é uma horinha a mais? Neil vai pedir lagostas do Maine!

– Então está decidido – concluiu Neil, esfregando as mãos. – Vou começar a preparar os aperitivos.

Minha mãe sorriu para ele.

– Você deve ser o melhor anfitrião que já conheci.

Ele abriu um sorriso largo e indicou a casa com a cabeça.

– Vamos pra piscina, conseguir uma sombrinha! – disse Neil.

Então ele e minha mãe nos deixaram ali parados, enquanto riam e conversavam, caminhando em direção ao bar na área da piscina.

Eu me virei para Maddy e Justin, sem jeito.

– Você está de brincadeira? – disse Maddy, sibilando, assim que eles se afastaram. – Faz o quê, seis horas que ela está aqui? E já hipnotizou o dono da casa?

Mordi o lábio.

– A gente não sabe se foi isso mesmo – falei, e vi Maddy fazer uma careta.

Quando me virei, Neil estava com a mão nas costas da minha mãe. Ela se inclinou na direção dele de um jeito que deixou bem claro que aquela não era a primeira vez que ele a tocava.

Merda.

– Essa mulher destrói tudo – sussurrou Maddy. – Que merda.

– Ela só deve ficar alguns dias – falei, baixinho. – Não é tão ruim assim.

Ela bufou.

– Por favor. Você sabe *exatamente* o que ela veio fazer aqui. Você deu o endereço, ela pesquisou, viu um casarão e pegou o primeiro avião pra se aproveitar do que quer que esteja acontecendo na sua vida. E agora a Amber vai dormir com o cara e vai ser todo um draaama.

– O que ela vai fazer? – perguntou Justin, olhando dela para mim.

Maddy cruzou os braços.

– O que ela sempre faz: surgir do nada e deixar um rastro de destruição quando for embora. Ela não vai ficar com a gente – disse ela, com aquele tom definitivo.

Mas era óbvio que minha mãe estava de olho em uma casa muito mais confortável que a nossa.

– Você precisa mandar ela embora – disse Maddy.

Recuei.

– Não!

– Como assim "não"?

– Faz quase dois anos que eu não vejo minha mãe, Maddy.

– E? – perguntou ela, erguendo a mão. – Passe um tempo com ela. Mas ela que vá ficar em um hotel. Não precisamos estragar as coisas com o dono da casa que estamos alugando. Vai ser um caos.

– Ela não vai me ouvir – murmurei. – Você sabe disso.

Maddy revirou os olhos de um jeito que me disse que sabia, sim.

– Por favor, me diga que não preciso ficar e presenciar você comendo crustáceos com aquela mulher. Vamos voltar para a ilha, e você passa um tempo com a Amber amanhã ou, sei lá, quando ela cansar do cara.

– Quero jantar com a minha mãe, Maddy.

Ela colocou o polegar no peito.

– Se você ficar, *eu* tenho que ficar. Não vou deixar você sozinha pra ficar de vela ou sei lá o quê.

– Eu fico – disse Justin.

Nós duas olhamos para ele.

– Não é problema nenhum. Posso ficar o tempo que for preciso. Posso pedir ao Brad que passe lá em casa e leve o cachorro pra passear. Não me importo.

Olhei para o caminho que minha mãe e Neil tinham seguido.

– Uma reunião de casais pode *mesmo* ser uma dinâmica mais adequada – falei, imaginando que eles estavam em um encontro.

– Excelente – respondeu Maddy. – Fechado. Me ligue quando quiser que eu venha te buscar. Justin, venha me empurrar do cais.

Ela se virou e foi pisando firme em direção ao lago.

Olhei para Justin, cansada, enquanto Maddy atravessava o gramado.

– Ela é... intensa, né? – comentou ele.

Exalei.

– Ela só quer me proteger. Passamos por muita coisa juntas. Ela não quer que eu me machuque.

– Você vai se machucar?

Vou, pensei.

– Não – respondi. – Tem certeza de que não se importa de ficar?

Justin balançou a cabeça.

– Não me importo. Gosto de crustáceos.

– Se tiver que ir embora, pode ir. Espera só a Maddy ir pro chalé, pra que ela não pense que me deixou aqui sozinha.

– Eu não ousaria deixar você – disse ele, com aquele sorriso fofo de covinhas que eu já tinha visto tantas vezes durante o dia.

– Justin! Você não vem?! – gritou Maddy lá do cais.

Justin abriu um sorrisinho bem-humorado.

– Já volto.

Fiquei vendo Justin caminhar até a praia e soltei um suspiro longo. Maddy tinha razão. A situação era péssima. Minha mãe nunca ia embora em paz. Nem de empregos, nem de apartamentos, nem de relacionamentos. *Especialmente* de relacionamentos.

De repente comecei a me sentir muito cansada. Ver minha mãe foi ótimo, uma surpresa incrível. Mas, ao mesmo tempo, queria que ela não estivesse ali.

Só que aí eu ficaria preocupada me perguntando onde ela estaria.

Era como se não existisse um lugar de paz para mim, nenhum espaço seguro. Eu teria o caos ou a preocupação. Podia estar à beira do tornado ou no olho da tempestade, mas nunca segura. Era tão, *tão* exaustivo viver assim, e foi desse jeito que *sempre* vivi porque, no que dizia respeito à minha mãe, eu não conseguia não me importar. Nunca estava calma, exceto pelos breves momentos em que seu perfume era forte e eu sabia que ela estava bem.

Mas *eu* nunca estava bem de verdade.

Justin empurrou o barco do cais e voltou pela praia.

Senti alívio no momento em que ele disse que ficaria comigo, porque isso livrava Maddy daquela situação. Ela seria capaz de atravessar o inferno por mim – e aquele jantar seria um inferno para ela. Fiquei feliz por minha amiga não precisar estar ali. Às vezes a reação dela à minha mãe era mais estressante que a minha mãe em si.

– Emma, sua bebida! – disse minha mãe, cantarolando.

Ela veio da área da piscina com dois Bloody Marys com aipo, uma azeitona e uma cenoura espetados no topo do copo. Ela e Justin chegaram até mim no mesmo instante.

Minha mãe me deu um copo e se virou para ele.

– Justin – disse, tentando entregar o outro copo para ele, que ergueu uma das mãos.

– Não sou fã de suco de tomate.

– Ah. Tudo bem. Que tal uma cerveja?

Ele assentiu.

– Claro. Obrigado.

– Algum pedido? O bar está cheio.

– Pode me surpreender.

– Deixa comigo – respondeu ela, dando uma piscadela.

Amber voltou para o bar, bebendo o Bloody Mary que era para ele. Justin tirou a cenoura do meu copo e a jogou em um arbusto.

– Obrigada – falei, olhando para o lago, para Maddy, que desaparecia com o barco. – E obrigada por empurrar a Maddy.

– É, acho que ela pediu com segundas intenções.

Olhei para ele.

– Que segundas intenções?

– Ah, ela me ameaçou, na verdade. Disse que, se eu machucar você, ela me mata. Que nunca encontrariam meu corpo – respondeu ele, e olhou para o barco por um instante antes de voltar a olhar para mim. – Eu meio que acredito nela.

– Aff. Desculpa.

– Tudo bem. A notícia boa é que não vou machucar você, então vou sobreviver – disse ele, indicando a piscina com a cabeça. – Está muito preocupada com essa situação?

Mordi o lábio.

– Não sei. Quem sabe ela está melhor... Ela parece bem.

Ele olhou na direção que minha mãe tinha seguido.

– Você é muito parecida com ela.

– Eu sei.

– É meio difícil imaginar sua mãe na prisão.

Soltei um suspiro.

– Eu sei – repeti.

Mas aquela era minha mãe em seus melhores dias. Charmosa e divertida. Nos piores, não era nada difícil imaginá-la na prisão.

Três horas depois, estávamos na piscina.

Fazia tanto calor que Neil nos ofereceu roupas de banho que ele tinha na edícula. Eu estava com um biquíni meio justo, com folhas verdes de palmeira. Justin vestiu uma sunga preta que lhe caiu como uma luva.

Além de ser charmoso, Justin também tinha um corpo *muito* bonito.

Maddy tinha razão sobre a altura dele: devia ter 1,85 metro. Estava mais para magro, mas definido. Tive que passar protetor solar nele, e não me incomodei nadinha com isso.

Eu estava me sentindo um pouco mal por ele ter ficado. Não conseguia prestar tanta atenção no que Justin e eu conversávamos porque estava focada demais na minha mãe, o que era engraçado porque ela *não* estava focada em mim.

O impulso de Maddy de não me deixar de vela também estava certo. Minha mãe estava tão ocupada bajulando Neil que praticamente me ignorava.

– E com que ela trabalha? – perguntou Justin, observando minha mãe rir alto demais de alguma coisa que Neil disse lá na churrasqueira.

As lagostas tinham acabado de chegar e Neil estava segurando uma, mostrando para ela.

– Como garçonete ou bartender. Servia bebidas em um campo de golfe até... hoje, eu acho.

Ele voltou a olhar para Amber.

– Você disse que fazia quase dois anos que vocês não se viam?

– É.

– Estranho ela não estar passando mais tempo com você.

Senti uma pontadinha minúscula de... não sei de quê. Mágoa? Ciúme, talvez? Vergonha por Justin ter percebido? Todos os três?

Parte de mim queria que ela não tivesse conhecido Neil, para que me desse mais atenção. Mas outra parte de mim estava feliz por ela ter uma distração. Por eu não precisar entretê-la ou ser a única responsável por minha mãe enquanto ela estivesse ali. Só que também estava preocupada, pensando que ela acabaria irritando Neil, e eu teria que lidar com a situação e com a reação de Maddy depois.

Minha ansiedade borbulhou e tentei me concentrar no fato de que pelo menos minha mãe estava bem, eu sabia o paradeiro dela e poderíamos passar um tempo juntas – embora ela não parecesse muito interessada em mim no momento.

– Tudo bem – falei para Justin. – Assim tenho mais tempo pra conversar com você.

Abri um sorriso para ele, mas senti que não foi tão sincero assim.

– E por que ela veio pra cá? – perguntou ele.

De repente, eu me lembrei. *Pelucinha*. Fiquei de pé.

– Mãe! – chamei. – Cadê o Pelucinha?

Ela olhou para mim de onde estava, perto da churrasqueira.

– Está na minha mala. Espera aí, vou pegar.

Saí da piscina.

– Não, eu pego. Não quero esquecer – falei, pegando a toalha que estava na espreguiçadeira.

Justin saiu da piscina atrás de mim.

– Minhas malas ainda estão no iate – disse minha mãe.

Neil assentiu para nós.

– Está aberto. Aliás, Justin, se importaria de trazer as malas da Amber? Ela vai ficar comigo.

– Imagina – respondeu Justin, se enxugando.

Minha mãe abriu um sorriso largo para Neil, que a encarou de um jeito que me fez desviar o olhar enquanto seguia descalça para o cais.

10

Justin

– Caramba – falei baixinho, olhando em volta. – Você já entrou em um barco como este?

O iate era luxuoso. Além do convés com bar completo e lounge, a cabine tinha cozinha, dois banheiros, um quarto principal com cama king-size e outro com beliches. Era maior e mais bonito que meu apartamento – e a vista também era melhor.

Emma balançou a cabeça.

– Não. Só vi algo assim na TV. Quanto você acha que custa?

– Não sei, mas vou pesquisar.

A bagagem de Amber estava no meio de uma sala de estar espaçosa. Duas malas grandes da Louis Vuitton. Emma as contornou e se jogou em um sofá elegante de couro branco.

– Podemos nos esconder aqui por uns minutinhos? – perguntou.

– Acha que ele não vai se importar?

– Ele vai é esquecer que a gente existe – resmungou ela, descansando a cabeça na almofada. – Amber consegue fazer isso com as pessoas – disse, parecendo cansada.

Eu me sentei ao seu lado. Ela estava no meio do sofá, então, qualquer que fosse o lado que eu escolhesse, estaria invadindo de leve seu espaço. Meu coração enlouqueceu completamente.

Nós dois continuávamos com os trajes de banho emprestados, enrolados em toalhas. Ela estava com os olhos fechados, e aproveitei para observá-la. Sua pele estava bronzeada. Ela cheirava ao protetor solar que tínhamos passado e seu cabelo comprido estava molhado, caído no ombro.

Não me incomodava nem um pouco estar ali com ela. Fiquei feliz pela oportunidade. Não queria que o encontro terminasse três horas antes daquilo, e algo me dizia que eu também não iria querer que acabasse depois.

– Parece que faz um milhão de anos que estávamos com os gatinhos – disse ela, abrindo um dos olhos a fim de me encarar. – Estou com saudade dos gatinhos.

– Podemos voltar lá amanhã se você quiser. Podemos ir depois do trabalho. Ou antes. Tenho certeza de que a Jane não vai se importar.

Emma virou para o outro lado e ficou um instante em silêncio.

– Eu deveria tentar passar um tempo com a minha mãe. Não sei quanto tempo ela vai ficar.

Assenti.

– Claro. Não pensei nisso. – *Droga.* – Se o Neil estiver presente, posso acompanhar você – ofereci.

– Tá. Talvez eu te cobre isso.

– E quanto tempo ela vai ficar?

– Pra falar a verdade… eu não sei.

– Bom, onde ela mora?

– Em lugar nenhum. Em qualquer lugar.

Ela ficou olhando para a cozinha, pensativa.

– Sabe o que eu queria? – perguntou, e fez uma pausa. – Queria poder fazer perguntas e sempre ouvir a verdade.

– Você não ouve a verdade dela?

Ela bufou.

– Não.

Também olhei para a cozinha.

– E se a gente fizer um trato? Quando você me perguntar em que estou pensando, eu sempre vou dizer a verdade.

Ela me olhou com uma sobrancelha erguida.

– E se for algo constrangedor?

– A verdade não vai ser sempre agradável, né? É a verdade.

Emma sorriu. O primeiro sorriso sincero desde que a mãe apareceu.

– Tá – disse. – Em que você está pensando agora?

Comecei a rir.

– Uau, você mandou ver mesmo.

– Bom, você me deu permissão.

Abri um sorriso. Então desviei o olhar ao me dar conta de qual era a resposta para aquela pergunta. Voltei a olhar para ela.

– Isso vai ser mais difícil do que eu imaginava.

– Ah, é tão constrangedor assim, é? – perguntou Emma, parecendo achar aquilo tudo divertido.

– Não é constrangedor. São só, sabe, *meus pensamentos.*

– Tá. – Ela se sentou em cima da perna. – A gente pode fazer o seguinte: eu também respondo.

Dessa vez quem arqueou a sobrancelha fui *eu.*

– Você vai me dizer o que está pensando quando eu perguntar?

– Vou.

– Então a gente nunca vai mentir um para o outro. A verdade nua e crua, sem filtro, quando a gente quiser. É isso que estamos combinando?

– Exato. A verdade. Sempre que a gente quiser – respondeu ela.

– Acho que sempre vamos saber exatamente onde estamos pisando, né?

– É.

– Combinado, então – falei.

– Combinado. E aí, em que você está pensando?

Bufei.

– Caramba. Tá. Aqui vamos nós – falei, olhando em seus olhos. – Sabe, este exercício é um experimento falho, porque assim que você perguntou meu cérebro começou a catalogar todas as coisas que eu gostaria que você *não* soubesse, e agora só estou pensando nisso.

Ela abriu um sorriso.

Fiz uma pausa.

– Estou pensando que gosto muito mais de você do que eu esperava. Estou pensando que devo estar fedendo, porque está calor e todo o meu desodorante se foi na água da piscina, e que este lugar seria perfeito pra beijar você, como combinamos que vou fazer, mas não quero te beijar por causa da questão do desodorante. Estou pensando que essa coisa toda com a sua mãe e o Neil é estranha, mas não consigo definir por quê. Estou pensando que não gosto dela porque ela está ignorando você por causa de um cara que acabou de conhecer, e estou me sentindo mal por não gostar dela, porque sei que você gosta. E agora estou me perguntando se não sou duro demais com as pessoas, porque não consigo parar de pensar no que você disse antes, que a gente deveria sempre escolher a empatia, e se você é capaz de escolher a empatia com uma pessoa como ela, eu deveria conseguir fazer isso pelas pessoas que amo... mas não consigo. Estou pensando que seu biquíni parece justo demais e desconfortável, e que vai deixar marcas na sua pele. Estou pensando em como essas marcas vão ficar quando você tirar o biquíni... Não num sentido sexual, mas também num sentido sexual.

Senti meu rosto um pouco quente.

– Eeeee – continuei – agora estou me perguntando se não falei demais e quero saber o que *você* está pensando.

Ela abriu um sorriso.

– Uau. Isso foi... pesado – disse.

– É. Concordo.

– Está arrependido do trato?

– Neste exato momento, estou um pouquinho, sim.

Ela riu.

– E você? – perguntei. – Em que está pensando?

Emma me olhou, pensativa.

– Estou pensando na minha vergonha por você ter percebido que minha mãe está me ignorando. Estou com medo de você achar que tem algo de estranho nela e no Neil, porque... e se você tiver razão? Estou pensando que você está com um cheirinho de suor, sim, mas por algum motivo eu gosto disso. E também estou pensando que este seria um bom lugar pra você me beijar, mas agora que sei que está constrangido espero que não faça isso, porque não vai se sentir à vontade. E também acho que meu biquíni está justo demais e vou ficar com marcas no corpo quando tirar, e que eu quero muito, muito tirar porque está começando a doer.

– Você gosta do meu cheiro? – perguntei, com um sorrisinho.

– Gosto. E também sinto muito que tenha que me beijar. Parece uma tarefa difícil – disse ela, fazendo um beicinho. – Mas talvez você queira.

Ela estava dando em cima de mim? Abri um sorriso largo.

– Talvez eu *não* queira – falei.

– Talvez *eu* não queira.

– Ah, você vai querer, sim.

Ela retorceu os lábios.

– Hummmm. Bom, adoro um homem confiante.

– Nunca beijei alguém pra quebrar uma maldição antes – falei.

– Nem eu.

– Ótimo. Não vamos ficar sobrecarregados pela técnica.

Ela riu. Foi um som leve e tilintante, e adorei ter arrancado aquilo dela. Quando se recuperou, ela suspirou.

– Só espero que ela não faça nada de mau com ele.

– É por isso que está preocupada com a situação? – perguntei, apontando com a cabeça na direção da piscina.

– Minha mãe só tem dois tipos de relacionamento. Aqueles em que a pessoa acaba com a vida dela e aqueles em que ela acaba com a vida da pessoa.

– De que tipo é este?

– Definitivamente o segundo.

Balancei a cabeça.

– Não sei. Ele parece um cara esperto. Deve saber se virar.

– É – concordou ela, mas sem parecer convicta. Então olhou para mim. – Me conte sobre sua mãe, Justin. Como ela é?

Foi a *minha* vez de soltar um suspiro longo.

– Bom, ela é engraçada. Dedicada. Lê qualquer livro em que consegue colocar as mãos, e se lembra de tudo que lê, mesmo anos depois. Ela era muito jovem quando eu nasci, tinha a mesma idade da Amber quando você nasceu, na verdade. Ela é uma boa mãe, sempre presente... em eventos da escola, aniversários. Todo Natal e toda Páscoa, ela faz uns biscoitos italianos que me lembram a minha infância.

Emma abriu um sorriso gentil.

– Ela parece ótima.

– Ela é, sim.

– Mas?

Então ela percebeu o "mas".

– Mas, se ontem você tivesse dito que hoje eu estaria seminu com você em um iate de um milhão de dólares, eu não teria acreditado – falei, mudando de assunto.

Ela riu. Então olhou para mim com aqueles olhos de caleidoscópio.

– Estou feliz que você esteja aqui.

– Está?

– Sim. Estou.

Os cantos dos meus lábios se curvaram.

– Sabe, acabei de perceber que você é o primeiro namorado que minha mãe conhece – disse ela.

Abri um sorrisinho.

– *Namorado?*

– Você entendeu o que eu quis dizer – disse ela, dando um empurrãozinho no meu joelho.

– Não, eu posso ser seu namorado. Conte comigo. Quer dizer, não podemos sair com outras pessoas, então teoricamente estamos namorando. Não é tão distante assim da realidade – falei.

– Isso tudo nem é tão estranho, não é? O que estamos fazendo? – perguntou ela.

– Não me importo se é estranho. Só estou feliz que esteja acontecendo. E não só porque quero quebrar uma maldição.

Ela sorriu.

Pigarreei.

– E como funciona essa coisa de namorar pra você? – perguntei. – Sabe, por você se mudar tanto. Se estiver em um relacionamento, você se relaciona à distância ou...?

– Bom, no momento os relacionamentos *não* estão dando certo. É por isso que estamos aqui, não é?

– Quer dizer... É. Mas se você gostar de alguém. Sabe, teoricamente.

Ela deu de ombros.

– Ainda não aconteceu. Quando chega a hora de partir para a próxima missão, a coisa meio que já acabou.

– E se não acabar?

– Não sei. Nunca aconteceu.

Ela olhou para as malas de Amber.

– Eu deveria procurar o Pelucinha – disse.

Mas Emma não se levantou. Olhou para as malas como se estivesse com medo de abri-las, e me perguntei se havia a possibilidade de ela encontrar algo ali que não gostaria de ver.

– Você já desfez suas malas? – perguntei, mudando de assunto.

– Já. No dia em que chegamos. Eram só duas.

Levantei a cabeça e olhei para ela.

– *Duas?* E as coisas que você acumula?

– Não acumulo coisas. Não me apego.

– A quê?

Ela deu de ombros.

– A nada. Sabe quando as pessoas compram um celular novo e guardam a caixa? Eu não faço isso.

– Você não guarda a caixa do celular? E se precisar dela?

Emma olhou para mim parecendo achar a pergunta engraçada.

– Alguma vez você precisou da caixa do celular, Justin?

– Bom, não…

– Então pronto. Aposto que você tem um armário cheio de roupas que nunca usa. Um cesto cheio de cabos e carregadores aleatórios que não servem pra nada…

– Eles servem pra *alguma* coisa.

– Mas você nunca vai usar. Não precisamos da maioria das coisas que guardamos. Minha vida inteira cabe em duas malas grandes. E, se não couber, eu deixo pra trás.

– Isso é meio assustador – falei. – Não é de admirar que você abandone plantas.

– Eu dou outro lar pra elas.

– Você não quer morar em algum lugar? Tipo, encontrar uma casa onde possa plantar coisas na terra?

Ela voltou a olhar para as malas da mãe.

– Quem sabe um dia. Mas até agora não encontrei uma casa onde eu quisesse ficar pra sempre.

– Talvez nosso lar não seja um lugar. Talvez seja uma pessoa.

Ela soltou um suspiro suave pelo nariz.

– Talvez.

Emma se levantou e foi até a primeira mala, deitando-a para abrir o zíper.

– O que exatamente você está procurando? – perguntei.

– Um bichinho de pelúcia – respondeu ela, vasculhando as roupas.

Como não encontrou o que procurava na primeira mala, passou para a segunda. Eu soube o momento exato em que o encontrou, porque ela arquejou discretamente de felicidade.

Fiquei olhando para suas costas enquanto ela segurava algo contra o peito.

– Encontrou?

Ela assentiu.

– Achei que nunca mais fosse ver o Pelucinha.

Sua voz saiu um pouco embargada. Ela se virou com um sorriso radiante e me mostrou um unicórnio surrado, cinza e encardido, com o chifre meio caído e sem um olho.

– Uau – falei. – Ele parece... velho.

Ela olhou para o bichinho como se fosse um bebê.

– É. Você já viu aqueles canais do YouTube em que eles restauram esses bichinhos? Quero fazer isso um dia. Trocar o enchimento e lavar o Pelucinha. Costurar o olho de volta – disse ela, passando o polegar com delicadeza na testa do unicórnio.

Fiquei olhando para Emma, que admirava o bichinho com muito amor, e abri um sorriso terno.

Eu conhecia aquela sensação. A de recuperar um pedacinho da infância. Como no Natal, quando minha mãe me dava uma lata de biscoitos e eu era levado de volta aos 6 anos de idade, comendo com meu pai em frente à lareira.

Murchei ao pensar em como seria o Natal daquele ano. E o Natal do ano seguinte, e do seguinte...

A voz de Amber veio do convés.

– Emma? Justin? As lagostas estão prontas!

Trocamos um olhar. Como se nenhum de nós quisesse voltar para o mundo real. Mas voltamos.

O mundo real não gosta de esperar.

11

Emma

Quando voltei para o chalé uma hora depois, Maddy estava na varanda de tela, lendo. De bermuda e chinelos, bebia uma cerveja. Ao me ver entrar, largou o livro.

– E aí – falei, me jogando em uma cadeira. – Neil me trouxe de iate. Quis levar minha mãe pra um passeio ao pôr do sol.

Ela revirou os olhos.

– Quanto tempo será que vai durar a lua de mel? Eu dou uma semana.

Não respondi. Mas uma semana parecia fazer sentido.

– E aí, como foi? – perguntou ela.

Ela parecia mais calma agora que tinham se passado algumas horas.

– Foi tudo ok. Amber parece bem.

– Você pegou o Pelucinha?

Levantei minha bolsa do chão e mostrei o Pelucinha.

Olhando para ele, fiquei me perguntando se a gente vê as coisas de um jeito diferente na infância. Se a inocência é capaz de embelezar as coisas. Porque ele parecia o mesmo de sempre, mas não me lembrava de ser tão esfarrapado. Estava sem um olho e seu pelo, emaranhado e sujo. O enchimento estava murcho e o pescoço pendia, mole.

– Uau – disse Maddy. – É ele?

Coloquei-o sentado em minhas coxas e suspirei.

– Talvez eu consiga limpar um pouco?

– Talvez – disse ela, parecendo pouco esperançosa. – E o encontro?

Abri um sorriso.

– Ele me levou pra brincar com gatinhos. Depois fomos tomar um *brunch* em um lugar bacana, e em seguida passeamos em um parque onde tinha uma cachoeira. Foi divertido.

– Você recusou alguma coisa que ele pediu?

– Recusei... *e* ganhei dele no xadrez. Ele passou nos dois testes.

– Legal – disse ela, e bebeu um gole de cerveja. – E o cheiro dele é bom?

– É *muito* bom.

– Vocês se beijaram?

Balancei a cabeça.

– Não. Minha mãe e o Neil estavam lá. Seria estranho – respondi, e olhei para ela. – É verdade que você ameaçou ele?

– Não foi uma ameaça. Foi uma promessa.

Dei uma risada irônica.

– *Meu Deus.*

– Existe uma chance de você gostar desse cara o bastante pra ele te magoar, e preciso que ele saiba que sofrerá as consequências.

– Uau. Você nunca ameaçou alguém antes, ele deve ser especial.

– Bom, nunca vi você correr atrás de alguém antes.

Arquejei.

– Eu *não* estou correndo atrás do Justin.

Ela se endireitou na cadeira e olhou em volta de maneira dramática.

– A gente não está em Minnesota, por acaso? Você nunca, durante todo esse tempo que a gente se conhece, fez tanto esforço por causa de um cara. Você é sempre desapegada demais. Não se apega nem depois de transar. Parece um homem.

Soltei um murmúrio de indignação.

– Estou falando sério – disse ela. – Dessa vez você está agindo de um jeito diferente, e existe um limite de traumas com que a gente consegue lidar. Você já teve o suficiente pra uma vida inteira. Se ele ferrar com você e você desmoronar, vou tirar a vida dele com um abridor de lata.

Caí na risada.

– Eu não tenho traumas.

Ela me olhou como se eu tivesse duas cabeças.

– Ah, tem, sim. Sua infância inteira foi traumática. Você deveria estar fazendo terapia pra lidar com as coisas que aquela mulher te fez passar...

– Eu fiz terapia. Durante quatro anos. Suas mães me obrigaram a fazer durante todo o ensino médio. Eu tenho traumas *resolvidos*, não tem nada de errado comigo.

– Ah, é? Então por que você não largou da mala durante todo o tempo em que morou com a gente?

– Eu larguei da mala – falei, na defensiva.

– Não largou, não.

– Deixei a mala embaixo da cama e usava pra guardar minhas coisas.

– É. As coisas com as quais você se importava. Coisas que levaria se a casa pegasse fogo, ou se a Amber aparecesse pra te buscar. Você nunca desfez as malas.

– E daí?

– Você não acha isso estranho? O fato de nunca conseguir agir como se estivesse em casa em algum lugar? De sempre estar pronta pra ir embora a qualquer momento?

Balancei a cabeça.

– Acho que você está levando isso a sério demais.

– Acho que você não está levando a sério o suficiente – rebateu ela, se recostando na cadeira. – E aí, quando você vai ver o Justin de novo?

Dei de ombros.

– Semana que vem, talvez?

– Você não quis combinar nada antes? Me arrastou até Minnesota, até me chantageou...

– Eu me sinto meio mal de ficar ocupando o tempo dele sabendo que isso não vai levar a lugar nenhum e que vou embora em algumas semanas.

– Talvez ele queira que você ocupe o tempo dele.

Olhei para o Pelucinha.

– Ele disse *mesmo* que queria me mostrar a cidade. Não sei. Talvez eu aceite.

Meu celular vibrou e dei uma olhada. Não pude deixar de perceber que a possibilidade de ser minha mãe me deixou exausta por antecipação.

Mas não era minha mãe. Era Justin.

– Ah, meu Deus...

– O quê? – perguntou Maddy. – O que foi?

– Justin me mandou um questionário de avaliação.

– *Não*.

Dei uma olhada no questionário, gargalhando. Então li em voz alta.

1. Em uma escala de Constrangedor a Charmoso, como você classificaria o desempenho do Justin?

2. Em algum momento no decorrer do encontro você sentiu algum dos sintomas a seguir? Marque quais:
   - ☐ Frio na barriga
   - ☐ Rubor e o rosto pegando fogo
   - ☐ Zumbido nos ouvidos
   - ☐ Entusiasmo inexplicável
   - ☐ Riso incontrolável
   - ☐ Coração palpitante

3. Em uma escala de 1 a 10, qual seria a probabilidade de você voltar a sair com o Justin se a maldição não fosse um fator?

4. Que palavras você usaria para descrever seu encontro com o Justin?

5. Algum comentário adicional?

Maddy estava gargalhando.

– Preciso admitir, ele é esforçado.

Eu estava sorrindo para a tela.

– É, sim.

– Foi legal ele ter ficado com você.

Foi mesmo. Justin me impressionou. Ele era um pouco mais do que eu esperava, em vários aspectos.

– E aí? – perguntou Maddy. – Se vocês não estivessem quebrando uma maldição, qual seria a probabilidade de voltar a sair com ele?

Contraí os lábios, pensando. Marquei 10.

12

Justin

Quando cheguei em casa, Brad estava na cozinha comendo as sobras da minha geladeira.

– Oi – cumprimentei ao entrar, enquanto meu cachorro pulava aos meus pés. – Não precisava me esperar.

– Não esperei. Estou jantando – respondeu ele, mordendo o sanduíche de pernil desfiado que tinha montado. Então assentiu, mastigando. – Não tenho muita saudade de você, mas da sua comida…

Abri um sorrisinho irônico.

– Eu comi lagosta grelhada. No quintal de uma mansão no lago Minnetonka.

– Caraaaamba, você está mesmo fazendo de tudo por aquela garota.

Eu me sentei na cadeira do escritório e meu cachorro subiu em meu colo.

– Não, é uma longa história.

Ele deu mais uma mordida, se escorando no balcão.

– Como foi? Gostou dela?

– Acho que gostar não é o bastante pra definir o que senti – falei, acariciando o cachorro.

– Sérioooo?

– Sério.

– Mas vocês não estão saindo só pra terminar? – perguntou Brad.

Isso parecia ter tão pouca importância naquele momento que quase esqueci o motivo pelo qual ela estava ali. Meu objetivo tinha mudado completamente. Emma *não* era uma mulher com quem eu iria querer terminar depois de quatro encontros. Eu já estava pensando em como deixá-los mais especiais, em coisas que eu podia lhe dar ou lugares aonde podia levá-la.

Coloquei Brad no chão e me debrucei sobre o teclado para mandar o questionário de avaliação que tinha preparado para Emma.

– Ei, o que acha da Mansão Glensheen, em Duluth? – perguntei. – Acha que ela iria gostar? Será que levo ela lá?

Brad comeu o resto do sanduíche.

– Claro. É um lugar muito bacana. E o que ela achou de você ir morar com as crianças daqui a algumas semanas?

Senti a euforia do dia se esvair. Ela não sabia das crianças.

No início, não contei porque não gostava de falar sobre o assunto. E, de qualquer forma, isso não tinha importância, já que não iria afetá-la. Nunca pensei que ela viria mesmo para Minnesota. Na verdade, tinha quase certeza de que nunca a conheceria. Mas agora eu conhecia, e foi mais importante do que eu imaginava, então tinha que contar.

Eu não ficaria com as crianças para sempre, mas seria tempo o bastante para que fizesse toda a diferença. Eu me perguntei se isso faria com que as coisas mudassem entre nós dois.

Mas estava colocando o carro na frente dos bois. A gente só tinha saído uma vez. Eu nem sabia se ela havia gostado de mim, e ela iria embora em seis semanas. Precisava me concentrar em garantir que ela se divertisse e em conhecê-la, e talvez, quem sabe, em convencê-la a ficar um pouco mais que o planejado. Eu me preocuparia com o restante quando chegasse a hora.

– Ainda não contei – falei. – O assunto não surgiu.

– Bom, é melhor contar logo. O momento está chegando.

– É. Eu sei.

Ele limpou os dedos em um guardanapo.

– Ei, vi sua mãe hoje.

Mantive o olhar na tela.

– Ah, é?

– É. Na verdade, eu queria conversar com você. Acho que você precisa passar mais tempo com ela – disse ele.

Meu maxilar se retesou.

– Não.

– Por quê? – perguntou Brad.

Eu me virei para ele.

– Porque eu não quero.

Ele balançou a cabeça.

– Acho que ela não está muito bem, cara. Ela é sua mãe. Precisa do seu apoio.

– Ela *tem* meu apoio. Vou largar minha vida inteira em uma semana pra juntar os pedaços que ela vai deixar pra trás. Não teve nada que ela me pediu que eu não fiz.

– Não é disso que estou falando, e você sabe.

Desviei o olhar.

– Olha só, eu sei que é difícil – disse ele. – É uma merda. *Ninguém* gosta dessa situação. Mas ela não pode voltar no tempo e desfazer o que fez, cara. Se pudesse, ela voltaria.

– É, bom, ela não pode.

Brad deixou que o silêncio entre nós se estendesse. Era inútil discutir aquilo. Nada do que ele dissesse mudaria o que eu estava sentindo. Eu *não* conseguia perdoá-la. Não queria passar mais tempo com ela nem fingir que estava tudo bem.

– Estou colaborando – falei. – Faço tudo que ela precisa que eu faça. Sou educado e falo com ela. E, pra ser bem sincero, isso é mais do que ela merece.

Percebi que ele ia desistir da discussão. Brad me conhecia bem o suficiente para saber que a conversa tinha chegado ao fim.

Ele se afastou do balcão.

– Tá bom. Não vou insistir – disse, batendo com o nó de um dos dedos no granito. – A gente se vê.

– Beleza. A gente se vê.

E ele foi embora.

Passei a mão no rosto e me virei de frente para a sacada. O Rei das Privadas espiava meu apartamento.

Se puder escolher entre a raiva e a empatia, sempre escolha a empatia.

Eu não conseguia. Àquela altura, a raiva era tudo que eu tinha.

Eu me levantei e fechei a persiana.

13

Emma

– Juro por Deus, estou fedendo a ferrugem – sussurrou Maddy, cheirando o braço. – Estou fedendo a ferrugem? A água do chalé é nojenta.

Estávamos caminhando pelos corredores da ala cirúrgica do Royaume Northwestern atrás do enfermeiro-chefe, Hector, encarregado de nos mostrar o hospital. Já tínhamos assinado os documentos, recebido os crachás e feito o treinamento sobre o sistema de registro médico eletrônico do Royaume. O tour era a última parte do dia, depois receberíamos nossos horários e iríamos embora. O trabalho de verdade começaria no dia seguinte.

– Não sei dizer se você está fedendo a ferrugem porque eu também devo estar – sussurrei.

– Precisamos da confirmação de outra pessoa. Acha que o Justin teria dito se você estivesse cheirando mal?

Pensei sobre a resposta e sobre o acordo de sinceridade brutal que tínhamos feito.

– Acho que teria, sim – respondi, cheirando a parte de dentro da camiseta. Não senti nada, mas talvez eu já estivesse acostumada. – Acho que não estamos fedendo, mas vou tomar banho no vestiário sempre que puder.

– Eca. Eu também. Deve ser melhor tomar banho no lago.

Os sapatos do Hector rangiam à nossa frente.

– O estoque de medicamentos fica ali dentro, o refeitório fica no térreo. O cirurgião-chefe é o Dr. Rasmussen – disse ele, com um sotaque mexicano. – Se mantenham fora do caminho dele e peçam a Deus que ele nunca perceba sua presença a ponto de estabelecer contato visual.

Maddy fez uma careta cujo objetivo era me lembrar que ela previra isso quando nos inscrevemos para trabalhar com enfermagem cirúrgica.

– Ele é tão ruim assim? – perguntei.

Hector bufou e me olhou por sobre o ombro.

– Existe um motivo pra precisarmos de enfermeiros itinerantes no departamento: as pessoas vivem pedindo demissão. Ele é muuuuuito mal-humorado. É superinteligente, mas *não* gosta de ninguém que não dê conta do trabalho, então não metam os pés pelas mãos. Mas ele está de bom humor hoje. Talvez tenha ganhado no golfe ontem – disse, rindo da própria piada.

Maddy olhou para mim.

– Qual é a sua comida favorita do refeitório? – perguntei, mudando de assunto.

– A sopa de frango e arroz selvagem – respondeu ele. Então olhou para nós. – De onde vocês são, afinal?

– Da Califórnia – respondeu Maddy.

– Glendale – esclareci.

– Humm. Bacana. Quente. Ao contrário daqui. Daqui a alguns meses, aquele lago onde vocês estão hospedadas vai estar tão congelado que vai dar pra atravessar a pé.

Ele parou de falar e pareceu ficar alerta.

– Lá está ele – disse, baixinho.

Olhei para além de Hector, para o médico de uniforme azul que vinha na nossa direção. Inspirei com dificuldade.

Maddy ficou paralisada.

– Mas que merda é *essa*? – disse ela, baixinho.

Neil vinha na nossa direção.

Sua expressão séria se desfez em um sorriso.

– Emma, Maddy, que bom ver vocês de novo!

Nós duas ficamos em silêncio. Até Hector ficou de queixo caído.

– Estão gostando do primeiro dia no Royaume? – perguntou Neil, parando à nossa frente.

Engoli em seco.

– É... é ótimo...?

– Que bom, que bom. Fiquei feliz por saber que acabaram no meu departamento. Eu não sabia exatamente onde tinham colocado vocês.

– Você… você sabia que iríamos trabalhar aqui? – perguntei, confusa.

Eu não mencionei que era enfermeira. Talvez minha mãe tivesse dito alguma coisa? Mas ela também não sabia que eu iria trabalhar no Royaume.

– É claro. Passei as informações sobre o chalé pra agência. Imaginei que enfermeiros itinerantes seriam bons inquilinos. Se precisarem de alguma coisa no chalé, me avisem. Faz anos que não vou lá… Como está o jardim?

Umedeci os lábios.

– É… Bem.

– Só bem? – perguntou ele, cruzando os braços. – O lugar precisa de alguma coisa? Podem me dizer, não sejam tímidas.

– Ah…talvez umas hostas? – falei, cheia de cautela. – Quem sabe nas laterais da casa, onde tem bastante sombra? Você também podia colocar arabis ao redor da escadaria, onde tem bastante sol. É uma cobertura bonita e resistente a cervos.

Ele pareceu agradavelmente surpreso.

– Você entende de jardinagem.

Fiz que sim.

– Entendo. Na verdade, minha mãe me ensinou. Ela tem talento pra coisa.

Ele assentiu, com um sorrisinho.

– Justo quando eu achava que aquela mulher não tinha mais como me impressionar. Você gostaria de cuidar disso pra mim?

– Claro…

– Ótimo. Mande os recibos que eu desconto do aluguel.

– Tá.

Ele sorriu para nós duas.

– Quem sabe não jantamos juntos esta semana, quando já estiverem bem instaladas – disse. – Amber e eu adoraríamos receber vocês.

Amber e eu. Como se eles fossem uma coisa só.

Olhei para Maddy.

– Não vemos a hora.

Ele olhou para o relógio.

– Perfeito. Bom, eu já vou. Nos vemos na casa.

Neil passou por nós e desapareceu.

Maddy e eu nos viramos de frente uma para a outra, os olhos arregalados, e Hector cruzou os braços.

– Alguma coisa que queiram me contar?

Maddy respondeu primeiro:

– Estamos alugando a casa do lago dele, e ele conhece a mãe dela.

Hector nos olhou de cima a baixo e fez um beicinho.

– Aham. Bom, ele deve gostar dela. Nunca vi o Neil ser tão simpático com alguém. Vão pegar seus horários no balcão da enfermagem e podem ir embora.

E ele também seguiu pelo corredor.

Assim que Hector se afastou o bastante para não ouvir, Maddy se virou de novo para mim.

– Isso é uma piada? Por favor, me diga que estamos em um programa de pegadinhas. O humor do nosso chefe vai depender do relacionamento dele com a *Amber*?

Umedeci os lábios de novo.

– Você ouviu o Hector... Neil nunca foi tão simpático.

– Ah, sim, porque a Amber ainda não mostrou as garras. Você se deu conta do quanto estamos ferradas?

– Ela está bem – falei, na defensiva.

– Ah, é? E você acha que ela vai continuar bem durante todo o tempo em que vamos trabalhar com esse cara? Ela vai colocar fogo na casa dele, e nós duas vamos ser pegas com a mangueira de jardim. Isso é um pesadelo – sussurrou ela. – Enfermagem cirúrgica, Amber e agora *isso*?

– Vou conversar com ela – falei. – Assim que voltarmos.

– Ótimo. Faz ela ir embora. Ele vai ficar chateado por um tempinho, mas é melhor que a segunda opção. Vamos arrancar logo o curativo.

– É.

Eu sabia que Maddy tinha razão. Estávamos ferradas.

14

Emma

Depois do trabalho, bati na porta da mansão e fiquei ali esperando, inquieta. Minha mãe não respondeu a nenhuma das minhas mensagens o dia todo.

Maddy estava no barco, no cais, jogando alguma coisa no celular e esperando por mim. Ela me mandou ali como embaixadora do Chalé da Água de Ferrugem para tentar convencer minha mãe a ir embora.

Não daria certo. Eu sabia. Mas Maddy só iria desistir se eu tentasse – e, na verdade, eu *deveria* tentar. Maddy tinha razão, aquela situação era uma bomba-relógio.

Eu tinha uma sensação crescente de estar fora de controle. Uma ansiedade corrosiva pelo que esperava por mim. Então me dei conta de que minha mãe sempre fazia com que eu me sentisse assim. Quando estava por perto, quando não estava. Uma sensação de desgraça iminente e assustadora.

Toquei a campainha mais uma vez. Alguns segundos depois, ouvi a fechadura e, quando a porta finalmente foi aberta, era Maria.

– Oi, minha...

– Veio ver sua mãe? – perguntou ela, irritada.

Então abriu a porta e ficou ali parada, os braços cruzados, enquanto eu espiava dentro da casa.

A porta dava para um hall de entrada grande e, além dele, uma sala de estar espaçosa. Tetos abobadados altíssimos, sofás brancos, um piano de cauda preto reluzente... e minha mãe, em cima de uma escada, de costas para nós... pintando uma parede.

Pisquei, incrédula, olhando para ela.

– O quê... Mãe, o que está fazendo? – perguntei.

– Ela não está ouvindo. Precisa ouvir música pra se inspirar. – Maria fez sinal de aspas no ar. – *Esta casa se esta yendo a la mierda.* Já está agindo como se fosse dona do lugar. – Ela ergueu uma das mãos. – Não vai entrar?

Entrei.

Minha mãe estava no topo da escada, descalça e com uma calça jeans curta. Vestia uma camisa masculina de botão, com um nó na cintura e as mangas dobradas, provavelmente de Neil. Era grande demais para ser dela. O cabelo comprido estava preso em uma bandana vermelha. Havia meia dúzia de pincéis e latas de tinta abertas espalhados sobre uma lona plástica transparente sob a escada. Eu já estava quase embaixo dela quando minha mãe percebeu minha presença.

– Emma! – disse, tirando os fones de ouvido. – Você voltou!

Ela largou o pincel sobre a lata de tinta que usava e começou a descer a escada.

– Passei o dia esperando você. O que acha? – perguntou, com um sorriso largo, apontando para o mural em que estava trabalhando.

Dei uma olhada no mural. Rosas grandes e coloridas. Era um desenho extravagante. Ousado e bonito.

Minha mãe sempre foi artística. Eu me lembrei da época em que ela fazia pintura facial em uma feira renascentista quando eu tinha 10 anos. Ela pintava o meu rosto primeiro, e deixava que eu corresse livre pela feira durante o resto do dia, assistindo às performances dos artistas itinerantes e fazendo carinho nos cabritos do pequeno zoológico. Foi um dos melhores verões da minha vida.

O verão atual ainda era uma incógnita.

– É bonito – falei, vendo-a descer da escada. – Mas o Neil aceitou que você fizesse isso com a parede dele?

Ela chegou ao último degrau e pulou para o chão.

– Quem você acha que pagou pelas tintas? Dei a ideia hoje de manhã e ele *amou* – respondeu, colocando as mãos no quadril e observando o mural. – Quer dizer, é claro que amou, *olha só* pra esse lugar, parece que ele mora em um hospital. Tudo branco, é deprimente. Vou pintar a parede inteira, do chão ao teto. Vai ser a primeira coisa que as pessoas vão ver ao entrar. Vai mudar a *vida* dele, é uma energia totalmente diferente.

Eu a observei enquanto ela observava sua obra. Minha mãe parecia bem. Estava maquiada, parecia descansada. Parecia *feliz.* O aroma suave de seu perfume de rosas alcançou meu nariz, como um sussurro baixinho me dizendo para relaxar.

Ela estalou os dedos e se virou para mim.

– Ah! – disse, como se tivesse acabado de se lembrar de alguma coisa. – Venha comigo até a cozinha. Comprei uma coisinha pra você.

Ela me pegou pelas mãos e deu alguns passos para trás antes de se virar e me puxar pela casa. Segui o rastro do seu perfume, dando uma olhada ao redor. A casa era enorme.

E Amber tinha razão, era branca – e austera, sóbria e fria. Era tudo muito... cirúrgico.

– Isso aqui é coisa de herança – sussurrou, apontando para um vaso de aparência cara que estava em um pedestal. – Não parece diferente? Majestoso?

– Ele mora aqui sozinho?

– Acho que sim. Bom, Maria tem um quarto em algum lugar, mas só.

Ela olhou por sobre o ombro e me lançou um olhar irônico.

– Eu te contei o que ele faz? É *cirurgião.*

– Ah, eu sei. Estou trabalhando com ele no Royaume.

Minha mãe parou e me olhou boquiaberta.

– *O quê?* – perguntou, e fez uma pausa dramática. Então caiu na gargalhada. – Nesse caso, acho bom ele estar se divertindo comigo!

– Mãe, precisamos conversar sobre isso...

– Sobre o quê? – perguntou ela, inclinando a cabeça.

– É que... ele é proprietário da casa que estamos alugando, e a Maddy e eu temos que trabalhar com ele e...

– E...? – perguntou ela, dando uma piscadela para mim, toda inocente.

– É que... parece um conflito de interesses você se envolver com ele – falei, torcendo para ter soado diplomática.

Não queria magoá-la, mas precisava que ela entendesse o que estava em jogo. Só que ela pareceu achar graça.

– Emma, nós dois somos adultos. O que isso tem a ver com você?

Umedeci os lábios.

– As coisas não costumam acabar bem nos seus relacionamentos. Não posso me dar ao luxo de deixar isso explodir na minha cara. Por favor.

Minha mãe revirou os olhos.

– Querida, sei que no passado fiquei com uns caras questionáveis. Acredite, eu sei. Mas esse é *diferente*. Ele é bom no que faz, tem prêmios espalhados por toda parte. Tem posses, não tem antecedentes criminais, é gentil, faz terapia…

– Ele faz terapia?

– Faz. Ele é *muito* focado em melhorar. Aliás, nossos terapeutas são muito parecidos.

Pisquei, sem acreditar.

– Você faz terapia?

– Sim. Eu te contei.

Balancei a cabeça.

– Não contou, não.

– Faz uns dois anos que faço terapia. On-line.

Fiquei inquieta.

– Bom… Bom, o que seu terapeuta diz?

Ela deu de ombros.

– Sei lá. Um monte de coisas. Ela é bem cara. O seguro não cobre nada. Mas não perdi nenhuma sessão.

Senti o peso em meu peito diminuir. *Terapia*. Nunca, em toda a minha vida, minha mãe tinha feito terapia.

– Mãe, isso é ótimo – falei, a voz cheia de alívio.

– Amor, eu estou *tão* bem. Nunca estive tão tranquila. Estou em um momento ótimo, você ficaria orgulhosa. E o Neil? Ele gosta de mim. Eu gosto dele. Estamos nos divertindo. Não vai acontecer nada de ruim, estamos só curtindo, não quero que você se preocupe com isso.

Suspirei. Ainda não estava totalmente confiante, mas o que mais eu poderia fazer? Não podia obrigá-la a não sair com ele. Tudo que podia fazer era dizer que estava preocupada e torcer para que Amber se comportasse.

– Tá – falei. – Não vou me preocupar.

– Ótimo – disse ela, e voltou a andar.

Minha mãe me mostrou a casa e todas as coisas que Neil devia ter mostrado a ela. Quadros caros, esculturas compradas em viagens. Um escritório com vista para a piscina e vários diplomas emoldurados nas paredes.

Quando chegamos à cozinha, ela parou à porta e estendeu os braços.

– Aqui estamos! Tcharam!

Olhei para o cômodo atrás dela. A enorme ilha de granito estava *coberta* de baldes brancos cheios de flores. Cada centímetro dela.

– O que é *isso*? – perguntei.

Ela me deixou à porta e entrou na cozinha para pegar uma peônia que estava na água.

– Parei em uma feira quando estava voltando da loja de tintas e tinha uma barraquinha com flores muito lindas, então pensei: *Por que não?* Precisamos dar uma animada neste lugar – disse, cheirando as pétalas.

Olhei para o cômodo e balancei a cabeça.

– Como você pagou por tudo isso? Comprou a barraca inteira?

– Comprei. E paguei cinquenta pratas pela entrega. Neil me deu o cartão dele e falou que eu comprasse o que quisesse para a casa – disse ela. Então baixou o tom de voz: – Aquela fulaninha devia estar colocando as flores em vasos, mas juro por Deus que aquela mulher trabalha como se estivesse recebendo por hora. – Ela revirou os olhos. – Enfim, vão estar todas espalhadas pela casa quando ele chegar. Comprei mudas de temperos para a cozinha, tomate crioulo pra preparar uma caprese antes do jantar. E... sinta esse cheiro.

Minha mãe devolveu a peônia à água e me trouxe uma vela, que segurou embaixo do meu nariz.

– Rosas. – Ela sorriu. – Velas artesanais de cera de soja e leite de cabra orgânico. Estou espalhando pela casa *inteira*.

Então se aproximou para falar baixinho, como se fosse um segredo.

– Água cristalizada. Coloquei quartzo rosa em um borrifador, borrifei no quarto inteiro. Pra melhorar a energia de amor, e o qi... é *muito* desequilibrado neste lugar. Quer dizer, ele é touro com Mercúrio em áries, então tudo faz sentido, mas ainda assim... – Minha mãe largou a vela sobre o balcão e olhou para a cozinha cavernosa. – Quer saber? Esse homem precisava de mim – disse, e me olhou, pensativa. – Acho que ele estava vivendo como um sonâmbulo. E eu vou acordá-lo.

Senti minha expressão se suavizar, apesar da preocupação. *Aquela* era a mãe que eu amava.

Aquela era minha versão favorita dela. A versão vibrante, feliz, espiritualizada, que fazia minhas fantasias de Halloween à mão, e elas ficavam tão boas que as outras crianças ficavam com inveja. A mãe que transformou um galpão velho no quintal da casa alugada em uma linda casa de brinquedos, a mãe que me acordava no meu aniversário com panquecas de confete cobertas de balas de goma e aquelas velas que não apagam.

Era tão fácil amar essa versão. Quem sabe ela *ficasse* nela. Quem sabe ela estivesse *mesmo* bem. Quem sabe tivesse procurado ajuda. Estivesse mais tranquila com a idade, querendo algo mais estável.

E quem sabe Neil fosse *mesmo* diferente. Amber tinha razão, ele não era como os homens com quem ela costumava namorar. Ele era estável e educado. Tinha o próprio dinheiro. Não precisava de nada dela além *disso*.

Por um instante, me permiti imaginar. Fingir que depois de cinco anos eu estaria voltando para aquela casa, para o Natal. Talvez eles se casassem e ela ficasse confortável, vivendo com toda aquela riqueza e privilégio, e ele estaria feliz porque sua vida foi agraciada por uma musa linda e encantadora.

Eu queria *tanto* isso. Embora a experiência e o bom senso me dissessem para não criar esperança, ela explodiu dentro de mim assim mesmo.

– Este é pra você – disse minha mãe, virando-se e estendendo a mão para o mar de baldes. Ela pegou um cheio de rosas vermelhas. – Para o chalé. Sei que você ama rosas vermelhas.

Os cantos dos meus lábios se curvavam.

– Obrigada.

– Está com fome? Eu ia preparar meu camarão com alho e limão e polenta para o jantar. Neil só vem mais tarde... Acho que o cara trabalha umas mil horas por semana... Mas posso começar agora e podemos abrir uma garrafa de vinho branco. Você precisa ver a adega. Meu Deus, é *incrível*. Vai pegar uma garrafa enquanto começo o molho... Quero saber *tudo* sobre o Justin.

Os olhos dela brilharam.

Murchei um pouquinho.

– Não posso, a Maddy está esperando por mim no barco.

Minha mãe fez beicinho.

– Parece que nem *vi* você. Chama a Maddy, ela pode comer com a gente.

– Não – falei, meio rápido demais. – Eu... É que estamos cansadas. Fomos trabalhar hoje. Quem sabe amanhã?

Ela soltou um suspiro profundo.

– Tá – disse, e de repente deu uns pulinhos. – Este vai ser o melhor verão de todos! Estamos juntas de novo, e nós duas estamos apaixonadas...

Ela se aproximou e me abraçou. Senti seu cheiro e meus músculos relaxaram.

Rosas.

Quando voltei para o barco, Maddy estava deitada de barriga para cima em um dos bancos de vinil surrados, com um chapéu de palha que deve ter encontrado no bagageiro.

– Oi – falei.

Ela tirou o chapéu do rosto e se sentou.

– Meu Deus, finalmente. Por que demorou tanto? – perguntou, e olhou para o balde de rosas em minha mão. – Hum... O que é isso?

– Ganhei da minha mãe – falei, colocando as rosas no barco.

– Tá. Meio aleatório – comentou ela, olhando para mim. – E aí? O que ela disse?

Respirei fundo.

– Acho que vai ficar tudo bem.

Maddy pareceu meio cética.

– Bem. Bem *como*?

– Ela está fazendo terapia. Acho que está tentando mudar – respondi.

Maddy fez cara de quem não acreditava nem um pouco.

– Certo. Então como vai ser? Amber vai ficar aqui até sair dos trilhos de novo e ser expulsa pelo Neil? Aí a gente se desculpa por ela e Deus sabe o que mais?

Eu a encarei.

– Maddy, o que quer que eu faça? Não tenho controle sobre a minha mãe. Não posso exigir que ela termine com o cara. E por que não podemos dar o benefício da dúvida só desta vez?

– Porque ela é péssima? Vamos acabar pagando pelas merdas que ela roubar e seremos obrigadas a trabalhar com ele até irmos embora.

– Você não sabe disso...

– Eu *sei*, sim. Você deveria avisar o cara. Dizer como a Amber é para que ele possa decidir se quer mesmo continuar com ela mesmo assim.

Meu maxilar se retesou.

– Não.

Ela pareceu surpresa.

– *Não?*

– Não. Não vou sabotar o relacionamento deles.

– Então pra você tudo bem que ele esteja namorando uma psicopata?

– Não fala assim dela! – gritei.

Maddy olhou para mim em choque. Eu nunca tinha gritado com ela.

– Quer saber? – falei. – Pode voltar sem mim.

Ela ficou boquiaberta.

– O quê? *Por quê?*

– Não quero olhar pra você neste momento.

Ela ficou me olhando fixamente.

– Está brava comigo?

– Estou, sim – respondi, balançando a cabeça. – Estou tão *cansada* disso, Maddy.

– Então fica brava com *ela*! Não comigo por apontar as merdas que ela faz!

– Você acha que eu não sei?! Acha que não vejo que tem algo errado com ela?

Ela me olhou, atônita. Eu nunca tinha admitido aquilo. Não dessa forma.

Balancei a cabeça.

– Você quer avisar o Neil, Maddy? Vai em frente. Acaba com a chance de ela ter uma vida normal com um homem normal, manda minha mãe de volta para o universo onde eu não sei onde ela está ou se está viva. Vai em frente. Mas *eu* não vou fazer isso. Não vou colocar em risco o progresso que ela fez na terapia jogando o passado na cara dela e destruindo a vida que ela está tentando melhorar. Deixa minha mãe em paz.

Maddy continuou olhando para mim em choque.

Eu me virei e fui em direção à casa.

– Emma!

Continuei andando. Meus olhos se encheram de lágrimas. Eu *detestava* brigar com Maddy. A gente quase nunca discutia. Mas por que ela não conseguia aceitar que eu aproveitasse aquilo? Uma coisinha de *nada*?

Minha mãe nunca fez terapia antes. Nunca conheceu um cara como aquele. Talvez as coisas pudessem ser diferentes, e eu só queria que Maddy enxergasse isso e me deixasse viver aquela droga daquela esperança idiota.

Voltei pela área da piscina até as portas francesas da cozinha para encontrar minha mãe. Mas, quando cheguei à porta, vi Neil pelo vidro.

Ele devia ter voltado para casa mais cedo. Estava com minha mãe na ilha central da cozinha, sorrindo diante das flores. Ela estava abraçada nele, e ele com a mão em sua bunda.

Eu me virei e me escorei na lateral da casa antes que me vissem. Fechei bem os olhos para não chorar. Quando abri, vi Maddy já deixando o cais e indo em direção ao chalé.

Respirei fundo, trêmula, e fui para a área da piscina. Eu me joguei em uma espreguiçadeira perto da lareira e um trovão ressoou.

Minha vontade era chorar de soluçar. Por uma meia dúzia de motivos diferentes. Eu não iria admitir derrota e ligar para Maddy pedindo que ela viesse me buscar. Também não iria ficar de vela para minha mãe e Neil. Não podia pegar o carro, Maddy estava com a chave.

Enxuguei as lágrimas com a lateral da mão. A sensação era a de que eu estava diminuindo. Encolhendo, como sempre acontecia quando eu passava por algo estressante ou terrível. Como se eu me recolhesse para dentro do meu próprio cérebro.

Quando eu ficava assim, não queria ver nem conversar com ninguém. Era capaz de me fechar por dias. Desligava o celular, não ia para o trabalho, abandonava as redes sociais. Não abria a porta para nada nem ninguém, excluía a todos, até me sentir segura o bastante para começar a deixar que se aproximassem aos poucos. Mas não havia onde desaparecer.

Eu não estava em casa. Não estava com a carteira *nem* com a bolsa – que estavam no barco. Estava sentada em uma espreguiçadeira, ao ar livre, ainda de uniforme, e uma tempestade se aproximava. O sol estava se pondo. Em alguns minutos, viriam os mosquitos.

Fiquei ali sentada, me sentindo exposta e cada vez mais chateada, e não havia nada que eu pudesse fazer para me esconder, nenhum lugar aonde pudesse ir ou onde pudesse me enfurnar. Meu queixo tremeu.

Então meu celular apitou.

JUSTIN: Como foi o primeiro dia de trabalho?

Funguei, mandei um emoji de polegar para baixo e apoiei o rosto nas mãos.

Meu celular começou a tocar. Ergui a cabeça e fiquei olhando para o aparelho por um bom tempo. Não sei que parte de mim decidiu atender antes que eu estivesse pequena demais para fazer isso, mas atendi.

– Oi – falei, me esforçando para que ele não percebesse minha voz embargada.

– Oi. O que aconteceu? Por que não foi bom?

Cocei a testa.

– É muita coisa pra explicar – respondi. Fiz uma pausa. – Quer sair pra jantar? Minha noite acabou de ficar livre.

Não era um quarto silencioso com a porta fechada, mas era um lugar aonde ir. Eu estaria com alguém com quem me sentia segura e longe do que estava acontecendo com minha mãe e Maddy. E pelo menos não estaria ao ar livre, sentada ao lado de uma piscina, torcendo para não acionar as luzes dos sensores de movimento depois que escurecesse.

Meu Deus.

A vontade de chorar me fez afastar o celular do rosto.

– Quero sair pra jantar, sim – respondeu ele. – Mas estou dando uma de babá. Achei que não fosse ver você, então disse à minha mãe que podia cuidar da Chelsea.

Eu me senti murchar.

– Ah. Tá. Tudo bem. A gente se vê...

– Não, vem pra cá. Estou fazendo espaguete. Podemos ver um filme ou algo do tipo. Você tem como vir? Se não, posso ir te buscar.

– Justin... Acho melhor eu não conhecer sua família.

Ele deu uma risadinha.

– Por quê?

– Porque não faço isso com os caras com quem saio.

– Ah, por favor – disse ele, parecendo achar graça. – Ela tem 4 anos. Você não vai conhecer minha mãe. E, de qualquer forma, eu conheci a sua.

Qual é o problema? Além do mais, não sou exatamente um cara com quem você está saindo, né? Quais são as regras pra quebrar maldições? Parece que a gente tem alguma margem de manobra.

Abri um sorrisinho.

– Meu cachorro está aqui – acrescentou ele. – Você pode conhecer o Brad.

Eu queria *mesmo* conhecer Brad...

Respirei fundo.

– Sabe que isso não vai contar como um dos quatro encontros, né?

– Não me importo nem um pouco com isso.

Ergui a cabeça e olhei para a imagem de Maddy, cada vez menor, navegando para longe. Atrás de mim, ouvi minha mãe soltar uma gargalhada dentro da casa. Eu não queria conhecer a família de Justin. Nem mesmo a criança de 4 anos. Era uma regra que não queria desrespeitar. Nunca.

Mas eu não tinha para onde ir ou a quem recorrer. Não tinha nenhum lugar onde pudesse diminuir.

– Tá. Vou chamar um Uber.

A casa da mãe de Justin era um sobrado em um bairro tranquilo. Havia borboletas decorativas nos vasos de plantas e um triciclo amarelo perto da garagem. A entrada, ao lado do carro de Justin, estava cheia de desenhos de giz feitos por crianças.

Era o tipo de casa que tinha escorregador inflável no quintal em festas de aniversário e luzes de Natal nas festas de fim de ano. Eu sabia, mesmo sem saber, que no Halloween a mãe de Justin entregava doces fantasiada de alguma coisa e colocava lanternas de abóbora esculpida reluzindo nos degraus da entrada. E na Páscoa ela escondia ovos pelo quintal.

Era engraçado, mas vendo aquilo senti que compreendi Justin. Era por isso que ele era tão equilibrado. A infância dele foi boa. Dava para ver. E me perguntei se era óbvio que a minha não tinha sido.

Justin foi até a varanda para me receber quando o Uber parou em frente à casa. Assim que o vi fiquei feliz por ter ido. Ele não era minha mãe, e também não era Maddy. Era uma folga. E estava feliz por me ver. Foi impossível não me sentir melhor quando o vi ao descer do carro.

– Oi – falei, avançando pela calçada.

Ele foi logo me dando um abraço.

Não foi nada mais que um abraço amigável. Ele não me abraçou por mais tempo do que deveria. Mas eu me peguei meio que desejando que ele tivesse feito isso. Eu me dei conta de que precisava de um abraço. E o de Justin era *muito* bom. Quentinho e firme, como quem tinha dado e recebido muitos abraços na vida.

Ele estava de camiseta e calça jeans. Não tinha arrumado o cabelo como no dia anterior. Estava desgrenhado e soltinho, como quando conversamos por vídeo enquanto ele caminhava. Percebi que gostava mais assim. Era o tipo de cabelo em que queremos passar os dedos. O tipo de cabelo das manhãs preguiçosas de domingo, da intimidade.

Ele olhou para a roupa que eu vestia e sorriu.

– Uniforme.

– Vim direto do trabalho.

Ouvi um chorinho de cachorro e espiei atrás dele. Brad estava arranhando a porta de tela.

Justin apontou com o queixo por sobre o ombro.

– Vamos. Vem conhecer meu cachorro.

O pequeno griffon de Bruxelas pulou nas minhas pernas no hall de entrada, e eu me ajoelhei para fazer carinho nele.

– Justin, ele é muito fofo! – exclamei, e o cachorro lambeu embaixo do meu queixo, me fazendo rir.

– Ele está melhor agora que sarou da sarna – comentou Justin. – Acho que agora ele tá bem fofo mesmo.

Brad pulou para lamber minha boca, e eu caí para trás de bunda no chão, gargalhando. Justin ficou à porta, rindo. Foi quando vi uma garotinha espiando em um canto. Ela tinha cabelos castanhos finos e os olhos castanhos de Justin. Estava descalça e com uma camisola azul-clara.

– Oi – falei.

Ela recuou um pouco, só um olho aparecendo atrás do batente da porta.

Justin se agachou.

– Chels, vem aqui.

Ela ficou parada um instante, como se estivesse pensando. Então correu para os braços dele. Justin a pegou no colo e se levantou.

– Essa é minha amiga Emma. Que tal dizer oi?

Ela olhou para mim com timidez enquanto eu me levantava.

– Oi – disse baixinho.

Percebi um curativo em seu joelho.

– Ah, você se machucou?

Ela assentiu.

– Emma é enfermeira – disse Justin. – Talvez ela possa trocar o curativo pra você depois.

– Um da Elsa – disse ela, depressa.

– A gente tem – informou Justin, e deu uma piscadela para mim.

– Combinado – respondi, sorrindo.

Ela deitou a cabeça no ombro dele e meu coração derreteu um pouquinho. Ela se sentia segura com Justin. O cachorro também estava sentado aos pés dele, e eu me lembrei do que Maddy disse sobre cães, que eles sempre dizem quando a pessoa é boa.

Justin inclinou a cabeça para trás.

– O jantar está pronto. Vamos comer.

Fui atrás dele. Era uma casa confortável – do tipo que dá para perceber ser um lar de verdade. A sala tinha um sofá com uma manta cinza de lã, um tapete bem colorido. Uma mesinha de centro de madeira escura, um cesto de brinquedos ao lado do cavalete infantil. Uma mochila jogada em cima de uma poltrona, fotos espalhadas sobre um aparador encostado à parede.

– Você morou aqui? – perguntei.

– Morei, mas só a partir dos 16 anos, então foi pouco tempo. Sarah ficou com meu quarto.

– Então morou com o Brad por mais tempo do que nesta casa.

– Isso – respondeu ele. – Foram quase dez anos direto. Ele passou três meses morando com uma namorada, Celeste, na Dakota do Sul, mas não durou.

– Ele não conseguiu largar você, né?

– Até agora não.

A cozinha tinha uma geladeira de aço inoxidável com fotos e desenhos de crianças colados na porta. O revestimento na área da pia era azul e no canto havia uma mesa de madeira para seis pessoas.

Justin colocou a irmã em uma cadeira com assento elevado e puxou uma cadeira para mim. Em seguida, foi até o fogão e começou a colocar o macarrão nos pratos.

– Não é nada de mais – disse. – É um molho pronto. Dei uma incrementada, coloquei vinho tinto e um pouco de carne. Mas o pão de alho fui *eu* que fiz.

– O cheiro está bom – elogiei.

Meu estômago roncou, e só então percebi como estava com fome. Eu mal tinha comido no trabalho. A ansiedade gerada por ter descoberto quem era Neil acabou com meu apetite.

– Agora me conte sobre o seu dia – disse ele, ainda no fogão.

Soltei uma risada curta.

– Adivinha com quem eu trabalho?

– Quem? – perguntou ele, colocando um prato de plástico vermelho em frente à irmã e dando um garfo para ela.

– Neil.

Ele parou para olhar para mim.

– Não acredito.

– Pois é. Ele é cirurgião. Cirurgião-chefe, na verdade.

– Está falando sério? Ele é seu chefe?

– O enfermeiro-chefe é meu chefe, mas o Neil pode fazer da minha vida um inferno se quiser. Então, sim.

Justin pôs um copo de suco com tampa na frente da Chelsea e um pedaço de pão de alho no prato que estava servindo, que então colocou na minha frente. O pão de alho era metade de um pão de cachorro-quente tostado, que ele besuntou com manteiga e polvilhou com endro, sal e alho. Isso me fez sorrir. Era como as refeições práticas que minha mãe preparava. Comida afetiva.

Era exatamente do que eu precisava.

– Obrigada – falei.

– E você continua preocupada com a coisa da Amber? – perguntou ele.

Justin me passou um guardanapo da Starbucks e um copo com suco pronto, então se sentou para comer também.

– Não sei – falei, olhando para o guardanapo. – Não é o melhor dos mundos.

Ele apontou para o guardanapo com o queixo.

– Minha mãe – explicou. – Durante minha infância inteira, eu nunca usei guardanapo comprado. Era sempre de restaurantes de fast-food. Não que a gente comesse fora com frequência. Uma ou duas vezes por mês, com sorte. Mas minha mãe era *muito* boa em conseguir guardanapos extras com os atendentes.

– Onde ela está?

Ele girou o macarrão no garfo.

– Limpando um escritório. Sarah foi dormir na casa de uma amiga, e Alex está em um parque de diversões com um amigo. Ele vai chegar antes da minha mãe, aí podemos ir embora. Ele fica com a Chelsea. Você não vai conhecer minha mãe, como pediu.

Ele abriu um sorrisinho e comeu uma garfada.

Olhei para ele.

– Não leva para o lado pessoal. É só uma coisa que eu não faço.

Ele engoliu.

– Não, eu entendo. Eu enfrento a situação toda com a Amber, o Neil, a Maddy me ameaçando de morte, e você só curte o momento.

Soltei uma risadinha.

– Desculpa. Eu sou a babaca da história?

Ele sorriu.

– Não. Você é legal.

Jantamos e eu contei sobre meu dia enquanto ajudava Chelsea a pintar um desenho da Elsa. Contei sobre o mural da minha mãe, as flores, a briga com Maddy. Ele ouviu a maior parte do tempo. Quando terminei o espaguete, pedi mais e ele se levantou para me servir.

– Você acha que a Maddy tem razão? – perguntei. – Eu deveria alertar o Neil?

Ele contorceu o rosto.

– Que difícil – avaliou, colocando o prato à minha frente e voltando a se sentar. – Se a Amber começou uma vida nova, entendo você não querer se envolver nisso. É meio zoado querer jogar o passado na cara dela. E o Neil não vai se casar com a sua mãe, eles só estão curtindo o momento, né?

– É.

– Então deixa pra lá. Deixa que ele tome as próprias decisões a respeito dela. O cara não é idiota.

Assenti, me sentindo um pouco melhor com minha decisão.

Chelsea se contorceu na cadeira.

– Jussin, terminei.

Ele largou o garfo e se levantou mais uma vez.

– Tá. Vou limpar seu rosto e você pode ver *Frozen* até a hora de ir pra cama.

Fiquei observando enquanto Justin pegava um lenço e limpava o molho da boca e das mãos dela. Quando ele a tirou da cadeira, Chelsea saiu da cozinha correndo em direção à sala. Ele foi atrás dela para colocar o filme. Fiquei sorrindo para eles.

Quando voltou, eu estava lavando a louça.

– Não precisava – disse ele, parando ao meu lado no momento em que coloquei a panela no escorredor.

– Não me importo, *Jussin*.

Ele sorriu e pegou um pano para começar a secar a louça. Eu já tinha colocado tudo na máquina de lavar, só ficaram as coisas grandes.

– Você cuida dela com frequência? – perguntei.

Ele deu uma risadinha irônica, mas não teve tempo de responder. Ouvimos o som de uma porta batendo. Justin olhou para o relógio e se esticou para espiar pelo corredor.

– Alex? É você? Chegou cedo.

Mas não foi um garoto adolescente que veio pelo corredor, mas uma garota com uma mochila cor-de-rosa pendurada no ombro.

Ele franziu o cenho.

– Sarah. Achei que fosse dormir na Josie.

A garota olhou em volta, entediada.

– Ela estava sendo meio cuzona. Não quis mais ficar lá.

– Hum, a mãe deixa você falar assim? – perguntou Justin.

Ela revirou os olhos.

– Você perguntou.

– Como veio pra casa?

– Andando?

Ele balançou a cabeça.

– Não quero você andando sozinha à noite. Da próxima vez, me liga.

– São, tipo, três quarteirões...

– Não importa. Está tarde.

Ela pareceu irritada.

– Tá bom – disse, e olhou para mim. – Quem é você?

– Essa é a Emma – disse Justin.

– Ela é sua namorada? – perguntou Sarah, me olhando de cima a baixo.

– É.

O canto do meu lábio se contraiu. Eu sei que concordamos com esse título, mas fiquei surpresa ao ouvi-lo em voz alta.

– Prazer – falei.

Eu nunca tinha visto alguém revirar os olhos sem de fato revirar os olhos, mas de algum jeito foi isso que ela fez.

– Tem espaguete... – disse Justin.

– Eu comi na casa da Josie. Vou para o meu quarto – respondeu ela, e saiu.

Justin olhou para mim parecendo achar graça naquilo enquanto ouvíamos Sarah subir pisando firme e bater a porta.

– Ela tem 12 anos e está na fase de odiar tudo. Você era assim quando tinha 12 anos? – perguntou, pegando a assadeira das minhas mãos para secar.

– Eu não podia me dar ao luxo de ser assim. Tinha que ser invisível.

Ele franziu a testa.

– Como assim?

Dei de ombros.

– Não podia ser carente ou mal-humorada. Isso só fazia minha mãe piorar. E depois, quando fui parar em lares temporários, eu não queria chamar a atenção.

– Por quê?

– Porque ser difícil é o melhor jeito de ser mandada de volta. Ou de levar uma surra.

Ele se deteve e olhou para mim.

– Alguém já fez isso com você?

Olhei para a pia, esfregando a superfície.

– Eu vi o lado bom, o lado ruim e o lado feio do sistema de adoção, Justin. E os três existem. A família da Maddy foi o lado bom. Dei sorte.

Senti uma pontada de culpa de repente, ao lembrar que não ia à festa de aniversário de casamento. Mas não me sentia mal por não ir. Eu me sentia mal por *não* me sentir mal.

Qual era o meu *problema*? Aquelas pessoas tinham me salvado.

Talvez Maddy tivesse razão. Talvez eu fosse mesmo desapegada demais. Exceto com minha mãe. Com ela eu sentia tudo, o tempo todo.

– Em que você está pensando? – perguntou Justin, me tirando daquele transe.

Olhei para ele.

– Eu estava fazendo careta?

– Um pouco.

Comecei a enxaguar a pia.

– Estou pensando que minha mãe me esgota. E que talvez ela não deixe sobrar nada de mim para os outros.

Justin assentiu devagar, como se entendesse.

– Tem uma coisa que eu faço – falei. – É... Deixa pra lá. É difícil de explicar.

Fechei a torneira.

– Não, explica – disse ele, me dando o pano. – Me fala.

Apoiei o quadril no balcão.

– Às vezes eu diminuo – falei, olhando para o pano e secando as mãos. – Eu me recolho e só quero ficar sozinha.

– Todo mundo se sente assim de vez em quando.

Balancei a cabeça.

– Não. É mais que isso – comecei a explicar. E parei. Ele esperou que eu continuasse. – Quando era criança, eu não podia contar com ninguém. Ninguém *mesmo*. Minha mãe era muito avoada e a gente estava sempre se mudando. Eu fazia uma amiga ou começava a gostar de uma professora e elas desapareciam porque eu ia morar em outro lugar. Então virei uma ilha... e a ilha é pequena. Não preciso de ninguém. E sei que isso parece terrível, mas na verdade é um consolo saber que tenho essa capacidade de não precisar de ninguém. Parece um superpoder. Como se eu fosse intocável.

Ele ficou me observando em silêncio, ouvindo. Continuei:

– Maddy geralmente está na ilha. E minha mãe também. Mas todas as outras pessoas estão no continente. E às vezes eu queria poder chegar até elas, mas simplesmente... não consigo. Não tenho espaço para elas. E sei que isso magoa as pessoas, mas é como eu sou. E isso faz com que eu me sinta uma pessoa horrível.

Ele balançou a cabeça.

– Não acho que você seja uma pessoa horrível. Acho que passou por algo horrível e precisou se tornar essa pessoa pra poder superar.

– Talvez – falei, e fui obrigada a desviar o olhar. – Desculpa. Estou de mau humor hoje.

Justin abaixou a cabeça para olhar em meus olhos.

– Você tem duas pessoas na sua ilha, e está preocupada com uma delas e brigando com a outra. Eu também estaria de mau humor.

Abri um sorrisinho.

– Sabe, eu estava quase pequena demais pra vir até aqui hoje.

– Estou feliz que tenha vindo.

Os cantos dos meus lábios se curvaram.

– Eu também.

15

Justin

Emma me ajudou a dar um banho em Chelsea e trocou seu curativo. Era só um curativo, mas ver o quanto Emma foi gentil e doce com minha irmã me fez sorrir.

Depois disso, fomos para a sala e nos sentamos no sofá para assistir a *Frozen*, eu em uma ponta e Emma na outra porque Chelsea quis ficar no meio, encostada em mim. Brad pulou em meu colo e eu acabei soterrado.

Emma sorriu para mim da outra extremidade do sofá.

– Você parece um porto seguro para seres indefesos.

– Bom, todos precisamos ter uma ocupação.

Ela riu.

Quando Chelsea pegou no sono, eu a levei até a cama. Ao voltar, me sentei no meu canto do sofá. Não quis pressupor tão rápido que Emma gostaria que eu me aproximasse.

Ela olhou para mim, parecendo achar graça.

– Tão longe assim?

– Bom, não quis invadir seu espaço. Mas o porto seguro está disponível, se quiser experimentar.

Ela fingiu pensar a respeito.

– Sabe, acho que quero experimentar, *sim*. Ver o que tem de tão especial.

Abri um sorrisinho e fiz um gesto de "vem cá" com a mão, e ela se aproximou e deixou que eu a abraçasse. Foi o ponto alto da minha semana, sem dúvida.

– E aí, o que você quer assistir? – perguntei, torcendo para que ela não estivesse sentindo meu coração acelerado, embora tivesse alguma certeza de que estava.

Ela virou a cabeça para cima e seus lábios ficaram *muito* próximos dos meus.

– O que você quiser – respondeu ela.

– Tá. Então vai ser *Hellraiser*.

– Rá. Muito engraçado.

Peguei o controle remoto e comecei a procurar.

– Que tal *Sopranos*? – perguntei.

– Pode ser. Mas do começo. Já faz alguns anos que assisti.

– Combinado.

Eu estava buscando a primeira temporada quando meu celular apitou na mesinha de centro.

– Desculpa. Deixo o celular ligado quando estou cuidando da Chelsea – falei.

Olhei para a tela e caí na risada.

– Olha o que o Brad acabou de mandar.

Era a foto de uma camiseta que estampava o Rei das Privadas e uma mensagem que dizia: "Seu presente de aniversário, fdp."

Ela riu.

– Quando é seu aniversário? – perguntou.

– Já passou. E o seu?

– Daqui a algumas semanas, na verdade.

– Ah. Bom, você tem planos? Posso te levar pra sair? – perguntei.

– Meu contrato já vai ter acabado.

Era o jeito dela de dizer que não estaria aqui. Minha decepção durou apenas um instante breve, porque meu celular apitou de novo.

– Desculpa – falei, olhando para a tela. – É minha mãe. Tenho que responder.

Soltei Emma e escrevi uma mensagem curta, avisando que Sarah estava em casa e Chelsea, na cama.

– A que horas ela chega? – perguntou Emma.

– Não sei. Meia-noite?

Ela deve ter percebido o tom em minha voz.

– O que foi? – perguntou.

– Nada.

Mandei a mensagem e guardei o celular. Mas, quando fui abraçá-la, ela não se aconchegou em mim.

– Não parece ser nada – disse.

Desviei o olhar.

– Ela está enfrentando umas questões legais bem sérias no momento.

– Que questões?

Fiz uma pausa. Não sabia ao certo até que ponto eu queria compartilhar. Decidi contar tudo. Emma estaria aqui quando a merda batesse no ventilador, então não havia motivo para esconder a situação.

– Ela vai ser presa – falei, e fiz outra pausa porque o que vinha na sequência era difícil de dizer em voz alta. Na verdade, eu nunca tinha dito para ninguém além de Brad e Benny. – Ela desviou dinheiro. Muito dinheiro.

Emma ficou me olhando fixamente. Continuei:

– Assinou cheques falsos para si mesma. Durante quase um ano. E foi pega.

– Ela já tinha feito algo assim antes? – perguntou Emma.

– Não. Nunca. Ela não tinha antecedentes, nem mesmo uma multa por excesso de velocidade. Tínhamos esperança de que ela fosse ser apenas repreendida, que ficasse em liberdade condicional e fosse obrigada a devolver o dinheiro. Até o chefe dela pediu clemência. – Balancei a cabeça. – Não foi o que ela recebeu. Ela trabalhava para uma organização sem fins lucrativos, e quase levou a empresa à falência. Isso irritou o juiz. Ele deu um tempo pra que ela organizasse a vida antes de se entregar. A sentença dela é de seis anos.

– Meu Deus! – exclamou Emma, baixinho. – Quanto ela desviou?

– Muito. Levou as crianças pra Disney. Refez o paisagismo da casa. Coisas idiotas. Coisas que não valeram a pena. Nem sei por que ela fez isso. Pra falar a verdade, acho que nem ela sabe.

– E quem vai ficar com as crianças? – perguntou Emma.

Fiz uma pausa.

– Eu.

Não consegui decifrar a expressão que ela fez.

– Ah.

– Desculpa não ter contado antes. A coisa se oficializou alguns dias antes de a gente se conhecer. Era difícil falar a respeito – expliquei. – A melhor amiga da minha mãe, Leigh, aceitou ficar com eles, mas meus irmãos teriam que se mudar pra casa dela, que fica a trinta quilômetros daqui. Leigh tem cavalos e não pode colocar os animais em um haras. Alex e Sarah não estavam aceitando muito bem a ideia. Eu não queria que eles tivessem que mudar de escola. Além disso, se eu me mudar para cá, posso continuar pagando a hipoteca, e minha mãe não perde a casa. Ela já teve que liquidar a previdência privada e o dinheiro da faculdade dos meus irmãos pra devolver o que desviou. Não posso deixar que a casa seja vendida depois disso tudo.

– Quando ela vai?

– Semana que vem.

Minhas palavras pairaram no ar.

Eu era solteiro. Tinha meu apartamento, uma vida que era só minha. Na semana seguinte, seria o responsável legal de três crianças.

Ainda não conseguia acreditar. Por mais rápido que tudo estivesse acontecendo, e mesmo com todos os e-mails que minha mãe mandava com instruções e nomes de pediatras e dentistas e esportes nos quais eu teria que inscrever meus irmãos no outono, eu não conseguia aceitar que aquilo era verdade.

Ficamos um tempo sentados ali, em silêncio. Olhei para uma foto que havia em cima da lareira, a última que tiramos com meu pai. Era inacreditável o quanto nossa vida tinha mudado desde então. Parecia um universo alternativo. Uma paisagem infernal.

– Ela não vai poder acompanhar os passeios escolares da Chelsea – falei, meio distraído.

Quando saísse da prisão, ela não iria passar na verificação de antecedentes da escola. Todas as lembranças que eu tinha com minha mãe no ônibus da escola, a caminho do Parque Como ou de Long Lake, Chelsea não as teria. Ela não teria o pai, e agora também perderia partes da mãe. Alex já estaria na casa dos 20 anos quando minha mãe saísse. Ela perderia a formatura dele. A da Sarah também. Chelsea teria 10 anos. Eu teria 35. Talvez estivesse casado. Talvez Alex estivesse casado. Ela perderia os casamentos. Ela perderia nossas *vidas*.

E eu estava com raiva.

Fazia anos que estava com raiva. Fiquei assim quando meu pai morreu, e logo passei a ter raiva da minha mãe e do que estava acontecendo na minha vida e... não consegui mais deixar de me sentir desse jeito. Não conseguia perdoar. Não conseguia entender e não conseguia perdoar. E agora todos teriam que pagar pelo que nossa mãe fizera. Alex, Sarah e Chelsea. *Eu*.

Emma me observava em silêncio.

– Estou tentando muito não me prender a isso. Mas é muita coisa. Foi logo depois da morte do meu pai. – Balancei a cabeça. – Não combina com a pessoa que ela é, não entendo.

– Fique feliz por não entender. Isso significa que sua vida foi muito mais gentil que a da sua mãe.

Olhei bem para ela.

– Quantos anos a Chelsea tinha quando seu pai morreu? – perguntou Emma.

Franzi a testa.

– Cinco meses.

– Quando sua mãe desviou o dinheiro?

Fiz uma pausa.

– Naquele mesmo ano.

– Ela podia estar enfrentando uma depressão pós-parto, um estresse pós-traumático ou um luto prolongado. Qualquer uma dessas situações pode levar a pessoa a fazer coisas impulsivas e imprudentes. Talvez ela estivesse se automedicando, tomando coisas que você não sabe. O trauma muda as pessoas.

Meus lábios formaram uma linha reta.

– Então você acha que ela ficou tão deprimida que resolveu roubar duzentos mil dólares?

– Justin, as pessoas às vezes ficam deprimidas a ponto de se matar.

Pisquei, atônito.

– Vocês têm muito gelo em Minnesota, certo? – perguntou ela.

– Sim...

– O que acontece quando a água entra em uma rachadura e congela?

– Essa água expande – falei. – E a rachadura fica maior.

– Um trauma não tratado é uma rachadura. E todas as pequenas dificuldades que entram nessa rachadura, e que para outras pessoas acabariam desaparecendo, se acomodam ali. Aí, quando a vida fica gelada, essa rachadura cresce, fica maior e mais profunda. E causa novas rachaduras. Você não sabe o quanto ela estava fragilizada, ou o que estava tentando fazer pra preencher essas rachaduras. Estar fragilizado não é uma desculpa pra ter um mau comportamento, a gente ainda precisa fazer boas escolhas e fazer a coisa certa. Mas *pode* ser um motivo. E às vezes entender o motivo pode ajudar *você* a se curar.

– Eu... nunca pensei na coisa toda dessa forma – admiti.

Emma se sentou em cima de uma das pernas.

– Acho que o que sempre me ajudou a superar tudo que passei com minha mãe foi saber que ela não *queria* ser como era. Ninguém quer ser um vilão, Justin. Se começar por aí, fica mais fácil entender como as pessoas acabam se tornando o que são. Minha mãe me fez passar por muita coisa. Ela me magoou. Muito. Mas ela tem mais rachaduras do que eu jamais serei capaz de entender.

– E como a gente aceita isso? – perguntei. – Como aprende a perdoar?

Ela deu de ombros.

– Você não tem que perdoar sua mãe. De verdade. Pode continuar amando alguém com quem decidiu cortar relações. Pode desejar que a pessoa fique bem e desejar o melhor pra ela. Escolher uma vida sem essa pessoa não significa deixar de se importar com ela. Só que não vai mais permitir que ela te magoe. Mas se você não achar que sua vida seria melhor sem essa pessoa, então aceita as rachaduras. Tenta entender como aconteceram e ajudar a preencher elas com algo que não seja gelo. – Ela olhou para mim. – Se puder escolher entre a raiva e a empatia, sempre escolha a empatia, Justin. É muito mais saudável. Para vocês dois.

Eu quis responder, mas nem saberia o que dizer.

Era estranho, mas nunca me ocorreu que talvez minha mãe tivesse mudado pelo que aconteceu com meu pai. Quer dizer, ela sempre pareceu segurar as pontas. Não faltava ao trabalho, não passava dias e dias na cama nem perdeu peso ou parou de pentear o cabelo.

Mas talvez ela tenha desmoronado, *sim*. Talvez só não tenha deixado que a gente testemunhasse isso. Talvez tenha sido o jeito dela de *nos* proteger das rachaduras.

Senti um nó se formar em minha garganta. Porque, olhando para a situação desse ângulo, comecei a me perguntar se eu falhara com ela. Se não deixei claro que era um porto seguro, alguém com quem ela podia abrir o jogo e em quem podia confiar. Não a encontrei onde ela estava.

Emma tinha razão. Minha vida foi *mesmo* mais gentil que a dela.

Analisei a mulher sentada ao meu lado. Imagine alguém passar pelo que Emma passou e se tornar a pessoa que ela era. Capaz de perdoar alguém que a decepcionou tanto. Emma era uma pessoa melhor que eu. E minha vida também foi mais gentil que a dela.

A porta da frente se abriu e meu irmão adolescente, suado e meio queimado de sol, entrou. Fiquei feliz com a interrupção.

Eu me virei para olhar para ele por cima do sofá.

– E aí, como foi?

Alex largou uma sacolinha no chão.

– Foi épico! Mitch vomitou na montanha-russa, e ficamos o tempo todo zoando ele.

– Legal – falei. Então indiquei Emma com a cabeça. – Alex, essa é minha namorada, Emma.

Ela sorriu.

– Oi.

– E aí? – respondeu meu irmão, paralisado, rindo como se nunca tivesse visto uma mulher na vida. – O que estão fazendo? – perguntou, olhando de mim para Emma.

Fazia anos que eu não levava alguém à casa da minha mãe, desde que a maré de azar começou. Pelo jeito, aquilo era curioso para todos.

– Na verdade, vamos sair – falei, olhando para o relógio e depois para Emma. – Pronta?

– Pronta – respondeu ela, e se levantou.

Falei para Alex que Chelsea estava dormindo e Sarah, no quarto. Então peguei Brad e fomos para o carro.

Eu queria perguntar se ela gostaria de fazer alguma coisa. Talvez comer um doce em algum lugar? Mas já eram quase onze da noite e Emma tinha que trabalhar de manhã. Imaginei que seria melhor me poupar da decepção do não e simplesmente levá-la para casa. Mas não estava preparado para que a noite acabasse. Não mesmo.

Algo me dizia que eu também não estaria preparado para quando o contrato dela chegasse ao fim.

16

Emma

Eu tinha mandado mensagem para Maddy no caminho, pedindo a ela que fosse me buscar no cais. Mas não estava preparada para voltar ao chalé quando paramos em frente à casa de Neil. Não sabia dizer se era porque eu não estava pronta para encarar minha melhor amiga ou se só não queria deixar Justin.

Talvez um pouco dos dois.

Gostei do porto seguro. E queria ver do que mais iria gostar.

Àquela altura, com a maioria dos caras, mesmo após um único encontro, eu já começava a perder o interesse. Mas, sempre que encontrava Justin, ficava *mais* interessada, o que era incomum para mim.

Só que não gostei do fato de ele ter que cuidar das crianças.

Eu não saía com caras que tinham filhos. Nunca. Era uma regra *inflexível* para mim. E, embora não fossem filhos *dele*, para todos os efeitos seriam. Então, sendo bem realista, nosso relacionamento se resumiria a quatro encontros divertidos e talvez, quem sabe, quebrar uma maldição imaginária.

Eu disse para Justin que ele podia me deixar ali e ir embora, mas ele insistiu em me acompanhar até o cais. Deixou Brad no carro e foi comigo até lá.

Passava das onze da noite. Os mosquitos já tinham ido embora. O céu estava claro, cheio de estrelas. A temperatura estava perfeita. Uma daquelas noites em que nem pensamos nela. A água quebrava baixinho na praia e relâmpagos reluziam à distância, alguma tempestade ao longe, linda e etérea, como o horizonte de um outro mundo.

Quando chegamos à areia, Justin olhou para a lua sobre a água e balançou a cabeça.

– Essa vista até que dá para o gasto – disse ele.

Eu me virei a fim de olhar para ele e seus olhos encontraram os meus.

– Obrigada pelo jantar.

– É. Fiquei feliz por você ter ido.

As luzes do barco surgiram à distância. Maddy estava a caminho. Devagar, mas estava. Tínhamos alguns minutos. Uma brisa suave soprou uma mecha de cabelo em meu rosto, e eu a afastei com um dedo. Vi seus olhos acompanharem o movimento antes de voltarem aos meus.

– E aí, quando vou ver você de novo? – perguntou ele.

– Começo a trabalhar pra valer amanhã. Trabalho três dias direto, turnos de doze horas, então provavelmente só semana que vem.

Ele franziu a testa.

– Você disse que não tem como a gente se encontrar pra almoçar nem nada do tipo, né?

– Pois é.

Ele assentiu.

– Tá. Bom, se tiver outra emergência de jantar, me liga.

– Pode deixar.

E ficamos olhando um para o outro. Um silêncio confortável. Seguro. E, pela segunda vez naquela noite, Justin invadiu meu espaço.

Não me importei. Nem um pouco.

– Em que está pensando? – perguntou ele.

– Estou pensando que você tem que me beijar – respondi. – Em que você está pensando?

– Estou pensando que tenho que te beijar.

– Você acha que conta se me beijar em um encontro que não é um encontro de verdade? – perguntei.

– Não me importo.

Seu olhar desceu até meus lábios, meu coração acelerou… e as luzes da sacada que dava para a piscina se acenderam.

Minha mãe saiu e se debruçou no parapeito.

– Emma, Justin! São vocês?

O momento se foi. Uma pontada de decepção surgiu no rosto de Justin. Ele se virou e acenou.

– Oi, Amber.

Neil surgiu na sacada de roupão e minha mãe o abraçou pela cintura.

– Neil e eu vamos fazer ioga com cabras no sábado! – gritou ela. – Querem ir?

Justin olhou para mim.

– Ioga com cabras? – perguntou, baixo demais para que eles ouvissem.

– Elas sobem em você – respondi. – São filhotes.

– Hum.

Ficamos nos olhando por um tempo.

– E aí?! – gritou minha mãe.

Saí do transe em que estava e me virei para ela.

– Vou trabalhar sábado, mãe.

– Obrigado pelo convite – disse Justin.

– Tá bom, avisem se mudarem de ideia!

Eles voltaram para dentro. Ouvi umas risadas, um gritinho, e a porta da sacada se fechou.

O sensor de movimento ficou aceso por alguns segundos, então nos devolveu à escuridão suave. Maddy já estava quase chegando. Perto demais agora para que o beijo não fosse algo apressado. Bom…

Justin colocou as mãos nos bolsos e olhou para o jardim. Então me lançou um olhar brincalhão.

– Sabe o que isso parece?

– O quê?

– Um filme de zumbis.

Soltei uma risada curta.

– Eu ia dizer *exatamente* isso. A noite escura e misteriosa, a lua, e de repente os zumbis começam a sair dos arbustos e a gente tem que correr.

– Estaríamos ferrados se tivéssemos que fugir de zumbis aqui – disse ele.

– Por quê?

Ele indicou o lago com a cabeça.

– Estamos presos pela água de um dos lados.

– É só dar a volta neles e correr para o carro.

– Não tem como dar a volta em uma horda de zumbis – retrucou ele.

– Claro que tem. Eles estão mortos, não são rápidos.

– Sim, mas nunca param. É assim que alcançam as pessoas.

– Aff, eu tenho certeza de que consigo desviar de um zumbi, Justin.

– Bom, se não conseguir, *eu* prometo correr mais devagar que você.

Abri um sorriso, e ele também. Ele era muito fofo.

Dois segundos depois, o barco parou no cais. Justin foi ajudar a atracá-lo. Cumprimentou Maddy e amarrou o barco. Então me abraçou e sussurrou:

– Na próxima…

Sua voz saiu baixinha, e meu estômago deu cambalhotas. Ele me ajudou a subir no barco, nos empurrou e ficou ali olhando até ficar pequeno demais para que eu conseguisse enxergá-lo enquanto Maddy nos levava de volta para a ilha.

17

Justin

Eu estava sentado no banco do passageiro do carro com meu cachorro no colo. Alex estava ao volante. Mais uma aula. Dirigíamos por ruas secundárias, e ele estava indo tão bem que me senti à vontade para dar uma olhada nas mensagens. Naquela manhã, Emma e eu tínhamos trocado playlists no Spotify. Eu havia acabado de ouvir a dela.

EMMA: E aí? O que achou?

Comecei a digitar.

EU: Nada mau. Gostei da nostalgia com "More Than Words", do Extreme. Tem 1975 e Nothing But Thieves demais para o meu gosto, mas acho que, no geral, com as músicas da Lola Simone, é boa.

Sorri para a tela ao ver que Emma estava digitando.

EMMA: "More Than Words" é a música favorita da Maddy, está na lista por causa dela. E ainda estou ouvindo a sua. São três horas de músicas. E tem uma de uns nove minutos sobre alguma coisa que acaba na barriga de uma baleia? Qual é o seu problema?

EU: "The Mariner's Revenge" é um clássico cult. Chelsea chama de música do pirata, ela gosta. Você não pensa nas crianças, Emma? Não, né. Você só pensa em si mesma.

Ela mandou vários emojis rindo e "Será que a babaca sou eu?".

Abri um sorriso largo olhando para o celular.

Nosso segundo encontro seria naquela noite. Seis dias tinham se passado desde o jantar na casa da minha mãe, e fiquei a semana toda ansioso. Eu a levaria a Stillwater, uma cidadezinha às margens do rio St. Croix. Sorveterias e lojas de antiguidades, uma caminhada à beira do rio. Jantar no meu bar de vinhos favorito.

Talvez a beijasse. Quase beijei naquela noite no cais, mas aí Amber apareceu. Eu não via a hora de ter uma segunda chance.

Alex e eu terminamos a aula de direção e fomos almoçar no Burger King. Comprei comida só para o meu irmão. Sarah estava na casa de Josie e Chelsea já tinha comido nuggets. Leigh e minha mãe estavam em casa, mas não queriam nada. Naquele dia, elas iriam sair para uma última noitada antes que minha mãe tivesse que ir.

O que aconteceria no dia seguinte.

A semana que passou foi uma contagem regressiva diária de atividades que minha mãe planejou para deixar o máximo possível de lembranças. Ela levou as crianças ao zoológico, depois para Duluth. Fez uma noite de cineminha na sala, passou um dia no lago com todos. Eu participei o máximo que pude sem abandonar o trabalho. Aquela seria sua última noite com sua melhor amiga e no dia seguinte ela seria levada para a prisão.

Era estranho o quanto o dia parecia normal considerando a mudança tectônica que aconteceria em vinte e quatro horas.

Eu estava feliz por Emma estar ali. Era uma distração. Algo que me entusiasmava embora todo o restante fosse horrível.

Chegamos à casa da minha mãe e eu entrei com Alex para dizer oi. Eu estava com pressa. Precisava passar na casa de Brad, ir para minha casa me arrumar para o encontro e depois buscar Emma. Mas as oportunidades de entrar e cumprimentar minha mãe estavam acabando, e eu não quis desperdiçar aquela.

Tentei ser mais gentil com ela naqueles últimos dias. A mudança de energia que experimentei em relação à minha mãe após a conversa com Emma era quase tão desconfortável quanto ter raiva dela. Pelo menos a raiva não me deixava sentir a culpa que estava sentindo agora.

Pensei na ilha de Emma, a ilha metafórica de que ela falou. E me perguntei se todos não teríamos uma dessas às vezes, e quem sabe minha mãe estivesse na dela sozinha e eu não soubesse. Isso me consumia.

Minha mãe estava à mesa da cozinha com Leigh já fazendo carinho no meu cachorro empolgado antes mesmo que eu entrasse. Apertei de leve seus ombros e me sentei ao seu lado.

– Não posso ficar muito – falei. – Só queria entrar pra dar um oi. Tenho um encontro.

– Ah, é? Com quem? – perguntou minha mãe.

– O nome dela é Emma – respondi.

– Ela é legal – disse Alex, dando uma mordida no hambúrguer. – A gente se conheceu esses dias. Ela é, tipo, muito gostosa.

– Querido, não mastigue de boca aberta – disse minha mãe. – Eu vou conhecer essa Emma?

A pergunta completa pairou no ar por um tempo. Eu vou conhecer essa Emma *antes de ir*? E não, minha mãe não iria conhecê-la.

– Ela tem uma agenda muito corrida no hospital – falei. – A gente só se encontra uma vez por semana.

Isso era verdade. Mas o verdadeiro motivo era que Emma não *queria* conhecer minha mãe.

Eu entendia. Acho que, para quem está sempre a poucas semanas de ir embora, de que adianta conhecer a família da pessoa com quem se está saindo? Mal se tem tempo para conhecer a pessoa em si.

Isso era outra coisa em que eu estava tentando não pensar: a partida de Emma. Eu deveria estar feliz por ela ter ido até Minnesota, por ela não estar no Havaí. Ainda teríamos mais três encontros, talvez mais se conseguisse convencê-la. Eu já tinha conseguido um bônus – aquela noite na casa da minha mãe. Mas estava com medo que nosso tempo acabasse. Emma era a única coisa boa acontecendo comigo naquele momento, e, quando fosse embora, eu não só ficaria sem ela, como também teria que enfrentar minha nova realidade. Pai morto, mãe presa. Eu com as crianças.

O momento iria chegar. Estava se aproximando cada vez mais rápido, já quase ali.

E agora que eu tinha conhecido Emma, era mais que isso.

Quando ela fosse embora, eu não poderia simplesmente ir até onde ela estivesse – isso se ela deixasse. E eu *desejaria* ir até onde ela estivesse.

Sabia disso, embora fizesse apenas uma semana e meia que estávamos saindo. E agora não poderia explorar aquele relacionamento como gostaria.

Aquela coisa toda com minha mãe tinha alterado a trajetória de toda a minha vida. Mudou meu destino, alterou o curso.

Eu podia trabalhar de qualquer lugar. O que me impediria de ir embora com Emma em algumas semanas se ela quisesse? O contrato do meu aluguel estava no fim, Brad tinha se mudado. Era como se aquele fosse o plano que o universo preparara para mim. Era o que *deveria* acontecer.

Mas essa realidade alternativa desapareceu. Agora eu só teria o "e se". E não havia nada que pudesse fazer a respeito disso.

Eu me levantei, me despedi e fui embora. Fui até a casa de Brad.

Bati na porta, e Faith me deixou entrar.

– E aí – disse ela, abrindo a porta e chamando Brad, que estava no andar de cima. – Brad, Justin chegou. – Então se virou e olhou bem para mim. – Com o *cachorro*.

Abri um sorrisinho para ela, que soltou um suspiro e me deixou ali.

Brad desceu a escada correndo e, ao mesmo tempo, Benny veio da sala. Eles estavam instalando uma TV e iriam jantar os quatro juntos. Tinham nos convidado, mas optei por um encontro em particular com Emma.

Imaginei que ela não fosse querer conhecer meus amigos, pelo mesmo motivo pelo qual não queria conhecer minha família. Além disso, eu também queria um tempo sozinho com ela.

– A que devo a honra da visita? – perguntou Brad.

– Vim buscar minha camiseta.

Ele pareceu surpreso.

– A do Rei das Privadas? Não pode pedir ela. Se você quiser, deixa de ser engraçado.

– Problema seu. Se ela escolher Camiseta Idiota nas opções de vestimenta da pesquisa que eu mandei, vou precisar da camiseta.

– Babaca. Espera aí.

Benny veio até a varanda e eu me sentei um pouco enquanto ele fazia carinho no meu cachorro.

Brad voltou e me jogou a camiseta, então lançou uma sacola em meu peito, que eu peguei quando caiu em meu colo.

– Peguei aquelas casquinhas de chocolate amargo com manteiga de amendoim de que você gosta lá do trabalho. Imaginei que estivesse sentindo falta das vantagens de morar comigo – disse ele, se jogando na cadeira de balanço ao meu lado.

– Eu amo mesmo o Trader Joe – falei, sorrindo diante da sacola. – Nada como um mercado que te obriga a ir a outro mercado logo depois.

Benny caiu na gargalhada.

Brad parou de se balançar e se virou para mim, os olhos semicerrados.

– Retira o que disse.

– De jeito nenhum.

Ele inclinou o tronco para a frente.

– Com todo o meu desrespeito, Justin, vai se foder.

Dei risada.

Brad voltou a se recostar na cadeira.

– E aí, como estão as coisas com a garota? – perguntou.

– Estão indo – respondi. – Eu gosto dela. Muito.

– Quanto tempo ela ainda vai ficar? – perguntou Benny, sentado ao lado de Brad.

Apoiei os cotovelos nos joelhos.

– Quatro semanas e meia.

– Ela pode assinar outro contrato? Ficar mais? – quis saber Benny.

– Teoricamente, acho que sim. Mas não sei se ela faria isso.

– Vocês já se pegaram? – perguntou Brad.

– A gente ainda nem se beijou.

– Bom, então é isso – disse Brad. – Ela não sabe o que está perdendo se for embora. Você precisa apresentar seu pau mágico.

– *Ha-ha*. Vou levar isso em consideração.

Distraído, olhei para o pacote de chocolates na minha mão. Brad ficou me analisando. Eu sentia seu olhar. Olhei para ele.

– O que foi?

– Cara. Você está *amarradão*.

– Eu disse que gosto dela.

– Não. Você está dominado. Está escrito na sua cara. Fala pra ele, Benny, ele parece dominado.

Benny assentiu, fazendo cara de sábio.

– É assim que começa – declarou Brad. – Elas nos agarram pelas bolas. De repente você está indo a musicais.

– Ah, eu *gosto* de musicais.

– Claro que gosta.

Soltei uma risada.

– E como está encarando esse negócio de voltar pra casa da sua mãe? – perguntou Benny.

Bufei.

– Conversei com minha mãe. Vamos guardar todas as coisas dela em um depósito quando ela for, para eu poder ficar no quarto principal.

– É, eu queria falar com você sobre isso – disse Brad.

– Sobre o quê? – perguntei.

– A gente quer dar uma arrumada no quarto pra você – disse Benny. – Quando fiquei doente e tive que voltar pra casa da minha mãe, a pior parte foi o quanto tudo era velho. Queremos trocar as persianas, pintar o quarto.

– Também podemos tirar aquele carpete antigo. O revestimento do banheiro – disse Brad. – Deixar tudo bem bacana.

Minha expressão suavizou. Eles entendiam. Compreendiam o quanto aquilo era difícil para mim.

– O que acha? – perguntou Brad.

– Acho bom. Obrigado. Tem mais uma coisa que vocês podem fazer por mim – falei, olhando para eles. – Preciso de ajuda pra continuar encontrando Emma até ela ir embora.

Benny assentiu.

– Claro, cara.

– Talvez eu precise que alguém cuide da Chelsea. Ou fique com o cachorro de última hora.

– Com certeza – disse Brad. – Fechado. Tenho certeza de que a Jane e a Faith também vão ajudar.

– Obrigado. De verdade. E quero mesmo trocar o revestimento do banheiro. Vou cobrar isso com certeza. – Olhei para o relógio. – Preciso ir.

– Vamos combinar de sair juntos – sugeriu Brad, apoiando as mãos nas coxas e se levantando. – Faith quer conhecer a Emma.

– Vamos – falei, embora soubesse que era improvável.

Ela mal tinha tempo para mim.

18

Emma

Maddy e eu atracamos na mansão para meu segundo encontro com Justin. Fazia quase uma semana desde minha ida à casa dele comer espaguete. Passei todo esse tempo trabalhando. Maddy ia ao supermercado, então amarrou o barco e atravessou o gramado comigo.

Minha mãe estava em uma boia de unicórnio na piscina.

Ela estava com seu chapéu de aba larga e os óculos de sol gigantes, bebendo de um copo que tinha um guarda-chuvinha.

– Oi! – disse, acenando. – Estão indo para o hospital?

– Não! – gritou Maddy. – Folga.

– Tá certo. Bom, façam boas escolhas, meninas!

– Pode deixar! – gritou Maddy.

Quando chegamos à lateral da garagem, o sorriso de Maddy se desfez.

– Viu? Eu falei que seria simpática com ela.

– Obrigada – falei. – Mesmo.

Tivemos uma conversa longa quando voltei da casa de Justin naquela noite. Ela pediu desculpa e prometeu dar o benefício da dúvida à minha mãe. Então passou uma hora me interrogando sobre Justin, até eu expulsá-la do meu quarto para poder dormir.

Ela estava obcecada com a ideia de *eu* estar obcecada com alguém. Eu não estava, mas, se pudesse, ela mentalizaria isso até que fosse verdade.

Mas eu gostava *mesmo* dele. Pensei bastante no porto seguro. Depois pensei no *motivo* pelo qual fiquei pensando nisso.

Talvez porque eu não tinha o costume de me aninhar em alguém. Não conseguia nem me lembrar da última vez que isso tinha acontecido. Era viciante – e eu estava desconfiada de que não gostaria de me aninhar em nenhum outro homem.

Mas eu definitivamente não diria isso a Maddy.

– Que horas ele vem? – perguntou minha amiga.

– Daqui a cinco minutos.

– Quer esperar na varanda?

– Pode ser.

Nós duas nos jogamos nas cadeiras em frente à porta.

– Aonde ele vai levar você? – perguntou Maddy.

– Stillwater. Quer ver o convite que ele mandou?

– Ah, *quero*.

Abri o convite e entreguei o celular a ela.

O texto aparecia sobre uma foto antiga, em preto e branco, de lenhadores em pé sobre uma pilha de troncos.

VOCÊ ESTÁ CORDIALMENTE CONVIDADA PARA UM JANTAR, UMA DEGUSTAÇÃO DE VINHOS E UMA VISITA A ANTIQUÁRIOS COM JUSTIN EM STILLWATER, O BERÇO DE MINNESOTA, ÀS 17H, NO DIA 8 DE AGOSTO.

FAVOR USAR SAPATOS DE CAMINHADA.

Ela me devolveu o celular.

– Juro por Deus, esse cara é a prova de que quem quer faz.

– Ele está mesmo deixando essa coisa de quebrar a maldição divertida – concordei.

Ela olhou para mim.

– E qual é a da Amber?

Dei de ombros.

– Sei lá.

– Vocês vão passar um tempo juntas?

– Não sei. Ela não responde minhas mensagens.

A expressão de Maddy mudou.

– Que cara é essa? – perguntei.

– É só minha cara.

Olhei bem para ela.

– Ela está ocupada. Está se divertindo com o Neil. Fico feliz por ela.

– Ela não parecia ocupada agorinha... – resmungou.

Não tive tempo de responder. Justin chegou.

Ficamos observando quando ele saiu e foi até o porta-malas do carro, de onde tirou um vaso grande, que carregou até a varanda.

– Isso é uma roseira? – perguntou Maddy, franzindo a testa.

Ele subiu os degraus e cumprimentou Maddy, então olhou para mim.

– Comprei flores pra você – disse, por trás das folhas.

Ri.

– Você me comprou uma roseira inteira?

Ele colocou o vaso no chão.

– Você disse que as rosas que a Amber te deu morreram. Eu queria te dar flores que não morressem.

Sorri para a roseira.

– Aaaah. Mas isso precisa ser plantado.

– Então planta – disse ele, com um sorrisinho. – Que mal tem criar raízes?

– Mal nenhum – comentou Maddy atrás de mim.

Ele me cumprimentou com um abraço e um beijo no rosto. Meu estômago deu uma cambalhota.

– Vou colocar no barco – disse, me soltando e voltando a pegar o vaso.

– Obrigada – falei, vendo Justin dar a volta na garagem.

Assim que ele deu as costas para nós, Maddy me lançou um olhar de *Está de brincadeira?*

– Quem quer faz – disse, assim que ele se afastou o bastante para não ouvir. – Aliás, se a Amber quisesse, ela também faria. Só queria dizer isso.

Revirei os olhos.

– Onde vai plantar a roseira? – perguntou ela.

– Não sei.

Eu a deixaria para trás. Então teria que ser em algum lugar onde ela pudesse crescer sem mim.

19

Justin

– Achei! – disse Emma.

Larguei a caneca antiga de cerveja que observava e fui até a estante onde ela estava.

– Você achou mesmo. É o bebê mais feio que eu já vi.

Ela abriu um sorriso largo, orgulhosa.

Tínhamos acabado de jantar. Estávamos na terceira loja de antiguidades, e em cada uma delas procurávamos por alguma boneca bizarra. Essa tinha o olho meio fechado, tufos remanescentes de um cabelinho loiro e, por algum motivo, era meio verde.

– Acho que amei – disse Emma, inclinando a cabeça.

Olhei dela para a boneca.

– Isso aí. Você amou *isso aí.*

– Amei.

– Está sem um braço.

Ela olhou em volta da boneca.

– Está ali.

Eu me aproximei e olhei para onde ela estava apontando. Emma tinha razão, o braço decepado estava na prateleira, ao lado da boneca.

– Tem dedos faltando – falei.

Ela deu de ombros.

– Por isso tem personalidade.

Semicerrei os olhos para ler a etiqueta daquele bebê horroroso.

– 85 dólares? Por *isso*?

Ela tentou me lançar um olhar de reprovação, mas segurava o riso.

– Acha que o braço vem junto ou é à parte? – perguntei.

– Essa boneca já foi o brinquedo favorito de alguém, Justin. Alguma criança devia carregar pra todo lado, dormir abraçada nela, e deve ter chorado quando ela sumiu.

– Achei que você não se apegasse às coisas.

Ela voltou a olhar para a boneca.

– A coisas assim, eu me apego.

Vi o jeito como ela encarava a boneca e pensei no Pelucinha, seu unicórnio surrado e molenga, e me perguntei se sua capacidade de ser sentimental foi drenada quando ela era criança. Empacou em bonecos velhos horrorosos.

Eu a cutuquei com o ombro.

– Quer que eu compre a boneca pra você?

– Quer que eu compre pra *você*?

– Ah, não. Não preciso dessa coisa feia. Já tenho meu cachorro.

Ela riu.

Espiei dentro da caixa. Minha mãe teria achado aquilo engraçadíssimo. Ela teria gostado muito de Emma.

Emma deve ter percebido a mudança em minha linguagem corporal.

– Em que está pensando? – perguntou.

Soltei um suspiro profundo.

– Que gostaria que você conhecesse minha mãe.

Sua expressão suavizou.

– Ela vai amanhã, né?

Assenti.

– E se a gente voltasse? Você não quer aproveitar pra ficar com ela?

Balancei a cabeça.

– Não. Já passei lá hoje e fiquei todo o tempo que pude com ela esta semana. Esta noite ela está com a Leigh. Vamos nos ver amanhã de manhã. É o que ela quer.

– Então amanhã você vai para a casa de vez.

– Sim.

– Como está se sentindo? – perguntou ela.

– Em choque – respondi, olhando fixamente para a boneca feia. – Como se não estivesse acontecendo de verdade.

– E as crianças?

– Acho que também estão em choque e com a impressão de que não é real – respondi, e olhei bem para ela. – Como você lidava com tantas mudanças quando era criança? Quer dizer, você devia ficar mexida, não?

Ela deu de ombros e voltou a olhar para a boneca.

– Eu ficava mexida, sim. Acho que você está fazendo a melhor coisa que alguém poderia fazer por eles. Manter seus irmãos na casa deles. Amenizar as consequências.

Olhei para a frente.

– É.

– O que foi?

Fiz uma pausa.

– E se eu estragar meus irmãos? – perguntei baixinho.

Ela abriu um sorriso delicado.

– E se você salvar seus irmãos?

Emma olhou para mim com tanta sinceridade que eu acreditei que aquilo poderia ser verdade.

Pigarreei.

– Maddy estava menos ameaçadora hoje.

– Ela gosta de você – respondeu ela.

Ergui uma sobrancelha.

– Ah, é...?

– É. Ela acha ótimo que você esteja disposto a suportar jantares com o Neil e a Amber por mim. Assim ela fica livre.

– E você não acha? – perguntei, com um sorrisinho de canto de boca.

– É claro que acho.

Então ela ficou na ponta dos pés, abraçou meu pescoço e beijou meu rosto. Fez isso como se não fosse nada de mais. Acho que ela nem *imaginou* o efeito que o gesto teve em mim.

Ela desceu da ponta dos pés. Seus braços ainda envolviam meu pescoço, e o lugar que seus lábios tocaram estava formigando. Eu me perguntei se beijá-la em uma loja de antiguidades na frente de uma boneca feia e mutilada seria piegas, mas então meu celular tocou. Minha mãe.

– Desculpa. É melhor eu atender. – Eu me afastei e levei o celular à orelha. – Mãe, tudo bem?

– Justin! O que está fazendo? – perguntou Leigh, pelo jeito bêbada.

– Estou em uma loja, por que…

Ouvi uns barulhos. E minha mãe surgiu na linha.

– Justin? Pode nos dar uma carona? – perguntou ela, também bêbada.

Minha mãe *nunca* bebia. Isso era mais raro que um eclipse solar. Ouvi Leigh gargalhar no fundo. Minha mãe cobriu o celular, rindo, e mandou que ela ficasse quieta.

– Estou em um encontro, mãe.

– Ah! É mesmo! – respondeu ela. – Esqueci. Desculpa ter ligado, não se preocupa…

– Justin! – disse Leigh ao fundo. – Me dá esse telefone. Me dá. Não, me dá… – *Mais barulhos.* – Justin? É a tia Leigh. Você precisa vir nos buscar. Sua mãe e eu exageramos.

A palavra "exageramos" saiu enrolada.

– Vocês não podem chamar um Uber? – perguntei.

– Não – respondeu ela, e soluçou.

– Por que não?

– Fui banida. Da Lyft também.

– O quê? Então usem a conta da minha mãe.

– Nós duas estamos banidas. Somos párias.

– Como vocês *duas* foram banidas de dois aplicativos diferentes? – perguntei, incrédulo.

– Com algum comprometimento e criatividade – respondeu ela, e a palavra "criatividade" também saiu enrolada.

Ouvi minha mãe gargalhar.

Respirei fundo, e Emma e eu trocamos um olhar. Ela parecia estar achando aquilo divertido.

– Foi meu ex-marido – disse Leigh. – Ele trabalha na Lyft. Fez isso só pra mexer comigo uma última vez e incluiu a Christine só pra me irritar… e conseguiu. Fiquei bem irritada.

– E as contas da Uber? – perguntei.

– Bom, essa é uma história muito interessante que eu adoraria contar… quando você vier nos buscar.

Olhei para Emma. Não me importava de ir buscá-las, mas Emma não queria conhecer minha mãe.

Coloquei o celular na outra orelha.

– Você não pode ligar para o Brad?

– Já liguei. Ele está jantando com o Benny, e eles estão mais bêbados que a gente.

Ouvi minha mãe sussurrar. O celular fez um barulho e as duas riram. Então minha mãe voltou a falar comigo:

– Justin, não quero interromper seu encontro. Vamos dar um jeito.

– O que a gente vai fazer, Christine? – perguntou Leigh. – Ir andando? Daqui? Você só tem um sapato! E vai ser presa amanhã. Preciso te levar de volta antes da meia-noite, ou você vai virar abóbora.

As duas caíram na gargalhada.

– Onde vocês estão? – perguntei, esfregando a testa.

– Hudson.

Wisconsin. Quinze minutos de onde estávamos. Não era tão fora do caminho.

Emma deve ter lido minha mente.

– Se é uma emergência, podemos ir buscar as duas – disse ela, baixinho.

Coloquei o celular no mudo.

– Você disse que não quer conhecer minha mãe.

– Não tem problema. Agora estou curiosa, quero ouvir a história sobre como as duas foram banidas da Uber.

Soltei uma risada curta.

Tirei o celular do mudo.

– Me manda a localização – falei. – E fiquem onde estão. Não me façam sair procurando vocês.

Desliguei e fomos buscar nossas bêbadas.

Quando parei em frente ao bar, dez minutos depois, minha mãe e Leigh estavam sentadas no meio-fio, cada uma com a respectiva bolsa no colo. O rímel de Leigh estava manchado. A sandália da minha mãe estava colada com fita adesiva, e por algum motivo havia folhas em seu cabelo. Elas acenaram e abriram um sorrisinho quando nos viram, então entraram no banco de trás.

Minha mãe se enfiou entre os dois bancos da frente.

– Oi! Eu sou a Christine!

– Oi – disse Emma, virando-se para cumprimentá-la.

Leigh se enfiou ao lado da minha mãe.

– Leigh – disse, estendendo a mão cheia de anéis chamativos.

– Alguma das duas vai vomitar no carro? – perguntei.

– A gente não vomita – disse Leigh, ofendida.

– A gente vomita, *sim* – sussurrou minha mãe.

Emma tirou dois saquinhos herméticos da bolsa, com aipo e biscoitos salgados. Provavelmente o lanche que levava para o trabalho.

– Confio no poder desses saquinhos com a minha vida – disse, virando-se para entregá-los a nossas passageiras.

– Obrigada – disse Leigh. – Podemos comer?

E ela começou a comer um biscoito antes mesmo que Emma respondesse.

Trocamos um olhar breve, Emma sorrindo e eu desesperado.

– Vocês duas estão com um cheiro de quem tomou banho de tequila – falei, pegando uma garrafa de água no console central do carro. – Bebam um pouco.

– Água? – perguntou Leigh. – Aquilo que matou todo mundo no *Titanic*?

Minha mãe caiu na gargalhada.

– Vou esperar pra tomar uma Coca Zero – disse Leigh, pegando a garrafa de água e jogando nas mãos da minha mãe. – Toma isso. Não é bom estar de ressaca no seu primeiro dia na cadeia.

– Se não conseguissem uma carona pra casa, quais eram os planos? – perguntei, arrancando com o carro. – E como chegaram até aqui?

– O cara com quem estou saindo foi nos buscar – disse Leigh. – Ele também ia nos levar pra casa, mas a mulher dele apareceu! Aquele filho da puta disse que não era casado! Mas me pareceu *muito* casado quando foi puxado pelo colarinho. Homens com inicial J são os *piores*.

Emma começou a rir.

– Ei... – falei.

– Você não, você não conta – disse Leigh, alto, mastigando um aipo.

Emma se aproximou e cochichou:

– Concordo, você não conta.

Então virou o rosto, falando por sobre o ombro:

– E aí, como vocês foram banidas da Uber?

– Ah, essa é *boa* – disse Leigh. – Porque a culpada foi sua mãe, Justin.

– A gente não teve escolha – disse minha mãe. – Eles eram muito pequenos, iam morrer.

– Achamos uns filhotes de guaxinim – disse Leigh. – Bem novinhos, talvez cinco ou seis semanas. A mamãe guaxinim estava morta na rua, e a Christine ficou toda "não posso deixar esses bebezinhos aqui". Aí ficou de quatro remexendo nos arbustos até pegar todos. Falei pra ela colocar os bichinhos na bolsa, que eu levaria até o centro de reabilitação de animais silvestres de manhã. Então entramos no Uber e menos de uma quadra depois um deles saiu da bolsa e pulou em cima do motorista. O cara começou a gritar, desesperado, parou o carro e nos expulsou. Foi assim que eu fui banida.

Emma estava rindo.

– E como a Christine foi banida?

– Mesma coisa, menos de quinze minutos depois, mas dessa vez na conta dela. Aí descobrimos como manter os guaxinins calmos. Eles gostam de dormir dentro da nossa camisa. Viram? Mostra, Christine.

– Espera, *O QUÊ*?! – gritei, freando o carro por reflexo. – Vocês estão com guaxinins? Neste carro? Agora?

– Estamos, ué – disse Leigh, como se a pergunta fosse ridícula. – Isso tudo aconteceu hoje.

Emma estava *morrendo* de rir.

Pelo retrovisor, olhei para minha mãe e para sua melhor amiga bêbada.

– E não pensaram em me falar? Que vocês estão com animais silvestres no sutiã?

– Só três – disse Leigh, como se isso fosse melhor.

– E se eles tiverem pulgas? – perguntei.

– A gente lavou os bichinhos na pia do Circle K – respondeu Leigh. – Com um pouco de sabonete. E secamos no secador de mãos.

Emma parecia impressionada.

– *Funciona.*

– Emma, quer segurar um? – perguntou minha mãe.

Ela arquejou.

– Quero!

Uma mão surgiu do banco de trás com um filhotinho de guaxinim enrolado em um pano.

– Este é o George Cloonim.

Emma pegou o guaxinim, levou-o ao peito e olhou para mim toda apaixonada.

– Olha as mãozinhas dele!

– Ah, meu Deus… – resmunguei.

– Justin, como pode estar bravo? Elas são heroínas – disse Emma, acariciando aquela cabecinha cinza. – Esses bebezinhos teriam morrido.

– Obrigada – disse minha mãe. – Eu me sinto mesmo uma heroína.

Leigh se aproximou.

– Agora é só enfiar esse pandinha do lixo no seu decote. Ele fica quietinho na hora.

Emma abriu a camisa e colocou o guaxinim enrolado ali dentro.

– Tem certeza de que isso é seguro? – perguntei, olhando para o calombinho embaixo da camisa dela.

– Se não é seguro, por que eles são tão fofos, Justin? – perguntou Emma.

– É o animalzinho de estimação proibido – comentou minha mãe.

As três começaram a rir.

Tentei parecer sério, mas não consegui. Emma estava se divertindo demais – e minha mãe e Leigh eram duas bêbadas muito engraçadas.

– Meu Deus, essas ondas de calor – disse Leigh, e a vi pelo retrovisor puxando a camisa. – É um aviso de que não posso ir para o inferno, porque *não* vou aguentar o calor. Justin, você pode nos levar para comer?

– Vocês duas não acham que já atrapalharam minha noite o bastante? – perguntei, pegando a rodovia.

– Não gosto nada desse tom – disse Leigh. – Parece que vou ter que te lembrar que já limpei sua bunda.

– Ah, *não* precisa me lembrar disso – respondi.

– Ele tinha a bundinha mais linda. Lembra, Christine? Parecia uma maçãzinha.

– Era muuuuito fofa – disse minha mãe.

Leigh deu um tapinha no ombro de Emma.

– A bundinha dele continua fofa, Emma?

– É muito fofa – disse ela, sorrindo e acenando com a mãozinha do guaxinim para mim.

Balancei a cabeça. Ela nunca tinha visto minha bunda. Pelo menos não sem roupa. Mas torci para que já tivesse dado uma olhadinha.

– Sim, eu levo vocês duas pra comer – falei.

– Obrigada – disse Leigh. – Christine, e a lista?

– Que lista? – perguntou Emma.

– Preparativos para a prisão – respondeu Leigh. – Decorar telefones importantes, tingir o cabelo da cor natural pra raiz não aparecer, resolver qualquer problema nos dentes... Vou depositar dinheiro pra você na lojinha assim que eles deixarem, querida. E vou visitar você toda semana. Pressionar meu peito contra o vidro.

Minha mãe deu risada. Uma risada profunda e embriagada. E de repente a risada virou choro. Leigh também começou a chorar. Ela abraçou minha mãe, e minha mãe soluçou.

– Querida, vou estar ao seu lado em todos os momentos – disse Leigh. – Vou ajudar o Justin a cuidar daquelas crianças, vou te mandar fotos, e nós vamos superar isso.

Pelo retrovisor, vi o rosto da minha mãe amassado contra o ombro de Leigh. O rabo de um filhote de guaxinim saiu do decote de Leigh e balançou sob o queixo da minha mãe. Ainda havia folhas em seu cabelo. Parecia a cena de uma série de comédia. Um enredo de humor ácido.

Emma olhou para mim enquanto pegara lenços da bolsa e estendia a mão para o banco de trás.

Acho que eu estaria constrangido se o encontro fosse com qualquer outra pessoa. Minha mãe, bêbada, chorando de soluçar, na última noite antes de ser presa. Mas eu sabia que Emma não estava julgando nada daquilo. Ela não era esse tipo de pessoa. Devia estar julgando a situação até menos do que eu.

Depois de entregar os lenços, Emma continuou virada para trás.

– Sabe – disse –, eu trabalhei três meses em um presídio feminino.

Minha mãe ergueu a cabeça.

– Nunca conheci pessoas mais legais que aquelas detentas.

Minha mãe fungou.

– Sério?

– Sério. Você vai fazer muitas amizades. Eles tinham uma escola de estética para as detentas. Você vai poder arrumar o cabelo. E vai conseguir ler muuuuito.

Olhei pelo retrovisor e ali estava: uma esperança repentina nos olhos da minha mãe, de que talvez a prisão não fosse tão ruim quanto ela havia imaginado.

Emma se recostou no assento e entrelaçou os dedos nos meus. Era sua vez de me consolar.

Depois disso, minha mãe parou de chorar. Ela e Leigh voltaram a rir e gargalhar. Comeram. Abraçaram os pandinhas do lixo e tomaram sorvete. Emma ficou papeando com elas. E embora fosse a última noite de liberdade da minha mãe, e isso fosse terrível e triste, meio que pareceu que estava tudo bem.

20

Emma

Deixamos Leigh e Christine em casa e ficamos parados em frente à casa de Neil. A porta da mansão estava aberta e lá dentro tocava Fleetwood Mac bem alto.

Justin abaixou a cabeça a fim de olhar pela porta aberta.

– Será que é bom a gente dar uma olhada?

– Não – respondi. – Deve ser a Amber pintando o mural de rosas. Não estou preocupada.

Saí do carro, e Justin se juntou a mim no gramado.

– Desculpa pelo desvio – disse, parando à minha frente.

– Foi divertido – falei com sinceridade.

– Minha mãe não bebe. Você foi presenteada com um show e tanto – comentou ele, e abriu um sorrisinho.

Tão lindo.

No caminho, fiquei admirando seu rosto de perfil. Olhares rápidos enquanto ele se concentrava em dirigir. As ruguinhas ao redor dos seus olhos quando sua mãe e Leigh riam no banco de trás. O maxilar que dava uma tremidinha quando elas não estavam rindo. O olhar de gratidão quando segurei sua mão.

Gostei de poder ajudá-lo como ele me ajudou no dia em que minha mãe apareceu. Ainda que fosse apenas um instante em uma vida inteira de momentos, eu estava feliz por fazer parte daquele.

Justin merecia coisas boas. Merecia que os momentos difíceis da vida fossem um pouquinho mais fáceis, como ele fazia com a vida de todos ao seu redor.

– Leigh parece ser uma boa amiga – falei.

– Ela é, sim. Faria qualquer coisa pela minha mãe. Acho que iria presa no lugar dela se pudesse.

Assenti. Eu entendia isso. Era o que eu tinha com Maddy.

Era estranho pensar nisso, principalmente naquela situação, mas fiquei feliz por ter conhecido a mãe dele. Eu não estava fazendo planos com Justin. Aquilo tudo acabaria assim que eu fosse embora de Minnesota. Mas, por algum motivo, para mim parecia importante poder dar um rosto àquele nome quando ele falasse sobre ela durante as semanas em que eu estaria ali.

E que ela pudesse dar um rosto ao meu.

Então me dei conta de que *gostava* da possibilidade de Justin falar de mim para ela. De falar de mim para qualquer pessoa que fosse. De ser importante o bastante para que ele me mencionasse em uma conversa.

E me dei conta de que ficaria chateada se eu não fosse. Se fosse apenas uma aventura sem importância que não valesse a pena mencionar com os amigos e a família.

Mas *por que* isso me deixaria chateada?

Eu era exatamente isso – uma aventura sem importância.

Não estava nem aí se os caras com quem eu saía falavam de mim. Às vezes até preferia que não falassem. Para quê? Eu logo iria embora e acabaria caindo no esquecimento mesmo. Por que perder tempo dizendo meu nome aos amigos?

Mas eu queria que Justin pensasse em mim e falasse de mim. Gostava de saber que ele planejava as coisas para mim. Que passava tanto tempo fazendo aquelas pesquisas e convites e escolhendo os lugares perfeitos para me levar.

"Dreams" acabou e começou a tocar Peter Cetera, "The Next Time I Fall".

Justin ficou ali parado com as mãos nos bolsos. Era para ele me beijar.

Pensei que ele fosse fazer isso em algum lugar em Stillwater, mas não fez.

Ele deu um passo na minha direção, e meu coração acelerou.

– Posso te dar um beijo de boa-noite? – perguntou, olhando para os meus lábios.

– Pode.

Deslizei as mãos por seu peito. Ele tinha um cheirinho *tão* bom. Passei a noite inteira sentindo. Era um cheiro apimentado e quente, com um toque de menta. Justin era tão... familiar. Como se eu estivesse saindo com um garoto com quem cresci e que não encontrava havia alguns anos, e que se tornara alguém irresistível. É claro que isso era impossível. Não conhecia ninguém da minha infância. Nada de antes de eu ir morar com a família de Maddy. Só um borrão de pessoas, lugares, escolas e lares temporários. Mas eu sabia, mesmo sem saber, que aquela comparação era precisa.

Talvez o muro que sempre me separou do restante do mundo estivesse caindo aos poucos – provavelmente em razão da natureza do nosso combinado.

Ou talvez não.

Talvez fosse por causa *dele*.

Alguma coisa nesse pensamento me deixou inquieta. Como se algo assustador estivesse acontecendo, porém eu não soubesse dizer o quê. Mas não tive tempo para pensar sobre isso porque Justin se aproximou.

Ele segurou meu rosto com as duas mãos e olhou em meus olhos. Então, devagar, todo sensual... me deu um beijo na testa.

Na testa.

Fiquei um tempinho esperando pelo beijo de verdade, mas ele deu um passo para trás.

– Então tá. Boa noite.

Pisquei, olhando para ele sem entender nada.

– Só *isso*?

– Você não gostou? – perguntou ele, com um sorriso.

Eu o encarei.

– Sério, Justin? Um beijo na testa?

– Fiquei sabendo que está na moda. Essa coisa de olhar feminino e tal.

– Você deveria me *beijar*. Na *boca*.

Ele parecia estar achando aquilo muito divertido.

– Temos tempo. Não preciso fazer isso agora. Temos mais dois encontros.

Cruzei os braços e os olhos dele brilharam. Ele estava me *provocando*.

– A gente se vê semana que vem.

Então virou e foi em direção ao carro.

Abaixei os braços.

– Justin!

Ele acenou para mim por cima do carro, a chave na mão enquanto entrava. Fiquei boquiaberta quando ele deu a partida e foi embora.

Observei os faróis do carro até eles sumirem ao virar uma esquina. I-na--cre-di-tá-vel.

Não sei se era a intenção dele, mas a provocação me deixou com mil vezes mais vontade de que ele me beijasse. Talvez ele tivesse razão a respeito daquele negócio de olhar feminino...

Soltei um suspiro indignado diante da rua vazia, então fui esperar Maddy no cais, optando por não espiar dentro da casa e incomodar minha mãe. Eu me sentei no banco que ficava de frente para a água e vi as luzes do barco à distância.

Meu coração continuava batendo forte. Era tão raro que um homem causasse isso em mim... Eu sabia que meu coração *deveria* bater mais forte quando eu estava com um cara de quem gostava. Mas isso nunca aconteceu. Nada me tirava do meu estado normal.

Esse talvez fosse o motivo pelo qual eu era uma boa enfermeira. Eu tinha o dom da empatia extrema combinado com o do desapego. Entendia perfeitamente as pessoas e conseguia antever suas necessidades, mas também nunca me aproximava a ponto de sofrer quando elas morriam ou tinha dificuldade para superar. Eu não me apaixonava. Nem por pessoas nem por lugares. Por nada, na verdade. Quer dizer, essa era a maldição que estávamos tentando quebrar, certo?

Eu me perguntei como fui ficar assim.

Às vezes parecia que eu estava perambulando pela terra como um fantasma, vendo tudo sem sentir nada. Essas pequenas coisas, o coração acelerado, um frio na barriga – a vontade de criar raízes... Eu nunca sentia nada disso. Fiquei *entusiasmada* quando percebi que sentia essas coisas com Justin. Mas isso não importava. Nunca daria certo entre a gente, pelo menos não naquele momento da vida.

Não queria cuidar dos filhos de outra pessoa. Não sabia nem se queria *ter* filhos. Eu gostava da minha vida – das viagens, do dinheiro, de ser espontânea e sempre ter um novo destino. Não queria ficar em Minnesota. Não queria ficar em lugar nenhum.

Maddy me pegou no cais e voltamos para a ilha.

21

Justin

O dia chegou. O dia em que nossas vidas mudariam para sempre.

Minha mãe queria que fosse o mais normal possível para todos. Como se estivesse indo para uma viagem longa a trabalho, da qual estaria de volta antes que percebêssemos. Ela não quis que a levássemos, pediu a Leigh que fizesse isso. Quis preparar o café da manhã como se fosse um dia qualquer, lavar a louça, se despedir de nós com um beijo e sair sem alarde. Então Alex, Sarah e eu comemos rabanada na mesa da cozinha e nos esforçamos para fingir que nada estava acontecendo, não de verdade. Nos forçamos a agir com naturalidade e vimos nossa mãe lavar a frigideira de costas para nós, para que não a víssemos chorar.

Eu não sabia se essa era a melhor ou a pior maneira de lidar com sua partida, mas algo me dizia que seria uma merda de qualquer forma.

Em algum momento daquela névoa surreal que foi o café da manhã, Emma mandou uma mensagem.

EMMA: Espero que esteja bem. Me liga se precisar de alguma coisa.

Era incrível como a vida podia mudar de um dia para o outro.

Na noite anterior, eu estava com Emma, feliz, beijando sua testa em vez de beijá-la onde realmente queria.

Eu pensava muito nela desde aquele encontro.

Sabia que ela gostava de mim. Ela estava genuinamente atraída, eu conseguia sentir isso. Mas aquilo tudo continuava sendo um jogo para ela.

Não era um jogo para mim. Não mais.

Antes eu torcia para que ela renovasse o contrato, mas agora queria mais. Queria uma chance de verdade. E para ter essa chance, ela teria que me encontrar onde eu estava. Em Minnesota.

Ela teria que ficar.

Eu queria tempo para convencê-la a me dar uma chance de verdade, mas não tínhamos esse tempo. E, se conseguisse o que queria de mim para concluir nosso acordo, talvez ela colocasse um fim em tudo. Talvez eu nunca mais a visse depois do quarto encontro.

A não ser que eu não a beijasse.

Aí ela teria que continuar saindo comigo até que eu fizesse isso, ou a viagem improvisada até Minnesota não valeria de nada.

Era um plano capenga. E, mesmo que funcionasse, não me garantiria muita coisa, só mais algumas semanas ou alguns encontros. Mas quem sabe isso fosse suficiente? Tinha que ser. Então não podia beijá-la. Só que, meu Deus, como eu queria.

Era engraçado que dois momentos cruciais em minha vida estivessem acontecendo exatamente ao mesmo tempo, e em completo desacordo um com o outro. Não sabia como equilibrar o que estava vivendo com minha família e o que estava sentindo por Emma.

Eu tinha mais quatro semanas para convencê-la a não ir embora, e ao mesmo tempo precisava lidar com as consequências da ausência da minha mãe. Não sabia se seria capaz de me desdobrar assim e ainda me dedicar o bastante para fazer do jeito certo.

Meus irmãos precisavam de mim. Chelsea não fazia ideia do que estava acontecendo. Isso podia facilitar ou dificultar muito as coisas. Fazia algumas semanas que minha mãe dizia a ela que faria uma viagem, mas, agora que a coisa estava prestes a acontecer, ninguém sabia como Chelsea reagiria.

Alex estava triste, mas tentando parecer firme. Sarah estava com mais raiva do que de costume, e *eu* tentava encarar tudo aquilo um minuto de cada vez. Era tudo que eu podia fazer.

Quando chegou a hora, Leigh ficou à porta enquanto minha mãe andava ao redor da mesa abraçando cada um dos filhos.

Chelsea foi a despedida mais difícil.

– Querida, podemos conversar um pouquinho? – perguntou minha mãe, pegando-a no colo.

Todos vimos minha mãe explicar que passaria um tempinho longe e que sentiria sua falta, mas que eu estaria lá para cuidar dela.

– Você vai voltar po meu anivessário? – perguntou Chelsea.

Naquele momento, todos perderam a compostura. Alex deixou escapar um choro abafado acima do prato, e Sarah se levantou e correu para o quarto. Eu tive que desviar o olhar.

– Não, querida – respondeu minha mãe. – Mas o Justin e a Leigh vão estar aqui pra garantir que você tenha o aniversário mais incrível de todos, tá? E você vai poder falar comigo pelo telefone e me mandar fotos e desenhos, e ir me visitar de vez em quando.

Minha irmã assentiu e começou a se remexer, pedindo que ela a soltasse.

Minha mãe a beijou uma última vez, lutando contra as lágrimas, e a colocou no chão. Chelsea saiu correndo para assistir a seus desenhos.

Então Leigh e eu a acompanhamos até a entrada. Ela ficou parada à porta do Jeep de Leigh, enxugando as lágrimas.

– Dê a van ao Alex quando ele tirar a carteira.

Assenti.

– Tá.

Ela me olhou com a expressão mais arrasada que já vi.

– Justin, eu sinto muito.

Tive que fazer força para engolir o nó que se formou em minha garganta.

– Eu sei.

Seu queixo tremeu.

– Por favor, cuida bem deles.

Eu a abracei.

– Vou cuidar. Vou cuidar bem deles – falei, e fiz uma pausa. – Você me ensinou direitinho.

Isso a destruiu. Ela soluçou e eu a abracei, me sentindo impotente. Ela parecia tão pequena. Sempre foi pequena, quase meio metro a menos que eu, mas agora parecia encolhida. Derrotada.

A vida foi tirando lascas dela. Preenchendo as rachaduras com gelo. E desejei ter percebido o que estava acontecendo com ela antes que fosse tarde demais.

Quando ela entrou no carro e foi embora com Leigh, não fiquei triste. Fiquei com raiva, mais uma vez, mas não da minha mãe. Dessa vez eu estava com raiva do mundo. Do juiz que lhe deu uma pena tão longa. Do fabricante do airbag que não salvou meu pai, dos amigos que não impediram que o motorista bêbado entrasse no carro... Eu estava com raiva até da organização em que minha mãe trabalhava, que só percebeu o dinheiro faltando quando já era tanto que acabou dando *naquilo*. E estava com raiva do tempo. De tudo. Porque nada daquilo era justo, e no fundo eu sabia o que significava.

Eu iria *perder* Emma.

Ainda era cedo e era novidade, mas tudo em mim gritava que ela era importante. Mas eu também sabia que não teria como dar certo. Não com minha vida naquela situação. Era egoísta querer que ela ficasse, que me encontrasse onde eu estava, nos escombros em que minha família se encontrava.

Não sabia o que ela achava de eu ficar com as crianças, mas ela não demonstrou muito interesse em conhecer minha família, então não parecia ser um chamariz. Por causa deles, eu não poderia ir atrás dela, e, considerando seu histórico de nômade, ela não ficaria. E como poderia pensar em pedir a Emma que ficasse quando *eu* não queria estar ali?

O que eu tinha para oferecer? Nada além de uma bagagem pesada. Crianças com o emocional abalado, traumatizadas, que enfrentaram uma tragédia atrás da outra, e eu, que mal conseguia respirar. Será que eu teria tempo ou energia para ser parceiro de alguém enquanto ajudava meus irmãos a lidarem com aquela situação? Qual era o sentido em ter esperança de que algo pudesse ser diferente entre mim e Emma? Para quê? Para tirá-la de sua vida glamorosa e prendê-la ali comigo naquela bagunça? Eu passaria todos os dias com a sensação de que precisava pedir desculpa. Não tinha como aquela situação valer a pena para ela.

Quatro encontros. Um beijo. E terminamos.

Só isso. E essa parte era o que me dava mais raiva. Porque no fundo eu sabia que não *era para ser* só isso.

Eu me sentei no asfalto e levei as mãos ao rosto. Não me importei com as pessoas que poderiam passar e me ver sentado ali. O peso do mundo inteiro tinha acabado de cair sobre as minhas costas. Um milhão de novas responsabilidades enquanto *eu também* sofria a perda da minha mãe e o fim inevitável do único relacionamento com o qual me importei.

A casa pareceu crescer à minha frente. O bebedouro dos pássaros, a calçada nova e os canteiros de flores que minha mãe comprara com seus ganhos ilícitos. As flores que ela plantara e das quais eu não saberia cuidar. O gramado, as calhas, a neve no inverno. A cerca bamba e a maçaneta solta na porta da garagem. As coisas e as pessoas destruídas lá dentro. Tudo sob minha responsabilidade de repente.

Era avassalador. Parecia impossível respirar.

Será que foi assim que minha mãe se sentiu quando meu pai morreu? E ainda por cima com um bebê? Aquela casa, uma ilha, e ela, responsável por todos que estavam nela?

De repente, Benny e Brad chegaram e se sentaram comigo na entrada da casa. Não sei quanto tempo ficamos ali, sem dizer uma única palavra. Não precisei dizer nada. Eles me conheciam bem o bastante.

– Como é que eu vou fazer isso? – sussurrei.

– Fazendo – respondeu Brad. – Não tem outro jeito. E estamos aqui pra ajudar.

Ficamos os três sentados ali, olhando para a casa. Brad enxugou as lágrimas. Ele também estava chorando. Minha mãe era sua tia, como Leigh era minha. Aquele pesadelo era nosso. Uma bomba atômica. Afetava a todos que estivessem perto o suficiente para serem atingidos na zona de explosão.

Depois de alguns minutos, Brad se levantou.

– Vamos. Vamos tirar vocês daqui. Você também.

Olhei para ele.

– O quê?

– Você vai levar as crianças para o parque do shopping Mall of America e ficar no hotel Great Wolf Lodge por uns dias. Quando voltar, vai estar tudo pronto: o carpete trocado, o banheiro novo.

Olhei para ele sem entender.

– Achei que as crianças fossem com a Jane. Tenho que ajudar com a mudança, não posso deixar vocês fazerem isso sozinhos...

– Brad e eu já conversamos – disse Benny. – As crianças precisam estar com você neste momento. Não faz sentido separar vocês. Reservamos uma suíte família no parque aquático. Jane e eu vamos ficar com o cachorro.

Brad colocou a mão em meu ombro.

– Eles vão se divertir. Vão se distrair. É do que todo mundo precisa agora.

Vamos arrumar seu quarto novo, deixar esse lugar com a sua cara. Benny sabe montar seu computador. Eu sei como seu quarto tem que ser. Pode deixar com a gente.

Eu nem sabia o que dizer.

– Obrigado – murmurei.

– Não precisa agradecer – disse Brad. – Sai logo daqui.

22

Emma

O celular de Justin chamou duas vezes antes que ele atendesse.

– Emma.

– E aí, Cara do Beijo na Testa?

– Agora eu sou o Cara do Beijo na Testa? – perguntou ele.

Percebi um sorriso.

– Aqui você é – respondi. – É como todos da ilha te chamam.

– Então quer dizer que você contou pra todo mundo? Meu plano funcionou, você não consegue parar de pensar no que aconteceu.

– Eu não paro de pensar no que aconteceu porque não acredito que você teve coragem. Antigamente a gente podia romper uma maldição com um cara que cumpria suas promessas.

– Eu vou cumprir minhas promessas. Prometo.

Isso me arrancou uma risada.

– O que está fazendo? – perguntou ele.

Eu me escorei no parapeito do segundo andar do shopping, vendo-o passar em frente a uma loja de sapatos com Chelsea.

– Nada. Como foi esta manhã?

Ouvi Justin suspirar.

– Nada boa. Estou no Mall of America com as crianças. Fui mandado pra cá pelos meus melhores amigos e pelas mulheres que os suportam pra um passeio com tudo pago enquanto eles reformam meu quarto. Vamos ficar no parque aquático do outro lado da rua até eles terminarem.

– Aaaaah, que fofos.

– É. Talvez eu seja obrigado a mudar o nome do cachorro, afinal de contas.

– Bom, não sei se precisa ir *tão* longe assim.

Ele deu risada.

– Ei, não quer se juntar a mim? – perguntou. – Me encontrar aqui? Me ajudar a esquecer esse dia de merda?

– No shopping?

– É. Temos um dos maiores shoppings do país, com um parque de diversão dentro. Tem aquário e labirinto de espelhos. Uma loja que vende aqueles pufes gigantescos. Todas as lojas do mundo. Tem uma que só vende molho de pimenta. Minigolfe, fotos antigas…

Arquejei.

– Eu *amo* fotos antigas.

– Ótimo. Venha e a gente tira umas. Podemos ser piratas. Traga a Maddy. Ela pode me colocar pra andar na prancha.

– Quero tirar uma da década de 1920 com aquelas metralhadoras antigas e sacos de dinheiro – falei.

– Eu fico *ótimo* de chapéu fedora.

Vi lá de cima que ele estava sorrindo.

– Prometo beijos na testa comportados e um jantar refinado no Bubba Gump Shrimp… – disse ele, tentando me convencer.

– Quer saber? Tá. Acho que hoje eu quero mesmo um beijo na testa comportado. Posso chegar… há quinze minutos?

Vi Justin parar de repente, e abri um sorrisinho.

– Como assim? Você está aqui? – perguntou ele.

– Jane me mandou mensagem semana passada. Faz um tempinho que estamos combinando de animar você.

Um instante de silêncio.

– Você acabou de dar um soquinho no ar? – perguntei.

Mais uma pausa.

– Como você sabe?

– Você está ficando previsível, Justin. Além do mais, estou vendo você. Olha pra cima.

Ele ergueu a cabeça e abriu um sorriso largo. Maddy se escorou no parapeito ao meu lado e acenou.

– Estou descendo – falei.

Dois minutos depois eu estava na escada rolante. Justin me esperava lá embaixo com uma camiseta azul-marinho do Jaxon Waters e calça jeans. Ele estava com Chelsea nos ombros. Ela segurava em sua testa, os dedinhos entrelaçados sobre as sobrancelhas. O cabelo dele estava todo bagunçado.

– Acho isso muito atraente – disse Maddy bem baixinho, para que ele não ouvisse.

– Eu também – sussurrei.

– E aí, Cara do Beijo na Testa? – cumprimentou Maddy quando chegamos ao pé da escada.

Ele olhou para mim, rindo.

– Uau. Você está *obcecada* por mim.

Dei risada e sorri para Chelsea.

– Oi, Chelsea.

Ela me deu um oi tímido, e eu a apresentei à minha melhor amiga.

Justin indicou a entrada com a cabeça.

– Preciso alugar um daqueles carrinhos. As pernas dela cansaram faz uma hora.

– Cadê o Alex e a Sarah? – perguntei, olhando em volta.

– Nos brinquedos. Comprei pulseiras para o dia todo. Acho que só vamos ver os dois quando estiverem com fome. Eu ia levar a Chels ao aquário.

Chelsea se escorou sobre sua cabeça.

– Jussin, peciso fazer xixi.

– Tá, eu te levo – disse ele, olhando para ela.

– Quer que eu leve? – perguntei. – Você pode alugar o carrinho enquanto isso.

– Claro – respondeu ele, tirando-a dos ombros. – Obrigado.

Quando saímos do banheiro, Justin estava esperando com o carrinho.

Eu queria abraçá-lo. Não pude fazer isso quando ele estava com a irmã nos ombros, e agora que o momento dos cumprimentos passou parecia estranho. Observei Justin colocar a irmã no carrinho e virá-lo para o shopping. Mas, em vez de empurrar, ele deu um passo para o lado, se aproximou de mim e me envolveu em um abraço.

Perdi o fôlego na hora.

– Não consegui cumprimentar você direito – sussurrou, me apertando contra ele.

Meu coração acelerou e, quando soltei o ar, ele me apertou mais forte.

Justin me abraçou por mais tempo do que um amigo faria. Então me deu um beijo no rosto e me soltou. Senti como se alguém tivesse me rodopiado no lugar e me largado. Fiquei um pouco agitada, para falar a verdade.

Maddy estava me olhando.

– Estão com fome? – perguntou Justin. – Querem comer alguma coisa antes de irmos ver os peixes?

– Ah... Não estou com fome. Maddy?

– Também não. Pode deixar que eu empurro – disse ela, avançando entre nós dois para levar o carrinho.

Fiquei feliz, porque assim Justin usou a mão livre para segurar a minha.

Ele nos guiou até o elevador e, quando se afastou para apertar o botão, Maddy aproximou os lábios do meu ouvido.

– Você está vermelha – sussurrou.

Virei a cabeça com tudo para ela e só mexi os lábios, perguntando: *O quê?*

Ela assentiu com os olhos arregalados, como quem diz *Está, sim*.

Levei a mão livre ao rosto. Estava quente. Saber que eu estava vermelha me deixou ainda mais vermelha.

Eu não ficava assim. *Não* era algo que acontecia comigo.

Até aquele momento, acho.

23

Justin

– Pense no quanto é espaçoso – disse Emma, estendendo os braços.

– Eu *gosto* de veludo – falei.

Estávamos esparramados em um pufe gigantesco na loja de pufes gigantescos no terceiro andar.

Eu estava muito feliz por ela estar ali.

Já tínhamos ido ao aquário e jantado no Rainforest Café. Chelsea insistiu que comêssemos lá quando viu a fachada a caminho do Bubba Gump Shrimp. Depois paramos em uma loja de cookies e fomos ao lugar das fotos antigas. Fizemos a dos piratas *e* a dos chapéus fedora.

Eu aproveitava qualquer desculpa para tocar Emma. Encostava meu joelho no dela embaixo da mesa, segurava sua mão, colocava a mão em suas costas ao entrar em uma loja. E, se não soubesse com quem estava lidando, eu diria que Maddy começava a me ajudar nas investidas. Ela segurava o carrinho como se fosse sua missão empurrá-lo pelo shopping a uns dois metros de mim e de Emma, e eu seria capaz de jurar que ela fazia isso para que eu pudesse ficar um pouco sozinho com sua amiga. Naquele momento, ela levara Chelsea ao banheiro para limpar o chocolate do rosto dela enquanto Emma e eu experimentávamos vários pufes.

Emma inclinou a cabeça e olhou para mim.

– Onde você colocaria o pufe se comprasse um?

– Acho que eu conseguiria encontrar um lugar. A casa é muito maior que meu estúdio.

– Então seu apartamento já era?

Voltei a olhar para o teto.

– Ainda tenho três meses de aluguel. Não consegui romper o contrato. Mas minha mãe pagou a hipoteca da casa pelo verão inteiro, então pelo menos não tenho que manter os dois.

– Vai me levar pra ver? – perguntou Emma.

Voltei a olhar para ela.

– O apartamento? Claro. Mas vai estar sem móveis.

– Só quero ver o Rei das Privadas.

Dei risada e ficamos deitados olhando um para o outro.

Não pude deixar de pensar que estar com ela na cama seria assim. Nós dois conversando e rindo, o cabelo dela espalhado à sua volta.

Ela mordeu o lábio.

– Estou feliz por ter vindo – disse.

– Eu também. Queria te mostrar tudo que Minnesota tem a oferecer. E você teria perdido o quiosque de perucas se não viesse.

Comecei a rir, mas durou pouco. Meu sorriso se desfez e voltei a olhar para o teto.

– Minha vida está basicamente uma merda, Emma – falei. – Tenho certeza de que você conseguiria encontros bem melhores.

Ela arquejou de brincadeira.

– Está terminando comigo?

– Estou falando sério.

Emma se sentou e apoiou a cabeça na mão, sorrindo.

– Gosto dos encontros com você. Eu queria vir hoje, e me diverti *muito*.

Procurei em seu rosto algo mais profundo do que aquilo que ela devia estar querendo dizer, mas, antes que eu pudesse encontrar, Emma olhou por sobre meu ombro. Alex e Sarah entraram na loja. Minha irmã parou em frente ao pufe, com cara de nojo.

– Se já terminaram de se pegar, será que a gente pode ir? – disse, cruzando os braços.

Eu me sentei, apoiado nos cotovelos.

– E aí, como foi o parque?

Eles não jantaram com a gente. Além dos trinta segundos em que me encontraram sentado em um banco em frente à Sephora para pegar dinheiro e ir até a praça de alimentação, não os vi o dia todo.

– Uma droga – disse Sarah.

– Claro que não – rebateu Alex. – Foi incrível!

Sarah olhou bem para ele.

– Só se for pra *você*. Passar o dia com meu irmão não é minha ideia de diversão. Encontro vocês lá fora. Quero ir embora.

Ela saiu da loja. Alex jogou as mãos para o alto, irritado, e saiu atrás dela.

Olhei para Emma e suspirei.

– Ela tem razão, sabia? – disse, também se apoiando nos cotovelos. – Você deveria deixar a Sarah trazer uma amiga da próxima vez.

– Alex não precisou de um amigo.

– Alex vai se divertir onde e com quem ele estiver.

Assenti.

– Tá. Verdade.

Ela encostou o joelho no meu.

– Você não lembra como era ter essa idade? Por mais legal que seja o lugar, se uma amiga não estiver junto, ela não vai se divertir. Acredite. Isso vai te poupar de muita dor de cabeça. É um truque pra lidar com adolescentes.

Talvez ela tivesse razão. Quer dizer, pensando bem, não era muito diferente de mim. Eu não queria estar no shopping – já tinha perdido a graça para mim fazia uns quinze anos. Eu estava ali pelas crianças. Mas, com Emma, não conseguia pensar em nenhum outro lugar onde preferisse estar. Mesmo quando Maddy estava na Sephora e Emma e eu ficamos sentados no banco em frente, só conversando, Chelsea desmaiada no carrinho, foi divertido.

É engraçado, mas quando a gente encontra alguém de quem gosta tanto quanto eu gostava dela, o melhor destino de repente é onde quer que essa pessoa esteja. Mesmo que exista um lugar melhor, você não vai se a pessoa não for.

Exalei com força.

– Acho que vou ver se alguém pode trazer a Josie até o parque aquático amanhã.

– Acho bom.

Arqueei uma sobrancelha.

– Por acaso *você* não gostaria de ir ao parque aquático amanhã? Posso pagar seu ingresso. O da Maddy também – acrescentei, depressa.

Mas ela fez que não com a cabeça.

– Prometi ao Neil que plantaria umas hostas.

Assenti.

– Entendi. Tudo bem – falei, tentando não parecer decepcionado. – E onde vai plantar a roseira?

Ela inclinou a cabeça.

– Não sei. Tenho que encontrar um bom lugar pra ela.

– Me avisa se precisar de ajuda.

– Eu tenho a Maddy.

– Então quer dizer que ela é boa em cavar buracos...?

– Vou contar pra ela que você disse isso.

– Por favor, não conta, tenho medo dela.

Emma riu.

Olhei para o corredor do shopping e vi meus irmãos perambulando perto do parapeito. Sarah parecia irritada e Alex escrevia uma mensagem, rindo de alguma coisa no celular.

– Se você não tivesse vindo, o que restava do meu ânimo fragilizado teria se estilhaçado – falei, e não era exatamente brincadeira.

– Ah, é? Era tão sério assim?

Olhei para ela.

– O que você diria se eu falasse pra você ficar mais algumas semanas? Assinar mais um contrato?

Ela olhou para o lado, como se estivesse pensando antes de responder.

– Eu diria que é bastante inviável. É a vez da Maddy escolher. Tive que prometer que ela poderia escolher duas vezes seguidas pra que aceitasse vir pra cá.

– E se você implorasse?

Ela riu como se eu estivesse brincando, mas eu não estava.

Emma apoiou a cabeça na mão.

– Acho que sei do que você precisa – disse.

– Ah, é?

– É.

Então ela se aproximou e beijou minha testa.

Fechei os olhos durante os três segundos em que seus lábios tocaram minha pele. Meu coração parecia bater na garganta.

Ela se afastou devagarinho.

– Melhor? – sussurrou. – Fiquei sabendo que beijos na testa são a última moda.

– Ha-ha.

Fiz cócegas nela. Emma soltou um gritinho e se desvencilhou de mim bem na hora em que um funcionário nos abordou.

– Desculpa, gente, mas vamos fechar.

Olhei para o relógio. Nove da noite. O shopping inteiro ia fechar.

– A gente precisa ir embora mesmo – disse Emma, se levantando.

– É – falei, me levantando também.

Saímos da loja e eles abaixaram a porta. Maddy estava voltando do banheiro com Chelsea, a umas duas lojas de onde estávamos.

– Quanto tempo vai ficar no parque aquático? – perguntou Emma.

– Acho que mais alguns dias. Até que o Benny e o Brad terminem a casa. Posso acompanhar vocês até o carro? – perguntei, tentando garantir mais alguns minutos com ela.

Emma balançou a cabeça.

– Não, não. Você está com as crianças. Vamos nos despedir aqui.

– Ah. Tá.

Ela se aproximou e me deu um abraço. Inspirei seu cheiro, tentando guardá-lo nos pulmões. Eu só a veria no próximo encontro. Levaria pelo menos cinco dias. Era tempo demais.

Ela me soltou, e eu segurei Chelsea enquanto observava Emma ir embora sem olhar para trás.

Emma tinha um ar de indiferença. Como se ela só estivesse curtindo – e nem tanto assim.

Pelo menos não tanto quanto eu.

24

Emma

O interrogatório começou assim que entramos no carro.

– Ah, meu Deus, aquele cara está apaixonado por você – disse Maddy, ligando o motor. – É fofo. Pra falar a verdade, essa coisa de cachorrinho não faz lá meu estilo, mas eu curti.

– Ele não está apaixonado por mim – falei, colocando o cinco.

– Está, sim. E você goooosta dele.

– Gosto, mesmo – admiti. – Mais do que eu imaginava que gostaria.

Ela me olhou, animada.

– Tá. Ótimo. Quando vai ser o casamento?

– Maddy!

– O que foi?

– Não posso namorar esse cara.

Ela estava saindo da vaga, mas pisou no freio de repente e parou. Virou a cabeça para mim e me encarou.

– Por que não quer namorar com ele?

– Ele tem filhos.

– São *irmãos.*

– Eu sei. Mas ele vai criar os irmãos pelos próximos seis anos.

– Então você vai desistir do cara perfeito porque a vida dele deu uma guinada de merda e ele acabou tendo que cuidar de umas crianças?

– Ah, acho que você está simplificando um pouco as coisas.

– Você *não* existe – disse ela, balançando a cabeça. – Você está *caçando* um motivo, *qualquer* motivo, pra desconsiderar o cara.

Bufei.

– Então ele cuidar de três crianças não é motivo suficiente? Se eu visse isso num perfil de aplicativo, teria arrastado pra esquerda. Não saio com caras que têm filhos, nunca. É uma escolha consciente.

– Você não quer nada que não caiba na sua bagagem – disse ela, olhando para mim como se tivesse acabado de ter uma epifania. – Faz de tudo pra continuar vivendo no caos a que está acostumada...

Revirei os olhos.

– Que *caos*?

– O caos em que você cresceu! *Toda* essa vida que você construiu... trabalhar como enfermeira itinerante, se mudando toda hora... você está revivendo sua infância – respondeu ela. – Está fazendo isso de um jeito seguro, que você pode controlar. Você enfeita essa vida chamando ela de "aventura", como quem passa batom em um porco, mas a verdade é que é só mais uma maneira de evitar criar raízes em qualquer lugar ou com qualquer *pessoa*.

– É mesmo? – perguntei, e olhei para ela com curiosidade. – Primeiro de tudo: não tem nada de errado em gostar de viajar. Talvez seja a *única* coisa pra qual minha infância me preparou que eu *não* odeio. E também não tem nada de errado em fazer escolhas práticas. Faz, tipo, cinco minutos que eu conheço o Justin. E aí? Agora eu abro mão da minha carreira pra entrar na vida de uma família fragilizada na esperança de que dê certo entre a gente? Eu e o cara que *acabei* de conhecer? E se não der certo? Quais vão ser as consequências pra essas crianças, que acabaram de perder a mãe logo depois de perder o pai?

– Mantenha as coisas separadas. Não vá à casa dele. Não misture sua vida com a deles enquanto não tiver certeza.

Tive que rir.

– Ele agora é pai em tempo integral. Pai *solo* em tempo integral. Não vai ter fins de semana em que as crianças fiquem com a mãe e a gente possa sair. Se eu não estiver disposta a conviver com as crianças, nunca vamos nos ver. Qual seria o sentido de ficar aqui? Pra ficarmos juntos uma ou duas vezes por mês? Qualquer pessoa que namore o Justin vai ter que ir a jogos de futebol e participar da noite da pizza na casa dele enquanto ajuda a Sarah com o dever de casa. Quer dizer, veja como foi hoje. Sendo bem sincera, ele nem deveria namorar ninguém agora. Ele precisa se adaptar a essa vida nova.

Ela apontou o dedo para mim.

– Essa decisão *não* é sua – disse, olhando em meus olhos. – Ele é um homem *bom*. Vai ser um erro abrir mão disso.

– O que o Justin fez pra garantir esse seu apoio tão convicto? Você não queria matar o cara?

– Acho que talvez ele seja sua alma gêmea.

Caí na gargalhada.

– Estou falando sério. Você está em negação. Fica vermelha e age como uma adolescente apaixonada. Eu passei metade da sua vida com você. Nunca te vi olhar pra alguém assim. – Maddy começou a contar nos dedos. – Primeiro, ele te convence a vir pra Minnesota, aí você vai até lá quando está encolhendo e conhece a *família* dele. A essa altura tenho quase certeza de que ele te convenceria a entrar em um esquema de pirâmide.

– Eu tive motivos racionais pra fazer tudo isso – falei.

– Ele é um cavalheiro – continuou ela. – Ficou com você no Festival da Lagosta da Amber e do Neil. Ele te dá *frio na barriga*. Ele despertou alguma coisa no seu coração gelado e morto.

– Nossa, uau, obrigada.

– Você precisa mergulhar de cabeça antes que seja tarde.

– Tarde pra *quê*? O que vai acontecer? Se eu não encontrar alguém que me ame, serei um monstro pra sempre? – perguntei, fazendo uma cara de medo.

Ela semicerrou os olhos. Continuei:

– Eu gosto dele? Sim. Ele me atrai? Sim. Ele meio que pediu que eu ficasse mais tempo em Minnesota? Pediu. Mas esse estilo de vida não é pra mim. Não combina. Reconheço que gosto dele, mas também sou prática o bastante pra saber que não vai dar certo. É pra isso que a gente sai com as pessoas, pra ver se existe compatibilidade. E entre nós dois não existe.

Maddy inclinou a cabeça.

– Ele pediu pra você ficar?

– Ele me pediu pra assinar mais um contrato. Sim.

– E o que você disse?

– A verdade. Que é sua vez de escolher, e eu te prometi duas escolhas seguidas se a gente viesse pra cá.

Ela arregalou os olhos.

– Ah, *não*. Você não vai colocar a culpa em mim.

– Eu *menti*, por acaso? É a sua vez.

Ela levou a mão ao peito.

– Vamos deixar uma coisa bem clara. *Eu* não estou empacando a sua felicidade. Você está.

– Tá bom, Maddy. Anotado.

Ela ficou um tempo me observando. Então olhou para a frente e engatou a marcha. Saiu do estacionamento do shopping e foi dirigindo sem dizer uma palavra.

– Você está brava? – perguntei.

– Não.

– Você parece brava.

– Mas não estou. É só que... isso tudo é uma droga. Ele é um cara legal.

– É – falei. – É mesmo. Mas as coisas são o que são.

E quer saber? Era mesmo uma droga. Porque Maddy tinha razão. Eu gostava dele.

Talvez Justin fosse o cara certo na hora errada. Talvez, se tivéssemos nos conhecido alguns anos antes, ou seis anos depois, quando a mãe dele estivesse voltando para casa, a história fosse outra. Mas não era.

Em algumas semanas, eu *iria* embora. Foi o que combinamos. Quatro encontros, um beijo e terminamos. Um verão.

Seguimos em silêncio, eu olhando pela janela. Então pegamos o retorno e começamos a andar pela marginal.

Eu me virei para Maddy.

– Aonde estamos indo?

– Para o Great Wolf Lodge. Esqueci minha bolsa.

– Onde?

– No carrinho do Justin. Na sacola da camiseta que ele comprou.

Fiquei surpresa.

– Por que colocou sua bolsa na sacola da camiseta que ele comprou?

Meu celular começou a tocar. Era Justin.

Atendi.

– Oi – falei, olhando para minha melhor amiga.

– Oi – respondeu ele. – Acho que a Maddy deixou a bolsa na minha sacola.

– Eu sei, estamos voltando.

– Beleza. Vou descer. Onde encontro vocês?

Olhei pelo para-brisa para o estacionamento em que entrávamos.

– Tem um toboágua que sai da lateral do prédio. Acho que fica no estacionamento leste. Vamos parar ali.

– Tá. Já desço.

E desligamos.

Eu me recostei no assento e olhei para minha melhor amiga.

– Por que estou desconfiada de que você fez isso de propósito?

Ela deu de ombros, sem nenhum remorso.

– Ele não iria beijar você na frente das crianças. Imaginei que, cronometrando direitinho, ele teria tempo de subir com elas para o quarto e então descer sozinho. Fiquei dirigindo sem rumo por alguns minutos pra que eles tivessem tempo de se acomodar.

Balancei a cabeça.

– Você é inacreditável.

– O que foi? – perguntou ela, pegando uma bala de menta que estava no console e dando para mim. – A gente precisa mentalizar o destino.

– Ele vai trazer a bolsa até o carro – falei, abrindo a bala.

– Não vai, não, porque você não vai estar no carro. Desce.

– O quê?

– DESCE!

Ela se aproximou e soltou meu cinto.

– Desce, agora. Estou falando sério.

Coloquei a bala na boca e olhei para ela, curiosa.

– Emma, vai encontrar o Justin na porta, antes que eu surte. Não passei cinco horas empurrando um carrinho desajeitado no maior shopping do universo pra você se despedir do cara com um aperto de mãos. Assim que ele aparecer, vou fazer a volta com o carro pra que vocês tenham privacidade. Vai lá receber seu maldito beijo na testa.

Dei risada.

– Tá bom. Estou indo.

– Ótimo. Vai.

– Estou indo – falei, abrindo a porta. – Você é a pior...

– Não estou nem aí. Tchau.

Balancei a cabeça e fechei a porta do carro.

O estacionamento estava vazio. Olhei em direção à entrada do parque, que provavelmente fechava no mesmo horário que o shopping. Vários toboáguas verdes serpenteavam dentro e fora do prédio. Só dava para ouvir um zumbido de algo elétrico e a água que respingava dos toboáguas na calçada.

Cheguei à porta ao mesmo tempo que Justin. Ele tinha trocado de roupa. Estava com uma calça de corrida e um moletom. Seu cabelo estava molhado, como se tivesse tomado banho. Ele devia estar se preparando para deitar. Percebi o quanto ele parecia confortável e tive que me obrigar a não pensar no porto seguro.

– E aí? – disse ele, saindo. – Admite logo que está obcecada por mim, não precisa ficar escondendo objetos nas minhas coisas como uma desculpa pra me ver.

Dei risada e peguei a bolsa que ele estendeu para mim.

Justin olhou por sobre meu ombro.

– Aonde ela está indo?

Eu me virei e vi Maddy no carro, desaparecendo pela lateral do prédio. Revirei os olhos.

– Acho que fomos enganados – falei.

Ao me virar de volta para ele, antes mesmo que eu me desse conta do que estava acontecendo, suas mãos surgiram em minha cintura e ele me puxou. Pisquei, olhando para ele, surpresa. Seus olhos desceram até meus lábios, ele inclinou a cabeça para o lado e me *beijou*. Um toque demorado e suave de seus lábios nos meus.

Eu *derreti*. Minhas pernas pareciam não ter ossos.

Uma vez, quando tinha 20 anos, derramei óleo quente no pé enquanto cozinhava. A dor lancinante foi tão intensa que parecia que todo o resto tinha desaparecido. Eu não via nada, não ouvia nada. Só sentia.

Aquilo era o oposto disso.

Todas as moléculas do meu corpo se concentraram no ponto onde os lábios dele tocaram os meus. Eu nem percebi o momento se aproximar, e de repente ele tomou conta de tudo. Foi como os faróis de um caminhão se aproximando, tão perto e tão rápido que é tudo que a gente enxerga logo antes do choque.

Abracei seu pescoço, a bolsa ainda na mão, para que meus joelhos não cedessem e também para puxá-lo para mais perto. Ele me abraçou mais forte e soltou um suspiro suave pelo nariz. O ar quente envolveu meu rosto, e eu só conseguia pensar na lembrança nebulosa de Maddy, alguns minutos antes, me acusando de estar em negação enquanto eu negava.

Então ele se afastou. Simplesmente... parou.

– O que foi? – perguntei, ofegante. – Por que você parou?

– Já chega pra você – disse ele, baixinho.

Pisquei, sem entender.

– O quê? *Por quê?*

– Porque sim – respondeu ele, olhando para os meus lábios. – Não é não.

Então ele se desvencilhou dos meus braços, colocou as mãos em meu rosto, me deu mais um beijo na testa e *saiu.*

Fiquei ali parada, segurando a bolsa de Maddy, olhando para ele.

– Justin!

– Até semana que vem. Liga pra Maddy, pra ela vir te buscar.

Meu queixo caiu.

– Só pra você saber: esse beijo não conta! – gritei. – Tinha que ser de língua.

– Ah, eu sei – respondeu ele, abrindo um sorrisinho para mim por sobre o ombro enquanto escaneava a pulseira para entrar no hotel.

Cruzei os braços.

– Qual é sua estratégia? Me fazer implorar?

Ele parou à porta.

– Você faria isso? Talvez ajude.

Arquejei.

– *Odeio* você.

Ele começou a rir.

– Duvido. Boa noite, Emma.

E então ele me deixou no estacionamento do Great Wolf Lodge.

25

Justin

EMMA: Caso esteja em dúvida, você é o babaca da história.

Comecei a responder, com um sorrisinho.

EU: Acho que você quis dizer que eu beijo muito bem e que está com muita saudade de mim.

Ela ficou um tempão digitando, mas o que recebi foi uma mensagem curta.

EMMA: Você beija muito bem. Mas continua sendo um babaca.

Eu estava em uma cama de hotel desconfortável em um parque aquático. Minha mãe tinha ido para a prisão, e eu era oficialmente o responsável pelos meus três irmãos.

E *mesmo assim* fui dormir sorrindo.

26

Emma

– Por que é que ser rejeitada só faz a gente querer mais? – perguntei, digitando no prontuário.

Estávamos no balcão da enfermagem, no andar de cirurgia do Royaume.

– Você ainda está pensando nisso? – disse Maddy, no computador ao lado do meu. – Já faz mais de uma semana. Além disso, ele não rejeitou você, só não te beijou o tanto que você queria, o que não deveria ser um problema, já que ele não combina com seu estilo de vida e sei lá mais o quê.

Ela abriu um sorrisinho, e eu semicerrei os olhos.

– Deve ter sido um beijo e tanto se você não para de pensar nisso – resmungou ela.

E *foi*.

Repassei a cena na cabeça mil vezes. Ele se virando, me puxando, a fração de segundo durante a qual seus olhos ficaram fixos nos meus antes de descerem até meus lábios.

Os lábios dele eram tão macios. Gostei do cheirinho de pasta de dente e amaciante, como se ele tivesse acabado de lavar o moletom que estava usando. Gostei de seu abraço forte. Da sensação de seus braços me envolvendo. Mas o principal motivo pelo qual não conseguia parar de pensar naquilo era que, pelo jeito como me agarrou e me beijou, pareceu que Justin tinha esperado o dia todo por uma oportunidade de fazer isso. E, quanto mais eu pensava no assunto, mais claro ficava que eu também tinha.

O beijo era algo certo. Eu sabia que iria acontecer. Mas uma coisa era esperar que acontecesse e outra bem diferente era desejar. Passei o tempo todo no shopping esperando que ele me beijasse. Sempre que estávamos em algum lugar que nos garantia uns segundos sozinhos, eu desejava que ele se aproximasse.

– Você está bem? – perguntou Maddy.

Eu havia parado de digitar e estava olhando para a tela fixamente.

– Estou, sim – falei, retomando o prontuário de onde parei. – Só acho que eu e o Justin temos uma tensão sexual que precisamos resolver.

– E como vai fazer isso? – perguntou ela, me lançando um olhar significativo.

Retribui esse olhar.

– Como você acha?

– Acha que ele vai aceitar só uma noite de sexo? Ele não parece ser esse tipo de cara.

– Todo cara é do tipo que aceita uma noite de sexo – falei, digitando.

Ela resmungou. Então olhou por sobre meu ombro e franziu a testa.

– Aquela é a... *Amber*?

Eu me virei na cadeira e vi minha mãe avançando pelo corredor, um pacote marrom na mão.

– Você sabia que ela viria? – perguntou Maddy.

Abri um sorriso.

– Não.

Minha mãe nunca tinha me visitado no trabalho antes. Ela me viu e seu rosto se iluminou. Fiquei observando enquanto ela se aproximava.

Amber parecia uma deusa grega com um vestido longo azul-escuro e sandálias douradas. E tornozeleiras que tilintavam quando ela andava.

– Oi, meninas! – disse, colocando o pacote sobre o balcão.

– Oi – falei, animada. – Que surpresa boa.

– Vim encontrar o Neil pra almoçar – respondeu ela, virando-se para olhar em volta.

Eu me senti murchar.

– Ah. Ele acabou de entrar em uma cirurgia.

Agora quem pareceu desanimar foi ela.

– Ah. Bom, quanto tempo leva?

– Horas – respondeu Maddy. – Dependendo do que for.

– Hum – resmungou minha mãe, mordendo o lábio inferior. – Ele perdeu o jantar ontem, então imaginei que...

Ela olhou em volta, como se pudesse encontrá-lo de repente.

– É muita gentileza sua trazer almoço pra ele – disse Maddy, o tom meio seco.

– É – respondeu minha mãe, distraída. Ela apontou por cima do ombro. – Ei, quando entrei, falei para aquela enfermeira loira quem eu era e ela não sabia. Neil fala de mim no trabalho, né?

Maddy olhou para mim.

– Ah, na verdade, não.

– Ele não conversa muito com os enfermeiros – falei.

Minha mãe voltou a morder o lábio.

– Hum.

Um instante de silêncio.

– Quer que eu entregue pra ele quando sair da cirurgia? – perguntei, apontando para o pacote.

Ela pareceu voltar a si.

– Sim. Quero. Fiz um pão de abobrinha pra ele. Tem também uma *frittata* de cogumelos, uma salada de pepino e queijo feta... Quer dizer, estamos morando juntos. É um pouco estranho, né? Ninguém saber que ele tem namorada?

Maddy e eu nos entreolhamos.

– Aposto que os outros médicos sabem – comentei.

– Ah, com certeza – concordou Maddy, assentindo.

– Acho que ele não comenta sobre a vida pessoal com os enfermeiros – reforcei.

– Somos peixes pequenos – acrescentou Maddy. – Os médicos têm uma sala de descanso só pra eles. A gente não se mistura muito.

Minha mãe assentiu, mas ainda parecia aérea.

– Tá. Bom, tenho que ir – disse. – A gente se vê em casa.

Ficamos observando-a se afastar.

Maddy pegou o pacote de cima do balcão e espiou dentro.

– Engraçado ela trazer almoço pra ele e não pensar em preparar algo pra você.

Voltei a digitar, tentando agir como se ela não tivesse acabado de dizer o que eu estava pensando.

Talvez fosse injusto esperar mais da minha mãe. Eu era uma mulher de

28 anos, plenamente capaz de preparar meu próprio almoço. Amber não precisava fazer isso por mim. Talvez ela só tivesse comida suficiente para Neil. Talvez não soubesse que eu estaria ali. Sim, ela podia ter mandado mensagem perguntando, mas talvez já soubesse que eu tinha levado comida, ao contrário de Neil, então só levou o suficiente para ele.

Mas fiquei chateada assim mesmo.

– Vocês não passam um tempo juntas desde o Festival de Lagosta, né? – perguntou Maddy, interrompendo meus pensamentos.

Balancei a cabeça.

– É... Mas ela está tentando marcar alguma coisa comigo e com o Justin, ela e o Neil. Só não deu certo ainda.

– Só pra você saber, a Amber chama você por causa do Neil.

Olhei para ela.

– Quê?

– Pega mal pra ela ignorar você. Neil deve comentar. Por isso que ela só te convida quando o Neil vai estar junto.

Fiquei tensa.

– Não. Teve aquela vez que ela me convidou pra jantar quando ele estava no trabalho.

– Pra que ele chegasse e visse você lá. Ou porque estava entediada e se sentindo sozinha. Para sua informação, a Amber só liga quando é em benefício próprio – afirmou Maddy.

– Isso *não* é verdade.

Ela inclinou a cabeça.

– Não? Pense em quantas vezes ela te procurou nos últimos dez anos só pra saber de você. Ela não foi à sua formatura da escola. Não foi à sua formatura do curso de enfermagem. Esquece seu aniversário quase todo ano...

– Ela é desligada...

– Aquela mulher passa a vida perguntando às pessoas que dia e que horas elas nasceram e não consegue se lembrar do seu aniversário? Por favor. Aposto mil pratas que a Amber não vai esquecer o aniversário do Neil.

– Bom, este ano vai ser diferente – falei, com naturalidade. – Ela está aqui. Tenho certeza de que vai fazer alguma coisa.

Maddy voltou a olhar para a tela.

– Espero que sim.

– E ela não podia sair do trabalho pra ir às minhas formaturas. Ela pediu fotos…

– Pra mostrar pros outros. Porque ajuda a narrativa dela de mãe amorosa e dedicada ter fotos pra mostrar às pessoas quando se vangloria das suas realizações. – Maddy olhou bem para mim. – Faz três semanas que estamos no chalé, praticamente em frente à casa, e quantas vezes ela foi ver você? Por acaso o Neil deixou ela lá em um dos muitos passeios ao pôr do sol? Não. Porque tudo o que a Amber faz é pela *Amber*.

– Por que está me falando isso? – perguntei, o tom mais afiado do que eu gostaria.

– Porque você sempre acredita no melhor das pessoas… principalmente quando é ela. Você não deveria se surpreender quando a Amber te decepciona, mas você sempre se surpreende, e estou cansada de te ver se magoar. Você precisa baixar bastaaaaaante a expectativa. A minha está sempre no chão, e todas as vezes ela parece trazer uma pá pra cavar ainda mais, porque o fundo sempre pode ser mais embaixo. Quanto antes se der conta disso, mais feliz você vai ser.

Eu me virei e fiquei olhando para o monitor à minha frente, as narinas dilatadas. Minha vontade era de gritar com ela. Mandar Maddy ficar quieta e parar de inventar coisas.

Mas ela não estava inventando nada.

Maddy tinha razão. Eu não era uma prioridade para minha mãe.

Nem sei por que isso me surpreendia. Já tinha aprendido a lição mil vezes. Mas não era o desprezo que me magoava. Era a perda da esperança.

Quando criança, houve uma época em que eu era *tudo* para a minha mãe. Mas, conforme fui crescendo, ela pareceu perder o interesse por mim. Foi me abandonando por cada vez mais tempo, e um dia não voltou mais. Mas eu nunca deixei de esperar. Nunca deixei de querer ser o que Neil claramente era para ela. E se eu não era isso agora, então nunca seria.

Sempre achei que fosse uma questão de proximidade. Ela viajava muito, mudava de emprego o tempo todo, estava sempre ocupada, lidando com o que quer que chamasse sua atenção à época. Mas agora eu não conseguia pensar em um bom motivo para continuar tudo igual, embora ela estivesse bem ali.

Maddy me daria sua opinião a esse respeito com prazer, mas eu não queria saber porque pareceria um "Eu avisei". E era verdade. Ela *tinha* avisado. Mas eu não quis ouvir.

Senti que estava diminuindo, meu corpo se retraindo.

Eu sabia lidar com decepções. A vida me deixou muito boa nisso. Mas a decepção que vinha da minha mãe me atingia de um jeito diferente.

Sempre foi assim.

Meu queixo começou a tremer, e mordi com força a parte interna da bochecha. Senti o soluço crescer dentro de mim, e desejei desesperadamente que parasse. Não queria que Maddy me visse mal. Se isso acontecesse, ela ia querer me proteger, e eu não queria ter que enfrentar a Maddy protetora naquele momento.

Eu me virei e fingi procurar alguma coisa em uma gaveta para que ela não visse que eu estava me esforçando para segurar as pontas. Então Maddy arquejou discretamente.

– Oi, Justin!

Eu me virei de volta de repente. Justin estava ali, com Chelsea no colo, sorrindo para mim diante do balcão.

– Oi – falei, piscando demoradamente. – O que está fazendo aqui?

Com a mão livre, ele colocou um pacote em cima do balcão.

– Preparei um almoço pra você. Queria fazer uma surpresa – respondeu ele, apoiando a irmã no quadril. – Sei que disse que nunca sabe quando vai conseguir fazer um intervalo, então pensei em só trazer o pacote. Preparei algo pra você também, Maddy. Vegetariano. Você não come carne, né?

Senti minha expressão suavizar, e o caroço que se formara em minha garganta desapareceu de repente.

– Obrigada... – falei baixinho.

Chelsea começou a se remexer para que ele a colocasse no chão.

– Emma! Maddy!

Abri um sorriso, dei a volta no balcão e a peguei no colo. Ela abraçou meu pescoço, e eu abri um sorrisão. Suas marias-chiquinhas estavam tortas.

Justin percebeu que eu estava observando isso.

– Ainda estou aprendendo – disse.

– Ficou fofo.

Justin e eu ficamos ali parados, sorrindo um para o outro. Era tão bom vê-lo. Acho que não percebi o quanto queria encontrá-lo até ele estar na minha frente.

Nos dias em que eu trabalhava, a gente não conversava muito. Só mandávamos mensagens, memes e músicas que queríamos que o outro ouvisse. Eu estava carente de Justin, e só percebi naquele momento.

– Fez o que hoje? – perguntei.

– Tive que fazer algumas coisas na rua – respondeu ele. – Agora estou indo levar a Chelsea pra escola. Te mandei um questionário sobre o encontro de amanhã.

– Não tive tempo de abrir meu e-mail.

– Encontro número três – disse ele, as covinhas aparecendo.

– Encontro número três – repeti.

Ficamos nos olhando por um bom tempo.

Ele apontou para trás com o queixo.

– Vou deixar você trabalhar. Também tenho que levar o Alex pra uma consulta – disse, e fez uma pausa. – Posso te dar um abraço de tchau, ou...

– Pode! Com certeza – falei, entregando Chelsea para Maddy, que estava esperando sua vez de abraçá-la.

Então me aproximei e o abracei.

O jeito como ele me abraçou me fez pensar que talvez ele também estivesse carente. O abraço foi como uma reconfiguração de fábrica, mas quentinho. Eu não queria largar. Foi muito estranho, como se eu quisesse ir embora com ele. Simplesmente abandonar o trabalho e ir. Como aqueles desenhos em que o personagem sente um cheirinho delicioso, fica em transe e sai flutuando atrás do aroma, fascinado.

– A gente se vê amanhã – disse ele em meu ouvido.

Então me deu um beijo no rosto e me largou.

Eu continuava flutuando.

Ele sorriu para mim por mais alguns segundos. Então pegou a irmã dos braços de Maddy e saiu por onde tinha entrado.

– *Dios mio*, que homem lindo – disse Hector, se aproximando e se escorando no balcão ao ver Justin ir embora.

– É – falei, distraída, vendo as portas duplas se fecharem atrás dele. – Ele é mesmo.

Maddy pegou o pacote e começou a abrir.

– Vamos ver o que temos aqui.

– Umas frutas, morango, melão, uva verde, sanduíches de ovo com pão de fermentação natural. Olha, ele colocou *cranberries* secas e cebola-roxa no sanduíche, você vai amar. Barrinhas de granola, biscoitos salgados, talos de aipo, tomate-cereja, ervilha-torta, molho *ranch*, uma mexerica pra cada uma, suco... Brownies. Ele fez *brownies*. – Ela olhou pra mim. – Você tem razão. Deveria mesmo dar pra ele.

Soltei uma risada curta, e Hector me olhou como se eu tivesse duas cabeças.

– Você ainda não deu pra ele? Deveria fazer isso logo.

É. Eu deveria.

Quando cheguei do trabalho naquela noite, tudo que eu queria era falar com Justin. Vesti o pijama e mandei uma mensagem. Ele pediu meia hora para colocar Chelsea para dormir. Eu tinha acabado de me deitar quando meu celular tocou.

– Oi – falei ao atender.

– Oi.

Sorri na escuridão do meu quarto. Estava com saudade daquela voz grave.

– O que está fazendo? – perguntei.

– Estou deitado. Finalmente.

– Dia difícil?

Ele expirou ao telefone.

– Uma semana difícil ao final de dois meses bem difíceis.

Eu me ajeitei nas cobertas.

– Me conta.

– Ah, você não vai querer ouvir.

– Quero, sim. Me conta – repeti.

Ele suspirou.

– A aula das crianças começa em três semanas. Estou um pouco sobrecarregado, só isso.

Meu sorriso se desfez.

– Ah. Quer cancelar nosso encontro? Se precisar de um tempo...

– Nããããão. Não, não, não. Eu definitivamente *não* quero cancelar nosso encontro.

Voltei a sorrir.

– Então o que está acontecendo? – perguntei. – Por que está sobrecarregado?

Ouvi Justin se espreguiçar.

– Quer mesmo saber? Vai ser muita informação.

– Manda.

Ele bufou no telefone.

– São muitas coisinhas que vão se acumulando – disse ele. – Ontem o Alex veio me dizer que eu preciso reabastecer sua medicação do TDAH. A farmácia não faz isso sem receita, então liguei para o médico, e ele só dá a receita se fizer uma consulta. O médico só atende de segunda a sexta, então tive que tirar metade do dia de trabalho pra isso. Chegamos lá e, como parte da consulta, eles fazem um exame oftalmológico. Alex precisa de óculos de leitura. Aí fomos até a ótica comprar os óculos pra ele. Trezentos dólares. Ele ainda precisa de mais um tempinho ao volante, então vai sempre dirigindo, e eu passo o tempo todo estressado porque ele ainda não é muito bom. Quando terminamos, perdi boa parte do dia de trabalho e gastei trezentos dólares mais a taxa de coparticipação da consulta. E ainda por cima não fiz aquela *única* coisa que me preparei pra fazer, que era abastecer os remédios dele, que ainda preciso ir buscar. Parece que uma tarefa vira outra, que vira outra, e nunca acaba.

– Puxa…

– Eu teria que largar meu emprego só pra ler a quantidade de e-mails que as escolas deles mandam. Tenho que inscrever o Alex no futebol, a Sarah na dança, tenho que colocar dinheiro na conta do almoço deles, pagar as fotos da escola, levar todos eles pra comprar material escolar. Tive que colocar a Chelsea na escolinha mais cedo pra poder trabalhar. Achei que conseguiria dar conta com ela aqui, mas não consigo. Ela precisa de muita atenção e não tenho como oferecer, e o Alex e a Sarah não ajudam muito. – Imaginei Justin esfregando a testa. – Ela chorou os três dias que ficou na escolinha. Tem amigos lá e conhece os professores, mas anda carente e chora à noite pedindo minha mãe. Me sinto péssimo quando deixo a Chelsea lá, mas já tirei todas as folgas que podia.

– Ela deve estar com um pouquinho de ansiedade com tudo que está acontecendo – falei. – Vai passar.

– Foi o que a professora disse. Mas é uma droga. Eu me sinto péssimo.

– E a casa nova? – perguntei.

Ele bufou.

– Uma zona. Talvez seja porque eles estão em casa agora? Mas tem pacotes de salgadinhos e meias por toda a casa. Não conseguia achar nenhum garfo, então fui procurar e encontrei metade da louça no quarto do Alex. Eles deixam todas as luzes acesas e largam as coisas pela casa inteira. Estou lavando duas máquinas de roupa por dia. E estou começando a entender por que minha mãe acumulava guardanapos. Quer dizer, eu ganho bem, mas sustentar outras três pessoas? Vou ter que começar a fazer alguns ajustes. Eu tinha planos de pedir comida quando precisasse, mas agora estou pensando que não vou dar conta da despesa extra. Preparo o jantar todas as noites, e a Sarah se recusa a comer minha comida. Ela é mais enjoada que a Chelsea. Nem experimenta.

– Eu comeria sua comida.

– Vem pra cá – disse ele, sem nem pensar.

– São dez horas da noite – falei.

– E daí? Quero ver você.

O friozinho na barriga ressurgiu.

– Como ficou seu quarto? – perguntei, mudando de assunto.

– Ficou bom – respondeu ele, cansado. – Ótimo. Estou impressionado com as habilidades de decoração do Brad.

– Tem foto?

– Não, quero que você venha ver pessoalmente – respondeu ele, e fez uma pausa. – Estou com saudade. Quero ver você.

Minha respiração congelou.

Ele estava cansado e estressado. Devia ser por isso que estava mais direto e ousado do que de costume. Mas havia um tom tão primitivo e claro no jeito como ele disse que queria me ver. Como se fosse uma necessidade. Como quando alguém diz que precisa comer ou dormir.

– Não posso – respondi. – Não posso pedir à Maddy que me leve até a beira do lago tão tarde.

– E se... – disse ele, e parou. – Esquece.

– O quê?
– Não, é pedir demais – disse ele.
– Não, fala.
– Eu ia dizer: e se você fosse sozinha pra que ela não precisasse te levar? Vem pra cá e volta de manhã.
Abri um sorriso.
– Está me convidando pra dormir aí? Você já vai me ver amanhã no nosso encontro.
– Vai demorar muito.
Não respondi. Porque na verdade eu concordava.
– Vem pra cá – repetiu ele, rompendo o silêncio. – Por favor.
Não respondi.
Então meu celular apitou. Ele estava ligando por vídeo. Meu coração disparou.
Atendi com a câmera ligada.
Ele estava deitado na cama. O quarto estava escurinho. Seu cabelo estava bagunçado e ele usava uma camiseta cinza.
– Oi.
– Oi – respondi baixinho.
Ficamos parados, olhando um para o outro. Eu estava vidrada. Não sei como ele conseguia, mas de algum jeito parecia muito fofo e sexy ao mesmo tempo.
Olhei para seus lábios e o beijo voltou à minha mente.
O beijo...
O beijo que não saía da minha cabeça. Talvez também não saísse da cabeça dele. Será que era por isso que ele queria tanto que eu fosse até lá?
Observei a curva de sua clavícula, a cavidade na base do pescoço. Seus olhos castanhos também me observaram, e ele pareceu quase vulnerável deitado ali, como se aquela semana tivesse lhe arrancado algo. E como poderia ser diferente? Ele tinha perdido a mãe, e a realidade daquela nova vida o atingiu em cheio. Eu sabia como era ser empurrada para uma realidade completamente distinta. Era chocante e perturbador – e ele não tinha obrigação nenhuma de fazer aquilo. Podia pegar a saída mais fácil e deixar os irmãos com Leigh. Ela amava as crianças e teria sido uma mãe adotiva maravilhosa. Era uma boa opção – mas não era a *melhor* opção. Ele era.

Então Justin sacrificou toda a sua vida, e eu o respeitava muito por isso. Ainda mais agora que estava vendo o quanto era difícil na prática.

– Eu sei que já disse isso – falei –, mas você fez a coisa certa ao ficar com eles.

Ele exalou.

– É…

Nós nos encaramos.

– O que a gente faria se eu fosse aí? – perguntei.

– Nada que você não quisesse. Podemos só ficar abraçadinhos.

Abri um sorriso.

– Abraçadinhos, é? Todo homem diz que quer ficar abraçadinho só pra convencer uma mulher a ir até a casa dele.

Ele pareceu achar engraçado.

– Tá. E se eu não quiser ficar só abraçadinho? Vai me culpar por isso?

Fingi pensar a respeito.

– Hummm… Não.

Ele deu uma risadinha.

– Sério, podemos só dormir – disse. – Eu vou ficar feliz só de você estar aqui. De poder conversar com você pessoalmente. Além disso, gosto do cheiro do seu cabelo.

– Também gosto do seu cheiro – admiti.

Ele sorriu.

Imaginei o que *realmente* aconteceria se eu fosse até lá.

Ele me faria subir escondida na casa escura até seu quarto, andando na ponta dos pés para não acordar as crianças. Eu me deitaria na sua cama enquanto ele ficava só de cueca para dormir. Ele deitaria ao meu lado e me abraçaria, me aconchegando naquele peito largo.

É claro que nenhum de nós dois iria dormir.

Em algum momento, ele me beijaria, ou eu o beijaria. Eu tiraria a camiseta. Talvez deslizasse a mão até o cós de sua cueca para ver se ele estava duro. Estaria. Ele também deslizaria as mãos. Entre minhas pernas, os dedos curiosos. Ele abaixaria minha calcinha…

Balancei a cabeça para afastar os pensamentos. Ir até lá não era uma possibilidade. Mas, meu Deus, como eu queria.

Eu queria muito, *muito*.

E o estranho era que eu não queria ir até lá pelo mesmo motivo que costumava me fazer ir encontrar um cara tarde da noite. Quer dizer, sim, eu também queria isso. Mas queria *ver* Justin. Conversar com ele. Estar com ele, mesmo que fosse *só* para dormir.

Eu nunca tinha sentido isso antes.

Algo nisso me assustou. Senti a necessidade de recuar, como quando afastamos a mão do fogão quente. Algo me dizia que eu deveria pensar mais a respeito. Tentar entender por que gostar dele me deixava nervosa, me dava a sensação de que tinha uma coisa errada.

Talvez porque eu soubesse que gostar dele não levaria a nada? Mas fiz com essa questão o mesmo que fiz com minha mãe: deixei de lado. Pensaria nisso depois.

Pigarreei.

– E seu cachorro? – perguntei, mudando de assunto.

Ele se sentou e estendeu a mão para pegar algo fora da tela. A cara enrugada de Brad olhou para a câmera.

Abri um sorriso largo.

– Oi, Brad.

O cachorro fez uma careta para o celular.

Justin largou o cachorro e ficou escorado na cabeceira.

– Você comeu o almoço que eu preparei?

– Comi, estava incrível. Era muita comida, mas estava incrível.

– Você trabalha doze horas. Eu quis garantir vários lanchinhos pra que não ficasse mal-humorada.

– Rá. O iogurte foi um belo toque.

– Vou mandar uma pesquisa de almoço da próxima vez, pra você poder escolher os acompanhamentos – disse ele, colocando um braço musculoso atrás da cabeça e sorrindo para a câmera. – Quero que suas expectativas fiquem bem claras.

– Gosto de expectativas claras – falei, distraída, e também porque gostei do que estava vendo.

– As minhas são? – perguntou ele. – O quanto eu quero que você venha até aqui?

Dei risada.

– Sim, você deixou isso bem claro.

– Ótimo – respondeu ele, e fez uma pausa. – Você é a única coisa que me deixa feliz neste momento da minha vida. E não tenho medo nenhum de dizer isso.

Olhei fixamente para ele.

– Quer saber? Eu vou.

Ele abriu um sorriso.

– Hoje?

Eu já estava me levantando.

– Sim. Vou ter que voltar de manhã, mas...

Um trovão ressoou e eu fiquei paralisada.

– Isso foi um trovão? – perguntou ele.

Antes que eu pudesse responder, outro estrondo sacudiu a casa e a chuva começou.

Abri a cortina e olhei pela janela.

– Aff. Está caindo o mundo – falei.

O lago estaria agitado e escuro. Atracar sozinha seria um pesadelo.

– Não posso sair de barco assim.

Fiquei decepcionada. Meu Deus, eu odiava aquela ilha.

– Tudo bem. Teria sido legal, mas...

– Mas o quê? – perguntei, me jogando de volta na cama.

– Bom, a cama está meio cheia – respondeu ele, virando o celular.

Chelsea estava dormindo ao seu lado em cima do edredom, enrolada no cobertor do *Frozen*. Comecei a rir e ele voltou a câmera para o próprio rosto.

– Mas saiba que eu queria que você estivesse aqui – disse.

Abri um sorriso.

– Também queria estar aí.

27

Justin

Nunca usei drogas, mas imaginei que aquela devia ser a sensação de estar chapado. Eu não via a hora de sair com Emma.

Naquela noite, faríamos a caminhada histórica da ponte e comeríamos uma pizza. Também havia um evento chamado Música no Parque, no Nicollet Island Pavilion, que ficava no circuito. Era o último show da temporada. Eu levaria um cobertor e repelente, uma garrafa de vinho e taças. Leigh cuidaria do cachorro e das crianças. Eu tinha planejado tudo com base nas respostas de Emma à pesquisa que mandei e feito outro convite. Usei uma foto do Rei das Privadas em frente à minha janela como imagem de fundo. Detalhes são importantes.

Todo encontro com ela era sagrado para mim. Eu gostava tanto de estar com Emma que levei almoço para ela no dia anterior, só para ter uma desculpa para ficar cinco minutos com ela. Eu passava cada segundo pensando no momento em que iríamos nos encontrar, até ela chegar.

Pensava nela o tempo todo.

Ela iria pegar um Uber e me encontrar no apartamento. Quando finalmente bateu na porta, eu corri para atender. Ao abrir, caí na gargalhada. Ela estava usando a mesma camiseta que eu. A do Rei das Privadas, com um nó na cintura.

– Não acredito – falei, olhando-a de cima a baixo ainda à porta. – Onde você conseguiu essa camiseta?

– Como se fosse difícil encontrar coisas relacionadas ao Rei das Privadas por aqui… – respondeu ela.

– Ele nos transformou em propagandas ambulantes – disse, dando um passo para o lado para que ela entrasse. – Inacreditável. Parece que somos da mesma equipe em uma gincana bizarra – acrescentei, fechando a porta.

Ela sorriu para mim.

– E não somos?

Não pude esconder o sorriso. Não sabia como era possível que ela ficasse mais bonita a cada encontro, mas era o que acontecia.

– Oi – falei baixinho.

– Oi, Cara que Beija e Sai Correndo.

– Que não deve ser confundido com o Cara do Beijo na Testa?

Ela fez uma careta.

– Hummm. Eles são muito parecidos.

Eu ri e me aproximei para beijá-la. Só um selinho, mas meu coração disparou assim mesmo.

Eu seria capaz de jurar que ela estava corada quando me afastei.

– Aqui estamos – disse Emma, colocando o cabelo atrás da orelha. – O infame apartamento com vista.

Eu me virei para olhar por sobre o ombro.

– Te ofereceria um tour, mas já dá pra ver tudo daqui.

Ela deu uma risadinha e olhou em volta.

– É menor do que eu esperava.

– Meu quarto na casa da minha mãe é muito maior – comentei.

– E não tem uma privada gigante na janela.

– É o lado bom dessa situação toda.

Ela apontou com a cabeça para o colchão de ar onde antes ficava minha cama.

– O que é isso?

Esfreguei a nuca.

– Meus amigos deixaram aqui. Acharam que eu poderia querer usar o apartamento de vez em quando. Ainda estou pagando por ele.

– Usar pra quê? – perguntou ela, dando uma piscadela para mim, toda inocente.

– É… um cochilo?

Ela assentiu, com ironia.

– Verdade. Um cochilo.

Agora quem corou fui *eu*.

Eu estaria mentindo se dissesse que não tinha esperança de que acabássemos voltando para cá depois do encontro. O colchão de ar não era ideal, e Brad colocou um maldito cobertor do Rei das Privadas, só para dar uma de babaca. Mas ainda assim... Tirando a possibilidade de ir para um hotel, um dinheiro que eu não deveria gastar diante de todas aquelas despesas novas, não havia outro lugar onde pudéssemos ter privacidade. Maddy estava no chalé. Minha casa nova não era uma boa opção, por causa das crianças. Um colchão de ar com o Rei das Privadas era a escolha mais razoável.

Ela estava invadindo meu espaço pessoal. Tão pertinho que eu conseguia sentir o cheiro do seu cabelo. Eu queria abraçá-la, enfiar o nariz naquele cabelo e respirar fundo.

Mas fiquei onde estava.

– Preciso ver aquele outdoor de perto – disse ela.

– Não está perto o suficiente?

Ela riu e deu a volta no colchão de ar, passando o dedo no cobertor. Abriu a porta de vidro e saiu para a pequena sacada no ar quente do verão. Fui atrás dela e ficamos ali parados, os dois com as mãos no guarda-corpo, olhando para O Rei.

– Dá pra ver até os poros... – comentou ela, fascinada. – Sabe, seria uma vista muito bonita se não tivesse esse outdoor.

– Não precisa esfregar na minha cara.

– Tá, mas seja sincero – disse ela, virando-se para mim. – Ele seria a primeira pessoa em quem você pensaria se tivesse um problema de encanamento.

– Ele tem sido a primeira pessoa em quem penso assim que acordo, o dia todo, quando vou dormir...

Ela riu, olhando para o outdoor e balançando a cabeça.

– Tenho que admitir – falei –, o marketing funciona *mesmo*. Talvez ele seja uma espécie de gênio do mal.

Emma se escorou no guarda-corpo. Não havia muito espaço para duas pessoas ali. Ela estava invadindo meu espaço de novo, e não fez menção de voltar para dentro do apartamento. A proximidade era um sinal de intimidade, de que, embora ainda não tivéssemos ido além de um beijo, a intenção talvez estivesse ali.

Ela quase foi até a minha casa na noite anterior. Se tivesse ido, eu tinha quase certeza de que não iríamos só dormir. Parecia que estávamos nos aproximando de algo mais sério, e eu me perguntava o que isso queria dizer.

Se é que queria dizer alguma coisa.

Ela era o tipo de mulher que ia embora sem olhar para trás. Sua vida se reduzia a duas malas porque ela não se apegava a nada. Será que o sexo era algo que fazia com que ela se apegasse?

Emma devia saber que não era só uma aventura sem importância para mim. Na noite anterior, eu disse que estava com saudade. Pedi a ela que ficasse mais tempo, que renovasse o contrato. Não parecia que ela iria aceitar, mas ela sabia que era o que eu queria. Ela não iria até a minha casa só para uma noite de sexo sabendo que eu desejava algo mais sério. Eu não conseguia imaginar Emma fazendo isso.

Parecia que seria tudo ou nada. Iríamos nos beijar, porque era o combinado, e não ultrapassaríamos nenhum outro limite se ela não tivesse planos de ficar, e pronto.

Ou ultrapassaríamos todos os limites. Muitas, *muitas* vezes. E faríamos isso porque víamos algum futuro – ou porque ela estava considerando essa possibilidade e queria ver como seria. Como ela quis ir até a minha casa na noite anterior, talvez fosse isso.

Emma olhou para mim e sorriu, e eu me permiti ter esperança.

– Podemos ir? – perguntei.

Ela se afastou do guarda-corpo e saímos.

– É tão estranho estar aqui com você, na mesma caminhada daquele dia pelo telefone – disse Emma quando chegamos à ponte. – É como se eu tivesse me teletransportado até o seu universo.

– Foi o que você fez – respondi, pegando sua mão. Indiquei o outro lado com a cabeça. – Lembra das quedas de St. Anthony Falls?

– Lembro.

Paramos e olhamos para a água.

– Você sempre gostou de morar aqui, né? – comentou ela.

– Em Minnesota? Claro.

– Não, eu quis dizer que você gostava de morar aqui, perto disto.

– Gostava. É minha parte favorita da cidade. Sempre sonhei em morar perto da ponte. Não sonhava com um encanador gigantesco na minha janela, mas o resto eu amo. O resto eu *amava*.

Fiquei em silêncio.

Ela me deu um empurrãozinho.

– Em que está pensando? – perguntou.

Fiz uma pausa.

– A sensação é a de que estou te mostrando uma vida que não me pertence mais.

Ela olhou para o rio.

– Eu entendo. Também vivi muitas vidas. E nenhuma delas me pertence mais.

Eu me virei para ela.

– Você poderia construir uma vida que te pertença. Poderia ficar.

Não consegui decifrar o sorriso em seu rosto. Queria ter conseguido.

Eu podia perguntar em que ela estava pensando. Emma teria que me responder. Mas eu tinha tanto medo da resposta quanto de não saber, e não queria estragar a noite ouvindo o que não queria.

Pigarreei.

– Vem. Vamos comprar um sorvete – falei, apontando para o outro lado da ponte.

Um casal passou por nós, e o cara reparou na nossa roupa.

– Que camiseta legal – disse.

– Obrigada. Somos funcionários da empresa – respondeu Emma.

Eu ainda estava rindo da resposta quando meu celular tocou. Dei uma olhada. Era Leigh.

Pensei em deixar cair na caixa postal, mas ela não era de ligar e estava com as crianças.

– Espera um pouco – falei. – Pode ser importante. Leigh?

– Justin, desculpa ligar assim, mas preciso te contar uma coisa.

– O que foi?

– As crianças estão com piolho.

Fechei os olhos com força.

Merda.

– Todas? – perguntei.

– Todinhas. Chelsea chegou em casa com uma carta da escolinha avisando que teve um surto, então fui dar uma olhada e confirmei. Vou lavar a cabeça de todos eles. Preciso tirar as lêndeas, e as meninas têm cabelo comprido. Vou lavar toda a roupa de cama, todas as bonecas da Chelsea, desinfetar as escovas, dar uma passada na farmácia pra comprar remédio...

Ouvi Sarah surtando ao fundo.

– Sarah está dando um chilique – disse Leigh. – E o Alex não está ajudando. Seu irmão tem ânsia de vômito só de ouvir falar em pegar um pente.

Esfreguei a testa.

– Tá. Certo. Você me dá algumas horas? Pelo menos pra gente poder comer?

– Pode ficar para o encontro inteiro se quiser, eu dou conta. Mas se as crianças estão com piolho, *você* também deve estar. Se pra você tudo bem, vai em frente.

Merdaaaaaaaaaa.

Sarah gritou mais uma vez, e Leigh soltou um suspiro exasperado.

– Espera um pouco. Sarah? Vai assustar sua irmã. Boca fechada.

– É nojento! – berrou ela, chorando. – A gente pegou isso dela. Ela é nojenta, por que ela tem que abraçar todo mundo?!

– Sarah – disse Leigh, com um tom firme.

– Você não entende!!!

– Ah, é? Se sou eu que vou ter que catar os piolhos da sua cabeça, como é que não entendo? Se quiser ajudar, vai tirar sua roupa de cama – disse Leigh, e então voltou a falar comigo. – Justin, tenho que ir. Me avisa quando decidir o que quer fazer.

Afastei o celular dos lábios como se ela pudesse ver minha cara de decepção. Eu iria perder o encontro com Emma.

Mas não via outra escolha. Não podia andar por aí com piolho. Minha cabeça não estava coçando, mas era uma possibilidade. E também não estava à vontade com a ideia de deixar Leigh enfrentar o surto de Sarah sozinha.

– Tá – falei, relutante. – Já estou indo.

Desliguei e me virei para Emma, passando a mão no rosto.

– Tenho que ir pra casa.

Ela pareceu preocupada.

– O que aconteceu?

– Chelsea pegou piolho na escola.

Ela fez uma cara alarmada.

– Aaah.

– A casa inteira está com piolho. *Eu* também devo estar – falei. – Sarah está tendo um ataque. Preciso ajudar. Não posso deixar meus irmãos lá com piolho.

– Não pode mesmo – concordou ela.

Expirei devagar. Então arqueei uma sobrancelha.

– Imagino que não vai querer ir comigo, né?

Ela me olhou, parecendo achar graça.

– Catar piolhos da sua família? Que romântico.

– Você quer romance? Achei que a gente estivesse só tentando quebrar uma maldição.

– É claro que eu quero romance – respondeu ela.

– Caramba. Você deveria ter falado. Vou providenciar.

Fiquei de joelho.

Ela arregalou os olhos.

– É... O que você está fazendo? – perguntou Emma, olhando em volta.

– Romance.

– Justin, para – sussurrou ela. – Levanta. *Levanta!*

Peguei sua mão e me esforcei para ficar sério. As pessoas já estavam parando para olhar.

– Emma, você me daria a honra de catar os piolhos da minha família comigo? – falei baixinho, para que só ela ouvisse.

Ela soltou uma risada curta.

Olhei para ela todo apaixonado.

– Diz sim. Por favor, diz sim. Quero passar o resto da noite com você.

Ela estava tentando não rir.

– Você não *presta*...

Abri um sorrisinho.

– Eu estou te forçando a alguma coisa? – sussurrei.

– Sim, *está*.

Alguém filmava com o celular. Na verdade, várias pessoas estavam filmando. Esperei pacientemente pela resposta.

Ela revirou os olhos.

– Sim.

– Sim?

– Sim, vou catar piolhos com você.

Eu me levantei, peguei Emma nos braços e rodopiei. As pessoas começaram a aplaudir e gritar.

Ela riu.

Quando eu a soltei, alguém gritou "Parabéns" e nós dois rimos baixinho. Então ficamos parados ali, ainda abraçados, meus braços em sua cintura, os dela na minha, o Rei das Privadas espremido entre nós dois. Eu não a soltei.

Nem ela.

– Piolho. Eu estava mesmo me perguntando como você iria superar o encontro com os gatinhos. – Seus olhos mergulharam até meus lábios. – Acho bom você dar uma olhada na minha cabeça também. Só pra garantir.

– Uau. Vamos catar piolhos um do outro. Acho que as coisas estão começando a ficar sérias.

Senti sua risada em meu peito mais uma vez.

– Tem certeza de que não se importa de ajudar? – perguntei. – Sei que não queria se envolver com as crianças.

– Eu tive piolho uma vez num lar temporário, antes de ir pra casa da Maddy. É traumático e humilhante, principalmente pra adolescentes. Não me importo de ajudar alguém a se livrar deles logo.

Abri um sorrisinho. Se alguém tivesse me dito um ano antes que catar piolhos dos meus irmãos seria um momento carinhoso em um encontro, eu não teria acreditado.

Eu não teria acreditado em muitas coisas um ano antes.

28

Emma

Arrastei o pente pelos cachos longos de Sarah.

Ela estava sentada no sofá quando entramos, chorando e abraçando os joelhos junto ao peito. Achei que ela pudesse preferir que Justin ou Leigh fizessem aquilo por ela, e eu ficaria com Alex, mas quando entramos ela se levantou do sofá com tudo e gritou:

– Emma!

E foi até o banheiro pisando firme. Então Justin começou com Alex e eu com sua irmã.

Sarah já tinha lavado o cabelo com o xampu específico, então passamos direto ao pente-fino.

– Que vergonha… – disse Sarah.

Dei de ombros, repartindo seu cabelo.

– Ah, não é tão ruim assim.

Ela me olhou pelo espelho com aquela cara de quem diz "Ah, tá".

– Sério, não é. Já vi coisa muito pior, pode acreditar.

Ela desviou o olhar.

– Tá bom.

– Uma vez tirei a meia de um paciente e o pé dele saiu junto.

Ela voltou a olhar para mim.

– *Mentira.*

Fui descendo com o pente até as pontas.

– Eu já vi coisas que tiraram meu sono. Esta não é uma delas – falei, pegando mais uma mecha. – Poucas coisas me incomodam. Seu caso nem é dos piores. Não tem quase nada.

– Isso é tão idiota. Quem pega piolho? – perguntou ela.

– Eu já tive.

Ela olhou para mim atônita.

– Mas... mas você é tão bonita!

Dei risada.

– Garotas bonitas não têm piolho? Acredite: elas têm, sim. Os piolhos, na verdade, gostam de um couro cabeludo limpinho, sabia? Não quer dizer que você é suja.

Uma pontada de gratidão surgiu em seu rosto, mas logo ela voltou a ficar triste.

– Como você está? – perguntei.

Ela fungou, mas não respondeu.

– Minha mãe também passava muito tempo longe – falei, limpando o pente em uma folha de papel-toalha. – Fui parar em lares temporários muitas vezes, então eu entendo.

– Sério?

– Sério.

– O que ela fazia? – perguntou Sarah.

Dei de ombros.

– Ela não cuidava muito bem de mim.

Sarah me encarou.

– Minha mãe cuidava bem de mim – disse, quase baixinho demais para que eu ouvisse.

– Sabe quem mais vai cuidar bem de você? O Justin. E a Leigh também.

Uma pausa longa.

– Pode ser. Mas parece que ninguém entende. Alex é *o Alex*, e a Chelsea é tão pequena que nem sabe o que está acontecendo. Ela acha que a mamãe está em um retiro.

– Um retiro é uma boa justificativa. Que seja o retiro.

– É, mas não pode ser pra *mim*. Eu tenho que saber.

– Ela vai voltar pra casa um dia, Sarah. E esse dia vai chegar mais rápido do que você imagina. Você pode visitar sua mãe, escrever e ligar pra ela. Podem continuar próximas... Você só precisa tentar. Sei que é difícil, mas isso também pode trazer coisas boas.

Ela revirou os olhos.

– Tipo o quê?

– Descobrimos muito sobre nós mesmas nesses momentos. Percebemos o quanto somos fortes e do que somos capazes.

– Não quero descobrir nada disso – respondeu ela.

– Rá. Justo – falei, e fiquei um tempo trabalhando em silêncio. – Do que você mais vai sentir falta enquanto ela não estiver aqui?

Ela deu de ombros.

– Não sei. Talvez dos biscoitos que ela faz, ou algo assim.

– Aprende a fazer, pra todo mundo ainda poder comer os biscoitos. Quem sabe você possa até levar biscoitos pra sua mãe quando for fazer uma visita? Aposto que o Justin pode ajudar. Ele cozinha muito bem. Você deveria experimentar as coisas que ele faz.

Ela olhou para mim, desconfiada.

– Ele preparou um sanduíche de ovo pra mim que foi, juro, o melhor que já comi – falei. – Ele faz costela defumada, e tem uma receita de frango que é uma delícia. Sério. Experimenta.

Ela pareceu pensar a respeito.

– É. Quem sabe...

Vários minutos se passaram. Analisei seu rosto no espelho. Ela estava pensativa.

– Vão tirar sarro de mim na escola – sussurrou. – Porque minha mãe está presa.

Assenti devagar.

– Eles fazem mesmo isso.

– Tiraram sarro de você?

– Tiraram – respondi, levando o pente até as pontas mais uma vez. – Minhas roupas eram pequenas para o meu tamanho, meu cabelo nunca estava penteado. Durante algumas semanas, tive que levar uma mochila de menino pra escola porque não tinha mais nada. Todas as minhas roupas ficavam em sacos de lixo pretos.

Ela pareceu horrorizada.

Estremeci ao me lembrar daquele tempo. Eu não costumava remexer aquelas lembranças. De tudo aquilo, os sacos de lixo eram a pior parte. Eram muito desumanizantes. Faziam com que eu me sentisse descartável. Quando finalmente ganhei meu próprio dinheiro, comprei o conjunto de malas mais caro que pude pagar. Era a única coisa em que eu nunca economizava, a única coisa que sempre estaria comigo, não importava onde eu fosse parar. E todo ano eu comprava malas para doar para as crianças que estavam em lares temporários.

Nem tudo que surge de uma crise é ruim. Às vezes nossos traumas são a razão pela qual sabemos como ajudar.

Então me ocorreu que era por isso que eu sabia o que dizer e fazer naquele momento. Acho que precisava agradecer a minha mãe.

– O truque é não deixar que as pessoas percebam que você se importa com as maldades que elas dizem – falei. – Não reagir. Não deixar que vejam você chorar. Elas vão ficar entediadas quando não conseguirem a reação que querem.

Limpei o pente mais uma vez.

– E conte com seus amigos. Isso ajuda.

Justin apareceu à porta.

– E aí, como estão as coisas por aqui?

– Tudo bem – falei. – Progredindo.

– Acabei agora com o Alex – disse ele. – Quer que eu assuma?

– Eu quero a Emma – respondeu Sarah, depressa.

Ele ergueu as mãos.

– Tudo bem.

O cabelo dele estava bagunçado.

– Sem piolhos – comentou. – Leigh deu uma olhada.

– Ótimo. Você deu uma olhada na cabeça dela?

Ele ficou paralisado por um instante. Então saiu de repente. Eu sorri. Então vi meu sorriso exagerado no espelho e tive que me forçar a ficar séria.

Sarah estava me observando.

– Acho que meu irmão gosta muito de você.

Os cantos dos meus lábios voltaram a se curvar.

– Ah, é?

Ela assentiu.

– É. Ele, tipo, nunca foi de falar de garotas, e fala de você o tempo *todo*.

– O que ele diz?

– A Emma isso, a Emma aquilo. Blá-blá-blá.

Dei risada.

– Você gosta dele? – perguntou ela.

– É claro que eu gosto.

– Por quê?

– Ele é engraçado, pra começo de conversa. É inteligente. E bonito...

– Eca – disse ela.

– Ele é. Desculpa, mas é verdade.

Sarah fez uma careta.

– E eu também acho que ele é uma pessoa muito boa – continuei. – Gosto do fato de ele estar cuidando de vocês.

Ela me olhou pelo espelho. Então apontei para a sacola da loja de cosméticos que estava em cima da pia.

– Comprei uma coisa que acho que você vai gostar – falei. – Pega ali.

Sarah inclinou o tronco e pegou a sacola. Observei sua expressão mudar assim que ela viu o que era. Ela ergueu a cabeça.

– Tintura de cabelo?! – disse, com um sorriso reluzente.

– É. Fiz o Justin parar na loja no caminho. Já perguntei pra ele, e ele deixou. Quando terminarmos aqui, você pode escolher uma cor.

Eu tinha comprado um arco-íris. Vermelho, laranja, verde, azul, roxo.

– Quando eu tive piolho, uma das meninas mais velhas do lar temporário comprou tinta pra mim... Quer dizer, roubou tinta pra mim. Tenho quase certeza de que ela não comprou – falei. – Enfim, lembro que isso mudou completamente aquele dia pra mim. Eu estava muito chateada, e, no momento em que descobri que no dia seguinte iria pra escola com o cabelo cor-de-rosa, isso mudou tudo. Transformou aquela lembrança em algo bom.

Sarah estava quase saltitando.

– Não acredito que ele deixou. Minha mãe nunca me deixa fazer nada. Não me deixou nem furar a orelha.

– Bom, é um novo regime – falei, pegando mais uma mecha. – Podemos fazer duas cores se você quiser. É semipermanente, então só vai durar algumas semanas.

– Quero roxo e azul! A Josie vai morrer de inveja. A mãe dela deixou ela fazer uma tatuagem de henna, e ela não parava de falar disso.

Abri um sorriso.

Sarah colocou as embalagens enfileiradas em cima da pia e olhou para elas, toda feliz.

Naquele momento, talvez pela primeira vez aos meus olhos, ela pareceu uma garotinha. Ela *era* uma garotinha. Reconheci a máscara que Sarah usava.

Era mais fácil fingir estar com raiva e ser durona que admitir estar arrasada e magoada. E pela prática com que ela parecia demonstrar aquela atitude, fazia algum tempo que estava triste.

A família de Justin havia passado por muitos traumas. Eles tinham tantas rachaduras.

Eu me perguntei se Justin era um porto seguro por causa disso ou apesar disso. Será que ele aprendera a ser estável, confiável e a transmitir segurança por causa das necessidades das pessoas que ele amava, ou será que tinha que se esforçar para mantê-los ancorados durante toda a tragédia? De qualquer forma, sua família tinha muita sorte.

Leigh espiou pela porta.

– Ei, Emma – sussurrou. Ela olhou por sobre o ombro, então voltou a olhar para mim. – Ei, acha que pode convencer o Justin a mudar o nome do cachorro? Você já tem esse tipo de influência?

Abri um sorrisinho de canto de boca.

– Não sei.

– Bom, será que pode tentar? A gente já está quase desistindo. Ele é teimoso feito uma mula, você é nossa última esperança.

Ela voltou a desaparecer. Esperei um segundo para ter certeza de que Leigh tinha mesmo ido e me inclinei sobre o ombro de Sarah.

– Eu não acho que ele deveria trocar o nome do cachorro – sussurrei.

– Nem eu – respondeu ela, em tom conspiratório.

Nós duas sorrimos para o espelho.

29

Justin

– Você tem que arrastar a perna – disse Emma.

– Por quê?

– Porque você está morto. E tem que cambalear.

Abri um sorrisinho.

– Não sei bem como cambalear. Pode me mostrar? Sua melhor cambaleada?

Emma cruzou os braços, tentando não rir.

– Você sabe como os zumbis andam, Justin. É só andar como eles.

– Será que devo gemer também? Com os braços estendidos? Meio que babando um pouco?

– Fique à vontade para usar a interpretação artística de um zumbi que quiser. A única coisa que me importa é que você ande na velocidade de um zumbi. Tem que ser um experimento preciso.

Emma apostou comigo que sobreviveria a um apocalipse zumbi. Ela disse que os zumbis são lentos e que seria fácil correr mais que eles. Eu disse que são lentos mas consistentes e que é assim que pegam a pessoa. Ela falou que a gente deveria tentar, então ali estava eu, quase à meia-noite, na frente da mansão de Neil tentando provar meu argumento.

A noite não saiu como eu imaginava, mas foi ótima assim mesmo.

Não sei o que Emma disse para Sarah, mas minha irmã estava de bom humor pela primeira vez em… nem sei quanto tempo. Ela saiu do banheiro junto de Emma com o cabelo azul e roxo e uma postura diferente. Não era o resultado que eu esperava depois de ver como a noite tinha começado, mas aceitei.

Depois que terminamos de caçar os piolhos, estendi um cobertor no quintal. Com o paisagismo que minha mãe fez, o lugar estava bem aconchegante, com luzinhas penduradas, velas de citronela e magnólias. Pedi uma pizza, conectei meu celular em uma caixinha de som e servi o vinho que tinha levado. Emma e eu ficamos lá conversando. Minha mãe tinha um Jenga enorme e jogamos algumas rodadas.

Um dos espectadores do pedido falso na ponte tinha se oferecido para me mandar uma foto que tirou. Eu de joelhos e Emma surpresa, o Rei das Privadas da camiseta dela bem visível. Era uma foto engraçadíssima. Rimos dela a noite toda e a colocamos na tela de bloqueio dos nossos celulares.

– Tá. Por onde começamos? – perguntei.

Emma olhou em volta.

– Que tal você começar do outro lado da rua? Eu começo saindo do carro. Você tem até o cais pra me pegar.

– Tá bom. Só quero destacar que, se eu te pegar, você jamais conseguiria fugir de um zumbi de verdade.

– Certo. Mas você não vai me pegar – disse ela, com um sorrisinho, então entrou no banco do passageiro e fechou a porta.

Abri um sorriso, corri até o outro lado da rua e esperei.

Quando ela saiu do carro, fui atrás dela.

Emma deixou a porta aberta. Esperta. Economizou o tempo de fechá-la e me obrigou a dar a volta, o que lhe rendeu alguns segundos de vantagem. Ela estava avançando bem, e comecei a achar que talvez ela conseguisse mesmo fugir, até Emma pisar na grama. Sua sandália saiu voando. Ela olhou para mim por sobre o ombro.

– Merda! Merda merda merda merda merda!

Eu me aproximei, cambaleando, e soltei um gemido, tentando não rir, e ela disparou. Deixou a sandália para trás – e seu calcanhar escorregou na outra sandália. Ela descalçou o outro pé também e voltou a correr, contornando a garagem.

Eu tinha certeza de que não iria mais alcançá-la, mas, quando cheguei do outro lado da garagem, praticamente dei de cara com ela. Emma tinha derrubado o celular e voltado para pegar. Erro de principiante.

Ao me ver, ela abandonou o celular na grama e se virou para fugir, mas eu a peguei pela cintura. Ela soltou um gritinho e tentou se desvencilhar dos meus braços, mas eu a segurei ainda mais forte. Nós dois caímos na gargalhada. Eu a abracei por trás, aproximei a boca de seu pescoço e dei uma mordidinha.

– Morreu – sussurrei.

Ela deu uma risadinha e se virou de frente para mim, as mãos em meu peito, o Rei das Privadas espremido entre nós dois. Estávamos gargalhando.

– Olha só pra você – falei. – Trinta segundos de apocalipse zumbi e já perdeu os sapatos, o celular e foi mordida.

Emma abriu um sorriso largo.

– E agora?

– Acho que esperamos você virar zumbi.

Ela riu, e eu senti sua risada ressoar em meu peito.

Então seus olhos mergulharam até meus lábios. E os meus até os dela.

– Você pode me beijar enquanto esperamos – falei, baixinho.

– Mas se *eu* beijar *você*, não conta.

– Bom, se só quer me beijar pra cumprir uma tarefa – retruquei, olhando para sua boca –, é melhor a gente não se beijar mesmo.

Ela voltou a olhar em meus olhos.

– Mas a gente *tem que* cumprir a tarefa.

– Pode me chamar de antiquado, mas quero beijar alguém que queira ser beijada.

– Eu quero ser beijada – disse ela.

– Por qualquer pessoa? Ou por mim?

– Por você – respondeu ela, com um sorrisinho tímido.

Semicerrei os olhos.

– Não. Não acredito em você.

Ela arquejou.

– O *quê*?

– Se quisesse mesmo me beijar, você não ligaria pra isso de quem vai beijar quem. Beijaria e pronto.

– Bom, você quer *me* beijar?

– Quero – falei, sem nem pensar. – Quero, sim. E não só pra cumprir uma tarefa.

Emma mordeu o lábio.

– E agora?

– Agora nada. Estou decidido a não te beijar. Você tem que me beijar primeiro. Pra descartar segundas intenções.

– A segunda intenção não seria exatamente *não* me beijar? Achei que tivéssemos um combinado. Você não vai cumprir sua parte?

Ela encostou os lábios nos meus, e eu arquejei. Uma expressão de malícia surgiu em seu rosto.

Ela estava me *provocando*. E estava funcionando.

Seu perfume pairou entre nós. O cheiro me hipnotizou, me deixou em um completo transe. Qualquer que fosse o feromônio certo para me conquistar, ela tinha. Eu me senti embriagado por aquela proximidade.

Estava meio escuro na lateral da garagem. Um sensor de movimento tinha acendido, mas estava virado para os fundos da casa. Ali estava silencioso e isolado. Ninguém nos veria.

Ela olhou para mim, ainda sorrindo, e eu quis tanto beijá-la que chegou a doer.

Seus olhos desceram até meus lábios mais uma vez.

– Eu não beijo os homens – disse. – Eles me beijam.

– Essa regra é bem idiota – falei, meio ofegante. – Principalmente pra alguém que está com o tempo contado pra virar um zumbi.

Emma bufou. Então mordeu o lábio.

– Me beija, Justin.

– Eu já disse – respondi, olhando para sua boca. – Não quero só cumprir uma tarefa.

Ela apoiou o quadril na ereção que crescia entre nós dois, e eu quis morrer.

– Justin… – disse baixinho.

Estávamos tão perto que senti o sussurro em meus lábios.

Ela deslizou a mão em meu peito, subindo até minha nuca, e senti seus dedos se entrelaçarem em meu cabelo.

Caramba…

– Justinnnn…

Encostei a testa na dela e fechei os olhos.

Eu iria conseguir. Iria me manter firme. Não iria beijá-la. Não enquanto não soubesse que aquilo era mais que um joguinho para ela.

Mas, meu Deus, como eu queria. Tudo em mim gritava pedindo que eu a beijasse.

Ergui seu queixo e meus lábios começaram a percorrer seu pescoço. Ela arquejou ao sentir o contato e inclinou a cabeça para trás. Enfiei as mãos por debaixo da parte de trás de sua bermuda e Emma lançou o corpo contra o meu.

– Que se dane – disse ela baixinho.

Então ela ergueu o rosto e finalmente me deu o que eu tinha pedido.

Assim que sua boca tocou a minha, abri seus lábios, e sua língua se lançou contra a minha, e tudo que eu sempre quis na vida de algum jeito começou a virar realidade no gramado ao lado da garagem de Neil.

Gostei de como ela me beijou. Gostei de como *eu* a beijava. Era uma química inacreditável que nunca acontece na primeira tentativa, mas *estava* acontecendo.

A gente deveria ter feito aquilo havia semanas. Desde o dia um. Eu não conseguia acreditar que era tão bom e só agora tínhamos experimentado. Que desperdício...

– Sou só eu, ou somos muito bons nisso? – perguntou ela baixinho.

Respondi beijando-a mais uma vez.

Emma sorriu sem afastar os lábios dos meus e puxou meu cinto, me levando com ela até se escorar na parede da garagem. Pressionei meu corpo contra o seu.

Eu estava tão duro que era impossível que ela não sentisse.

Ela enfiou a mão embaixo da minha camiseta, envolvendo minha lombar, e eu deslizei a mão devagar sobre suas costelas, embaixo do top.

– Posso? – sussurrei.

Emma assentiu.

– Posso? – perguntou ela, deslizando os dedos sobre a parte da frente da minha calça.

Emiti um ruído gutural.

Meu corpo inteiro estava elétrico. Eu mal conseguia respirar.

– Quer voltar para o seu apartamento? – perguntou ela, ofegante. – Experimentar aquele colchão de ar?

– Quero – falei. – Caramba, quero.

– Tudo bem ser só sexo, né? – perguntou ela. – Só pra ter certeza.

Aquelas palavras me desanimaram imediatamente. Tudo que estava aceso se apagou. Eu afastei o rosto do seu.

Ela piscou, sem fôlego.

– O que foi?

Não consegui nem falar. Parecia que tinham me jogado um balde de água fria.

– Justin, o que foi?

Fiquei só olhando para ela.

– Você não…

Eu nem sabia como completar a frase.

Você não o quê? Quer que seja mais que sexo? Gosta de mim o suficiente para me querer para mais que só sexo? Seria mesmo capaz de fazer isso e simplesmente… ir embora?

Soltei Emma e dei um passo para trás. Tive que me virar de costas. Não conseguia nem olhar para ela.

Então era só aquilo mesmo.

Mas eu tinha o direito de estar chateado? Ela nunca me disse que ficaria. Na verdade, Emma disse que *não* ficaria. Eu é que fiquei cheio de esperança, achando que aquilo tudo podia ser algo diferente do que realmente era.

Senti seus olhos em mim.

– O que foi? Me diga o que você está pensando.

Após um instante, respondi:

– Estou pensando que gosto de você muito mais do que você de mim.

Olhei para ela. A expressão em seu rosto era um pedido de desculpa.

– Justin…

– Você não precisa se explicar. Não.

Ela umedeceu os lábios.

– Eu vou embora em algumas semanas. Achei que estivéssemos nos divertindo…

– E estamos. Tudo bem.

Seus olhos percorreram meu rosto.

– Eu gosto de você, Justin.

Olhei para ela.

– Gosto muito – completou ela.

– Mas?

– Você está em um ponto diferente da vida...

– Então me encontra onde eu *estou*.

Emma olhou em meus olhos e eu vi em seu olhar que ela não faria isso.

Fixei meu olhar em seu sapato na grama.

– É por causa das crianças?

Eu estava quase com medo de perguntar, mas queria que ficasse claro.

Seu silêncio foi a resposta.

– Posso fazer uma pergunta? – falei, olhando para ela. – Se elas não existissem, o que seria diferente?

Emma balançou a cabeça.

– Não sei. Talvez se você estivesse disposto a vir comigo...

– Então você sente o que está acontecendo entre a gente? Não é coisa da minha cabeça?

Ela ficou em silêncio por um bom tempo.

– Sinto – sussurrou. – Eu sinto. – Ela olhou para mim. – Desculpa. É que...

– Sério. Eu não preciso saber de mais nada.

E não precisava mesmo. Ela não me devia uma explicação, e eu não queria uma. Afinal, o que mudaria?

Sentimentos não são algo que a gente possa negociar. Não podemos convencer uma pessoa de que ela sente algo que não sente. Ou os sentimentos dela por mim eram fortes o bastante para que ela ficasse e aceitasse a situação com a minha família, ou não eram.

E não eram.

Eu achava que nada poderia ser pior que ela não me querer como eu a queria. Mas podia. E era o fato de ela me querer, e ainda assim eu perdê-la por uma situação que não era minha culpa e que eu não tinha como mudar.

Fiquei arrasado. Absolutamente arrasado.

Emma ficou ali, na grama, ainda descalça, me olhando com uma expressão que parecia pena.

– Tudo bem – falei. – Obrigado por ser sincera.

Ouvimos a porta da garagem se abrir do outro lado de onde estávamos, mas não saímos daquele impasse triste. Ouvimos o ronco de um carro. Neil começou a sair de ré com a Mercedes e entrou em nosso campo de visão.

A voz da Amber rompeu a noite.

– Vai se foder, Neil!

Virei a cabeça para Emma depressa, e ela arregalou os olhos.

Algo grande saiu voando da garagem e acertou a grade dianteira do sedã. Neil pisou no freio com tudo. Amber surgiu para pegar o que tinha jogado e voltou a desaparecer garagem adentro.

Emma e eu corremos pela grama até a entrada da garagem. Amber estava lá dentro, descalça, o rímel escorrendo no rosto.

– Vai se foder, seu merda!

Neil desligou o carro e saiu. Ele ficou atrás da porta, usando-a como escudo.

– Mas que *merda* você está fazendo?!

– Ah, então *agora* eu consegui sua atenção!

– Eu te disse, estava trabalhando.

– *Mentiroso!*

– Sou cirurgião, Amber. Não trabalho das nove às cinco, eu fico até terminar, não posso atender o celular no meio de uma apendicectomia…

Amber colocou o braço para trás e voltou a lançar o objeto grande de vidro, que dessa vez acertou o capô do carro, caiu no concreto e quebrou ao meio.

Neil ficou olhando para ela em choque. O maxilar retesado. Então partiu em sua direção.

– Ah, meu Deus – disse Emma baixinho. – Ele vai bater nela. Justin, ele vai bater nela!

Eu já estava a caminho, mas não fui rápido o bastante. Neil alcançou Amber primeiro. Ele a segurou pelos ombros, puxou-a para si… e a abraçou.

Parei onde estava.

Fiquei observando Neil envolvê-la em seus braços e acalmá-la com gentileza. Então ele sussurrou alguma coisa em seu ouvido e acariciou sua nuca. Amber se entregou ao abraço e começou a chorar de soluçar.

Emma e eu ficamos ali parados, o coração acelerado.

Depois de um tempo, Neil se virou e nos viu. Ele sussurrou alguma coisa para a mulher em seus braços, e ela assentiu em seu peito.

– Emma? – chamou Neil. – Vou providenciar o jantar pra sua mãe. Pode preparar a banheira pra ela enquanto eu peço comida?

Emma continuava com os olhos arregalados, mas assentiu. Então se aproximou, descalça, pisando com cuidado em volta do vidro quebrado, segurou a mãe pelos ombros e levou-a para dentro.

Assim que a porta da garagem se fechou, Neil soltou um suspiro profundo e fechou os olhos. Então virou para avaliar o estrago. O capô e a grade estavam amassados, mas ele passou mais tempo olhando para o vidro quebrado na entrada da garagem.

– Era meu Prêmio Charles Montgomery de Excelência Médica – disse, cansado.

Não respondi.

Ele ficou ali parado em silêncio por um bom tempo. Então falou comigo sem tirar os olhos do prêmio:

– Sabe, houve um tempo em que eu teria entrado no carro, ido até o hotel cinco estrelas mais próximo e ficado com a primeira mulher que me desse atenção, só pra ensinar uma lição à Amber. Mas estou me esforçando. Estou me esforçando *muito* pra ser a melhor versão de mim mesmo.

Ele ficou ali por mais um tempinho. Então se virou e foi para casa devagar.

Fiquei sozinho, parado à entrada da garagem, pasmado com aqueles últimos cinco minutos. A parte com Neil e Amber e também a parte com Emma.

Comecei a arrumar a bagunça. A entrada da garagem estava cheia de vidro e as sandálias de Emma, espalhadas pelo gramado. O celular dela ainda estava na grama. A tela acendeu quando me abaixei para pegá-lo. Era Maddy.

– Oi – falei ao atender.

Contei tudo que tinha acabado de acontecer com Neil e Amber. Um minuto depois, as luzes do barco surgiram à distância, do outro lado do lago.

Fechei a porta do carro de Neil, juntei o que restava do prêmio e coloquei dentro da garagem, em cima de um freezer horizontal. Então varri o vidro quebrado, peguei as sandálias de Emma e coloquei-as ao lado da porta da garagem que dava para dentro da casa. Terminei a tempo de ajudar Maddy a atracar o barco.

Ela chegou praguejando.

– Eu sabia – disse, parando ao lado do cais. – Não passou nem um mês e aquela mulher já está surtando.

Segurei o barco pela proa e puxei. Ela me jogou uma corda e eu amarrei o barco. Ela saltou, xingando como um marinheiro enquanto prendia a parte de trás. Quando terminou, olhou para mim.

– Emma está mal? – perguntou, arrumando o cabelo bagunçado pelo vento. – Está arrasada?

– Não sei – falei. – Ela entrou com a Amber antes que pudéssemos conversar.

Maddy olhou para a casa com uma carranca.

– Eu *odeio* essa mulher. Ela sempre faz isso.

Coloquei as mãos nos bolsos e fiquei olhando para a escuridão do lago atrás dela.

– O que foi? – perguntou Maddy, percebendo que eu tinha ficado quieto.

– Nada.

Ela olhou para mim de relance. Olhei para ela e vi algo surgir em seu rosto, como se ela pudesse ler meus pensamentos.

E talvez pudesse *mesmo*. Maddy conhecia Emma como a palma de sua mão. Ela devia saber exatamente o que Emma sentia por mim – ou não sentia. E parecia saber que agora eu também sabia.

– Aconteceu alguma coisa? – perguntou ela.

Olhei para Maddy em silêncio.

– Só me diz se eu tenho alguma chance – falei.

Não precisei explicar.

Ela desviou o olhar, como se estivesse tentando pensar no melhor jeito de dizer o que queria.

– Eu não deveria te dizer isso.

– Me diz assim mesmo.

Ela voltou a olhar em meus olhos.

– Justin, você nunca vai conquistar o amor dela. É impossível. Minha família tentou. Durante anos. *Ainda* tenta.

– Ela ama *você*.

– Porque *eu* consegui entrar antes que as portas se fechassem.

Levei a mão à boca.

– Ela disse que é por causa das crianças. Que estou em um ponto diferente da vida...

Maddy balançou a cabeça.

– Não é por causa das crianças. Quer dizer, é, mas não é. Se não fosse isso, Emma teria encontrado outro motivo – disse, e olhou bem em meus olhos. – Ela é incapaz de se apaixonar. Aconteceram coisas na vida da Emma, e ela... – Maddy soltou o ar pelo nariz com força. – Você parece ser um cara muito legal, e eu gosto de você. Gosto mesmo. Mas se prepara para o que vai acontecer quando chegar a hora de ela ir embora. Porque ela *vai* embora.

Tive que desviar o olhar.

– Acho que não consigo desistir.

Maddy não respondeu, então voltei a olhar para ela. Não pude deixar de perceber que ela parecia estar com pena de mim.

– Achei que você pudesse dizer isso – disse ela. Então respirou fundo e olhou para o lago. – Justin, eu espero de verdade que essa coisa de maldição seja real. – Ela voltou a olhar para mim. – Porque acho que você merece seu felizes para sempre quando isso tudo acabar.

A alma gêmea que eu conheceria quando Emma e eu terminássemos. Então esta era a previsão de Maddy: não havia esperança.

Mas meu coração bobo teria esperança assim mesmo. Ele não sabia ser de outro jeito.

30

Emma

Minha mãe estava destruída.

Tinha cacos de vidro em seu pé. Levei-a até o banheiro e tirei-os com uma pinça, então limpei o ferimento e fiz um curativo.

Parecia que ela não andava dormindo bem. Estava com olheiras e o roupão que vestia estava manchado.

Neil não estava traindo minha mãe nem mentindo para ela. Eu sabia como ele estava ocupado no hospital naqueles últimos dias porque o acompanhei a maior parte do tempo. Mas minha mãe não lidava bem com o abandono – ainda que fosse só uma impressão sua. O que era engraçado, porque foi exatamente a isso que ela me sujeitou durante boa parte da minha vida.

Neil trouxe uma muda de roupa, deixou em cima da bancada e se abaixou para beijar a cabeça dela com delicadeza. Ela se entregou àquele gesto, e imaginei que o caos tinha passado, então tomei aquele momento como minha deixa para ir embora. Saí da mansão e encontrei Maddy esperando por mim, Justin não.

Nos dias que se seguiram, me senti pequena.

Maddy entendeu e deixou que eu tivesse meu espaço. Justin também deixou, mas não pelo mesmo motivo.

Eu não conseguia nem pensar no que tinha acontecido entre nós dois naquela noite. Meu cérebro estava exausto demais para voltar àquele momento. Eu não teria capacidade de enfrentar a situação.

Mandei a mensagem diária obrigatória para cumprir os requisitos do nosso combinado, e ele correspondeu com a mesma energia, em uma única linha.

Nosso quarto encontro estava se aproximando. O último.

Não sei por quê, mas não estava ansiosa. Não que não quisesse vê-lo, eu queria. Só... não sei.

Cinco dias depois do incidente com minha mãe na entrada da garagem, Neil a surpreendeu com uma viagem para o México, tentando recompensar o tempo que passava trabalhando. Eles viajaram no mesmo dia que Maddy voltou para casa para o aniversário de casamento das mães. Então fiquei sozinha.

Plantei as hostas e as arabis que tinha recomendado a Neil. Não plantei a roseira. Não consegui me convencer a deixá-la naquela ilha, onde ninguém a veria ou cuidaria dela, mas também não sabia o que fazer com ela. Não era como as outras plantas que eu tinha deixado para trás. Aquela era importante. Queria que ela fosse amada e protegida. Mas onde?

Eu não parava de pensar na casa de Justin. Lá tudo era amado e protegido. Mas será que *eu* um dia voltaria àquela casa para plantar a roseira lá?

Não aguentava mais pensar nisso. Então deixei a roseira ao pé do cais, no vaso, como se ela estivesse esperando que seu amor voltasse de uma viagem no mar.

Pilotei o barco duas vezes sozinha em uma tempestade terrível só para ir ao trabalho e voltar para casa. Nesse meio-tempo, recebi o resultado do teste de DNA. Abri o e-mail e dei uma olhada. Eu era irlandesa e alemã. E muitas outras coisas, mas essas eram as dominantes. É engraçado porque, quando perguntei isso à minha mãe, ela disse que não sabia.

Era sempre assim com ela. Não recordava, não conseguia lembrar. Como se tudo fosse um segredo, como se meu passado tivesse sido apagado com uma borracha. Ela pegava uma vassoura e varria a areia em nosso rastro para que eu nunca pudesse olhar para trás e ver por onde passei ou de onde vim. Tudo que eu tinha era para onde estava indo, e por isso não conseguia deixar de seguir adiante.

Por uma fração de segundo, pensei em mudar as configurações de privacidade no aplicativo do teste para ver se encontrava alguém da família. Mas na mesma hora decidi não fazer isso. Eu estava me sentindo pequena demais para lidar com aquela questão. Talvez quando Maddy voltasse eu deixasse ela dar uma olhada. Ela poderia selecionar a informação para mim, me dizer se havia alguém por aí que ficaria feliz por saber que eu existia.

Sarah me mandou fotos do cabelo e uma com a amiga, Josie. Algumas de Chelsea e várias de Brad. Acho que era a primeira vez que as crianças da família Dahl tinham um cachorro. Elas estavam muito animadas.

Eu gostava das mensagens. Respondia perguntando de Alex e Chelsea. Mas nunca do irmão mais velho. Era muito estranho mal falar com Justin e manter uma conversa frequente com outra pessoa da mesma casa.

Às vezes as fotos que Sarah mandava tinham traços de Justin. A chave em cima da mesinha de centro. O moletom no braço do sofá.

Eu estava no trabalho, almoçando sozinha, quando ela mandou uma foto de Brad na cozinha. Vi Justin no fundo. Ele estava em frente à pia. Provavelmente lavando a louça. Aparecia de costas, só da cintura para baixo.

Fiquei tanto tempo olhando para aquela foto que nem terminei meu almoço. Acho que analisei cada centímetro. O celular de Justin no bolso de trás, que ele usava para mandar "bom dia" ou "boa noite" genéricos em resposta à minha mensagem obrigatória diária, que dizia a mesma coisa.

Ele estava com a mesma camiseta daquele dia no shopping. Eu sabia que cheiro ela teria. Sabia qual seria a sensação do tecido em minha pele se ele me abraçasse.

Não sei por quê, mas fui obrigada a levar a mão ao coração. Doía olhar para Justin. Ainda que fosse só parte dele.

E o mais estranho era que, embora as crianças fossem o principal motivo pelo qual não queria continuar saindo com ele, eu queria estar lá com elas. Imaginava o que Justin faria para o jantar. Conseguia me ver sentada no sofá assistindo a *Frozen*, atracada no porto seguro, com Chelsea e Brad aninhados ali com a gente. Eu queria conversar com Sarah pessoalmente e ouvir uma das histórias animadas de Alex.

Quando voltei a trabalhar depois do almoço, não estava me sentindo bem.

Fiquei duas horas a mais do que o programado, e estava exausta quando finalmente atraquei o barco. Quando entrei no chalé, me dei conta de que quase não tinha comida. Iria ao mercado no dia seguinte. Eu estava ficando com dor de cabeça e me sentia cansada demais para fazer qualquer coisa que não fosse tirar a roupa e deitar na cama.

Algumas horas depois, o enjoo me acordou.

Tateei a mesinha de cabeceira procurando pelo celular no escuro. 2h42.

Eu me virei de barriga para cima, na esperança de que aquela sensação passasse se eu ficasse quietinha.

Não passou.

Mal consegui chegar ao banheiro.

Eu *detestava* vomitar. Detestava. Devia ser alguma doença que peguei no hospital, ou alguma coisa que comi. Coloquei tudo para fora, segurando o cabelo na nuca.

Quando terminei, enxaguei a boca e escovei os dentes, prendi o cabelo. Então me virei e vomitei mais uma vez.

Às seis da manhã, eu já tinha desistido de tentar voltar para o quarto. A dor de barriga começou logo depois do vômito. Nos breves períodos entre vomitar e me sentar no vaso, eu ficava deitada no tapetinho azul meio úmido em frente à banheira, a cabeça martelando.

Eu queria água.

A cozinha parecia estar a milhões de quilômetros de distância, então me ergui até a pia e bebi a água da torneira. Era horrível. Tinha gosto de ferrugem e cheirava a enxofre.

Na saída o gosto ficou ainda pior.

Vasculhei o armário em busca de alguma coisa, qualquer coisa, mas não havia nada ali que pudesse me ajudar. Curativos, colírio, cortador de unha, xarope, nada que parasse o vômito. Afastei a água oxigenada para o lado e encontrei um antiácido líquido velho. Tinha decantado. A parte de cima parecia uma camada de leite aguado. Chacoalhei e o conteúdo se misturou um pouco, mas ainda parecia estragado. Olhei a data de validade. Vencido em 1994. Fiquei branca, larguei o recipiente e voltei a me deitar no chão.

Liguei para o Royaume e avisei que não iria trabalhar pois estava doente.

Maddy ligou por volta das oito da manhã.

– Oi, só pra saber como você está.

– Oi – resmunguei.

– Está tudo bem? Sua voz está péssima.

Eu me virei de barriga para cima e apoiei o braço na testa.

– Acho que peguei norovírus. Passei a noite vomitando.

– Eca. Diarreia também?

– Sim.

– Aff. Bom, pelo menos passa rápido.

– Espero que sim.

Uma pausa.

– Janet e Beth perguntaram de você.

Fechei os olhos ao sentir mais uma onda de náusea.

– Ah. Manda um oi pra elas.

– Você deveria vir comigo da próxima vez.

Assenti, embora ela não estivesse me vendo.

– Vou. Claro – respondi, me sentando. – Tenho que desligar. Acho que vou vomitar de novo.

Depois de passar os cinco minutos seguintes vomitando, cochilei no piso frio com uma toalha como travesseiro. Quando acordei, era meio-dia. Fazia três horas que Justin tinha mandado uma mensagem de bom-dia. Respondi com "não estou me sentindo muito bem hoje" e um emoji com a cara verde. Ele ligou na hora, mas não atendi.

Eu me levantei e dei um jeito de ir até a cozinha. Minhas pernas estavam bambas. Bebi água filtrada gelada. A água atingiu meu estômago e voltou alguns minutos depois na pia.

Eu não me lembrava de algum dia ter passado tão mal. Meu pijama estava molhado de suor, minhas costelas doíam.

Dei uma olhada na despensa. Estava com fome, mas não tinha sopa ou caldo. Não tinha chá ou biscoitos, ou qualquer coisa que pudesse acalmar meu estômago. Tentei comer uma barrinha de granola que encontrei na bolsa, mas, assim que engoli, percebi que ela iria voltar.

Decidi tentar tomar um banho e acabei sentada na banheira com a água caindo, a cabeça apoiada entre os joelhos.

Se conseguisse parar de ir ao banheiro e vomitar, eu poderia pegar o barco e comprar comida e remédio. Mas só de pensar nisso parecia uma tarefa difícil demais. Eu estava tremendo. Fiquei sentada na água até ela esfriar, então me levantei e fui me arrastando até o quarto, dei um jeito de vestir uma roupa limpa, mas estava exausta demais para pentear o cabelo. Fiquei com a toalha na cabeça.

Eu me deitei na cama com a lixeira do banheiro, e a cólica me obrigou a ficar em posição fetal. Fiquei deitada ali, abraçada na lixeira de plástico, tentando me concentrar em parar de vomitar.

Eu só precisava dormir. Talvez conseguisse parar de vomitar se estivesse dormindo. Mas não conseguia dormir porque vomitava sem parar.

Um alarme de incêndio começou a apitar em algum lugar do chalé, a bateria fraca.

Pi.

Pi.

Eu estava debilitada demais para ir atrás do apito.

Senti ânsia mais uma vez, e segurei a lixeira no colo. Não saiu nada.

Cochilei. Acordei para vomitar. Acordei para correr até o banheiro. Meu estômago estava tão vazio que eu só tinha ânsia. Minha cabeça doía. Minha garganta. Meus ossos. O alarme apitava.

Seis da tarde.

Eu estava com febre. Tremendo e gelada. Meu cabelo ainda estava molhado do banho. A toalha tinha caído e o travesseiro ficou encharcado, cheirando a penas molhadas.

Pi.

Justin passou o dia mandando mensagens e ligou mais uma vez, mas não atendi.

O som do alarme de incêndio invadia meus sonhos. Aquilo me assombrava. Não me deixava voltar a dormir. Como um dedo me cutucando sempre que eu cochilava.

Pi.

Me levando à loucura.

Pi.

Me destruindo.

Pi.

Quando deu meia-noite, comecei a me preocupar com a desidratação. Eu tinha passado o dia inteiro doente. Ia passar logo, não ia? Quem sabe eu me sentisse melhor pela manhã.

Mas não foi isso que aconteceu.

Quando o sol nasceu, eu estava tão fraca que não conseguia nem me levantar para jogar o conteúdo da lixeira fora. A diarreia tinha parado, mas só porque não havia mais nada que pudesse sair. Toda a água que eu tentava tomar voltava pelo mesmo caminho. Fiquei sentada na cama, quente e vermelha, o suor encharcando os lençóis.

O pânico começou a crescer dentro de mim. Eu estava muito, *muito* doente.

E estava sozinha. Naquela ilha. A um milhão de quilômetros da margem e sem perspectiva de que alguém fosse até lá. Estava em um chalé que não tinha endereço. O que eu diria se decidisse pedir ajuda? Procure a roseira? Como a pessoa iria me encontrar, como me levaria até a beira do lago?

Comecei a chorar, mas as lágrimas não saíam.

Onde estava minha mãe? Eu queria minha mãe. Tinha uma vaga lembrança de ter ligado para ela. Caiu na caixa postal. *Sempre* caía na caixa postal.

Pi.

Eu estava tonta. Acordava. Dormia. Tinha 8 anos e minha mãe sumira. A comida tinha acabado e o alarme de incêndio apitava, e eu era pequena demais para alcançá-lo. Não conseguiria arrastar uma escada até lá. Não tinha como pedir ajuda.

Pi.

Ninguém iria aparecer.

Será que é aqui que eu morro? Será que devo desenterrar as cenouras do quintal? Pedras caíram sobre mim em um sonho febril. Gatinhos escorriam por entre meus dedos como geleca, um caminhão e faróis, Justin. O porto seguro. O apito que não me deixava dormir. Fique quietinha. Quietinha. Pequena.

Pi.

Tanta fome. A luz do quarto acesa. Não conseguia me levantar para apagar. Ela gritava em meus olhos, queimava meu cérebro.

É por isso que as pessoas precisam umas das outras. Para apertar um interruptor.

Meu celular tocando. Justin ligando.

Justin...

– Justin, estou muito doente. Não, não chama uma ambulância. Não sei. Não sei. Não consigo.

Silêncio.

Pi.

Nada...

31

Justin

Assim que desliguei o telefone após falar com Emma, saí correndo.

Ela parecia estar mal. Muito mal. A ponto de estar desorientada.

Ela dissera que eu não fizesse isso, mas eu estava prestes a chamar uma ambulância. Só não chamei porque, como era enfermeira, imaginei que ela tivesse ciência do estado em que se encontrava e achasse que não era uma emergência, então menos mal. Mas não gostei *nada* do som de sua voz. Liguei para Brad pedindo que fosse buscar o cachorro, para Leigh pedindo que cuidasse das crianças, deixei Alex no comando até que ela chegasse, e corri para a casa de Neil.

Quando cheguei à mansão, colei o dedo na campainha. Maria abriu.

– Dios mio, mas o que ...

– Você tem a chave do iate? – perguntei rápido.

– Como é? – indagou ela, com uma das mãos na cintura.

– Eu preciso da chave. Emma está muito doente e não pode vir me buscar. Preciso ir ver como ela está.

Ela balançou a cabeça.

– Não tenho a chave. O senhor deixa no cofre...

– E onde ele está?

Ela cruzou os braços.

– E eu lá sei? Ele saiu com a Amber há dois dias. Disse que iriam pra Cancún, mas não sei exatamente onde.

– Não pode ligar para ele?

– Ele disse que ficaria com o celular desligado durante a viagem.

Soltei um palavrão baixinho.

– Ele não tem outro barco? – perguntei. – Uma canoa? Um caiaque?

Ela balançou a cabeça mais uma vez.

Eu me virei e a deixei ali parada. Dei a volta na casa correndo e fui até a praia, onde fiquei andando de um lado para o outro no cais.

O que eu faria? Não podia chamar um Uber para me levar até lá.

Liguei para Emma mais uma vez. Só chamou. Ela não atendeu.

Eu precisava ir até ela. *Precisava.*

Olhei de um lado para o outro, dando uma olhada no que os vizinhos tinham. Quem sabe conhecessem Neil e topassem me emprestar um barco? Uma das docas estava vazia. A outra tinha um avião. Vi um jet ski a duas casas de distância e corri até lá. Bati na porta, na esperança de que os vizinhos de Neil gostassem dele o bastante para me deixar usá-lo. Ninguém abriu.

Voltei até a casa correndo para procurar alguma coisa, qualquer coisa. Foi quando vi. A boia de unicórnio colorida da piscina. Não pensei duas vezes.

Achei um remo decorativo laqueado pendurado na parede em cima do futon da edícula e peguei. Então arrastei o unicórnio pelo rabo até a água, montei em seu pescoço e fui.

Eu avançava tão devagar que doía. Se não fosse a mansão diminuindo atrás de mim, acharia que nem saí do lugar. Nem sabia ao certo para onde ir. Sabia mais ou menos a direção do chalé. Já tinha visto o barco vindo de lá uma meia dúzia de vezes, mas nunca fui até a ilha. Imaginei que, quando estivesse perto o bastante, eu veria o barco, mas vi algo ainda melhor. A roseira que dei para Emma estava na saída do cais. Era como um farol – e eu não estava me aproximando dele. Parecia um pesadelo, daqueles em que a gente está correndo na areia movediça e não consegue ir rápido, não consegue chegar aonde quer.

Eu lutava contra o vento e as ondas, que me empurravam de volta para a margem. O sol raiava implacável. Depois de meia hora, meus braços queimavam de tanto esforço e eu estava exausto, mas só conseguia pensar na voz de Emma ao telefone. Sua voz me deu forças. Eu não podia desistir. Não podia parar de remar. Se a boia estourasse e eu acabasse na água, nadaria até ela mesmo que não fosse a margem mais próxima. Eu iria alcançá-la ou morrer tentando.

Ao chegar perto o bastante, a ilha bloqueou o vento e comecei a avançar mais rápido. Quando finalmente arrastei o unicórnio areia acima, eu estava exausto, queimado de sol e fazia mais de uma hora que estava na água, mas subi os degraus que levavam até a casa correndo, dois de cada vez. A porta da frente estava trancada. Bati, mas ela não atendeu. Dei a volta e bati na janela.

– Emma! Abra a porta!

Nada.

Uma das janelas estava aberta, mas ficava a mais de dois metros de altura. Olhei em volta e vi uma espécie de baú ao lado da mangueira, que empurrei até a janela para conseguir subir.

– Emma!

O som ecoou no banheiro pequeno. Ela não respondeu.

A janela não abria mais que alguns centímetros. Eu não conseguiria entrar por ali. Teria que arrombar a porta da frente.

Isso acabou se revelando muito mais fácil do que eu esperava. O batente estava tão podre que quase desmoronou. Corri pela casa e encontrei Emma no quarto, encolhida na cama com uma lixeira ao seu lado.

O alívio que senti ao vê-la respirando foi surreal.

Eu me agachei ao seu lado.

– Ei – sussurrei, preocupado. – Emma – chamei, sacudindo seu ombro com delicadeza.

Ela acordou e me olhou com os olhos vidrados e vermelhos, e seu rosto se contorceu de alívio.

– Justin...

– Estou aqui – falei. – Vai ficar tudo bem.

Ela estava ardendo em febre.

– O que está acontecendo? O que você tem? – perguntei.

– Não paro de vomitar – respondeu ela, com algum esforço.

– Tá. Certo. Vou buscar água.

Ela balançou a cabeça.

– Nada fica no meu estômago. Já faz 36 horas.

Fiquei em pé ao lado da cama e tentei pensar no que fazer.

– Vou fazer uma ligação, tá? Já volto.

Na sala, liguei para a irmã de Benny, Briana. Ela era médica da emergência do Royaume e morava perto da casa de Benny, a cinco minutos da mansão, no máximo. Se colocasse Emma no barco naquele instante, imaginei que levaria no mínimo meia hora para chegar ao hospital, e ela não estava em condições de sair dali. E quando chegássemos lá, era provável que ficássemos horas na emergência até que ela fosse atendida. Se eu conseguisse trazer alguém até aqui, seria melhor e provavelmente mais rápido.

Briana atendeu. Ela estava em casa e concordou em me encontrar no cais em vinte minutos.

Tirei o saquinho da lixeira a que Emma estava abraçada e coloquei um novo. Coloquei uma toalha gelada em sua testa, peguei a chave do barco e saí.

32

Emma

Tinha um homem estranho no meu quarto.

Pisquei, tentando dissipar a confusão para entender o que via. Eu não reconhecia aquele homem. Cabelo castanho-avermelhado, quase 40 anos, talvez. Ele estava aferindo minha pressão. Uma mulher bonita de cabelo castanho estava em pé ao lado, tirando suprimentos médicos de uma mochila.

Será que eu tinha ligado para a emergência? Não conseguia lembrar.

Eles não pareciam paramédicos. Estavam com roupas normais.

Minha cabeça latejava. Eu me sentia muito desidratada. Meu lábio inferior estava rachado, e encostei a língua seca nele, sem pensar, os olhos percorrendo o quarto e tentando entender o que estava acontecendo.

Justin estava em uma escada trocando a pilha do alarme de incêndio.

Justin. Ele *veio.*

Eu teria chorado se houvesse água em meu corpo para produzir lágrimas.

Ele terminou o que estava fazendo e desceu da escada.

– Quanto tempo até ela começar a melhorar? – perguntou Justin.

– Vai ser bem rápido – respondeu o homem. – Logo ela já deve estar se sentindo melhor.

O homem tirou o aparelho de pressão do meu braço e sorriu para mim.

– Emma? Meu nome é Jacob. Essa é minha esposa, Briana. Somos médicos da emergência. Vou administrar ondansetrona e soro, tudo bem?

Assenti.

Jacob começou a preparar o acesso intravenoso e Briana pegou um estetoscópio e ouviu minha barriga. Checando os sons intestinais, eu sabia, procurando por algum bloqueio. Ela terminou e pendurou o estetoscópio no pescoço.

– Deve ser norovírus. Tem uma cepa terrível circulando.

– Também pode ser Taco Bell – disse Jacob, erguendo a sobrancelha para a esposa, em tom de brincadeira.

Ela arquejou e olhou para ele, rindo.

– Bom, agora vai ter que me levar lá pra jantar. Viu o que você fez?

Ele deu uma risadinha.

– Obrigado por terem vindo – disse Justin, parecendo preocupado.

Briana colocou um torniquete em meu braço.

– Imagina. Pedimos ao Benny e à Jane que cuidassem da Ava. Acho que vamos aproveitar pra dar uma saidinha.

Justin mordeu a lateral do dedo enquanto eles colocavam o acesso intravenoso, e percebi que ele estava muito preocupado. Tipo muito *mesmo*.

Em meia hora comecei a me sentir melhor. Assim que a náusea passou, Briana me deu ibuprofeno para a dor de cabeça. Só depois de duas unidades de soro eles ficaram satisfeitos com meu estado.

– Não se esqueça de se hidratar – disse Jacob, guardando as coisas na mochila. – Comida é menos importante agora. Chá, qualquer coisa com eletrólitos. E muito descanso.

– Ligo amanhã pra saber como ela está – disse Briana. – Ou me liga se precisar de alguma coisa, mas acho que ela vai ficar bem.

Briana se virou para mim.

– Justin disse que você é enfermeira no Royaume. Venha me dar um oi quando voltar ao trabalho. Podemos almoçar juntas.

– Obrigada – falei, rouca. – Não sei o que teria feito se vocês não tivessem vindo.

Ela indicou Justin com a cabeça.

– Agradeça ao Justin. Você está melhor porque *ele* veio.

Ela se virou e parou.

– Ei, por acaso você conhece o dono do chalé?

– Neil?

– Aquele cara é um babaca. Só pra você saber.

Fiquei surpresa.

– Há quanto tempo você trabalha com ele? – perguntei.

– Tempo demais, mas não é disso que estou falando. Ele foi namorado da minha melhor amiga. Durante sete anos. O cara é um imbecil. Fica atenta.

Fechei os olhos com força e soltei um suspiro de cansaço. Meu cérebro estava seco demais para pensar nisso naquele momento.

– Enfim, foi um prazer conhecer você – continuou ela. – Agora meu marido vai me levar pra comer chalupa.

Jacob sorriu para a esposa e abraçou-a pela cintura quando eles saíram do quarto.

– Eu já volto – disse Justin, se virando para acompanhá-los.

– Justin, você deveria ir embora – falei, a voz rouca. – Eu já estou bem, e norovírus é supercontagioso.

– Eu não vou a lugar nenhum – respondeu ele, decidido. – Volto em meia hora. Descanse um pouco.

Foi o que fiz. Assim que eles saíram, peguei no sono de tanta exaustão. Quando acordei, Justin estava ao lado da cama com uma tigela de sopa e um Gatorade.

– Pedi que entregassem comida e mantimentos na mansão, e peguei quando fui levar os dois – disse ele. – Imaginei que uma sopinha de frango e macarrão seria a melhor opção, mas também pedi de carne com cereais, minestrone e uma de grão-de-bico e vegetais que falaram que é boa. Comprei biscoitos, purê de maçã e umas bananas também, e estou preparando um chá.

Ele colocou a comida na mesa de cabeceira enquanto eu me sentava com cuidado, o estômago dolorido gritando.

– Onde estão as crianças? – perguntei.

– Sarah foi passar a semana no chalé da família da Josie. Leigh levou o Alex e a Chelsea para o rancho. Também comprei antidiarreico e antiácido – disse ele. – Você gosta de mel no chá?

Ele esperou pela resposta com a expressão mais doce e aflita que eu já tinha visto. Estava muito preocupado comigo. Dava para ver em cada linha de seu rosto.

Eu devia estar péssima. Não tinha penteado o cabelo e fazia dois dias que vomitava sem parar. Também devia estar cheirando mal, mas estava fraca e cansada demais para fazer alguma coisa a respeito disso.

Mas estava feliz por ele estar ali. Não só porque eu precisava de ajuda, mas porque queria vê-lo. Sua presença era um alento, como a de Maddy, ou da minha mãe quando ela estava cuidando de mim e não o contrário.

Era tão raro que alguém cuidasse de mim.

Era raro que eu permitisse isso.

– Mel? – perguntou ele, de novo.

– Sim, obrigada.

Tomei a sopa e o chá e dormi mais uma vez. Quando acordei, estava escurecendo lá fora.

Eu me enrolei em um cobertor e fui até o corredor. Justin estava no sofá, com o notebook. Provavelmente trabalhando um pouco. Quando me viu, colocou o computador na mesinha de centro.

– Você se levantou.

– Pois é – falei, com um aceno de cabeça. – Preciso ir ao banheiro.

– Quer alguma coisa?

Balancei a cabeça.

– Não. Que horas são?

Ele olhou para o relógio.

– Sete e quinze. Você dormiu algumas horas.

– Você trocou de roupa – falei.

Ele olhou para a camiseta branca.

– Dei um pulo em casa pra buscar umas coisas.

Assenti mais uma vez, cansada demais para continuar falando.

Fui ao banheiro, feliz por estar hidratada o bastante para precisar fazer isso. Justin tinha limpado o cômodo, que estava com um leve cheiro de água sanitária.

Decidi tomar um banho. Minhas pernas estavam bambas, mas eu estava me sentindo nojenta e um pouco constrangida com Justin ali. Quando me olhei no espelho, vi que estava pior do que eu pensava. Eu estava simplesmente péssima. Pálida, com olheiras profundas. Ao tirar a roupa, perdi o equilíbrio e bati na parede.

Um segundo depois Justin bateu na porta.

– Tudo bem aí dentro? Ouvi uma batida.

– Tudo bem – falei, me estabilizando. – Só estou me preparando pra tomar um banho.

– Tá – respondeu ele. Uma pausa. – Precisa de ajuda, ou...

Ouvi o sorrisinho em sua voz.

Ele conseguiu me arrancar uma risada.

– Não, Justin. Acho que consigo me virar.

– Tá bom, tá bom, só estou tentando ser útil.

Ele sempre era gentil comigo, mas aquela foi a primeira vez em quase uma semana que foi brincalhão.

Eu sabia que algo tinha se rompido entre nós naquela noite no gramado da mansão. Era o preço a pagar pela minha honestidade. Eu só não imaginei que seria tão alto ou que eu odiaria tanto ter que pagar por ele.

Por que achei que Justin pudesse querer só sexo? A ideia agora me parecia absurda.

Talvez não pudéssemos ser mais do que éramos. Nossos estilos de vida não combinavam. Mas por que eu quis rebaixar a amizade que havia entre nós?

Porque não sabia não fazer isso.

Não sabia estar com alguém por quem eu tinha sentimentos tão complicados, era algo inédito para mim.

Ele tinha todo o direito de estar chateado.

Quando saí do banho, ele havia trocado minha roupa de cama por uma limpinha. Tinha aberto a janela para arejar o quarto. Havia uma garrafa nova de Gatorade na mesa de cabeceira. Fiquei à porta, vendo-o terminar de colocar a fronha no travesseiro.

Ele olhou por sobre o ombro e me viu ali.

– Ah, oi. Desculpa, tentei terminar antes que você saísse.

– Obrigada.

Eu estava enrolada na toalha. Não consegui vestir a roupa suja para ir até o quarto.

Ele colocou o travesseiro na cama e abriu um sorrisinho. Senti meu rosto vermelho.

Eu estava decidida a ir para a casa dele naquela noite. Senti sua ereção na minha barriga. Mas essa intimidade era diferente, e eu não estava acostumada com ela.

– Como está se sentindo? – perguntou ele.

– Melhor. Ainda cansada.

Ele desviou o olhar, como se não soubesse se deveria me ver seminua.

– Então vou deixar você dormir um pouco – disse.

– Justin.

Ele olhou para mim.

– Oi?

– Por quê? – perguntei baixinho.

– Por que o quê?

– Por que você veio?

– Porque você precisava de mim – respondeu ele, apenas. – Eu venho sempre que você chamar.

Ficamos parados ali olhando um para o outro. Então ele pareceu se dar conta de algo e saiu do quarto, passando por mim.

Eu me vesti e entrei embaixo das cobertas, me sentindo bem pela primeira vez em dias, com roupas limpas, lençóis limpos, o corpo limpo.

Peguei no sono na hora. E, dormindo, sonhei com ele – nós dois em um encontro em um café, passeando com o cachorro, voltando para a casa dele. O tempo todo eu queria dizer alguma coisa para ele, mas não sabia o quê. Abria a boca para falar e não saía nada, e Justin só sorria para mim. Era estranho o quanto o sonho era corriqueiro e o quanto me senti envolvida. Quando acordei, fiquei decepcionada por ter acabado e eu estar de volta à ilha.

Agora estava escuro. Procurei o celular e o encontrei plugado no carregador ao lado de um copo suado por causa da água gelada, que não estava ali quando eu dormi. Eram três da manhã.

Eu me levantei e fui ao banheiro. Então espiei a sala, procurando por Justin. Ele não estava ali. Olhei no quarto de Maddy. Também não.

A decepção me consumiu.

Não sei o que achei que fosse acontecer. Ele tinha as crianças, um cachorro. Tinha um trabalho. Eu não podia esperar que ele ficasse naquela ilha só para passar um tempo comigo. Ele já havia feito mais que o suficiente indo até ali. Mas descobrir que ele tinha ido embora fez alguma coisa comigo.

Senti sua falta.

Eu *vinha sentindo* sua falta, percebi. No trabalho. Em casa. Eu queria vê-lo todos os dias desde o dia no shopping. Nunca deixava de querer. Isso estava abrindo um buraco em mim.

Parei à porta da sala e olhei em volta no escuro. Vi a louça lavada secando no escorredor. Uma tigela cheia de frutas que não estava ali no dia anterior. Fui até a porta da frente. Fechada e trancada, mas o batente estava rachado. Será que ele tinha arrombado a porta? Devia ter arrombado. E como ele chegou à ilha? Neil emprestou o iate? Ele pegou uma carona? Dá para fazer isso em um lago? Havia várias perguntas que eu estivera distraída demais para fazer quando ele estava ali.

Eu teria que esperar e ligar para ele em um horário razoável. Mas algo me disse que se eu ligasse naquele momento e o acordasse, ele não se importaria. Era estranho saber disso. Saber que, se eu precisasse dele, Justin estaria lá, e não ficaria incomodado com a hora. Não... Não só se eu precisasse. Se eu *quisesse*, ele estaria lá. Não precisava ser algo importante. Ele estaria lá qualquer que fosse o motivo. E eu sabia disso.

Respirei fundo e soltei o ar devagar. Então me virei e fui para o quarto – foi quando vi Justin, dormindo no banco da janela.

Um sorriso suave surgiu em meu rosto.

Ele tinha ficado.

Olhei para ele, encolhido naquele banquinho, as pernas compridas dobradas quase até o peito. Coberto pela mantinha do sofá e com uma almofada decorativa como travesseiro. Ele devia estar muito desconfortável.

Por que não dormiu no sofá da sala? Ou até no quarto de Maddy? Por que não foi para casa e dormiu na cama *dele*? Mas eu sabia por quê.

Justin queria ficar perto de mim. Caso eu precisasse dele. E não quis invadir meu espaço dormindo na minha cama sem permissão, e não me acordaria para perguntar. Então ele se espremeu em um parapeito de janela estofado.

Algo aconteceu em meu coração. Uma agitação. Ou uma rachadura. Levei a mão ao peito como se parte de mim pudesse se derramar.

Não sei ao certo por quê, mas eu sabia que nunca esqueceria aquilo. A brisa suave entrando pelas cortinas em volta dele. A curva de seu ombro e o fato de meu quarto não parecer cheio demais, embora a presença de qualquer pessoa que não fosse Maddy sempre parecesse ocupar um espaço excessivo.

Também pensei naquela noite no gramado. Suas mãos deslizando em minhas costelas. Seus lábios em meu pescoço, seu cheiro e seu beijo.

Observei o barulho suave de sua respiração. Seu peito subindo e descendo. E algo em mim o aceitou. Algo em mim se abriu e deixou que ele entrasse. Senti uma agitação dentro de mim que era tão rara que eu podia contar quantas vezes ela acontecera usando apenas uma das mãos.

Justin estava na ilha.

Não na ilha de verdade. Na ilha em minha alma.

Quando me dei conta disso, meus olhos se encheram de lágrimas. Não sabia como encarar essa informação. Ela me assustava, e eu não sabia o que aquilo queria dizer, ou o que deveria fazer agora, ou até que ponto tudo mudaria. Mas de repente nada parecia igual.

Fui até a janela e sacudi seu ombro com delicadeza.

– Justin.

Ele despertou de repente.

– O que aconteceu? Você está bem?

– Eu estou bem. Vem deitar na cama.

Ele olhou para mim como se não conseguisse acreditar no que acabara de ouvir.

– Vem deitar na cama – repeti. – Vamos.

Ele ficou me olhando por mais um tempo. Então foi até a cama.

Quando entrei embaixo das cobertas, eu me aproximei para me aconchegar nele. Justin me abraçou e cobriu meu ombro, como se aquilo fosse a coisa mais normal do mundo, como se já tivéssemos dormido juntos mil vezes. Coloquei a mão em seu peito e fiquei ali deitada, sentindo as batidas ritmadas.

Eu queria dizer o quanto havia sentido sua falta. Que ficava olhando para as fotos que tinham apenas fragmentos dele, que sonhei com ele e como me senti quando ele foi até o chalé.

Não sabia por que era tão difícil dizer o que eu estava sentindo. Talvez porque era difícil *sentir* aquilo.

– Você não foi embora – sussurrei.

– Nunca vou sair de perto de você – respondeu ele, cansado. – Quer dizer, a não ser que você queira. Não sou um babaca.

Dei risada e meu estômago doeu.

Ele me puxou para mais perto e beijou o topo da minha cabeça. E talvez pela primeira vez na vida senti que tinha encontrado meu lugar.

33

Justin

Na manhã seguinte, quando Emma acordou e saiu do quarto, eu estava na cozinha.

– Ei, você se levantou – falei, diante do fogão. – Estou preparando um mingau de aveia – comentei, mexendo a panela. – Imaginei que cairia bem no seu estômago. Quem sabe umas bananas?

Ela se sentou à mesinha.

– Obrigada.

Deixei que meus olhos se demorassem nela por mais tempo do que deveriam. Gostei de sua aparência naquela manhã. Amarrotada e sonolenta como se aquela fosse a manhã seguinte a uma noite que passamos juntos. Quer dizer, nós *tínhamos* passado a noite juntos, mas não como eu queria.

Era provável que isso nunca acontecesse.

Era engraçado o quanto eu queria essas coisas pequenas, normais. Acordar ao lado dela e preparar o café da manhã. Fazer planos para o feriado, perguntar o que ela queria do mercado a caminho de casa e ter uma lista de séries a que um não assiste sem o outro.

Eu não teria essas experiências. Não com ela.

Era uma realidade difícil de aceitar. Eu estava tentando.

Voltei a olhar a panela para que ela não visse a expressão em meu rosto.

– Como está se sentindo? – perguntei.

– Como se tivesse voltado a ser humana.

Arqueei uma sobrancelha para ela.

– Depois de ter sido mordida por um zumbi?

Emma deu uma risadinha.

– Eu estava pensando que poderíamos assistir a um filme ou algo assim – falei. – Se você estiver a fim.

– Você não tem que ir pra casa?

– Não. Quer dizer, a não ser que você queira ficar um pouco sozinha ou...

– Não, não quero – disse ela depressa.

– Tá.

Ela olhou para mim.

– Você... você não está bravo comigo?

Voltei a olhar para o fogão.

– Por que eu estaria bravo com você?

As palavras "por causa do que aconteceu com a gente naquele dia" pairaram no ar.

– Você não tem me mandado muitas mensagens – disse ela.

– Você não tem *me* mandado muitas mensagens. Imaginei que estivesse se sentindo pequena depois do que aconteceu com a Amber e precisasse de um pouco de espaço.

Ela não respondeu.

– Senti sua falta – falei, sem desviar o olhar do mingau de aveia.

Não sei por que me dei ao trabalho. Emma já tinha deixado bem clara sua posição quanto ao nosso relacionamento. Mas, por algum motivo, eu precisava que ela soubesse. Talvez porque ela tivesse a verdade dela, e eu a minha, e eu sentia sua falta e merecia dizer isso em voz alta.

Um silêncio longo e doloroso se impôs entre nós dois.

– Também senti sua falta.

Olhei para ela, o coração saltitando de alegria. Esperei que ela dissesse mais alguma coisa, mas não disse.

Eu tinha percebido algo naquela semana de silêncio quase total. Descobri que, se não tivesse que cuidar das crianças, eu iria mesmo até o fim do mundo atrás dela. Aquela semana longe de Emma cristalizou isso em mim. Eu esperava que, com a distância, fosse mais fácil desistir dela. Mas não foi. Só sentia ainda mais sua falta. Havia algo de desesperador nisso.

Peguei uma tigela para servir o mingau, evitando o silêncio constrangedor. Cortei metade de uma banana, polvilhei o mingau com açúcar mascavo e canela e coloquei à sua frente.

– Você não vai comer? – perguntou ela.

Coloquei a panela vazia na pia e a enchi de água.

– Não, por algum motivo não estou com fome.

Ela cutucou o mingau.

– O que fez esta semana?

– Nada. Cuidei das crianças. Trabalhei.

– Como elas estão?

Parecia estranho ela perguntar. As crianças eram o motivo pelo qual Emma não queria ficar. Ainda assim, gostei que ela se importasse a ponto de querer saber delas.

– Bem – falei. – Estão se adaptando. A escola vai voltar em breve.

– Tem falado com sua mãe?

Peguei o detergente e comecei a esfregar.

– Ela está bem. Mandei pra ela uns desenhos da Chelsea e cartas do Alex e da Sarah.

Minha mãe estava péssima, então eu mantinha as coisas leves quando a via. Contei sobre os dias que passamos no Mall of America e a viagem que Sarah faria com a família de Josie até o chalé no norte do estado.

Não contei que Chelsea agora chorava por causa dela na hora de dormir, ou que Sarah tinha dificuldade de lidar com a situação, ou que Alex já não era mais tão animado. Não contei que meu relacionamento com Emma não daria certo porque minha vida tinha ficado muito complicada.

Acho que a parte mais difícil foi Emma ter admitido que sentia que havia algo entre nós e, mesmo assim, ser obrigado a aceitar que ela não me queria. Que aquilo tudo iria acabar. Ela iria embora. E nós dois ficaríamos com saudade um do outro.

Essa era a tragédia.

– Que bom que você manda coisas pra ela – disse Emma.

– É, eu…

Meu estômago se revirou e parei de falar.

– O que foi? – perguntou ela.

– Nada. Fiquei meio enjoado de repente – falei, endireitando os ombros. – Está tudo bem.

Voltei a lavar a panela. Em seguida, congelei mais uma vez. Fiquei ali parado por um instante, então fechei a torneira e passei correndo por ela a caminho do banheiro.

34

Justin

Quatro horas depois, estávamos na cama dela. Eu abraçado na lixeira do banheiro, nós dois assistindo a um filme. Quando eu começava a vomitar, parávamos o filme até que eu terminasse, e então retomávamos.

Ela acariciou minhas costas e balançou a cabeça.

– Vômito, piolho, duas mulheres bêbadas, o Rei das Privadas. Você sabe mesmo como fazer uma garota se divertir.

– Ei, este encontro foi você quem proporcionou, não eu – resmunguei.

Emma soltou uma risada.

– Se arrepende de não ter ido embora quando eu sugeri? – perguntou ela.

Cuspi na lixeira.

– Não me arrependo de nada. Aliás, eu meio que acho que a gente deveria compartilhar todas as nossas doenças contagiosas.

– *Sério?*

– Sério. O que mais você tem? Alguma coisa sexualmente transmissível? – *Cuspida.* – Seria divertido – falei, erguendo de leve as sobrancelhas.

– Não quero te desiludir, mas agora *você* parece um cara que foi mordido por um zumbi e está prestes a virar um.

– UAU. Vindo da paciente zero essa *doeu.*

– Será que a babaca sou eu?

– Sim, com toda a certeza.

Ela abriu um sorriso e colocou a mão em minha testa, e eu fechei os olhos.

– Pelo menos você está sem febre – disse. – Espero que seja um caso mais leve.

Ela fez carinho no meu rosto com o polegar, e uma parte de mim teria ficado doente de novo só para receber aquele toque.

Tossi na lata de lixo e estraguei o momento.

– Sinto muito por você ter que testemunhar isso – falei, em tom de lamento.

– Nada que eu já não tenha visto, juro. Estou feliz que esteja aqui, onde posso cuidar de você.

Descansei a cabeça no braço que estava apoiado na borda da lixeira. Ela olhou para mim com uma expressão que eu seria capaz de jurar que era de afeto. Ou talvez eu estivesse delirando. Devia ser delírio.

– Acho que vomitei todo o meu esqueleto – falei. – Até minha boca está suando.

– Por favor, não me faça rir. Dói – disse ela.

– Meu Deus, estamos péssimos. Da próxima vez, vamos vomitar na minha casa, tá? – falei. – Lá podemos pedir comida.

– O que você quer pedir? – perguntou ela.

– Aquele gelo saborizado incrível da Sonic.

– Siiiim – disse ela baixinho.

– Sorvete da Cold Stone. E *frozen yogurt* da Yogurt Lab.

– Eu quero costelinha – disse ela. – Costelinhas bem macias cobertas de molho barbecue. E uma batata assada cheia de coisa em cima. E pão. Aquele pão preto da Cheesecake Factory.

– Eu quero pizza da Punch. Te dou todas as bordas.

– Quero comprar comida tailandesa – disse ela. – Tanta comida que o carro vai achar que é uma pessoa no banco da frente e o aviso pra colocar o cinto vai ficar apitando.

– Se eu sobreviver, te levo aonde você quiser.

Ela olhou para mim.

– E se você morrer? Posso ficar com seu cachorro?

– Só se prometer não mudar o nome dele – falei, com uma rispidez fingida.

Ela colocou uma das mãos no peito.

– Prometo ir até o fim em todas as suas vinganças mesquinhas.

Dei uma risadinha irônica e voltei a cuspir na lixeira.

Ela apoiou o queixo nos joelhos.

– Acha que isso conta como um quarto encontro? – perguntou.

Meu humor desabou na hora.

Eu não queria que fosse nosso último encontro.

– Acho que não, né? – falei. – A gente nem está se divertindo.

– A diversão não é bem um pré-requisito – disse ela. – Mas na verdade eu meio que *estou* me divertindo.

Eu também estava. Eu acho. Tirando a questão do vômito.

– Quer dizer, o que faz com que um encontro seja um encontro? – perguntou ela.

– Temos que comer algo juntos – respondi.

– E fazer alguma coisa juntos. Tipo assistir a um filme – acrescentou ela. – Fizemos as duas coisas.

Senti meu maxilar se retesar bem de leve.

– É, acho que sim.

– Então é isso. Foram quatro encontros. Mas você ainda não me beijou – destacou ela.

– Quer um beijo agora?

Ela me acertou com um travesseiro.

Os remédios que eu tinha comprado para ela começaram a fazer efeito. Por volta das seis, consegui comer sem vomitar. Tiramos um cochilo. Acordamos e tomamos sopa. Tomei um banho e, depois de mais um filme, ela se levantou para preparar um chá.

Observei seu quarto enquanto esperava por ela.

Não era bem *seu*. Ela não tinha escolhido a roupa de cama ou os móveis. Nem o abajur na mesa de cabeceira, nem as toalhas, nada.

Eu me perguntei se Emma não cansava de não ter uma casa nem nenhum objeto que não coubesse nas suas duas malas.

Eu me perguntei se ela não se cansava de se despedir.

Eu estava cansado disso. Primeiro meu pai, depois minha mãe. E, dali a algum tempo, Emma.

As despedidas eram minha maldição. Eu as detestava.

Ela voltou e me entregou uma xícara de chá quente. Deixei na mesa de cabeceira para que esfriasse.

Nossos joelhos se tocaram. Estávamos nos tocando bastante.

Talvez o fato de estarmos doentes fizesse com que as pequenas intimidades parecessem menos arriscadas. Não iríamos fazer nada relacionado a sexo enquanto eu estivesse abraçado a uma lixeira de vômito, então que importância tinha nossas coxas se tocarem, ou ela massagear minhas costas, ou deitar a cabeça em meu ombro?

Mas aí comecei a me sentir melhor e não paramos. Talvez não conseguíssemos.

Havia uma energia de "vamos extravasar de uma vez" pairando entre nós. Mas eu não podia extravasar. Uma noite de sexo não faria aquele sentimento ir embora. Só me faria querer mais de tudo que não podia ter, mas eu não conseguia mais parar de tocá-la. Não podia confiar na minha capacidade de recusar o que quer que ela me oferecesse, por mais que fosse temporário. Era tão bom. Então assistimos aos filmes agarradinhos, e eu a abracei enquanto ela dormia, senti seu cheiro e saboreei cada segundo. Mesmo sabendo o quanto isso me custaria quando ela fosse embora.

35

Emma

– Você está roubando – disse Justin, da cozinha.

Arquejei atrás da parede do corredor.

– Não estou, não. Só jogo melhor que você.

– Não pode ficar guardando caixão, esperando que eu vá até você. Não é justo.

– Está dizendo que superei você em estratégia?

Ele soltou um gemido.

Tínhamos encontrado armas de brinquedo no depósito que ficava ao lado da casa e, como tinha voltado a chover, ficamos brincando ali dentro mesmo.

Ele saiu correndo de trás do balcão. Eu me virei para a porta, mirei e atirei bem em seu peito. Justin parou e ficou olhando as balas de espuma ricochetearem e caírem no chão. Então olhou para mim furioso e saiu em disparada. Corri até o quarto, gritando e rindo.

Ele me pegou por trás, me virou, me jogou na cama e prendeu meu corpo embaixo do seu, me segurando pelos pulsos.

– Você está *morto* – falei, me contorcendo. – Eu te matei, foi justo. Aqueles tiros foram fatais.

– Voltei pra assombrar você.

– É mesmo? – perguntei, com um sorrisinho. – Você não me parece uma assombração… – falei, me referindo à ereção que senti em meu quadril.

Ele abriu um sorrisinho irônico, mas não se mexeu. Soltou meus pulsos, entrelaçou os dedos nos meus e me segurou pelas mãos.

Não iria além disso. Era só uma provocação.

A tensão sexual entre nós dois era o elefante na sala.

Ele não me beijava desde aquele dia no gramado.

Quer dizer, nós dois estávamos doentes. O dia anterior tinha sido o primeiro em que nenhum dos dois vomitou. Ficamos só curtindo a presença um do outro, vendo TV e nos hidratando. Aconchegados na cama, conversando e dormindo abraçados.

Houve ereções, olhares longos e toques carinhosos – mas ele não me beijou. E eu não acreditava que Justin fosse fazer isso. Eu também não o beijaria porque foi ele quem rejeitou minhas últimas investidas. Então ficamos rondando um ao outro, com uma tensão tão palpável que seria possível cortá-la com uma tesoura. Não conversamos a respeito e não a reconhecemos em voz alta, porque qual seria o sentido? Eu iria embora. Isso não tinha mudado.

Ainda que *eu* tivesse.

A mudança em mim era confusa. Como se eu estivesse em um território novo e não soubesse como mapeá-lo. Maddy não estava ali, então eu não tinha como falar com ela sobre o que estava sentindo. E não podia conversar com Justin porque não sabia como fazer isso. Era muito complexo e ao mesmo tempo incrivelmente simples.

Eu queria estar perto dele.

Para isso, teria que ficar em Minnesota. Mas essa não era uma opção, porque eu não queria tudo que vinha junto. As crianças, a permanência e o compromisso. Eu não podia encontrá-lo onde ele estava, e ele não podia ir embora. Então ficamos assim. Contornamos a questão, sozinhos na cama, sentindo atração um pelo outro, desejo, mas em um impasse sem resolução à vista.

Seus olhos mergulharam até meus lábios por uma fração de segundo. Então ele soltou minhas mãos e saiu de cima de mim.

Eu me sentei na cama e vi Justin juntar as balas de espuma no corredor, de costas para mim.

Quando terminou, ele as colocou em cima da cômoda, voltou para a cama e se sentou. Colocou a mão perto da minha, e meu dedinho tocou o seu.

– Quando quer que eu vá embora? – perguntou.

A pergunta surgiu do nada. Meu coração despencou.

Ainda não tínhamos falado sobre ele ir para casa. Era como se nós dois quiséssemos fingir que nosso tempo na ilha era infinito e nunca precisaria chegar ao fim.

Não falei nada.

– Emma.

Respondi montando em cima dele. Então o empurrei até que ele se deitasse na cama.

Justin colocou as mãos em minhas coxas e me observou com calma.

– Você pode ficar – falei. – Não precisa ir embora. A não ser que precise buscar as crianças. Ou o Brad.

– Leigh pode ficar com eles. Estão se divertindo. Sarah só volta domingo. Brad está com o xará. Está sendo bem cuidado.

– Não está com saudade dele?

– Eu ficaria com mais saudade de você.

Meu coração acelerou e fui obrigada a desviar o olhar. Então franzi a testa.

– Como você chegou aqui? – perguntei, voltando a encará-lo. – Alguém te deu uma carona?

– Eu vim remando em cima da boia de unicórnio.

Olhei para ele, incrédula.

– Está brincando?

– Nem um pouco.

– Você veio remando – repeti, sem expressão. – Na boia de unicórnio.

Ele colocou uma das mãos atrás da cabeça de um jeito que fez com que seu bíceps parecesse enorme.

– Está impressionada com a força dos meus membros superiores?

– Justin!

Deve ter levado uma eternidade. O vento, as ondas e o…

Ele virou o corpo de lado e me levou junto, enganchando uma das mãos atrás do meu joelho para manter minha perna em volta de seu corpo. Então envolveu minha cintura com o outro braço, me puxou mais para perto, até que sua testa tocasse a minha, e fechou os olhos.

– Eu precisava chegar aqui – disse ele. – Fiz o que tinha que fazer.

Ficamos deitados ali, o ar úmido entre nós. Nossos lábios a centímetros um do outro.

Observei Justin com atenção enquanto ele não estava me olhando. O arco do cupido no topo de seu lábio superior. A barba que tinha começado a crescer. Eu gostava dela. Coloquei a mão em seu rosto para senti-la, e ele abriu um sorrisinho.

– Em que está pensando? – perguntei.

Justin ficou um bom tempo sem responder. Quando falou, fez isso com os olhos fechados.

– Eu só penso em você.

Meu coração bateu forte.

Ele abriu os olhos.

– O que estamos fazendo, Emma?

O tempo parou. Ou eu parei. A realidade virou uma névoa.

Ele estendeu a mão para me tocar com delicadeza. Seu polegar roçou meu rosto, o dele espelhando as emoções do meu.

– Se isso não é magia, então o que é? – perguntou ele. – Como estar sob um feitiço pode ser diferente disso aqui?

Ele olhou em meus olhos, e não consegui desviar o olhar. Era *mesmo* um feitiço. Eu não sabia o que responder, nem como afastá-lo. Não sabia como ficar, nem como ir embora.

Tentei me imaginar vivendo ali, tentei mesmo. Alugar um apartamento. Conseguir uma vaga fixa. Morar no mesmo lugar em todas as estações. Fazer amigos, criar raízes. Mas esses pensamentos me aterrorizavam. *Por quê?* Por que qualquer coisa que fosse fixa me fazia querer *fugir*?

Os irmãos dele eram crianças boas. *Incríveis*. Eu não teria que morar com eles. Não teria que fazer nada que não quisesse, porque Justin não esperaria isso de mim. Eu já tinha passado por coisas tão piores que ficar no mesmo lugar, então por que essa ideia parecia tão assustadora?

Mas eu sabia. Eu *sabia* por quê.

Porque eu *ia* querer morar com eles. Eu *ia* querer que aquelas crianças também fossem minhas.

Ficar significava me apaixonar.

Eu me apaixonaria por aquele lugar. Por Justin *e* pela família dele. E isso era algo que eu não fazia.

Minha impermanência era minha defesa. Eu deixava pessoas e lugares para trás, para que não precisasse jogar. Se não jogasse, não tinha como perder.

Mas se deixasse Justin para trás, eu perderia de qualquer forma.

A ficha estava caindo. Eu tinha sido mais afetada pela minha criação do que estava disposta a admitir. Onde mais eu teria aprendido a viver assim? Com quem mais teria aprendido se não com minha mãe, a mulher que apagou meu passado e estava sempre de mudança? Ela me treinou bem demais.

– Eu não queria implorar – disse ele. – Mas não estou mais nem aí para o meu orgulho. Fica. *Por favor*. Só pra ver o que vai acontecer. Ver como pode ser. Eu aceito qualquer coisa... Alguns meses, algumas semanas, o que você quiser me dar. Me encontra onde estou, porque não posso ir até você. Eu iria se pudesse. Iria atrás de você aonde fosse se pudesse, mas *não posso*. Por favor – repetiu ele. – Fica.

Soltei um suspiro.

Seus olhos imploravam, e ele me atraía como se fosse um ímã. Foi assim desde o momento em que o conheci.

Eu sentia o movimento suave de seu peito pressionado contra o meu. O calor de seu corpo através das nossas roupas. Éramos um universo só nosso. A chuva caía no telhado e o ruído branco nos envolvia. Não havia mais nada além do espaço elétrico daquela cama, naquele quarto, naquela ilha.

A ilha.

A ilha impraticável, desagradável e solitária que eu estava começando a odiar.

Fechei os olhos e encostei o rosto no dele. Senti a súplica em cada centímetro de seu corpo. Havia um desespero na respiração suave que se desenrolava em meu ouvido e na tensão de seus músculos. Eu me afastei e ele ficou perto de mim, como se fosse me beijar.

Eu me perguntei se não seria mais uma de suas provocações, mas vi em seus olhos o momento em que ele desistiu de tentar manter distância. Seus lábios desceram e sua língua tocou a minha, e eu derreti.

Era difícil imaginar que aquele beijo era o mesmo que um dia combinamos, como se não fosse nada. Um item em uma lista que ele colocou em uma planilha.

Tantas coisas na vida existem em um espectro. A verdade. Beijos.

O amor.

É possível amar alguém e ainda assim não estar disposto a abrir mão da vida que levamos por aquela pessoa. E tem também as pessoas que amamos e pelas quais morreríamos. É a mesma emoção, mas em níveis diferentes. Eu vivia no nível mais baixo, seguro. Tirando Maddy, eu mantinha os amigos distantes e os relacionamentos amorosos mais ainda. Nunca me apaixonava por ninguém. Nunca permitia que ninguém se aproximasse o bastante para isso.

Também não permiti que Justin se aproximasse o bastante, mas ele conseguiu assim mesmo. Talvez não tivesse como acontecer de outro jeito. Era aquilo que ele tinha que ser para mim. E agora estávamos em um beijo que era mais que um beijo, e eu não queria que ele beijasse outra pessoa nunca mais.

Eu não queria ser beijada por outra pessoa. Nunca mais.

Como poderia ser melhor que aquilo? Como eu poderia querer tanto alguém?

Tiramos a roupa um do outro bem devagar. Escolhemos as peças a serem removidas como se estivéssemos revelando um santuário sagrado. Exploramos o corpo um do outro.

Era para *isso* que minha pele existia. Para ser tocada como ele me tocava. Para sentir aquilo. Cada uma das minhas terminações nervosas tinha sido feita com esse propósito, e eu só descobri ali, naquele momento. Sentir sua mão forte deslizar até meu peito, seu polegar circulando meu mamilo. Sentir sua respiração em minha clavícula. Eu tinha sido feita para sentir *Justin*.

E ele tinha razão. Era mágico.

Eu me levantei, enrolada em um lençol, para pegar camisinhas do estoque de Maddy em seu quarto, e quando voltei e ele ergueu o cobertor para que eu me deitasse debaixo, a sensação foi a de estar voltando para o meu lugar. O jeito como ele me puxou para perto, quente, macio e duro. A chuva no telhado, os trovões ao fundo.

Nossa respiração foi ficando mais pesada e os beijos, mais intensos.

Ele foi descendo pelas minhas coxas ao tirar minha calcinha. Deu mordiscadas enquanto descia, e depois me puxou em direção à sua boca, deslizando os dedos para dentro de mim, me chupando e me provocando até minhas costas se arquearem e eu derreter sob seu olhar no meio do V que minhas pernas formaram.

Justin me deixou recuperar o fôlego, e eu puxei seu corpo em direção ao meu. Quando ele deslizou para dentro de mim, percebi que nunca tinha me sentido tão próxima de alguém na vida.

Eu sabia, em teoria, que o sexo deveria ser assim. Mas para mim nunca era. Sempre foi superficial, como uma transação.

Aquilo não era uma transação.

Era diferente de tudo que eu já tinha vivido. Eu queria que ele me abraçasse depois. Que acordasse comigo de manhã para comer cereal na cama vendo TV. Queria ver seu pijama na manhã de Natal e descobrir como ele ficava com velas de aniversário iluminando seu rosto e neve no cabelo. Eu queria ficar entrelaçada nele, em todos os seus membros.

Eu queria que aquilo nunca acabasse.

Então comecei a chorar.

Ele parou na mesma hora e saiu de dentro de mim.

– O que aconteceu? – perguntou. – Machuquei você?

Balancei a cabeça.

Não consegui segurar. Comecei a soluçar de tanto chorar e tive que cobrir a boca com a mão.

Ele ficou em pânico.

– Emma, o que eu fiz? A gente pode parar...

– Eu não quero que você pare. Não quero que você pare *nunca mais.*

Ele esperou que eu explicasse, parado sobre mim como um cobertor pesado, aflito e protetor.

Pisquei, olhando para ele, os cílios úmidos.

– Justin, acho que tem alguma coisa errada comigo. Tipo, tem alguma coisa em mim, no meu coração, que não funciona direito.

Ele olhou para mim com delicadeza.

– O que não funciona direito?

Comprimi os lábios, tentando controlar o choro.

– É como se houvesse uma parte de mim que está sempre pequena – sussurrei. – E não sei por que nem o que fazer.

Voltei a chorar e não consegui mais segurar. De repente, eu sentia que estava cheia de rachaduras. Profundas, longas e irregulares. E elas sempre estiveram ali. Eu só tinha aprendido a viver com elas e nem percebi. Eu saltava sobre as rachaduras, construía pequenas pontes e pegava outros caminhos, mas nunca as preenchia. Nunca as *consertava*. Eu nem saberia como fazer isso.

Justin encostou a testa na minha e sussurrou, me acalmando, embora não soubesse por que eu estava chorando. Mas *eu* sabia.

Estava chorando por causa do amor. Porque estava apaixonada.

Cada fibra do meu ser vinha lutando contra aquela paixão. Ela ia contra todos os instintos de sobrevivência que me mantiveram segura durante 28 anos. Minhas defesas lutavam contra o impulso sem que eu percebesse a luta, como nosso sistema imunológico afasta infecções a que a gente nem sabe que foi exposta. E o resto de mim simplesmente seguia em frente, como de costume, planejando a próxima mudança, como sempre fiz, porque esse era o meu normal. O normal era continuar me mudando, sempre ir embora, nunca ficar em um lugar tempo o bastante para que alguém ou alguma coisa tivesse a chance de me fazer desejar essa permanência.

Quantas vezes fiz isso?

Quanto amor eu *perdi*?

Voltei a chorar.

– O que eu posso fazer? – sussurrou Justin.

Ele tirou o cabelo do meu rosto e olhou para mim com tanto carinho que senti uma dor no peito.

– O que foi? – perguntou. – Me diz o que está pensando.

Respirei fundo, trêmula, e tentei me acalmar.

– Me diz – repetiu ele.

Respirei fundo mais uma vez.

– Justin, eu nunca gostei de ninguém como gosto de você. E isso me assusta.

Seus olhos percorreram meu rosto.

– Eu também nunca gostei de ninguém como gosto de você – disse ele. E fez uma pausa. – É mais do que só gostar.

Ficamos olhando um para o outro.

– É mais que só gostar pra mim também – falei baixinho.

Sua expressão se suavizou. Então ele se abaixou e me beijou. E aquele beijo pareceu uma promessa. Uma espécie de juramento, embora eu não soubesse sobre o quê. Só sei que fez com que me sentisse segura. Fez com que me sentisse tranquila e bem.

Alguns minutos depois, quando retomamos de onde tínhamos parado, fui eu quem tomou a iniciativa. Eu queria sua respiração rápida, o gemido no fundo de sua garganta e o suspiro na minha. Queria esquecer. Queria me perder nele a ponto de não conseguir pensar no que me assustava, ou nas rachaduras em meu coração, ou nas coisas que não funcionavam direito em minha alma. Eu sempre me perdia em mim mesma, mas sabia que Justin era a única outra pessoa no mundo em quem eu podia desaparecer.

36

Justin

Alguém bateu na porta do quarto de Emma. Na mesma hora, fomos arrancados da bolha em que tínhamos passado as últimas três horas.

Era Maddy.

– Mas será que alguém pode me explicar o que é *isso*? – perguntou ela à porta, sorrindo para nós.

Saí de cima de Emma, embaixo das cobertas, e ela se levantou, sobressaltada. Por sorte, naquele momento estávamos só nos beijando, mas se Maddy tivesse chegado uma hora antes teria visto um show e tanto.

– Maddy! – exclamou Emma, segurando o lençol na altura do pescoço. – Você voltou cedo.

– É sexta-feira. Voltei exatamente quando disse que voltaria. – Então ela olhou para mim. – E aííí, Justin? – E sorriu como o gato da Alice.

Com o rosto vermelho, acenei.

– Oi.

– Como você veio? – perguntou Emma. – Não ligou pra que eu fosse te buscar.

– Neil me trouxe.

– Eles voltaram? – perguntou ela, surpresa.

– Sim. Nos encontramos no aeroporto. Vim pra casa com eles e tudo, uma carruagem saída diretamente do inferno.

Emma endireitou a coluna.

– Você viu minha mãe? Como ela está?

Maddy deu de ombros.

– Com uma pulseira de diamantes enorme e cheia de paparicos pra cima dele, então eu diria que bem – respondeu ela. Então se virou para mim. – E *você*, está aqui há quanto tempo?

Olhei para Emma.

– Três... Não. Quatro dias?

Maddy assentiu.

– Sei.

– Eu fiquei muito doente – explicou Emma. – Ele veio cuidar de mim, e acabou ficando doente também.

– Passamos o tempo todo vomitando – falei. – Bom, não o tempo *todo*.

Maddy parecia achar a cena divertida.

– Óbvio. Ei, Justin, Neil está esperando no cais caso você queira uma carona de volta. Vimos seu carro em frente à casa. Vai chover sem parar até amanhã, então, caso seu plano seja ir embora hoje, eu escolheria a opção do barco com cobertura.

Olhei para Emma. Eu não queria ir.

O que tinha acabado de acontecer entre nós dois era importante. Era a primeira vez que transávamos, e precisávamos conversar. Eu queria ficar ali, sondar o terreno, saber o que ela achava daquilo tudo.

– É melhor você ir – disse Emma.

Meu sorriso se desfez.

– Tem certeza?

– Se pode pegar um barco com cobertura, é melhor aproveitar.

Foi quando me dei conta de que, se eu ficasse, ela teria que me levar depois, na chuva. Não me importava de me molhar se isso significasse mais algumas horas com ela, mas não queria que Emma conduzisse o barco em uma tempestade.

– É – falei. – Claro. Preciso buscar meu cachorro mesmo. E as crianças.

– Vou pedir ao Neil que espere – disse Maddy, segurando a maçaneta. – E deixar vocês dois se vestirem.

Ela ergueu as sobrancelhas e saiu.

Quando a porta se fechou, Emma não disse nada. Só se levantou e começou a se vestir, então fiz o mesmo.

De vez em quando, eu olhava para ela, procurando por qualquer sinal que indicasse o que as últimas horas tinham significado. Ela não me olhou nenhuma vez.

Vesti a camiseta.

– Foi ótimo, Emma. Gostei muito do tempo que passamos juntos. Quando posso vomitar com você de novo?

Ela deu uma risadinha, fechando o sutiã, ainda sem olhar para mim.

A pergunta verdadeira por trás da piadinha era: quando ela sairia comigo de novo? Ela *sairia* comigo de novo?

Terminei de me vestir e esperei por ela. Quando Emma colocou a regata, dei a volta na cama e a abracei. Dei um cheiro atrás de sua orelha.

– Posso levar você pra jantar esta semana? – sussurrei. – Podemos ir a um restaurante tailandês. Ou comer costelinha e pão preto da Cheesecake Factory...

Ela pareceu ficar tensa.

– Depois a gente combina.

– Também posso trazer comida...

– Justin – rebateu ela, me interrompendo. Então se afastou e olhou para mim. – Eu preciso pensar. Tá?

Analisei seu rosto. Eu sabia que ela gostava de mim, que era mais que só gostar. Mas ela também tinha dito que isso a assustava. Então o que aquilo significava?

Emma olhou para mim.

– Eu queria que você pudesse vir comigo... – disse, tão baixinho que eu mal ouvi.

Fiquei olhando em seus olhos. Tentando decifrar também o significado daquilo.

A buzina de um iate soou lá fora.

– É melhor você ir – disse ela.

– Posso te ligar hoje à noite? – perguntei.

– Eu ligo pra você.

Engoli em seco.

– Tá bom.

E a beijei. Ela retribuiu o beijo, mas as coisas que ela me disse fizeram com que eu me perguntasse se aquele era um beijo de despedida.

Peguei minha mochila e parei à porta a fim de olhar para ela mais uma vez, então me virei e saí. Emma olhou para mim como se fosse, sim, a última vez.

Na volta ao continente, era como se Neil fosse Caronte, o barqueiro do Hades, levando uma alma morta.

Eu disse o que pude a Emma. Fiz tudo ao meu alcance.

Até meu carro parecia estranho no caminho até a casa de Brad para buscar meu cachorro. Durante quatro dias curtos, meu mundo inteiro se resumiu a ela e àquela ilha. Agora não era mais ela. Talvez nunca mais fosse. E era hora de voltar à vida real.

Eu não *queria* a minha vida real.

Dirigi pela cidade para buscar meu cachorro e as crianças, o carro ficando mais barulhento a cada parada. Chelsea estava emburrada e choramingando. Devia estar cansada e com o corpo dolorido. Ela parecia ter passado os quatro dias na garupa de um pônei, o que provavelmente foi o que aconteceu. Estava com as unhas sujas de terra, a pele queimada de sol e precisava tomar um banho.

Embora estivesse grato a Leigh por ficar com ela, eu não tinha certeza de que a oferta valia a pena se era assim que Chelsea voltaria de lá, e me dar conta disso incitou uma nova onda de derrota porque significava uma opção viável a menos.

Alex falava entusiasmado sobre a casa de Leigh, e eu tentei parecer interessado, mas era energia demais para mim, exaustivo.

Cheguei em casa e tinha roupa para lavar, uma caixa de correio cheia de contas e uma lista sem fim de coisas da escola das crianças. Quando terminei de dar banho em Chelsea, já estava na hora de preparar o jantar. Quis pedir alguma coisa, mas aí lembrei que estava de volta ao mundo real e precisava dar uma economizada, o que só piorou meu humor. Eu estava dias atrasado no trabalho, Alex estava me cobrando a compra dos materiais escolares, Brad tinha voltado a se coçar e provavelmente precisava de um banho terapêutico e de mais uma vacina antialérgica, e Sarah ainda não havia voltado do chalé da família de Josie, então o nível de estresse ainda nem estava no pico máximo.

Este era o preço a pagar por aqueles quatro dias. E eu não teria trocado por nada. Bom, talvez trocasse a parte do vômito. Mas não o resto.

Eu queria voltar para a ilha.

Queria fingir ser jovem e desimpedido com uma garota por quem estava apaixonado, em um lugar onde podíamos imaginar que tudo era possível, porque, quanto mais distantes aqueles quatro dias na ilha pareciam, mais eu me dava conta de que não era. E o choque de realidade era preocupante.

Emma jamais poderia me encontrar onde eu estava.

Quem iria querer fazer isso? Por que ela abriria mão de uma carreira bem-sucedida e de viajar o mundo com a melhor amiga por *isto*? Jantares de nuggets congelados, milho com o gosto da lata de onde veio, curativos encharcados no ralo da banheira, e todas essas coisas corriqueiras que agora tomavam conta da minha vida.

Não valia a pena. E eu nem a culpava por isso.

Talvez tenha sido por isso que ela chorou. Emma gostava de mim, mas não queria toda a minha bagagem, então estava dividida. Eu era o cara certo na hora errada.

E talvez ela fosse a garota certa na hora errada para mim também.

Eu não conseguia pensar em uma hora pior da minha vida para viver aquilo.

Às dez da noite, Emma ainda não tinha mandado mensagem, e isso nem me deixou surpreso.

Coloquei Chelsea para dormir e me sentei à escrivaninha do meu quarto para tentar trabalhar um pouco. Uma hora depois, Emma finalmente ligou.

Fiquei alguns segundos encarando o celular. Ela iria terminar tudo. Eu sabia. Eu *sentia*.

Atendi.

– Oi.

– Oi – disse ela, e o tom era de arrependimento.

Apertei a ponte do nariz e me preparei.

– Eu estava pensando se você não queria companhia... – disse ela.

Ergui a cabeça.

– Quê?

– Estou aqui na frente.

Fiquei uns cinco segundos paralisado. Então me levantei de um salto e corri até a janela. Ela estava na calçada, segurando um guarda-chuva, embaixo de um poste de luz. Trouxera também a roseira, que estava aos seus pés. A chuva caía suave, e ela olhava para mim. Coloquei a mão no vidro.

– Vamos tentar – disse ela, ao telefone. – Eu vou ficar.

37

Emma

Acordei com o despertador às cinco e meia da manhã no quarto escuro de Justin.

Ele me puxou para um abraço quentinho e sonolento.

– Não vai.

– Tenho que ir – falei baixinho. – Não quero que as crianças saibam que passei a noite aqui.

Ele soltou um gemido e deu um cheiro no meu pescoço.

Fazia duas semanas que estávamos assim. Eu entrava de fininho depois que as crianças iam dormir e me levantava antes que elas acordassem. Era exaustivo e muito inconveniente.

E valia muito a pena.

Maddy e eu estendemos nosso contrato com o Royaume por mais seis semanas. Maddy disse que teoricamente ainda era minha vez, porque eu só tinha pedido seis semanas e nossos contratos costumavam durar três meses. Então agora ficaríamos aqui até o fim de outubro.

Não conversamos sobre o que aconteceria depois. Eu e Maddy *ou* eu e Justin. Eu estava com um pouco de medo.

Já estava fora demais da minha zona de conforto. Mas pelo menos ainda tinha seis semanas para explorar tudo aquilo.

Enquanto isso, Maddy e eu precisávamos decidir onde moraríamos. Já era setembro e estávamos oficialmente cansadas da ilha. Justin ofereceu o apartamento de graça. Maddy gostou de não precisar gastar com isso, então fizemos as malas e deixamos o chalé, mas o estúdio não tinha mobília e só cabia um colchão de ar, que Maddy e eu tínhamos que dividir – *e* tinha um vaso sanitário gigantesco na janela. Então estávamos procurando outro lugar, mas ainda não tínhamos encontrado nada de que gostássemos.

Minha mãe nem percebeu que fui embora. Mas ela nunca me deu bola quando eu estava lá, então fazia sentido.

Alguma coisa estava começando a mudar dentro de mim no que dizia respeito a ela. Talvez fosse pelo fato de fazer quase quinze anos que eu não passava tanto tempo perto dela, mas eu estava começando a perceber que, embora amasse minha mãe, talvez não gostasse muito dela.

O simples ato de pensar isso parecia errado. Ela era minha mãe. Mas não gostei do que ela fez com Neil naquele dia na garagem. Fiquei com uma má impressão, e, como ela não fez nada para me ver desde aquele dia, essa impressão acabou se enraizando.

Ela nunca respondeu a nenhuma das mensagens que mandei quando estava doente. Não retornou nenhuma ligação. Não procurou saber como eu estava. Até Maria mandou mensagem perguntando.

Olhei para o relógio.

Justin me abraçou mais forte.

– Ficaaaaaa.

– A gente vai se ver mais tarde – falei. – Tenho que ir. Maddy precisa do carro.

Ele foi se virando até ficar meio em cima de mim, a ereção pressionando minha coxa.

– Por que não pega o meu da próxima vez? – perguntou, dando beijinhos na minha clavícula.

– Não posso ficar com seu carro.

– Eu tenho a van – disse ele, as mãos passeando pelo meu corpo. – Alex ainda não dirige, então a van está parada. Vem de Uber da próxima vez e volta com meu carro.

Ele enfiou a mão dentro da minha calcinha e meu maxilar retesou.

– Que horas o Alex acorda pra pegar o ônibus? – sussurrei, jogando a cabeça para trás quando ele mordiscou minha orelha.

– Daqui a 45 minutos...

Tempo suficiente.

– Vou escovar os dentes.

Nós dois nos levantamos e fomos até o banheiro. Justin ficou ali, escovando os dentes, o peito nu definido, a calça azul do pijama com um contorno flagrante na frente que me interessava *bastante*. Sorri com a escova de dentes na boca.

Eu *não* enjoava dele.

Optar por passar a noite com ele em vez de dormir de verdade estava começando a afetar meu trabalho. Eu ia tanto até a casa de Justin que só tinha dormido no estúdio do Rei das Privadas três vezes desde aquela primeira noite.

Ele preparava meu almoço todos os dias – pacotes enormes e caóticos com lanchinhos e sanduíches. E sempre preparava um para Maddy também. Sempre tentava me convencer a ficar para o café da manhã, mas para isso eu teria que comer com as crianças, então nunca ficava. Mas aposto que era bom.

Enxaguei a escova e fixei o olhar na parte da frente da calça dele.

Ele cuspiu.

– Ei, meus olhos estão aqui em cima.

– Ah, não – falei, sem erguer o olhar.

– Já chega. Pra mim deu.

Arquejei.

– O quê? *Por quê?*

Ele olhou para mim fingindo estar bravo.

– Você tem que parar de me tratar como se eu fosse um pedaço de carne. É desumanizante. Estou falando sério.

Caí na gargalhada, e ele se jogou contra mim e me levou de costas até a cama, rindo. Então se deitou em cima de mim e me beijou, o sorriso tão largo que eu senti em meus lábios.

Eu amava aquilo. Tudo.

Amava o fato de ele sempre me fazer rir. Amava que, não importava o que estivéssemos fazendo, era sempre divertido. Amava dormir tão bem quando ele estava ao meu lado, e me sentir segura, cuidada e desejada.

E amava muito, *muito* o sexo.

– Queria poder ficar – falei baixinho.

– Fica. Eu te escondo no meu guarda-roupas.

– Rá.

Ele mordiscou meu lábio.

– Minha namorada secreta. Entra e sai sob o manto da escuridão.

Bufei.

– Isso é só um teste pra ver se dá certo – sussurrei. – Seus irmãos não precisam se apegar a alguém que pode...

Ele se afastou e arqueou a sobrancelha.

– Alguém que pode *o quê*?

Olhei bem para ele.

– Você sabe do que eu estou falando.

– Não sei, não – disse ele, sorrindo. – Porque gosto de você mais do que só gostar, então não importa se as pessoas da sua vida se apegarem a mim. Eu não vou a lugar nenhum. – Ele me prendeu entre seus braços e me deu um beijo no pescoço. – Se você viesse em um horário normal, eu poderia preparar um café da manhã pra você...

Fingi pensar.

– Eu gosto *mesmo* da sua comida.

Ouvimos um choro a alguns quartos de distância. Nós dois ficamos paralisados.

Chelsea.

E ela estava a caminho. O som flutuava pelo corredor.

– Merda – sussurrei.

Ele deitou a cabeça no meu peito em sinal de derrota, então levantou e vasculhou uma gaveta.

Chelsea vinha tendo pesadelos.

– Preciso ir lá ver minha irmã – disse ele, vestindo uma camiseta. Então se abaixou depressa e me deu um selinho. – Não sei quanto tempo vou ficar com ela. Se eu não voltar até você ir embora, a gente se vê à noite.

Ele saiu e fechou a porta. No corredor, ouvi quando pegou a irmã no colo.

– Ei, o que foi, hein? Está tudo bem...

– Quero dormir com vocêêêê – disse ela, choramingando.

– Podemos dormir no seu quarto, pode ser?

O choro aumentou um pouco. Ela queria ficar no quarto da mãe. Devia ser um alento para ela.

Justin tentou convencê-la a voltar com ele para a cama dela, e ela continuou chorando e recusou. O soluço foi ficando cada vez mais alto. Eu me levantei.

Abri a porta e espiei o corredor. Ele a segurava nos braços, acalmando-a e acariciando suas costas.

– Justin? Traz ela pra cá – sussurrei.

Ele se virou e Chelsea me encarou, os olhos cheios de lágrimas. Então estendeu os braços, abrindo e fechando as mãozinhas.

Meu coração *derreteu*.

Fui até lá e peguei-a no colo. Ela deitou a cabeça em meu ombro, respirou fundo, soltou o ar trêmula e se acalmou na mesma hora.

Olhei para Justin com a garotinha em meus braços, e ele sorriu.

Voltamos para o quarto dele e nos deitamos com Chelsea entre nós dois. Justin ficou olhando para mim, a cabeça no travesseiro, enquanto a irmã voltava a pegar no sono.

Uma hora depois, eu estava à mesa do café da manhã, de pijama, na cozinha de Justin, com a família inteira.

Ele estava no fogão, virando fatias de presunto na manteiga e fazendo waffles.

A máquina de waffle apitou, e ele tirou a comida pronta com um garfo e arrumou em um prato, que colocou na frente de Chelsea.

Comecei a cortar o waffle em pequenos pedaços enquanto ele pegava a cafeteira e enchia minha caneca. Ao terminar, ele me deu um beijo no rosto e voltou para a pia.

Ninguém estranhou quando eu desci. Eu apenas me encaixei no caos matinal enquanto o café passava, as crianças se preparavam para ir à escola e alguém abria a porta para que o cachorro saísse. O que fez com que eu me perguntasse por que não fiz isso antes.

Gostei.

Gostei de ver esse outro lado dele – a versão paterna que assinava autorizações da escola, fazia marias-chiquinhas em uma garotinha e preparava o café da manhã de chinelos, moletom e calça de pijama.

– Quem quer suco de laranja? – perguntou Justin.

– Eu – respondeu Alex.

Justin abriu a geladeira.

– Acabou. Vou dar uma olhada na garagem.

Ele desligou o fogão e saiu.

Sarah estava do outro lado da mesa, de olho em mim.

– A gente sabe que você passa a noite aqui.

Congelei com a caneca de café a caminho dos lábios.

– *O quê?*

– A gente ouve vocês rindo.

Alex assentiu, um sorriso enorme no rosto.

– A gente não se importa. Ele fica mais feliz quando você vem – disse ela. – Você deveria ficar sempre que quiser.

Eu ainda estava atordoada quando Justin voltou com uma caixa de suco. Ele a colocou sobre a mesa e voltou para o fogão.

– O que vamos jantar? – perguntou Alex, abrindo a caixa e se servindo.

Justin colocou a frigideira na pia.

– Hum, eu estava pensando em fazer arroz frito com frango... Não sei. Emma, o que você quer?

Hesitei por um segundo apenas.

– Eu gosto de arroz frito – falei.

Ele se virou e sorriu para mim.

Alex virou o copo de suco e enfiou uma garfada de presunto na boca, já se levantando.

– Tenho que ir pra escola – disse, com a boca cheia.

Sarah pendurou a mochila no ombro.

– Pode pintar meu cabelo de novo? – perguntou. – Quando vier hoje à noite?

– Claro – respondi.

Ela sorriu e saiu pela garagem em direção ao ponto de ônibus. Eu me levantei e comecei a tirar os pratos.

Só Chelsea ainda estava à mesa, comendo um pedaço de waffle e se contorcendo como quem quer ir ao banheiro.

– Chels, vai fazer xixi – disse Justin.

A irmã mais nova assentiu, saltou da cadeira e saiu correndo. Coloquei os pratos na pia e, assim que minhas mãos ficaram livres, ele me agarrou e me envolveu em um abraço.

– Enfim, sós – disse.

Dei risada.

– Por cinco segundos – falei.

Ele ergueu meu queixo para me beijar, mas eu recuei.

– Não acha melhor a gente evitar se beijar na frente das crianças? – sussurrei.

– Não estou vendo nenhuma criança... – respondeu ele, sorrindo e se aproximando.

Eu voltei a recuar.

– Você me deu um beijo no rosto mais cedo – falei.

Ele pareceu achar minha preocupação engraçada.

– É bom que eles vejam essas coisas. Era o que eu via quando criança.

– Beijos na cozinha?

– Um relacionamento saudável – disse ele. – Duas pessoas que se amam.

Ele se abaixou para me beijar e dessa vez eu deixei.

Foi um comentário corriqueiro. Não uma declaração importante ou para a qual ele esperasse uma resposta. Apenas uma constatação.

Até então, a gente apenas tinha dito que o que sentíamos era mais que só gostar. Nunca dissemos aquelas palavras.

Eu nunca disse aquelas palavras.

Fazia semanas que estávamos meio que pisando em ovos. Ele estava, na verdade. Acho que Justin sentia que eu não estava preparada para que ele me olhasse nos olhos e dissesse "eu te amo", então deu um jeito de dizer sem dizer.

Ele tinha razão, eu não estava preparada.

Embora o amasse, *sim*.

Como era fácil para ele admitir aquela coisa monumental. Dizer em voz alta sem temer que o universo lhe tirasse tudo, agora que sabia de que ele precisava disso para viver. Era isso que o universo sempre fazia comigo: me tirava as pessoas que eu amava.

Ele continuou me abraçando. Chelsea não deu nenhuma atenção a isso quando voltou para a cadeira a fim de terminar o café da manhã.

– Sarah sabe que eu passo a noite aqui – sussurrei. – Seu irmão também.

Ele arregalou os olhos.

– *Sério?*

– Aham.

– Acha que estamos fazendo barulho? – sussurrou ele.

– Sim. Eles nos ouviram dando risada.

Ele fez uma pausa breve, então caiu na gargalhada.

– Bom, você me deixa muito feliz. Não consigo evitar – disse, e roçou o nariz no meu.

O coração de Justin estava pressionado contra o meu.

Ele olhou em meus olhos, e eu fiquei estudando seu rosto. As ruguinhas que se formavam quando ele sorria. O cabelo bagunçado, as manchinhas douradas em suas íris. Algo sério surgiu em sua expressão enquanto ele me abraçava, e um sentimento avassalador me invadiu.

A sensação era a de que eu poderia ficar naquele momento para sempre. Como se fosse atemporal, porque era absolutamente perfeito. Embora não houvesse nada de perfeito ali. Não no sentido tradicional. Nós dois estávamos de pijama. Não era um encontro sob o luar. Estávamos ao lado de uma pia cheia de louça para lavar e uma máquina de waffles suja. Não tinha nenhuma música tocando ou luz de velas ou pétalas de rosas. Mas *era* perfeito. Eu não mudaria nem um só detalhezinho daquele momento.

Ele colocou a mão em meu rosto.

– Às vezes eu tenho a sensação de que as estações poderiam passar, de que cem, mil anos poderiam passar, de que o chão poderia se abrir sob nossos pés, de que esta casa poderia desmoronar, e nós ainda estaríamos aqui, congelados no tempo, porque cada *segundo* que passo com você é eterno. Nunca senti nada assim.

O ar ficou paralisado em meus pulmões. Aquelas palavras foram tiradas da minha própria cabeça e ditas para mim em voz alta.

Se isso não é magia, então o que é?

Justin não esperou que eu respondesse. Simplesmente se aproximou e me beijou.

38

Emma

Uma semana e meia se passou e eu fiquei na casa de Justin todas as noites desde o dia dos waffles. Justin, as crianças e eu fazíamos tudo juntos. Levei Alex para dirigir e Sarah para a aula de dança, e dobrei as roupas em cima da cama com Justin enquanto assistíamos a um filme. Passei um dia inteiro cuidando das plantas da mãe dele no jardim, algo que o preocupava. No sábado, Justin e eu preparamos o jantar juntos e montamos um buffet de sorvetes para a sobremesa. Nós passeávamos com o cachorro de mãos dadas, e eu ficava na cama vendo Justin trabalhar depois que as crianças iam para a escola.

Acho que só me dei conta do quanto ele era inteligente quando o vi trabalhando. Ele era o líder de engenharia de uma empresa de tecnologia. Quando fazia reuniões com a equipe, era como ver um lado completamente novo dele. Aí Justin tirava o fone, desconectava o computador, vinha para a cama comigo e era todo doce, carinhoso e atencioso.

Eu gostava de cuidar dele e de sua família. Gostava de levar Chelsea à escola quando estava de folga para que Justin pudesse dar uma corrida, e depois passar na Starbucks e levar para ele seu café favorito. Gostava de massagear seus ombros enquanto ele estava no computador e ouvir Sarah falar sobre seu dia. Mas o que eu mais amava era estar lá quando ele acordava. Não ter que esperar por uma mensagem de texto. Vê-lo no instante em que eu abria os olhos.

Plantei a roseira no jardim e também gostei de vê-la ali.

O verão já estava virando outono. Comprei crisântemos para a varanda e estava tirando o último vaso da van quando meu celular tocou. Era Maria.

Por um instante achei que ela tivesse ligado sem querer. Ou quem sabe tivessem entregado alguma coisa para mim na mansão. Atendi.

– Maria...

– Sua mãe enlouqueceu! Você tem quinze minutos pra vir até aqui antes que eu chame a polícia!

Fiquei paralisada.

– O que... O que ela fez?

– Ela está jogando roupas no gramado! O quintal está coberto de roupas, e não vou arrumar isso! – respondeu ela, e gritou alguma coisa em espanhol. – Ela passa dias dormindo, e aí fica acordada uma semana direto, pintando aquele mural ridículo sem parar, a noite toda, ouvindo música no último volume. Ela deixa a porta da frente aberta e a casa inteira está cheia de insetos mortos. E agora isso... Estou *cheia*. Vem buscar sua mãe, senão vou chamar a polícia.

Ela desligou.

Justin estava em uma reunião. Eu não quis interromper e não tinha tempo. Peguei a chave, corri até a garagem e fui até lá, ligando para Maddy no caminho. Quando cheguei à mansão, parei a van de qualquer jeito e corri até o quintal, onde estava Maria, a tempo de ver minha mãe jogar mais uma braçada de roupas por cima do parapeito.

Fiquei boquiaberta.

– MÃE!

Ela me ignorou e voltou para dentro. Logo depois, saiu com mais roupas.

– Mãe, para!

Maria olhou para mim, irritada.

– Pra mim chega. Não sou babá de ninguém. Resolve isso, eu vou embora – disse, e saiu pisando firme.

Corri até a porta que levava à cozinha. Quando cheguei ao andar de cima, minha mãe já tinha conseguido jogar quase todas as roupas de Neil lá fora.

Ela estava voltando para o armário dele, e eu a segurei pelo pulso.

– Mãe! PARA!

Ela se desvencilhou de mim, se virou e se jogou no chão, soluçando.

Olhei em volta, tentando recuperar o fôlego. O quarto estava destruído. Como se tivesse sido atingido por um furacão.

Uma trilha de roupas masculinas ia do closet até as portas de vidro de correr. Cintos, sapatos, gravatas, ternos. Uma mancha roxa escorria na parede e havia uma taça de vinho quebrada logo abaixo, no piso de madeira.

Voltei a olhar para minha mãe, que respirava com dificuldade, as mãos no rosto. Ela estava com um roupão branco manchado. O cabelo estava emaranhado como um ninho de passarinho.

Senti um *frio* na barriga.

Fazia semanas que eu não a via. Ela não fazia esforço nenhum para me encontrar, e eu estava tão ocupada com Justin que decidi não me importar. Mas naquele momento percebi que isso tinha sido um erro.

– Mãe? O que aconteceu? – perguntei. – Fala comigo.

Ela soluçava, ofegante.

– Ele me expulsou.

Olhei para ela, atônita.

– O quê? *Por quê?* O que ele disse?

– Ele disse que talvez seja melhor darmos um tempo – respondeu ela, fazendo aspas com os dedos no ar.

– Vocês brigaram?

– Ele me acusou de roubo.

Fiquei surpresa.

– Ele acusou você de *roubo*?

– Parece que sumiram uns relógios e umas abotoaduras. É aquela empregada. Eu tenho certeza. Ela me odeia, e elas sempre roubam.

Soltei o ar pelo nariz.

Nem por um segundo acreditei que Maria tivesse roubado alguma coisa.

– Mãe... – falei, com cuidado. – Você pegou essas coisas? – perguntei, hesitante.

Mas era preciso.

Ela olhou bem para mim.

– O que é que você quer dizer com isso, Emma? Você acha que *eu* peguei? Por que *eu* pegaria?

– É que...

– Você está de brincadeira? Quer saber? Se veio até aqui falar de merdas que aconteceram há vinte anos, pode ir embora. Estou falando sério. Vai.

– Mãe... Você *pega* as coisas. Desculpa, mas é a verdade.

Ela comprimiu os lábios.

– Por que ele se importa com isso? Ele tem mais dinheiro do que consegue gastar. Pode comprar mais.

Fechei bem os olhos. Ali estava.

– Por que você sempre faz *isso*? – sussurrei.

– *Isso* o quê?

– Estraga tudo quando as coisas estão indo *bem*.

Lembranças me atingiram como farpas. Aquela *mesma* situação, se repetindo várias vezes quando eu era criança. Minha mãe tinha uns rompantes, sempre que as coisas estavam felizes ou estávamos em um lugar estável. Parecia que ela detestava a calmaria, e eu não sabia por quê. Por que ela precisava que fosse sempre assim? Esse *caos*?

Seu queixo começou a tremer e a expressão de indignação se desfez. Ela voltou a ser a garotinha chorona.

Eu não sabia o que exatamente minha mãe tinha. Mas ela *não* estava bem.

Levei a mão à testa e olhei em volta, desanimada, procurando por sinais de seu declínio. Garrafas e taças de vinho vazias, lixo sobre a cômoda, velas queimadas na mesa de cabeceira. Era impossível Neil estar dormindo ali. Se tivesse que adivinhar, diria que ele dormia no quarto de hóspedes quando ia para casa, e que isso já estava acontecendo havia algum tempo. Ele não disse uma única palavra no trabalho. Estava tentando enfrentar a situação.

Fui tomada pela culpa.

Eu não estava por perto. Se estivesse, teria visto que ela estava com dificuldades mais uma vez. Teria feito alguma coisa. Talvez tivesse conseguido poupá-lo.

– Mãe, que horas o Neil vem pra casa? – perguntei.

– Quem é que sabe? – disse ela, fungando. – Ele diz que vem às dez e acaba chegando às duas – continuou, enxugando o rosto com a manga do roupão. – Ele quer me internar, sabia? Disse que pagaria pelo tratamento. Ou eu aceito, ou vou embora. Ele acha que eu preciso de ajuda.

– E você *recusou*? Você precisa de ajuda, *sim*!

– Eu não sou louca, Emma!

– Mas também não está bem! – retruquei. – Olha só pra isso! Olha o que você fez! Precisamos limpar o quarto. Você sabe disso, não sabe? Não pode deixar que ele veja essa bagunça.

– Ele que se foda.

– Mãe! O que você quer? Que a polícia te arraste daqui para fora? Está roubando dele, e isso é dano à propriedade. Esta casa não é sua!

Ela voltou a se jogar no chão e chorar.

Fiquei olhando para ela. Eu estava emocionalmente esgotada.

Maddy tinha razão, eu deveria ter avisado Neil.

Não sabia o que fazer.

Para onde eu a levaria se ele a expulsasse? Aquela era mais uma de suas crises, eu não podia deixá-la sozinha. Ela não podia ficar comigo e com Maddy. Nenhum hospital a internaria, a não ser que ela fosse considerada um risco a si mesma, o que ela jamais admitiria. E ela também recusou a ajuda de Neil. E agora? O que eu poderia fazer?

Levantá-la do chão.

Eu era adulta agora, não uma garotinha de 8 anos de idade. Se eu conseguia fazer isso naquela época, podia fazer agora. Só… levantá-la do chão. Acalmá-la para que ela cooperasse e parasse de piorar as coisas.

– Mãe – falei, tentando manter a voz calma. – Vamos tomar um banho quente, tirar essa roupa. Vou preparar um chá pra você, tá?

Abri a torneira e dei um jeito de colocá-la na banheira. Acendi umas velas, então desci para preparar o chá.

Maria tinha razão sobre a casa.

Apesar das noites que ela passava pintando, segundo Maria, o mural ainda não estava nem na metade. Parecia que minha mãe tinha apagado tudo e começado de novo, mas sem muito cuidado. As ervas que ela comprara semanas antes na feira estavam secas no parapeito da janela. A casa encontrava-se cheia de flores mortas. Vasos e mais vasos.

Enquanto esperava a chaleira esquentar, andei pela casa juntando os vasos. Joguei a água e os buquês murchos fora. Também joguei fora as ervas secas. Então terminei o chá e levei para o andar de cima.

Quando cheguei ao quarto, minha mãe estava mais calma, mas ainda parecia péssima. Seus olhos estavam fundos. Ela estava inchada, como quando bebia demais. Mas o pior de tudo era que seu perfume tinha desaparecido. Eu sentia apenas o cheiro de flores apodrecidas e água parada, e o aroma das velas que ela usava para encobrir todo o resto.

Coloquei a caneca sobre a bandeja da banheira e me recostei na pia.

– Mãe?

Ela ficou olhando para o nada.

– Mãe, você continua fazendo terapia?

Ela não respondeu.

– Quando foi sua última sessão? – perguntei.

– Ontem – respondeu ela, finalmente. – Vênus está retrógrado. Preciso praticar o autocuidado. Opalas talvez ajudem.

– Tá – falei, assentindo. – Mas o que sua terapeuta disse?

– Foi *isso* que minha terapeuta disse.

Fiquei paralisada.

– Por que sua terapeuta falaria sobre Vênus retrógrado? – perguntei, com cautela.

– De que mais ela falaria?

Meu estômago se revirou. *Não...*

– Mãe, você disse que estava fazendo *terapia*. De verdade. Você disse...

– Ela é conselheira espiritual, e me ajudou mais que qualquer médico que já consultei.

Fiquei olhando para ela. Eu nem sabia o que dizer.

Nada tinha mudado.

Era o mesmo ciclo se repetindo. Maddy tinha razão. Maddy *sempre* tinha razão.

Fiquei enjoada.

Minha respiração foi ficando cada vez mais curta.

Precisava ir embora antes que tivesse um ataque de pânico. Eu me levantei e saí do banheiro sem dizer uma palavra.

Parecia que a casa estava girando. Mal consegui descer a escada.

Eu sabia o que aconteceria na sequência. A mesma coisa de sempre: minha mãe iria embora em meio a muito drama. A polícia a levaria se ela não fosse de bom grado, ela faria uma cena, ou eles viriam depois para fazer um boletim de tudo que ela levou ao sair de fininho no meio da noite.

Ou talvez ela não se levantasse mais da cama, e Neil me chamasse para perguntar o que fazer. Eu a tiraria da cama e a levaria até o hospital, ela com opalas nos bolsos, e três dias depois minha mãe daria alta a si mesma contra as recomendações médicas e voltaria a desaparecer.

Eu estava arrasada.

O inevitável ainda não tinha acontecido, mas era questão de tempo. Já havia começado.

Eu me sentia derrotada, burra e péssima por Neil, cujas roupas estavam no gramado, as abotoaduras e os relógios desaparecidos, porque eu não tinha falado para ele o que Maddy recomendou desde o início que eu falasse.

E eu não podia nem chorar. Não tinha tempo para isso. Porque *não* permitiria que Neil voltasse e visse aquela bagunça, uma vez que era *minha* culpa por ter esperança e acreditar quando ela disse que estava melhor. Era minha culpa Amber estar ali.

Eu senti que estava começando a encolher, o corpo se retraindo. A humilhação e a decepção faziam com que eu quisesse me isolar e desaparecer. Eu já sabia que não iria para a casa de Justin naquela noite. Não iria querer ver ninguém, não iria querer socializar ou estar com as crianças. Já seria difícil encontrar Maddy.

Peguei um cesto de roupas e saí, tentando não chorar.

Quando cheguei ao gramado, Maddy estava lá, recolhendo as roupas em sacos de lixo.

– E aí? – disse, fazendo careta para uma cueca do Neil que acabara de pegar em um canto. – Não imaginei que ele usasse cueca vagabunda.

Senti tanto alívio ao vê-la que quase desmoronei ali mesmo.

– Você não precisa fazer isso – falei.

– Eu sei. Mas vou fazer assim mesmo – respondeu ela, enfiando a cueca no saco.

Meu queixo tremeu.

Ela não queria ajudar Amber. Não se importava com o que iria acontecer com a minha mãe. Mas Maddy sabia que aquela bagunça sobraria para mim, porque Neil ficaria magoado se eu não resolvesse aquilo, e isso pesaria demais em mim. Então ela apareceu assim mesmo.

Maddy me olhou, e eu olhei para as pilhas de roupas, o desespero tomando conta de mim.

– Eu queria não me importar – sussurrei.

Maddy viu meu rosto e largou o saco de roupas, veio em minha direção e me abraçou.

Minha melhor amiga era um porto seguro. Como Justin. E eu chorei no cabelo dela.

Quando me recuperei o bastante para sair daquele abraço, ela colocou as mãos em meus ombros.

– Quero que saiba que sua empatia é linda, Emma. Espero que *nunca* perca isso. Mas também espero que um dia consiga estabelecer limites.

Dei uma risadinha, mas ela não sorriu.

– Não pode continuar se importando mais com ela que com você mesma.

Não respondi, e Maddy respirou fundo e me soltou.

– Vamos – disse ela, voltando a pegar o saco. – Vamos recolher as coisas do Neil do gramado.

39

Justin

Recebi a mensagem de Maddy quando estava saindo da reunião. Ela me contou por alto o que tinha acontecido, e eu fui até lá na mesma hora. Nem sabia que Emma havia saído.

Maddy estava sozinha no quintal colocando camisas de botão em um cesto de roupas quando entrei pela lateral da casa de Neil.

Não sei quanta roupa havia no gramado quando ela começou a juntar, mas devia ser muita, porque parecia que um closet inteiro ainda estava ali.

Balancei a cabeça, olhando para a bagunça.

– O que foi que aconteceu?

Ela afastou uma mecha de cabelo caída na testa com as costas da mão.

– A Amber aconteceu. Desculpa por ter chamado você, mas nós duas não vamos conseguir arrumar tudo isso. Amanhã é aniversário da Emma. Se não ajudarmos com isso hoje, ela vai passar a semana inteira pequena, e eu não vou deixar aquela mulher estragar mais um dia importante da vida da filha.

– Claro – falei, olhando para as roupas. – O que eu posso fazer?

Ela me entregou um cesto.

– Leve isso lá pra cima. É o último quarto depois de subir a escada. Emma está no closet.

– Tá bom – respondi, e virei em direção à casa.

– Justin...

Parei e olhei para ela.

– Você sabe o que fazer quando ela fica pequena?

Balancei a cabeça.

– Não.

– Ela vai parecer desconectada e distante. Dá um espaço pra ela, mas não deixa a Emma sozinha. E não importa o que aconteça, *nunca* deixe que ela vá embora.

– Tá...

– Estou falando sério – disse ela. – Mantenha a Emma por perto. Coloca ela em um quarto e pode deixar que ela fique isolada, que durma, só leva comida. Não fala nada enquanto Emma não estiver pronta pra conversar, dá um tempo pra que ela saia dessa. Mas não deixa ela ir embora.

Assenti.

– Tá bom. Por quê?

– Porque ela não vai voltar.

Maddy foi muito direta na resposta, e eu vi que estava falando sério. E me perguntei o que ela tinha visto para chegar àquela conclusão.

Eu me dei conta de que Maddy devia ser uma das únicas pessoas que já tinham cuidado de Emma. Ela devia ser a única pessoa que Emma *permitia* que cuidasse dela.

E agora eu. E eu iria cuidar dela. Como fosse preciso.

Levei o cesto para dentro e encontrei Emma pendurando roupas no closet da suíte principal. Quando ela me viu, seu rosto passou da surpresa ao choro em dois segundos. Larguei o cesto e a envolvi em meus braços, e ela se debulhou em lágrimas.

Um instinto de proteção tomou conta de mim. Eu *detestei* ver aquilo.

Senti o quanto ela estava cansada. Eu me lembrei da minha mãe no dia em que ela foi para a prisão. Uma exaustão emocional. Um cansaço profundo.

Só o amor dói tanto assim. E também foi por amor que eu senti sua dor.

– Como você ficou sabendo? – sussurrou ela.

– Maddy me ligou – falei, apoiando o queixo em sua cabeça.

Ela assentiu junto ao meu peito.

– Obrigada por ter vindo.

– Só estou te encontrando onde você está. Dentro de um closet.

Ela deu uma risadinha, e eu a abracei ainda mais forte.

– E a Amber? – perguntei.

– Está na banheira – respondeu ela, fungando.

– Que horas o Neil chega?

– Liguei para o Royaume. Hector disse que ele vai ficar lá pelo menos até as quatro.

– Tá – falei, me afastando e tirando o cabelo de sua testa. – Então temos tempo. Vamos arrumar tudo, ok? Ele sabe de alguma coisa?

Emma balançou a cabeça, séria.

– Não. Mas a Maria vai contar.

– O que você acha que ele vai fazer?

Ela abraçou a própria cintura.

– Expulsar ela daqui? É o que eles costumam fazer.

Franzi a testa.

– Amber faz isso com frequência?

– Ela faz isso toda vez, Justin – respondeu Emma, e olhou para mim, os olhos tristes. – Não sei o que ela tem.

Seu queixo começou a tremer. Eu a puxei para perto e a abracei mais uma vez.

– Talvez seja melhor ela ir embora – falei baixinho. – Talvez seja melhor pra você.

Emma balançou a cabeça.

– Quando ela está por perto, é assim. Quando não está, fico me preparando pra receber a ligação que vai me dizer que ela fez isso em outro lugar, onde não sei se está segura. – Ela fez uma pausa. – Não existe "melhor" pra mim.

Ficamos ali parados, eu a abraçando e ela respirando fundo em meus braços.

– Temos que nos apressar – disse ela, por fim. – Não quero que o Neil veja nada disso.

Passei a hora seguinte carregando cestos pesados escada acima como uma mula de carga. Quando finalmente juntamos tudo do gramado, nós três atacamos o armário. Quando estávamos mais ou menos na metade, Amber saiu do banheiro se arrastando. Emma tentou convencê-la a ajudar com a arrumação, mas dava mais trabalho fazer com que ela se mexesse do que apenas arrumar tudo, então Emma desistiu.

Era óbvio que Amber estava no meio de um colapso nervoso. Eu sabia que deveria encarar suas ações como Emma as encarava, com empatia, não raiva, mas fiquei irritado assim mesmo, porque tinha quase certeza de que

Amber não fazia nada para tentar se ajudar. Acho que ela permitia que Emma mitigasse os danos, e acho que vinha fazendo isso desde que a filha era criança. Eu conseguia entender por que Maddy a detestava.

Se aquela tinha sido sua infância, Emma nunca pôde ser criança. Ela não podia nem ser uma adulta despreocupada. E eu não sabia como ajudar ou o que dizer a ela. Como eu me sentiria se a *minha* mãe fosse assim? Como não se importar quando alguém que a gente ama está no meio de um colapso nervoso?

Amber parecia uma maldição.

Eu entendia agora por que Emma queria tanto que Amber estivesse realmente se cuidando, e por que Maddy não acreditou nisso e quis que ela fosse embora.

Quem sabe Neil conseguisse convencê-la a aceitar a internação que Emma me contou que ele tinha oferecido. Agora *eu* estava esperançoso. Quem sabe Amber não tivesse os meios ou o apoio necessários para conseguir o tipo de ajuda de que precisava? Caramba, quem sabe Amber fizesse por Neil o que nunca fez pela própria filha e desse um jeito na própria vida? Quem sabe aquele fosse o momento decisivo de sua vida? Se não fosse, quando aquilo tudo teria um fim?

Terminamos antes das três e meia da tarde. Emma penteou o cabelo da mãe e fez uma trança embutida, então a deixou dormindo na cama.

Descemos e encontramos Maria na cozinha.

– Você jogou fora as flores – disse Maria, servindo-se de um copo de suco. – Eu fiquei me perguntando quanto tempo elas ficariam apodrecendo.

Emma parou.

– Se você viu que estavam apodrecendo, por que não jogou?

Maria bufou.

– Porque ela me disse pra não tocar nas coisas dela. Então eu não toco.

– E o que o Neil diz sobre isso? – perguntei.

Ela deu de ombros.

– Se ele quer viver com *lixo* – disse ela, enfatizando a palavra –, não é da minha conta.

Emma ficou olhando para ela por um tempo. Eu não saberia dizer se não defendeu Amber porque estava cansada demais para brigar ou porque concordava com o que Maria dissera sobre sua mãe, mas ela não respondeu.

Eu a levei para fora e, quando chegamos ao quintal, segurei sua mão.

No instante em que saímos e o suplício com Amber chegou ao fim, Emma desmoronou. Era como se ela tivesse concentrado todas as suas forças em arrumar a bagunça – e, quando acabou, não lhe restava mais nada. Percebi que ela estava encolhendo. Eu nunca tinha visto Emma assim antes, mas reconheci na hora. Ela estava quieta e distante. A voz baixa. Quase monocórdica. Fiquei feliz por Maddy ter me preparado para aquilo, porque, do contrário, eu não saberia o que pensar.

Dei uma olhada no relógio.

– Preciso ir buscar a Chelsea. Quer ir comigo ou quer que a Maddy te leve lá em casa pra você se deitar um pouco?

– Acho que preciso ficar em casa hoje – disse ela, cansada. – Vou para o estúdio.

Maddy balançou a cabeça.

– Vai com o Justin. Vou te encontrar amanhã pra gente almoçar e comemorar seu aniversário.

Emma olhou dela para mim sem expressão.

Coloquei o braço em seus ombros.

– Vamos pra casa. Eu preparo o jantar e você pode ficar na cama o resto do dia. A gente assiste a um filme, vai dormir cedo.

Fiquei aliviado quando ela assentiu.

Fomos buscar Chelsea, depois deixei Emma no andar de cima enquanto ajudava Sarah com a tarefa de casa e começava a preparar o jantar. Passei o tempo todo estressado.

Tinha perdido quase um dia inteiro de trabalho. Teria que logar à noite, depois que Emma fosse dormir.

Meu trabalho sempre foi flexível. Eu podia fazer o que quisesse, desde que participasse da reunião pela manhã e cumprisse as horas que esperavam de mim. Mas agora, se não trabalhasse enquanto as crianças estavam na escola, não conseguia fazer nada. Eu acordava às seis e meia da manhã para ajudá-las e preparava um café da manhã quentinho, porque era isso que minha mãe fazia, embora assim tivesse que limpar tudo depois e ficasse com menos tempo para dormir. Levava Chelsea até a creche e trabalhava das nove da manhã às quatro e meia da tarde praticamente sem parar. Então ia buscar Chelsea, ajudava Sarah com as tarefas da escola, fazia as coisas da casa, preparava o jantar, organizava a hora do banho, e o dia ia embora.

Eu não fazia ideia de como pais e mães solo faziam isso. Não tinha tempo para nada, muito menos para mim.

Mas para Emma eu arranjaria tempo. Isso não era uma questão. Eu a encaixaria na rede complicada que era a minha vida. Porque quando estamos apaixonados, fazemos coisas difíceis.

E nada estava fácil naquele momento.

40

Emma

Era meu aniversário.

Acordei me sentindo melhor. Tinha passado o dia anterior pequena, mas estava feliz por ter ido para a casa de Justin.

Ele preparou o jantar depois de ir buscar Chelsea, me serviu um prato e me colocou na cama, e eu vi TV enquanto ele trabalhava na escrivaninha perto da janela com fones com cancelamento de ruído. Fiquei deitada olhando para ele em vez de olhar para a TV. Era um alento. Ter Justin por perto me acalmava. Comecei a sentir meu corpo voltar, como se crescesse de novo aos poucos, até eu quase voltar ao normal.

Não passou despercebido o fato de Maddy ter insistido que eu fosse com ele e não com ela.

Maddy jamais deixaria que outra pessoa cuidasse de mim se não tivesse certeza de que essa pessoa seria capaz. E ele era. Eu detestava que ele tivesse que fazer isso, mas ele era capaz.

Minha mãe não era. Nunca foi. Sempre foi o contrário, e isso nunca esteve mais claro para mim do que naquele momento.

Neil já devia saber o que Amber tinha feito. Será que ele iria ligar pedindo que eu fosse buscá-la? Será que ela estaria no meio-fio com as malas, sem dinheiro ou lugar para onde ir? Ou pior, será que a ligação viria da polícia quando Neil a denunciasse pelas coisas que ela roubou?

Eu detestava pensar nisso no dia do meu aniversário.

Era engraçado, porque me dei conta de que Maddy tinha razão. Minha mãe iria esquecer que era meu aniversário. A única ligação que eu receberia seria porque *ela* precisava de algo.

E Maddy tinha razão a respeito de outra coisa: eu me importava mais com Amber do que comigo mesma. Eu precisava pensar nisso. Precisava analisar aquela situação com a minha mãe. Não gostava do modo como estava vivendo nem da responsabilidade que assumia por ela.

Queria bloqueá-la. Nem que fosse só por aquele dia. Mas isso ia contra tudo que fiz minha vida inteira.

Tudo que eu fazia era esperar por Amber. Esperar que ela voltasse para casa ou que o telefone tocasse. Mas as ligações nunca eram boas. Quase nunca traziam alguma felicidade, qualquer que fosse – na verdade, geralmente era o contrário.

Se eu a bloqueasse, seria como largar um trabalho que eu vinha fazendo sem pausas pelos últimos vinte anos. Se fizesse isso, eu não só a impediria de ligar, mas *me* impediria de saber que ela não tinha ligado – e as duas coisas protegeriam minha paz. E fazia muito, muito tempo que eu não tinha paz. Mas não podia fazer isso. Não podia deixá-la sem ninguém neste mundo.

Ainda que ela fosse capaz de fazer isso comigo.

Então me contentei em colocar o celular no silencioso e me levantei para procurar Justin.

Desci ainda de pijama, seguindo o cheiro de bacon, feliz por estar com um humor que me permitisse comer com a família de Justin. Quando a escada rangeu, Sarah espiou pela porta da cozinha e me viu descendo.

– Ela está vindo! – disse, e voltou correndo para seu lugar.

Entrei no momento exato em que Justin acendia as velas sobre uma pilha de panquecas. Ele estava entre Alex e Sarah.

– Feliz aniversário! – disse Chelsea.

Ela correu e abraçou minhas pernas.

Retribuí o abraço e olhei para a mesa, sorrindo. Ele tinha preparado panquecas de confetes. Uma faixa de FELIZ ANIVERSÁRIO estava pendurada na luminária da cozinha e havia um presente embrulhado em papel colorido e com um laço dourado no meio da mesa.

Eu não esperava aquilo de ninguém que não fosse Maddy.

Ele puxou minha cadeira.

– Para a aniversariante.

Eu não conseguia parar de sorrir.

– Obrigada.

Eu me sentei, e ele empurrou minha cadeira e beijou a lateral da minha cabeça.

– Muito bem, estão prontos? – perguntou, esfregando as mãos uma na outra. – Um, dois...

E eles começaram a cantar "Parabéns pra você". Alex gritava como se fosse um cantor de ópera. Sarah olhou para ele com uma careta, e Chelsea deu umas risadinhas. Justin cantou a segunda metade rindo, e, quando terminou, eu assoprei as velas. Todos celebraram.

Justin colocou um guardanapo da Starbucks ao lado do meu prato e se sentou ao meu lado.

– Espero que goste do que comprei pra você.

– Quer que eu abra agora?

– Presentes! – disse Chelsea, saltitando.

– Abre! Abre! – entoou Alex.

Sarah pareceu irritada com o entusiasmo dos irmãos, mas, pelo jeito como esperava, percebi que também queria ver o que era.

– Tá – falei, colocando a caixa no colo.

– Maddy me ajudou – disse Justin.

– É mesmo?

– É.

Puxei o laço e rasguei o embrulho. Quando abri a tampa, tive que desenterrar o presente do monte de lenço de papel. Arquejei.

Era o Pelucinha.

Ele estava limpo e seu olho tinha sido costurado de volta. O pelo estava escovado e branquinho. O enchimento fora substituído e a crina também. Ele parecia o Pelucinha de antigamente.

Eu o virei nas mãos com delicadeza.

– Como...

– Maddy trouxe escondido pra mim. Faith fez a reforma – respondeu ele.

Passei os dedos no pelo limpo e macio da cabeça do Pelucinha, e meus olhos se encheram de lágrimas.

Ele apontou com a cabeça para minhas mãos.

– Ela tirou um pouco do enchimento antigo e colocou em um coração de tecido, então colocou o coração de volta no peito dele com o enchimento novo.

Abracei o bichinho e olhei para ele.

– Muito obrigada – falei baixinho.

Ele sorriu, se abaixou e me beijou. Alex comemorou e Sarah resmungou algo sobre o quanto aquilo era nojento. Justin e eu sorrimos sem afastar os lábios um do outro.

Justin tirou as velas de cima do meu café da manhã e me serviu um pouco de bacon.

Alex pegou uma panqueca, enrolou como se fosse um burrito e deu uma mordida.

– Tenho que ir pra escola – disse, mastigando com a boca aberta. – Feliz aniversário.

– Obrigada – respondi, sorrindo.

– Feliz aniversário – disse Sarah, saindo atrás dele.

Justin colocou uma panqueca já cortada na frente de Chelsea, derramou um pouco de calda em cima e se sentou ao meu lado.

– É muito fofo, Justin. Obrigada.

Ele ficou me olhando comer uma garfada do café da manhã.

– Gostou?

Assenti, olhando para o prato.

– Por que você é tão bom pra mim? – sussurrei.

– Porque você merece.

– Não mereço, não.

– Merece, sim – disse ele. – Você cuida de todo mundo nesta casa. Leva o Alex pra dirigir, ajuda a Sarah com o dever de casa e dá banho na Chelsea. Você lê histórias pra ela, lava a roupa e me ajuda com a tarefa sem fim que é manter a louça longe do quarto do meu irmão.

Dei uma risadinha, mas ele ficou sério.

– Você merece ser valorizada, Emma.

– Estou meio acostumada a achar que estou pedindo demais quando preciso de alguma coisa. A não ser que eu peça pra Maddy. Minha mãe…

– Você não pede demais – disse ele. – Só estava pedindo pra pessoa errada. Peça pra mim.

Olhei para ele com uma expressão suave.

Ele me beijou mais uma vez, e eu sorri quando ele se levantou para se servir de um pouco de café.

Eu me sentia mesmo valorizada ali. Gostava de ser parte daquela família.

Gostava de receber as fotos divertidas de Sarah e as mensagens de texto sarcásticas e engraçadas que ela mandava durante o dia. Gostava da sensação de que Chelsea precisava de mim, de que por algum motivo ela encontrava algum alento em mim, como se eu fosse o tipo de adulto de que um dia eu mesma precisei e estivesse fazendo a diferença naquele momento em que ela sentia falta da mãe. Gostava da personalidade de Golden Retriever de Alex e do fato de ele estar sempre feliz, não importava o que acontecesse. Mas, principalmente, gostava de ver Justin como o líder daquele bando. Um patriarca caloroso e competente que não sabia o quanto era forte e incrível.

Eles eram muito sortudos por ter Justin.

Eu era muito sortuda por tê-lo.

Ao meio-dia, Maddy apareceu para almoçarmos.

– Feliz aniversário – disse, entrando pela porta de lado com um pacote enorme de presente.

Brad latia e pulava aos seus pés.

Fechei a porta e Justin desceu a escada correndo.

– E aí? – disse ele.

– E aí? – respondeu ela, me entregando o pacote vazio. – Pra você.

Dei risada. Era nossa tradição. Ela sempre me dava só um vale-presente, porque era a única coisa que cabia na minha mala. Podia ser um vale de algum serviço ou um restaurante, e então ela colocava na maior caixa ou pacote que conseguisse encontrar. Teve um ano que usou uma caixa de geladeira que achou atrás de uma loja de eletrodomésticos.

Fomos nos sentar na cozinha. Justin nos serviu chá gelado e se sentou ao meu lado.

– Vocês ficaram sabendo da novidade da Amber e do Neil? – perguntou Maddy, tirando o casaco.

Balancei a cabeça.

– Não.

Justin olhou para mim.

– O que aconteceu? – perguntei.

– Eles terminaram.

– *O quê?*

Ela assentiu.

– É.

– Como você sabe? – perguntou Justin.

– Maria me contou. Liguei pra saber como ela estava hoje de manhã. Ela disse que o Neil chegou em casa ontem e ela contou tudo que aconteceu. Ele viu a filmagem da cena toda, e *mesmo assim* não expulsou a Amber. Acho que ele caiu na real, disse que iria ajudar a pagar qualquer que fosse o tratamento de que ela precisasse, e a Amber ficou toda emputecida e recusou. Aí ele disse que se ela não aceitasse se tratar, não podia mais ficar lá.

Eu me recostei na cadeira, me sentindo derrotada. Não sei por que isso me surpreendia. Na verdade, não surpreendeu.

Balancei a cabeça.

– Ela não precisa pagar aluguel, não precisa trabalhar – falei. – Ele se ofereceu pra cuidar de tudo. Eu não entendo. Nunca mais vai ser tão fácil pra ela conseguir ajuda.

– Não tem como ajudar alguém que não quer ser ajudado – disse Justin.

– Neil deu uma semana pra ela achar um lugar pra morar – disse Maddy. – Ele vai pagar o caução em um apartamento se ela quiser. Maria está em êxtase.

Peguei um guardanapo do Wendy em cima da mesa e dobrei ao meio. Então dobrei ao meio mais uma vez.

Eu já sabia o que aconteceria na sequência.

Amber ia sumir.

Fechei bem os olhos e apoiei a testa nas mãos. Aquela montanha-russa não tinha fim.

Parte de mim estava aliviada por ela ir embora. A outra parte tinha medo do que aconteceria depois disso.

Por quanto tempo minha mãe viveria assim? Quanto tempo levaria até suas opções se esgotarem e ela ficar velha demais para pular de um homem a outro e de um trabalho a outro? O que aconteceria se ela se machucasse ou desenvolvesse uma doença séria, ou se os jogos que ela usava para manipular as pessoas parassem de funcionar?

Ela iria cair de paraquedas no *meu* colo.

Passei a vida inteira esperando que Amber voltasse. E, quando isso finalmente acontecesse, não seria por mim. Seria por falta de opção. Seria por *ela mesma*.

Amber se recusava a fazer terapia. A aceitar ajuda, mesmo que outra pessoa pagasse e lhe desse de bandeja.

O ressentimento tomou conta do meu peito. Acho que nunca ficou tão claro para mim antes que minha mãe era responsável por suas próprias circunstâncias. Eu sempre arranjava uma desculpa para ela. Sempre a defendia. Ela tinha o nome sujo, não tinha apoio nenhum, não tinha dinheiro, não tinha ajuda.

Mas dessa vez ela *tinha*. E não *quis*.

– Você recebeu o resultado daquele exame de DNA? – perguntou Maddy, invadindo meus pensamentos.

– Recebi – respondi, triste.

– Recebeu? E o que dizia?

Funguei e voltei a me recostar na cadeira.

– Sou irlandesa e alemã. Um pouquinho de um monte de coisas.

– E família?

– Não olhei – respondi.

– Quer fazer isso? – perguntou ela.

Justin olhou para mim.

Dei de ombros.

– Não sei.

Maddy se aproximou.

– É seu aniversário. Eu diria que é um *ótimo* dia pra deixar que as pessoas saibam que você existe.

– Minha mãe sempre falou que ninguém me queria.

– Ah, é? – disse Maddy. – Sua mãe também mente muito.

Deixei escapar uma risada irônica. Então olhei para Justin.

– O que você acha?

– Acho que é uma decisão e tanto – respondeu ele. – Não tem como desfazer depois. É possível que cause problemas pra alguém.

Senti um "mas".

– Mas?

– Mas já se passaram 29 anos... Quase trinta, na verdade, se contar os nove meses de gravidez. Se ela estava saindo com um cara casado, pode ser que ele tenha se divorciado, ou que um deles ou os dois tenham morrido. É um erro antigo. Aconteceu há muito tempo.

– Mas minha mãe diz que ele não queria ter filhos.

– Você não é nenhuma criança – disse Justin. – Não precisa que ninguém te crie. Não precisa de dinheiro. Acho que muitas pessoas que não querem filhos rejeitam a responsabilidade. Você não é responsabilidade de ninguém a essa altura.

Assenti.

– Verdade.

– Acho que vale a pena saber se você tem irmãos ou primos. Descobrir de onde você vem – disse ele. – Não consigo imaginar não saber quem era meu pai. E o histórico de saúde também é importante. E se tiver alguma coisa hereditária que você devesse saber?

Olhei para Maddy. Ela assentiu.

Em qualquer outro dia, acho que eu não teria coragem. Se não estivesse tão exausta por causa do colapso da minha mãe, talvez eu tivesse mais espaço mental disponível para pensar demais e desistir. Mas naquele dia eu não tinha.

Respirei fundo.

– Tá bom. Vou fazer.

Maddy bateu palmas.

– Vamos usar meu computador – disse Justin. – O monitor é grande o bastante pra nós três vermos.

– Boa ideia – disse Maddy, levantando-se.

Subimos até o quarto de Justin, abrimos o site e fizemos login. Primeiro eu mostrei minha ancestralidade. Então dei uma vasculhada e encontrei a aba que estávamos procurando, que dizia "Encontre seus familiares".

Deixei que meu dedo pairasse sobre o botão por um tempo. Então cliquei e a página começou a carregar.

Achei que os resultados seriam mais instantâneos. A maioria das páginas não leva mais que um segundo para carregar, mas aquela demorou quase cinco minutos. Alguma façanha incrível devia estar acontecendo.

Minha ansiedade começou a me atormentar.

Aquele tempo extra estava me fazendo repensar minha decisão. Eu estava prestes a fazer uma piada sobre o site não conseguir encontrar meus familiares quando a página terminou de carregar e os resultados finalmente apareceram. Meus olhos logo pousaram em duas palavras, nítidas e em negrito.

Amber Grant.

– Ah – falei, surpresa. – Ela também fez o teste.

Que estranho. Ela sempre me disse que não sabia qual era a nossa etnia.

Procurei o próximo resultado. Um iconezinho redondo roxo com as iniciais DG e, ao lado: Daniel Grant.

Embaixo: Meio-irmão, por parte de mãe.

Maddy e Justin se aproximaram por sobre meu ombro, lendo aquelas palavras ao mesmo tempo que eu.

Um meio-irmão. Por parte de mãe?

– Como eu posso ter um irmão por parte de mãe? – perguntei, piscando diante da tela. – Ela nunca teve outro filho.

Cliquei no nome e a data de nascimento dele apareceu. Meu estômago se revirou.

– Quantos anos a Amber tem? – perguntou Justin.

– 47.

– De acordo com o ano em que ele nasceu, ela só tinha 15 anos – comentou Justin.

– Tá – falei, umedecendo os lábios. – Tá, então ela teve um filho e abriu mão dele.

– Mas por que ela nunca te contou? – perguntou Maddy.

– Talvez fosse muito doloroso e ela não gostasse de se lembrar? Pode ter sido uma adoção fechada? – questionei.

Maddy balançou a cabeça.

– Mas então por que ele tem seu sobrenome? Quer dizer, isso é estranho, né?

– Ele pode ter sido adotado por alguém da família – disse Justin.

Foi a minha vez de balançar a cabeça.

– Eu não tenho família. Amber é filha única e meus avós morreram muito jovens. Ela não tinha primos, nem tias, tios, nada.

Saí do perfil de Daniel e, como se o site estivesse respondendo ao que eu acabara de dizer, uma lista de nomes apareceu embaixo do nome do meu meio-irmão.

Justine Copeland.
Tia, por parte de mãe.

Andrea Beaudry.
Tia, por parte de mãe.

Liz Beaudry.
Prima de primeiro grau, por parte de mãe.

Josh Copeland.
Primo de primeiro grau, por parte de mãe.

A cada nome, meu coração batia mais rápido.

– O que está acontecendo? – perguntei baixinho.

Maddy olhou para mim e eu vi em seus olhos.

– Vou mandar mensagem pra ele – falei, voltando a clicar no nome de Daniel.

Comecei a digitar, mas, antes mesmo que eu clicasse em enviar, uma mensagem de Daniel chegou primeiro. Cinco palavras que meu cérebro gravou na memória para sempre.

Você é filha da Amber?

Minhas mãos tremiam quando digitei "Sim".

A mensagem seguinte dizia "Por favor, me ligue", com um número de telefone.

– Daniel quer que eu ligue pra ele – falei, olhando para Justin e para Maddy.

Maddy apontou freneticamente para o meu celular.

– Então liga!

Meu coração parecia estar batendo nos meus ouvidos. Eu não queria ligar para ele, porque de repente fiquei com medo do que ele poderia dizer.

– Emma. *Liga* – disse Maddy.

Olhei para Justin. Ele estava mordendo o canto do dedo. Justin assentiu discretamente. Liguei.

– Alô? – disse uma voz masculina do outro lado da linha.

– Oi – falei. – É... É a Emma.

– Não acredito nisso. Eu... estou sem palavras. Você é minha *irmã* – disse ele, espantado. – Você tem irmãos? Eu tenho mais irmãos?

– Não, só eu.

– Você acabou de descobrir quem é nossa mãe? Quem adotou você? – perguntou ele.

Balancei a cabeça, como se ele pudesse me ver.

– Ninguém. Amber me criou.

Uma pausa longa.

– Ela criou você – repetiu ele, como se não acreditasse.

– Sim. Quem criou você? – perguntei.

– Meus avós. Ela nunca falou de você. Nem uma palavra...

– Espera. Você já falou com ela?

– É claro que já falei com ela. Amber vinha pra cá umas duas vezes por ano.

Eu nunca tinha sentido o sangue se esvair do meu rosto antes. Mas senti naquele momento.

– Como assim ela... – Engoli em seco. – Você disse que foi criado pelos seus avós? Por parte de pai?

– Não, os pais da Amber. Eu nasci quando ela tinha 15 anos, e três anos depois ela foi embora.

– Mas... ela disse que os pais dela morreram antes de eu nascer. Como eles criaram você? – falei.

O silêncio que se seguiu pareceu espesso como uma seiva.

– Nossos avós morreram quando eu tinha 23 anos – disse Daniel. – Há oito anos.

Comecei a respirar com dificuldade. Senti a mão de Justin apertar meu ombro.

Vivos. Eles estavam vivos até oito anos atrás... Meus avós estavam vivos até os meus *20 anos*.

Tudo estava acontecendo rápido demais. Eu não conseguia compreender o que ouvia. Mas uma palavra ressoava em meu cérebro.

Mentiras. Amber mentia para mim.

Tantas mentiras. Não dava nem para contar.

Eu tinha um *irmão*. Um irmão que ela via, com quem falava. Pais que ela visitava. Irmãs. Sobrinhas e sobrinhos. E ela escondeu todos eles de mim.

Ela *me* escondeu *deles*...

– Estou vendo Justine, Andrea, Liz e Josh. Tem mais alguém na nossa família? – perguntei, quase esperando que a resposta fosse não. Que a decepção parasse por aí. Que não houvesse mais nada.

Mas havia.

– Várias pessoas – respondeu Daniel. – A tia Justine tem sete filhos e um monte de netos, a tia Andrea tem cinco. Nossa prima Liz mora aqui na minha rua. Eu tenho uma filha, Victoria. Ela tem 2 anos.

Fiquei sentada, ouvindo enquanto ele listava a família que eu não deveria ter. Os sobrinhos da minha mãe, irmãs que ela nem me disse que existiam.

Fiquei em choque. Como se estivesse flutuando fora do meu corpo, assistindo à cena de cima.

Maddy apontou com a cabeça para o celular.

– Onde ele mora? – sussurrou.

Pigarreei.

– Onde você mora? – perguntei, e minha voz quase não saiu.

– Em Minnesota. Wakan.

Repeti as palavras em voz alta.

– Fica a duas horas daqui – disse Justin.

– Eu também estou em Minnesota – falei. – Em Mineápolis.

– Podemos nos conhecer? – perguntou ele.

– Quando?

– Quando você puder. Pode até ser hoje.

Afastei o celular dos lábios.

– Ele quer me conhecer. Hoje.

Maddy já estava de pé.

– Posso levar meu namorado e minha melhor amiga? – perguntei.

– Claro. Eu vou estar com a minha esposa, Alexis.

Trocamos informações, e meia hora depois estávamos a caminho.

Aquilo parecia um delírio.

No carro, tentei repetir tudo que Daniel dissera. Minha mente tentava compreender aquelas informações novas, e eu tentava encontrar alguma explicação que justificasse aquilo tudo. Quem sabe eles fossem pessoas horríveis. Quem sabe meus avós fossem abusivos. Quem sabe minha mãe estivesse tentando me proteger, por isso nunca me contou.

Por mais terrível que isso pudesse parecer, eu queria que fosse verdade. Mas, se fosse verdade, se eles fossem pessoas horríveis, por que deixar Daniel lá? Por que visitá-los?

Eu não conseguia entender.

Justin dirigiu a maior parte do caminho em silêncio, e Maddy não me perguntou nada. Como se os dois soubessem que eu estava sobrecarregada e que, se insistissem, iria começar a encolher.

Meu instinto de sobrevivência queria que eu corresse. Queria que me encolhesse, me retirasse e nunca mais falasse sobre aquilo. Mas algo me dizia que eu precisava descobrir a verdade.

A cidade a que chegamos era pitoresca. Havia prédios de tijolos vermelhos com cestos de flores pendurados nos postes de luz, sorveterias e lojas de doces na rua principal, e placas anunciando um concurso de esculturas de abóboras penduradas na vitrine do café e da mercearia familiar. Eu só conseguia pensar que aquele não parecia um lugar ruim para passar a infância. Não parecia ser um lugar de onde eu precisaria ser salva.

Chegamos a uma casa verde antiga, cercada por uma varanda decorada com vasos de crisântemos.

Justin parou o carro e eu olhei para a casa pelo para-brisa.

– Quer dizer que foi aqui que o Daniel cresceu? – perguntou Maddy.

Ela estava pensando o mesmo que eu, que aquele não parecia ser um lugar que alguém precisasse esconder.

Saímos do carro, e um homem e uma mulher saíram pela porta da frente. Ela tinha cabelos ruivos na altura dos ombros e estava com um bebê no colo. Eu reconheci meu irmão na hora, porque ele era igualzinho a mim. Era parecido com nossa mãe.

Nós dois paramos e ficamos olhando um para o outro, incrédulos. Como se nenhum dos dois acreditasse que aquilo era real.

A esposa dele deve ter percebido que paralisamos, porque interveio:

– Emma, eu me chamo Alexis, sou esposa do Daniel. Essa é nossa filha, Victoria. Sua sobrinha.

A palavra "sobrinha" fez um nó se formar em minha garganta.

Maddy entrou na minha frente.

– Eu me chamo Maddy, e esse é Justin.

Justin piscou, olhando para Alexis.

– Eu te conheço. Você é amiga da Briana.

Alexis pareceu se lembrar dele assim que ouviu isso.

– Sim. Que bom ver você.

Daniel e eu ainda estávamos nos encarando. Como se estivéssemos nos vendo em um espelho bizarro. Mesmo com pais diferentes, não importava. Nós dois claramente descendíamos de Amber.

– Eu... Eu não sei o que dizer – falei. – Estou...

Daniel pareceu sair do transe.

– Vamos entrar. Podemos conversar lá dentro.

Entramos na casa e dei uma olhada em volta. Eu nunca tinha estado naquele lugar, mas havia algo familiar ali. Como se eu já tivesse visto pedacinhos dele através da minha mãe, embora não soubesse na época.

Rosas.

A casa era *cheia* de rosas. Meu irmão tinha rosas tatuadas nos braços. O vitral da escada era emoldurado por rosas vermelhas. No centro do desenho havia uma garotinha de vestido cor-de-rosa segurando uma libélula na palma da mão. O corrimão tinha rosas esculpidas.

Foi *ali* que minha mãe se inspirou para fazer o mural da casa de Neil.

– Esta é a casa da família – disse Daniel. – Seis gerações moraram aqui. Ela foi construída por nosso tataravô. Nossos avós, na verdade, deixaram a casa pra Amber.

Virei a cabeça para ele de repente.

– Os pais dela deixaram uma *casa* pra ela?

– Deixaram. Eu administrei uma pousada aqui durante quase seis anos. Comprei dela há três anos.

– Você comprou a casa dela? – falei, atônita.

Amber tinha uma casa?

– Por quanto? – perguntei.

– Quinhentos mil.

Fiquei pálida.

– Meio milhão de dólares… – falei baixinho.

Olhei para Maddy, que conversou comigo em silêncio. Beth e Janet pagaram pela minha faculdade de enfermagem. Elas nunca receberam um único centavo de Amber.

Essa informação acabou comigo. Penetrou minhas entranhas.

Então foi por isso que eu mal tive notícias dela naqueles últimos três anos? Porque ela não precisava de dinheiro?

Onde estava o dinheiro agora? Será que tinha acabado?

Mas era óbvio que sim. Por isso ela me procurou. Por isso se agarrou em Neil.

Por isso roubou os relógios e as abotoaduras dele.

Fiquei tonta. Tive que me segurar no corrimão para não cambalear. Justin percebeu e se aproximou de mim, segurando meu cotovelo com delicadeza. Eu ia vomitar.

Estava prestes a perguntar onde era o banheiro quando um homem entrou com tudo pela porta da frente. Ele parou e ficou olhando para mim.

– Puta que pariu… – disse, e colocou as mãos na cabeça. – Puta que… Elas são iguaizinhas. É como se eu estivesse vendo a Amber, vinte anos mais nova.

Daniel pigarreou.

– Esse é Doug, meu melhor amigo.

– Merda, desculpa – disse Doug.

Ele estendeu a mão e eu a apertei sem vontade. Ele se apresentou para Justin e Maddy.

Alexis ficou me observando. Então se virou para Doug.

– Doug, acho melhor a gente conversar depois. Eles devem estar sobrecarregados.

– Merda, certo – disse ele. – Isso. Me liguem. Me liguem quando quiserem que eu volte.

Ele foi saindo de costas, olhando para mim como se eu fosse um fantasma.

Olhei ao redor. Havia fotos em preto e branco nas paredes. As pessoas tinham meu rosto. Meus olhos. Meu nariz.

– É ela aqui? – perguntei.

Daniel assentiu.

Havia uma foto de Amber ao pé da escada. Eu nunca tinha visto uma foto dela quando criança. Só soube quem era porque ela se parecia comigo. Devia ter uns 12, talvez 13 anos. Estava sentada na caçamba de uma caminhonete antiga com várias outras crianças em um drive-in. Com aquele sorriso de quando estava tudo bem.

– O que ela fazia quando vinha pra cá? – perguntei, me virando para meu irmão.

Daniel balançou a cabeça.

– Dava trabalho pro vovô? Tirava dinheiro da vovó? Ia pra farra? Nunca era bom quando ela vinha.

– Você tem fotos dos seus avós? – perguntei. – Dos nossos avós? – me corrigi.

– Tenho, várias. Vem comigo.

Fomos até uma sala e me sentei em um sofá. Maddy e Justin se sentaram em duas poltronas, e Alexis se acomodou ao lado de Daniel, que colocou um álbum em cima da mesa de centro.

Ele abriu o álbum.

– Estes são William e Linda.

Ele foi virando as páginas e me mostrando fotos de duas pessoas de olhar gentil.

Um idoso cuidando de uma churrasqueira com um avental. Uma mulher de meia-idade segurando um garotinho que não devia ser mais velho que Chelsea. O garotinho sorria, e ela o segurava no colo, abraçada nele. Daniel.

Fotos dos dois ao lado de um Daniel de 18 anos na formatura do colégio. Festas de aniversário, Daniel apagando velas. Fantasias caseiras de Halloween, e William em um bar cantando um bingo. Linda segurando uma torta que fez no Natal, uma árvore enfeitada atrás dela, naquela sala onde estávamos.

Eles pareciam carinhosos. Amigáveis.

Engoli em seco.

– Você teve uma infância feliz? – perguntei.

– Tive – respondeu Daniel. – Foi uma infância incrível.

– Eles eram pessoas boas?

Vi que ele ficou um tempinho me analisando.

– As melhores pessoas que conheci na vida.

Ficamos sentados ali, em silêncio.

– A sua infância foi feliz? – perguntou ele.

Demorei um bom tempo para responder.

– Não.

Fiquei olhando para o álbum. A foto da vez era de algumas crianças.

Um gramado cheio delas, brincando nos irrigadores. Meus primos. Meu irmão.

Eu tinha sido roubada. Aquela vida e aquela família foram roubadas de mim.

Aquele era meu universo alternativo, em cores vivas.

Então Daniel virou a página e o que surgiu foi uma foto de Amber aos vinte e poucos anos. Sentada em uma cadeira de praia, bebendo um de seus Bloody Marys.

Ela estava aqui. Mas onde eu estava?

– Em que ano foi isso? – perguntei, mas acho que no fundo eu já sabia.

Daniel virou a folha e a data estava registrada ao pé da página.

Feriado de Quatro de Julho, de quando eu tinha 8 anos.

A bile subiu pela minha garganta. O verão do alarme de incêndio e das cenouras. A primeira vez que fui parar na assistência social.

Ela me deixou sozinha e veio para *cá*. Ela me deixou sozinha, passando fome, e voltou para sua família secreta, para comer hambúrguer e fingir que eu não existia. Era a última coisa que eu precisava ver.

Eu me levantei.

– Preciso ir.

Daniel ficou de pé também.

– Tem certeza? Eu...

Mas eu já estava correndo até a porta, o ataque de pânico tomando conta de mim.

Eu tinha que sair dali.

Ouvi Maddy se justificar por mim. Justin saiu também, abrindo as portas segundos antes de eu chegar até o carro.

Quando Maddy entrou no banco de trás, eu já estava soluçando.

Maddy inclinou o tronco para a frente.

– Você está b...

– VAMOS! ME TIREM DAQUI! – gritei.

Justin deu a ré, e, com os olhos borrados de lágrimas, fiquei olhando meu irmão e a esposa na varanda, encolhendo conforme nos afastávamos.

Levei as mãos ao rosto, tentando não hiperventilar.

– Aquela maldita – disse Maddy, no banco de trás.

– Por que ela fez uma coisa dessas? – perguntou Justin, acionando os limpadores de para-brisa.

Havia libélulas em volta de todo o carro. Aos meus olhos borrados de lágrimas, parecia um enxame repentino de gafanhotos.

Maddy me entregou lenços que levava na bolsa.

– Porque ela é um ser humano horrível – respondeu.

– Eles parecem pessoas boas – disse Justin. – Eu não entendo.

– Eles *são* pessoas boas – rebateu Maddy.

Eu não conseguia parar de chorar. Nunca tinha chorado tanto na vida. Parecia que minha alma estava deixando o corpo.

Como ela foi capaz de fazer isso? Como alguém podia ser tão egoísta? Tão cruel? E não só pelas pessoas de quem ela me privou, ou pela traição de saber para onde ela ia quando me deixava para trás.

Era a profundidade da decepção. As camadas e mais camadas de mentiras que ela contava para que eu não soubesse que eles existiam.

Se Amber fez isso, de que mais era capaz?

– Não estou enxergando nada – disse Justin. – Vou ter que encostar, são muitos bichos.

Senti o carro indo para o acostamento de terra.

– Não consigo respirar! – gritei. – Não consigo respirar!

Assim que Justin parou o carro, ele soltou o sinto de segurança e deu a volta até o lado do passageiro. Então abriu minha porta e me pegou em seus braços.

– Respira comigo, tá? – sussurrou. – Inspira e expira. Devagar.

Ficamos abraçados ali no acostamento da estrada, eu soluçando em seu pescoço. Ele me abraçou tão forte que parecia que era a única coisa que impedia que eu desabasse.

– Me diga o que eu posso fazer – sussurrou.

– Pode me levar até ela.

Maddy sempre teve razão. Ela via exatamente quem era Amber: alguém que destruía tudo e todos pelo caminho.

Minha infância havia sido mudada para sempre.

A negligência da minha mãe não era um produto de sua saúde mental, ou da falta de recursos, ou de circunstâncias que fugiam ao seu controle, ou de uma incapacidade de fazer melhor. Minha vida foi *escolhida* para mim.

Foi escolhida por *ela*.

41

Emma

Entrei na mansão de Neil sem esperar que alguém abrisse a porta.

Justin e Maddy ficaram esperando na edícula. Eles não queriam me deixar sozinha, mas eu não queria plateia.

Fiquei um tempo na sala, olhando para o mural de rosas inacabado que agora eu sabia que era inspirado no corrimão da casa onde minha mãe passou a infância. A recriação de suas belas lembranças, distorcidas e irrecuperáveis.

Todas as coisas lindas que ela começava e abandonava.

Eu me virei e subi a escada para procurá-la. Abri a porta do quarto sem bater.

O cômodo estava uma bagunça mais uma vez. Três garrafas de vinho vazias e embalagens de comida espalhadas pelo chão. A cama estava desarrumada – exceto o lado de Neil, impecável.

O quarto encontrava-se cheio de velas acesas. Pelo menos duas dúzias. O ar estava tão denso com seu aroma que parecia que eu respirava perfume. Ouvi o barulho de água no banheiro e fui até lá, onde encontrei minha mãe com um roupão por cima do pijama amassado, esfregando uma camisa na pia. Parei à porta e ela olhou para mim.

– O que está fazendo aqui? – perguntou, sem desviar o olhar do que fazia.

Ficou claro que ela continuava nas profundezas de qualquer que fosse a crise do momento. Não me importei. Nunca me importei tão pouco na vida.

Eu me vi no espelho atrás dela. Meus olhos estavam inchados. Ela nem perguntou o que tinha acontecido. Nem se perguntou por que *eu* estava chorando. Nem se deu conta de que era meu aniversário e de que ela tinha se esquecido, de novo. Mas agora isso parecia perfeitamente normal. É claro que ela esqueceu.

Agora eu sabia o quanto valia para ela. Sabia de verdade. Antes eu tinha a crença de que era a coisa mais importante em sua vida. Como poderia não ser? Eu era seu bebê. Tudo que Amber tinha. Então, se ela me maltratava, nunca era por falta de amor, porque era óbvio que minha mãe me amava. Como poderia não amar? Passei a vida inteira justificando as provas absolutamente reais de que eu não era nada para ela. Eu era um animalzinho que ela mantinha em uma gaiola pequena demais. Um peixe em um copo d'água. Algo para entretê-la quando ela estava entediada e queria brincar de casinha.

– Conheci o Daniel hoje – falei.

Ela não olhou para mim. Continuou esfregando a camisa na pia.

– Você ouviu? Eu disse que conheci meu irmão.

– Briguei com o Neil, estou com dor de cabeça, não tenho tempo pra isso.

Minhas narinas se dilataram.

– Você vai arranjar tempo.

– Emma...

– AGORA!

Ela jogou a camisa na pia e se virou para mim.

– Eu abri mão de um bebê, Emma. Aos 15 anos.

– Você disse que eu não tinha família – falei, tentando conter a fúria. – Mentiu pra mim minha vida *inteira*.

Amber voltou a olhar para a pia.

– Você me deixou pra trás. Me abandonou. Deixou que eu fosse morar com estranhos.

Ela não se virou.

– Você encontrou pessoas boas. A família da Maddy quis te adotar, mas você não quis...

– Eu queria *você*! Estava esperando que voltasse pra me buscar!

Ela afastou uma mecha de cabelo do rosto com as costas da mão.

– Bom, eu não estava bem. Você estava melhor com elas. Você tem um irmão. Agora já sabe. Ele é legal, vai gostar dele.

Fiquei olhando para ela, incrédula.

– É tudo que você tem pra me dizer? – perguntei.

Minha mãe me ignorou.

– Meus avós *morreram* antes que eu tivesse a chance de conhecer eles. Perdi décadas sem conhecer pessoas que teriam me amado. Você sabe o que eu passei? As coisas que aconteceram comigo no sistema de adoção?

– Você acha que eu estava em um lugar melhor quando você estava lá? – perguntou ela.

Dei risada, sem acreditar.

– Sim, acho. Você estava em Wakan, curando a ressaca.

Nada.

– Que outras mentiras você contou? – perguntei. – Meu pai era mesmo casado? Você sabe quem ele é ou era sua missão de vida me manter longe de qualquer pessoa que pudesse cuidar de mim de verdade?

Amber se concentrou na camisa que estava esfregando. Nem olhou para mim.

E eu soube que era isso mesmo. A verdade fez meu estômago se revirar.

– Seus pais iriam querer ficar comigo, não é? – falei. – Como quiseram ficar com o Daniel.

Amber se virou de repente.

– Você não era deles – rebateu. – Eles não tinham o direito de ficar com você...

Caí na gargalhada de um jeito meio maníaco. Aquilo era tão problemático que chegava a ser engraçado. Amber foi a arquiteta da vida despedaçada que eu vivi. Da vida que eu *ainda* vivia.

E nem estava arrependida. Essa era a maior traição de todas.

Foi a morte da minha última versão inocente e ingênua. Aquela Emma não existia mais. Foi apagada como uma de suas velas.

E eu estava *cheia*.

Aquela parte arrasada e estilhaçada de mim que era obra *sua* se virou contra ela. A parte de mim que era capaz de deixar tudo e todos para trás sem hesitar foi ativada só para ela. Meu coração disparou. Qualquer apego que eu tinha pela minha mãe, qualquer laço se desfez, desde a raiz. Minhas defesas me envolveram como um escudo impenetrável, e eu me senti estranhamente calma. Sabia que aquela era a última vez que a veria. Não sentiria sua falta. Não sofreria por ela. Nunca mais a procuraria. Era disso que eu era capaz.

Esse era meu dom.

Minha maldição.

Não era aquela bobagem que eu estava tentando desfazer com Justin. Era minha capacidade de não amar.

– Vou te dar uma única chance de me dizer o porquê – falei, a voz firme. – E depois nunca mais vou falar com você.

Ela olhou para mim. Pela primeira vez desde que entrei naquele quarto, vi algo que pareceu medo surgir em seu rosto. Mas ela não respondeu.

Eu me virei e fui em direção à porta.

– Emma!

Continuei andando.

– Emma! Por favor!

Parei e me voltei para ela, impassível.

– Por quê?

Seus olhos se encheram de lágrimas.

– Porque eles teriam ficado com você – respondeu ela. – Eles teriam ficado com você como ficaram com o Daniel. E eu te amava demais pra abrir mão de você.

Fiquei olhando para ela sem emoção nenhuma.

– Se você me amasse de verdade, teria feito isso.

Então saí pela porta e a excluí do meu coração para sempre.

Mas esse não foi o fim.

Eu me senti encolher. Fiquei tão pequena que desapareci. Foi catastrófico. Uma dizimação completa. Um desapego como nunca senti.

Fui me fechando em mim mesma, e acabei ficando ainda menor. Não havia espaço para mais ninguém. Nem para Maddy, nem para Justin. Ninguém.

Não queria ninguém perto de mim. Não queria que ninguém me conhecesse.

Eu queria ser a ilha. Queria ficar sozinha, inalcançável. Nunca depender de ninguém, nem amar ninguém, nem deixar que ninguém me amasse, porque é *isso* que o amor causa.

Meu coração se fechou.

Chamei um Uber.

Sabia que eles ficariam magoados com meu sumiço, mas também sabia que evitaria uma mágoa muito maior, porque era isso que eu fazia. Eu acabaria indo embora um dia, acho que sempre soube disso. Minha mala estaria sempre embaixo da cama, esperando. Quando Maddy não quisesse mais pegar a estrada, eu teria continuado sem ela, deixando-a para trás. Ou, quando as coisas ficassem difíceis com Justin, porque a vida acontece e relacionamentos não são fáceis, eu não ficaria para tentar resolver. Eu iria me retrair. Sabotaria o relacionamento para ter um motivo para ir embora, como minha mãe sempre fazia. Eu iria embora antes que ele me rejeitasse, ou quando eu percebesse que sentia muito amor por ele e pelas crianças e isso me assustasse a ponto de eu fugir para me proteger.

Já me assustava.

Era isso que aconteceria de qualquer maneira. Eu não sabia amar nem ser amada. Não conseguia nem pronunciar a palavra "amor".

Agora eu podia admitir esse meu defeito.

Eu não estava apta para um relacionamento. Não estava apta para ser responsável por alguém. Não estava apta nem para ser amiga de alguém. Estava cheia de rachaduras. E não queria que Maddy ou Justin fossem obrigados a consertar algo que não quebraram. Não queria que aquelas crianças perdessem mais uma pessoa amada, como eu tinha perdido todo mundo que *eu* amei. Então eu seria a ilha.

E dessa vez ninguém mais estaria nela.

42

Justin

Olhei para o relógio.

– Será que é melhor darmos uma olhada nela? Já faz uma hora.

Maddy sacudia o joelho.

– Não sei. Quem sabe esperamos mais cinco minutos? Isso não é nada bom, Justin.

Passei a mão no cabelo.

– É, nem me fale.

– Não, acho que você não entendeu – disse ela, olhando bem para mim. – Isso vai desenterrar muita merda.

– Ela é forte – falei. – Vai superar, já passou por coisa pior.

– Não – disse Maddy, balançando a cabeça. – Não... Ela é forte, mas não pra isso. Amber causa alguma coisa nela. Sempre causou, como se fosse sua criptonita.

Ela mordeu o lábio.

– Meu Deus, eu odeio tanto aquela mulher.

– Eu também – falei.

– Ótimo. Bem-vindo ao clube, os encontros são às quartas-feiras. Traga o seu forcado.

Soltei uma risada curta, contra a minha vontade.

Maddy se levantou e ficou andando de um lado para outro, olhando para o celular de vez em quando.

– Não consigo mais esperar – disse. – Vou entrar.

Ela foi em direção à porta, e eu fui atrás. Então ela parou e se virou para mim.

– Justin, Emma vai encolher. Preciso que esteja preparado.

Assenti.

– Tudo bem. Eu dou conta.

– Ela não vai atender o celular. Não vai querer ver ninguém. Vai ficar super-retraída. Vai ser complicado. Pode ser pior do que nunca. A única coisa que podemos fazer é esperar.

– Tudo bem. Estou preparado.

Maddy abriu a porta e ficou paralisada.

– Está sentindo cheiro de fumaça?

Inclinei a cabeça e cheirei o ar.

– Estou... O que é?

Ela olhou para o quintal e arregalou os olhos.

– Está saindo fumaça da casa!

Nós dois saímos correndo, atravessando o gramado em direção à mansão. A casa estava pegando fogo. Havia fumaça saindo da suíte principal. Maria estava no gramado ao lado da piscina, xingando em espanhol.

– Liga pra emergência! – gritei.

– Já liguei! – respondeu Maria. – *Pinche pendeja*, foi ela!! *Esta loca!*

Não esperei para ouvir quem. Emma podia estar lá dentro. Corri até as portas da cozinha e as sacudi. Estavam trancadas. Pulei da varanda e corri até a garagem, com Maddy atrás de mim, e dei de cara com Neil na entrada. Ele estava parado com as mãos nos bolsos, olhando para a fumaça que saía do último andar.

– Quem está na casa?! – gritei.

– Ninguém – respondeu ele, calmo.

– Cadê a Emma? E a Amber? – perguntei, o coração batendo forte.

– Foram embora. Amber acabou de pegar um táxi, e a Emma estava entrando em um Uber quando cheguei. Amber disse que elas brigaram.

Inclinei o tronco para a frente, com as mãos nos joelhos.

– Graças a Deus – falei baixinho.

Fiquei um tempo ofegante, recuperando o fôlego, então peguei o celular e liguei para Emma. Foi direto para a caixa postal.

– Oi, cadê você? Por que foi embora? Me liga.

Maddy ficou me olhando até eu desligar, então saiu, digitando alguma coisa no celular.

Neil e eu fomos até o gramado em frente à casa e ficamos ali, vendo a fumaça sair em espiral das janelas do último andar. Ele estava sorrindo.

Fiquei olhando para ele.

– Você está bem?

Ele me encarou como se estivesse surpreso com a pergunta.

– O quê? Por causa disso? – Apontou para a casa em chamas.

– É. É... Sua casa está pegando fogo.

Ele olhou para a casa e sorriu.

– É. Está, sim.

Sirenes soaram à distância.

– Foi ela quem colocou fogo, sabia?

– Quem? – perguntei.

– Amber. Com uma daquelas velas de soja que ela gosta de acender. Ela jogou a vela em mim. Na minha cabeça, na verdade. Mas é muito ruim de mira, desviei com facilidade.

Ele soltou um suspiro feliz, olhando para a fumaça que agora saía pela porta da frente.

Olhei para ele e pisquei, sem entender.

– Você está *feliz* com isso?

Neil olhou para a casa, pensativo.

– Talvez você não saiba disso, Justin, mas eu fiz muitas coisas ruins na vida. Eu era um babaca. Há alguns anos, perdi a única mulher que amei na vida por causa disso. Fiz muita terapia e me dediquei muito pra me tornar uma pessoa melhor. Desaprendi o comportamento tóxico que cresci vendo. Então a Amber apareceu. No início, pensei que ela fosse minha recompensa. Eu era um homem melhor, então estava preparado pra uma mulher boa. Um relacionamento bom e saudável. Mas não foi pra isso que a Amber surgiu. – Ele olhou para mim. – Ela foi enviada para me testar. E eu *não* cedi.

Olhei para ele e balancei a cabeça.

– Ela colocou fogo na sua casa.

– Eu sei – respondeu ele, olhando para a casa. – E agora minha dívida com o universo está paga. Ela limpou minha barra. Aquela mulher era um anjo enviado por Deus.

Ele olhou para as chamas, que lambiam a janela acima da garagem, e começou a rir. Uma alegria genuína.

Pensei no que Emma me disse um dia. Que o jeito como olhamos para as coisas muda tudo. Que podemos enxergar coisas terríveis da melhor maneira possível, e é daí que vem a verdadeira felicidade. Acho que nesse caso foi bom, porque a casa dele estava pegando fogo, caramba.

Os caminhões de bombeiros chegaram na mesma hora que Maddy veio correndo até mim.

– A mala da Emma está em movimento.

Olhei para ela, confuso.

– Quê?

– Ela foi embora, Justin.

– Sim, ela pegou um Uber… – falei.

Maddy balançou a cabeça.

– Não, Justin. Emma foi *embora*. Tipo, no pior sentido. A mala dela está em movimento, eu coloquei uma tag de rastreio nela. Ela pegou a mala há meia hora e está indo para o aeroporto.

Meu rosto se fechou.

– O que a gente faz?

Maddy já tinha voltado a digitar alguma coisa no celular.

– Você não faz nada. Vai pra casa. Espera eu te ligar.

– Tem certeza? Vou com você…

– Tenho certeza. Vai pra casa. Se tivermos sorte, talvez a gente consiga ver a Emma de novo.

43

Emma

Eu estava sentada na beirada da cama no quarto do hotel que ficava ao lado do aeroporto, olhando para a parede. Não saberia dizer há quanto tempo estava ali. Uma hora. Talvez dez.

O ímpeto que me arrancou da casa de Neil tinha perdido a força. Parei bruscamente e me sentei.

Meu cérebro estava em curto-circuito. Eu estava com fome e devia estar desidratada de tanto chorar. Não comia desde o café da manhã de aniversário que Justin preparou para mim. Acabamos não indo almoçar. Aquele plano parecia ter sido traçado havia mil anos. As panquecas pareciam um delírio. Era difícil acreditar que ainda era o mesmo dia. Eu tinha completado 29 anos e descoberto uma nova família e uma vida inteira de mentiras e traições. Fui a Wakan e voltei, conheci meu irmão, minha cunhada e minha sobrinha. Vi minha mãe pela última vez e deixei para trás minha vida e todas as pessoas que estavam nela. Tudo isso em doze horas.

Eu trabalhava em hospital. Sabia que séculos podiam se passar em meio dia. Sabia que décadas podiam se passar em um minuto. De alguma forma, eu tinha envelhecido mais que um dia. Tinha perdido eras que nunca mais recuperaria.

Era assustador o quanto me sentia desapegada. Como se algo tivesse sido desconectado. Racionalmente, eu sabia que aquilo era ruim. Uma resposta a um trauma severo. Uma espécie de choque. Mas estava distante demais para sentir qualquer coisa que não fosse o vazio, e estava grata demais ao vazio para querer que ele acabasse.

Repassei o dia na cabeça como se fossem imagens de um documentário.

Como se tivesse acontecido com outra pessoa. As palavras doces que Justin me disse no café da manhã, que eu merecia ser valorizada. O presente que ele me deu, tão atencioso. O jeito como ele me abraçou na beira da estrada, um porto seguro quando precisei de um. Mas pensar nisso não me trouxe de volta; me levou mais para longe. Eu só queria me afastar de tudo, aumentar a distância entre nós dois.

Como eu poderia me recuperar de algo assim? Como andar pelo mundo depois de descobrir que minha vida inteira era uma mentira? Como usar rímel, comprar selos, levar o carro para lavar, passar aspirador na casa e fazer tudo que pessoas funcionais fazem? Eu não conseguia nem parar de encarar a parede. Estava abalada demais para escolher um voo. O hotel foi tudo que consegui fazer. Eu precisava comer, mas o simples ato de pensar nisso era exaustivo demais. Então fiquei ali sentada, mergulhando cada vez mais fundo em mim mesma.

Pensei que estivesse mal quando fiquei doente e sozinha na ilha. Mas, de repente, me dei conta de que talvez eu morresse naquele quarto de hotel. Seria assim que eu morreria. Simplesmente definharia. Deixaria de viver. Eu iria me deitar e não me levantaria mais. E quem saberia?

Estar na ilha era assim. Esse era o preço. E ainda assim era um preço menor que a alternativa.

Alguém chamou meu nome. O som penetrou em minha consciência como uma voz embaixo d'água.

Alguém bateu à porta.

– Emma!

Era Maddy.

– Emma, abre a porta. Eu sei que você está aí.

Nem me mexi.

– Sei que está pequena e não quer ver ninguém. Não me importo, me deixa entrar.

Algo instintivo fez com que me levantasse. Eu tinha passado metade da vida recebendo ordens daquela voz na minha cabeça. Mesmo naquele estado, eu não iria parar agora. Fui me arrastando e abri a porta. Minha melhor amiga estava do outro lado.

– Como você me achou? – perguntei, sem vontade.

– Eu coloquei uma tag de rastreio na sua mala – respondeu ela, passando por mim e entrando no quarto. – Sabia que um dia você iria me deixar pra trás, mas nunca deixaria sua mala.

Ela colocou a bolsa em cima da cômoda e se sentou na cama, as mãos cruzadas no colo.

Fiquei ali parada, olhando para ela sem expressão.

– Bom, você finalmente conseguiu – disse ela. – Desertou de vez.

Não respondi.

– Você ia pelo menos se despedir da gente? – perguntou ela.

– Não.

– Não acha que é algo que deveria fazer? – insistiu.

– Eu sou a *pior* coisa que poderia acontecer com qualquer um de vocês – falei.

Ela inclinou a cabeça para o lado.

– Por quê? Porque sua resposta ao estresse é a fuga? Porque não consegue se apegar a ninguém depois de anos de trauma e abandono?

A verdade acertou meu peito com delicadeza. Pequenas batidas suaves, como os punhos de uma criança acertando uma parede de tijolos.

– Será que é isso mesmo? – perguntei, e minha voz saiu monocórdica.

Ela arrancou um fiapo da calça.

– Quer dizer, eu não sou terapeuta, mas já li bastante coisa sobre isso. Faz um tempo que tenho minhas suspeitas. Padrão de apego evitativo é meu melhor palpite.

Assenti e desviei o olhar.

– Por que não me disse?

– Você teria ouvido?

Fiz uma pausa longa.

– Não. Acho que não.

Maddy inspirou fundo pelo nariz e expirou.

– Senta aí. Anda, senta na cadeira.

Obedeci e me arrastei até a cadeira à sua frente. Ela se levantou e mexeu na bolsa, de onde tirou um sanduíche, um pacote de batatas chips com sal e vinagre e uma garrafinha de suco de maçã. Maddy desembrulhou o sanduíche e o colocou na minha mão, abriu a batata e tirou a tampa do suco. Então se sentou e ficou me olhando comer.

Eu mal sentia o gosto da comida, mas meu corpo reagiu como uma planta murcha ao ser regada. Um pouco da névoa e da tristeza foi se dissipando quando o açúcar e os nutrientes chegaram à minha corrente sanguínea.

O sanduíche era do sabor que eu sempre pedia.

Ela parou para comprar aquele sanduíche. Fez o pedido para *mim*. Sabia como eu estaria e apareceu preparada.

Maddy era como uma socorrista para a minha alma.

Sempre foi assim. E mesmo quando eu desistia dela, ela não desistia de mim. Isso me deu uma sacudida. Como se algo tentasse encontrar uma abertura.

Não rolou.

Ela inclinou o tronco para a frente, apoiando os cotovelos nos joelhos enquanto eu terminava de comer.

– Melhor?

Assenti.

– Sim.

– Ótimo. Agora vou te dizer uma coisa, e preciso que você ouça – disse ela. – Você pode me excluir, pode excluir o Justin, encolher a ponto de ninguém nunca mais te encontrar. Vai em frente. Corre ao sabor do vento, eu não vou atrás de você. Mas não vai conseguir fugir de si mesma.

Fiquei olhando para ela.

– Você *não é* o que aconteceu com você. É o que vai fazer com isso.

Alguma coisa naquelas palavras finalmente conseguiu penetrar, e de repente eu fiquei com vontade de chorar. Uma pitada de emoção naquele nada escuro e profundo.

– Você vira, encara o que aconteceu e *conserta* – disse ela. – Ou vai continuar fugindo do que a Amber fez com você até morrer.

Meu queixo tremeu e Maddy continuou olhando fixamente nos meus olhos.

Engoli o nó que se formou em minha garganta.

– Como?

– Você confia em mim? – perguntou ela. – Vai fazer o que eu disser?

– Vou – falei, a voz embargada.

– Pode deixar o Justin ajudar também?

– Não posso – sussurrei. – Eu quero, mas não consigo.

Era engraçado que eu conseguisse articular isso no estado em que me encontrava. Um breve instante de clareza. Mas era verdade. Não podia deixar Justin me ajudar porque ele não era só o Justin. Ele também era as crianças. E elas não eram minhas. Eu não conseguiria lidar com mais relacionamentos instáveis ou situações em que pessoas que eu amava podiam ser tiradas de mim. E elas também não.

Elas precisavam de pessoas que ficariam em suas vidas. Pessoas com quem pudessem contar. Eu definitivamente não era uma dessas pessoas, mas Justin merecia ouvir isso de mim, e não ser abandonado como eu quase fiz. E isso me fez mergulhar ainda mais na crença de que eu não faria bem a ninguém. Não nesse meu estado.

– Preciso ver o Justin – falei. – Antes de ir embora. Preciso falar pra ele.

Maddy assentiu.

– Tudo bem. Eu te levo lá amanhã.

– E depois?

– É minha vez de escolher – respondeu ela. – Eu posso escolher duas vezes seguidas. Esse era o combinado.

Enxuguei as lágrimas.

– Tá. E pra onde a gente vai?

– Para o lugar onde você deveria estar.

44

Justin

Fui para casa como Maddy disse e esperei. Emma mandou mensagem por volta das dez da noite dizendo que estaria lá na manhã seguinte para conversarmos.

Passei a noite em claro.

As crianças não paravam de perguntar onde ela estava. Eu não sabia o que dizer.

Ela tinha deixado a chave no aparador. Não consegui nem tocar nela. Não consegui tirá-la dali. A sensação era a de que no instante em que eu reconhecesse que aquela chave estava ali, o motivo pelo qual ela foi embora se tornaria real.

Fiquei pensando no que Maddy disse, que eu nunca a deixasse ir embora, porque, se Emma fosse, não voltaria.

Eu não deveria ter tirado os olhos dela.

Eu deveria ter ido com ela conversar com Amber. Ela estava vulnerável, não se sentia bem, e eu deveria ter percebido. E agora, embora ela estivesse voltando para casa, eu tinha a sensação de que não era isso que estava acontecendo.

Eu queria estar errado. Imaginei Emma à porta com as malas, pedindo desculpa por ter ido embora. Eu a abraçaria e a levaria para dentro, a vida como nós a conhecíamos continuaria, e nunca mais pensaríamos naquele percalço. Ela não nos abandonou por não ter a intenção de voltar, só teve um surto. Aquela era uma reação automática a tudo que aconteceu, compreensível.

Mas, quando amanheceu e ela finalmente chegou e eu corri até a porta, abri com tudo e me deparei só com ela. Emma não estava trazendo nada. Nenhuma mala. E Maddy estava no carro parado em frente à casa, ligado.

Meu coração despencou.

– Podemos conversar na sala? – perguntou ela, ainda parada à porta.

– Podemos subir. Dormimos um pouco e conversamos quando estivermos nos sentindo melhor – falei, cheio de esperança.

Eu achava que, se a convencesse a ir até meu quarto, poderia consertar tudo. Aninhá-la de volta na vida que estávamos vivendo, lembrá-la de que era uma vida boa, uma vida que ela desejava.

– Acho que na sala é melhor – disse Emma.

Engoli em seco e deixei que ela me levasse até o sofá.

Eu me dei conta de que recebi todas as piores notícias da minha vida naquele sofá. Foi onde descobri que meu pai tinha morrido. Foi onde minha mãe me contou que iria para a prisão.

Senti uma necessidade gigantesca de perguntar se podíamos conversar na cozinha, mas não quis impor essa mácula àquela mesa também.

Ela se sentou ao meu lado. Nossos joelhos se tocaram. Eu queria agarrá-la, tirá-la daquele sofá amaldiçoado e sair correndo com ela antes que Emma dissesse o que eu achava que iria dizer. Detestava aquela situação. Não queria deixar que ela se concretizasse.

– Por favor, para – falei, antes mesmo que ela começasse.

Emma olhou para mim com uma expressão que parecia mágoa.

– Justin, você sabe que eu só quero o melhor pra você, não sabe?

– O que quer que você esteja prestes a dizer não é o melhor pra mim – falei. – Não quero ouvir.

Ela desviou o olhar.

– Diz para as crianças que tive que assumir um cargo em outro lugar. Tá? Diz que era uma emergência e que eu tive que ir.

– Não – falei, balançando a cabeça. – Não vamos fazer isso, Emma.

– Justin...

– *Não*. O que quer que você esteja enfrentando agora, vamos enfrentar juntos. É isso que casais fazem.

– Eu *não* estou bem – disse ela, voltando a olhar em meus olhos. – Preciso que escute o que estou dizendo. Não estou bem. Não sou uma pessoa com quem as crianças devam conviver.

– Pode deixar que *eu* decido isso.

– Não – rebateu ela, e seu queixo tremeu. – Justin, sabe o que não desejo pra ninguém? A instabilidade com que *eu* cresci. É isso que eu sou. Não sei ser um ser humano normal. Não sei amar sem sentir pavor. Não sei como brigar com você sem que meu primeiro impulso seja fazer as malas, ir embora e nunca mais te ver. Não sei como pertencer a uma família que só pertence a mim porque eu pertenço a *você*. Não sou forte o bastante pra isso. E estou te dando a única coisa que a Amber nunca foi capaz de me dar: estou sendo sincera e abrindo mão de você.

Senti o pânico surgir em meu peito.

– Olha pra mim, Emma. Olha – falei, segurando suas mãos. – Podemos fazer isso. Eu posso ajudar você.

– *Não* pode. Eu juro, você não é capaz de desfazer 29 anos de condicionamento. Não sei nem se *eu* sou capaz disso. Tenho rachaduras que preciso preencher, e não posso fazer isso aqui. Não posso fazer isso com você, nem com eles.

– Como você sabe disso? – perguntei.

– Porque quanto mais eu amo vocês, mais quero ir embora – confessou ela, depois olhou em meus olhos. – Quase fiz isso ontem, sem nem me despedir. Sabia disso? Eu ia desaparecer da vida daquelas crianças exatamente como a Amber fazia comigo. Quase abandonei a *Maddy*.

Ao dizer esta última palavra, ela desabou. As palavras pairaram no ar entre nós dois.

– Eu tenho muita bagagem – disse ela. – Tenho gatilhos que não consigo controlar.

Vi a dor em seu rosto. A sensação era a de que eu estava olhando para um espelho.

– Emma, vou te dizer uma coisa. E você não precisa dizer nada, só preciso que ouça – falei, e fiz uma pausa. – Estou apaixonado por você. Desde o momento em que te vi pela primeira vez. E sei que faz pouco tempo que nos conhecemos, mas não estou nem aí, porque é verdade, e não me importa se faz sentido ou não. Passei a vida inteira esperando o momento em que me sentiria assim, e achava que era uma maldição nunca dar certo com ninguém. Mas não era. Era só porque aquelas pessoas não eram você. – Precisei fazer outra pausa. – Por favor. Não coloque um fim nisto. Eu imploro.

Ela comprimiu os lábios, tentando não chorar.

– Eu preciso resolver minhas questões antes de entrar em um relacionamento ou ser responsável por alguém.

– E você vai fazer isso? Resolver suas questões? Porque eu vou ficar esperando.

Ela balançou a cabeça.

– Não, *não* vai. Você vai cuidar dessas crianças, vai viver sua vida e vai conhecer outra pessoa. Não vai ficar sentado esperando que um dia eu esteja bem pra amar você e as crianças como vocês merecem – disse ela, e as lágrimas escorreram por seu rosto. – Eu fiz isso. Eu esperei. Esperei minha vida inteira que ela ficasse bem, e isso nunca aconteceu. Não quero isso pra você. Ou pra eles. Não quero ser a Amber da vida deles.

Isso a destruiu. E me destruiu também. Porque eu sabia que não havia nada que eu pudesse fazer para mudar aquela situação, e também sabia que Emma tinha razão.

As crianças precisavam de estabilidade. E ela não podia oferecer isso. No fundo, eu sabia que ela estava tomando a decisão certa não só para si mesma, mas também por eles. Talvez até por mim. Talvez Emma estivesse tomando a decisão que tomaria de qualquer forma em um, dois ou três meses e nos poupando da dor de estarmos ainda mais apegados a alguém que nunca teríamos de verdade.

Mas isso não fazia com que aquilo fosse menos devastador.

Parecia que minha alma estava se rasgando ao meio e alguém ia embora com uma das metades para sempre. E era isso mesmo que estava acontecendo.

Emma nunca mais iria voltar. Acho até que tive sorte de ela estar ali naquele momento.

Pensei nas comédias românticas a que minha mãe assistia quando eu era criança. Nos grandes gestos dramáticos que faziam com que as pessoas ficassem juntas no final.

Mas não é isso que acontece com relacionamentos de verdade. Relacionamentos de verdade são desse jeito. É ser maduro o bastante para reconhecer nossos limites, adulto o bastante para aceitar quando alguém nos diz quem é.

Mesmo que isso parta nosso coração ao meio.

Eu a abracei como se aquela fosse a última vez que nos veríamos.

– Como você acha que ela vai ser? – sussurrou ela, depois de um tempinho.

– Quem? – perguntei baixinho, abraçando-a junto ao peito.

– A garota que você vai conhecer depois de mim. Sua alma gêmea.

Meu coração se partiu em um milhão de pedaços.

Se tivessem me perguntado no dia anterior, eu teria dito que Emma era minha alma gêmea. Mas ela acabou sendo aquela que escapou por entre meus dedos. Não minha alma gêmea, apenas o amor da minha vida.

E infelizmente não é a mesma coisa.

45

Emma

Seis meses depois

– Sua pressão está ótima – disse Maddy para Pops, tirando o aparelho de seu braço. – Acho que você vai enterrar todos nós.

O velho bufou e eu sorri, ajudando-o a se levantar. Ele tinha 98 anos, estava superlúcido e era um dos moradores da cidade de que mais gostávamos.

Eu estava morando na Casa Grant. Estava lá desde o dia em que deixei Justin.

Quando Maddy ligou para Daniel e Alexis, eles aceitaram na mesma hora. Rescindimos o contrato com o Royaume, alegando uma emergência, e fomos embora para Wakan.

Alexis nos contratou para trabalhar na clínica-satélite do Royaume que havia lá. Ela era clínica geral e médica da cidade – e, como acabamos descobrindo, melhor amiga de Briana e ex-namorada de *Neil*. Essa foi uma revelação interessante. Assim como a atualização que recebemos de Briana alguns dias depois de chegarmos à cidade. Pelo jeito, a última coisa que minha mãe fez antes de desaparecer foi colocar fogo na casa de Neil.

Briana disse que era carma. Ela também disse que Neil nem pareceu ter ficado tão chateado, pelo menos isso.

Alexis chegou com um café na mão.

– Vocês duas vão jantar em casa? – perguntou. – Daniel quer saber quantos hambúrgueres vegetarianos fazer.

– Eu vou ao Bar dos Veteranos com o Doug – respondeu Maddy.

– Então não vai estar em casa hoje à noite – falei, com um sorrisinho sarcástico.

– Não, não vou estar em casa – respondeu ela. – Vou deixar aquele homem alto fazer o que quiser comigo.

Alexis se sentou em frente ao computador.

– Eu não precisava dessa imagem na minha mente.

Dei risada, e Doug surgiu à porta.

– E aí, amor, vamos almoçar?

Maddy foi até ele saltitando e ficou na ponta dos pés para beijá-lo. Ela era quase meio metro menor que ele. Doug abraçou sua cintura e retribuiu o beijo com um entusiasmo meio exagerado. Alexis e eu trocamos um olhar, achando graça.

Maddy se afastou e sorriu para o namorado.

– Vou só ao banheiro rapidinho.

Doug ficou observando enquanto ela saía, e eu peguei a bolsa.

– E aí, quando vocês vão morar juntos?

– Eu pergunto isso toda hora – respondeu Doug. – Mas ela me manda calar a boca.

Alexis soltou uma risada curta.

– Aquela mulher me deixa apavorado – disse ele, balançando a cabeça. – Eu não me canso dela.

– Acho que é recíproco – falei. – Ela só causa medo quando gosta de alguém.

Alexis riu.

Em um minuto, Maddy voltou pelo corredor, e Doug tirou o casaco e pendurou nos ombros dela. Os dois saíram.

Eu nunca vi Maddy agir daquele jeito com um cara. E estava me dando conta de que parte da culpa era *minha*.

Não era fácil manter um relacionamento passando apenas poucos meses em cada lugar. E agora eu sabia que ela fazia isso mais por mim que pela aventura.

Tivemos muitas conversas longas desde que chegamos a Wakan.

Ela me disse o quanto se preocupou comigo ao longo dos anos. Que teve que ficar comigo porque sabia que, se me deixasse sozinha, eu nunca voltaria.

Maddy tinha razão. Eu teria me tornado como Amber.

Mas, ao contrário de Amber, a autopreservação me tornou independente. Então eu nunca teria ligado pedindo ajuda ou dinheiro. Eu não teria ligado. Ponto.

Teria me distanciado dela até encolher a ponto de não restar mais nada de nós duas. Ela sabia disso. E me amava o bastante para evitar que isso acontecesse.

Eu nunca conseguia dizer "eu te amo". Era algo que estava trabalhando na terapia. Dizer "eu te amo" significava dar poder sobre mim à outra pessoa e possibilitar que ela me magoasse.

Mas eu podia dizer, do fundo do meu coração, que amava Maddy. Ela era um dos grandes amores da minha vida. E pensar que eu quase abri mão disso por causa do que Amber fez comigo era uma lição que eu *nunca* esqueceria.

Eu esperava que Maddy fosse morar com Doug quando estivesse pronta – esperava que ela soubesse que *eu* estava pronta para ter uma vida normal agora e que ela podia me largar um pouquinho porque eu não iria desaparecer. Nunca mais iria encolher tanto. De vez em quando, talvez acabasse cedendo aos velhos mecanismos de defesa. Sempre teria que me esforçar para não fazer isso. O ímpeto de me isolar sempre surgiria quando eu ficasse com medo, ou estressada, ou quando alguém me magoasse. Mas agora tinha as ferramentas certas e sabia o que fazer quando começasse a encolher.

Fiz três meses de terapia cognitivo-comportamental e estava me tratando com uma terapeuta especializada em trauma de quem eu gostava muito. Ela me fazia ir uma vez por semana até Rochester para encontrá-la e tratar com terapia EMDR o transtorno de estresse pós-traumático – mais uma coisa que eu não sabia que estava enfrentando, mas que fez todo o sentido quando fui diagnosticada. Eu conversei com Doug, que enfrentava o mesmo problema, e ele disse que a terapia EMDR o ajudou muito. Então resolvi tentar, e ajudou mesmo. Muito. Após algumas semanas de tratamento, pedi a Daniel que colocasse minha mala no sótão. Eu nunca mais queria guardá-la embaixo da cama.

Eu me sentia estável pela primeira vez na vida. Firme. Sentia que seria capaz de permanecer em um só lugar, de ser alguém que as pessoas podiam conhecer e com quem podiam contar. Agora eu era capaz disso. Esse pensamento não me assustava.

Bom, na verdade assustava. Um pouco. Mas eu estava pronta. E isso não teria acontecido se não tivesse ido para Wakan. Maddy tinha razão quanto a isso – ela tinha razão quanto a muitas coisas.

Era estranho, mas acabei conhecendo aquele lugar através da minha mãe, em pequenos flashes, a vida inteira. Sempre houve pedacinhos de Wakan em Amber. E isso fazia sentido. Daniel e Amber foram criados pelas mesmas pessoas. Eu descobri por que minha mãe tinha tantos talentos manuais. Meu avô era carpinteiro, como Daniel, e minha avó, costureira. A família inteira era boa de jardinagem, algo que minha mãe passou para mim. Os ditados que ela dizia, Daniel também dizia. Todas as partes boas da minha mãe que eu perdi quando abri mão dela não desapareceram por completo. Muito do melhor que havia nela estava ali. Wakan era uma versão imaculada de Amber. E eu fiquei feliz por Daniel ter comprado a Casa Grant. Minha mãe teria levado o lugar à ruína. Ela não teria se importado com a casa, assim como não se importava comigo.

Ao longo daqueles seis meses, meu celular tocou algumas vezes, um número que eu não reconhecia. Pela primeira vez na vida, deixei que caísse na caixa postal.

Estava em paz com a decisão de não ter nenhum contato com a minha mãe. Eu me sentia livre, de certa forma. Não me preocupava mais com o paradeiro dela, ou se estava bem. Ela não era mais um fardo para mim, um fardo que nem percebia o quanto era pesado de tanto tempo que tive que carregá-lo. E que finalmente larguei. O que começou pelo perdão.

Escolhi acreditar que ela não queria ser a vilã da minha vida – ainda que fosse. Não perdi minha linda empatia, como Maddy disse um dia. Eu seguia com a mesma crença de sempre, de que as pessoas são complexas e nada é preto no branco. Acreditava nisso mais do que nunca.

Conversando com meus primos, minhas tias e meu irmão, descobri que Amber demonstrava sinais da pessoa que viria a ser desde a adolescência. Crises maníaco-depressivas, mau comportamento, a bebida desde os 13 anos, provavelmente para se automedicar e lidar com seja lá o que acontecia com ela. Talvez eles não soubessem como ajudá-la. Não havia internet na época, e a terapia era um estigma. Talvez, naquela cidadezinha sem acesso a serviços de saúde mental, eles não *tivessem como* ajudá-la. Seu estado mental a deixava vulnerável. Mais propensa a comportamentos de risco e aos traumas que isso podia causar.

Rachaduras.

Um bebê aos 15 anos, de quem ela teve que abrir mão.

Rachaduras.

Relacionamentos tumultuosos com os pais e as irmãs – *rachaduras*. Uma levando à outra, e ela sem nunca aprender a preenchê-las. Tentou apenas fugir delas, e Maddy tinha razão. Não podemos fugir de nós mesmos.

Ao ficar ali, eu entendia minha mãe, talvez melhor do que nunca. E, no fim, acabei sentindo pena dela.

Alexis continuava no computador quando peguei meu casaco.

– Você vai sair mais cedo, né? – perguntou ela, olhando para o relógio.

– Vou – respondi, vestindo o casaco. – Tenho um compromisso. A gente se vê em casa.

– Se cuida.

Fechei o casaco e fui até o carro no ar tempestuoso de março. Eu não tinha contado para ninguém o que pretendia fazer. Nem para Maddy.

Eu iria encontrar Justin – e ele também não sabia disso.

Tinha uma mensagem de voz dele. Ele deixou um dia antes de terminarmos tudo.

– Oi, cadê você? Por que foi embora? Me liga.

Coloquei a mensagem para tocar várias vezes, só para ouvir sua voz.

Durante muito tempo, me perguntei se ele ainda queria saber onde eu estava. Se ainda queria que eu ligasse. Porque eu queria.

Quis pegar o celular diversas vezes. Sentia muita falta dele. Mas não me sentia pronta e não queria alimentar esperanças falsas de que um dia estaria, ou impedir que ele seguisse em frente. Eu tinha encolhido, enfrentei tudo que aconteceu e todas as consequências e tentei focar na minha saúde mental e em conhecer a minha família.

Mas agora não estava mais pequena.

Eu disse a mim mesma que, se me dedicasse, se progredisse na terapia, se ficasse seis meses ali, se parasse no mesmo lugar pela primeira vez na minha vida adulta, estaria pronta para entrar em contato com Justin e ver se ainda nos restava uma chance – e eu consegui. Estavam completando exatamente seis meses da minha mudança para Wakan. Passei semanas esperando que aquele dia chegasse, e ele finalmente chegou.

Planejei a viagem com o objetivo de chegar lá quando as crianças estivessem na escola, depois da reunião diária dele de trabalho e algumas horas antes que alguém voltasse para casa – caso ele quisesse que eu ficasse lá tanto tempo assim. Eu o encontraria onde *ele* estava pela primeira vez. E estava morrendo de medo.

Ninguém mais neste mundo tinha o poder de me fazer desmoronar. Se Justin olhasse em meus olhos e me dissesse que não me amava mais, ou que não queria que eu me aproximasse de sua família, eu ficaria destruída. Seria pior do que o que aconteceu com minha mãe. Precisei reunir todas as minhas forças para ter a coragem e a vulnerabilidade necessárias e ir até lá.

Eu não sabia como ele estava. Talvez tivesse superado.

Nunca vi nada nos stories de Sarah que indicasse que ele tinha namorada – pelo menos não havia nenhum relacionamento sério a ponto de ter uma convivência com as crianças. Mas ele podia estar saindo com alguém. Era uma possibilidade. Os dedos de outra pessoa se entrelaçando em seu cabelo. Ele rindo deitado no travesseiro dela.

Beijos na testa.

Essa imagem era a pior de todas: ele com os lábios na testa de outra pessoa.

Mas, ainda que essa fosse a novidade que estava me esperando por lá, valia a pena tentar, porque eu queria ir para casa.

A Casa Grant era onde eu morava, mas não era meu lar. Justin era meu lar. As crianças eram meu lar.

Justin tinha razão. Nosso lar não é um lugar, é uma pessoa. Para mim, era uma família inteira.

Eu queria pegar Chelsea no colo. Queria ajudar no crescimento de Alex e Sarah. Queria acordar ao lado de Justin e plantar coisas em seu jardim, ficar em um lugar só e criar raízes. Começar tradições. Comemorar aniversários e Natais com aquelas pessoas, embora elas não fossem da minha família original. Eu estava forte o bastante para isso agora se eles deixassem. Pela primeira vez na vida, eu era capaz de amar – e de suportar a perda que podia vir disso. Agora eu era capaz de enfrentar. Estava curada o suficiente.

Então entrei no carro e comecei a viagem de volta para ele.

Outdoors do Rei das Privadas marcavam o caminho até lá como placas de orientação, avisando que eu estava na direção certa. Estava a menos de meia hora de lá quando, do nada, como se de repente meu celular tivesse sinal depois de seis meses, Sarah ligou para mim.

Fiquei uns dez segundos encarando a tela antes de atender.

– Sarah?

– Pode vir me buscar?

Franzi a testa.

– Te buscar? Onde?

– Na escola.

– Você está doente? Cadê o Justin?

– Eu não quero o Justin. A enfermeira disse que você ainda está na nossa lista de contatos de emergência, então pode vir me buscar, eles vão deixar eu ir embora com você. Vem logo.

– Você vai ter que me explicar um pouco melhor – falei.

– Fiquei menstruada, tá?

Ahhhhhh…

– Eu me recuso a pedir ajuda ao meu irmão pra comprar absorventes. E me recuso a ligar pra Leigh. Ela vai querer dar festinha. Prefiro morrer.

Dei uma risadinha. Sim, Leigh com certeza iria querer dar uma festa.

Eu estava perto. Estaria lá em vinte minutos. Mas comecei a ficar nervosa.

Por algum motivo, encontrar Sarah parecia tão difícil quanto encontrar Justin.

Mais difícil.

Eu não terminei só com Justin quando fui embora. Terminei com todos eles.

Alex iria me perdoar. Ele era do tipo que se deixava levar e talvez aceitasse o que quer que Justin decidisse. Chelsea era criança demais para entender ou guardar rancor. Mas Sarah… Ela diria *exatamente* o que achava de mim por ter ido embora, e não iria amenizar para o meu lado. Ela também não iria suavizar o que Justin fez durante aqueles seis meses. Ainda mais se envolvesse outra pessoa. Só porque tinha me ligado pedindo ajuda, não significava que Sarah queria que eu voltasse para a vida deles. Ela não iria me perdoar com tanta facilidade. Ela era dura com as pessoas e não esquecia fácil. Seria uma conversa difícil, e eu não estava preparada.

Tive que reunir todas as minhas forças só para encontrar *Justin*.

Além disso, ele não estaria sozinho como eu tinha planejado, não teríamos a privacidade que eu queria se Sarah estivesse lá.

Por uma fração de segundo, pensei em dizer a ela que não podia ir, que ligasse para o irmão e pedisse a ele que fosse buscá-la, pensei em tentar ter aquela conversa com ele outro dia. Em pegar um retorno e voltar para Wakan.

Mas também me lembrei de como foi a primeira vez que menstruei, sem minha mãe para me ajudar.

Eu estava sozinha, não sabia o que fazer. A cólica me deixou prostrada, e minha roupa ficou suja de sangue. Eu não queria que Sarah tivesse nenhum dos pequenos traumas que fui obrigada a enfrentar por causa da ausência da minha mãe. Então tomei uma decisão:

– Chego em vinte minutos.

Fui até lá e me senti uma impostora ao assinar a permissão para que ela fosse embora. Eu era uma adulta em quem ela confiava a ponto de me ligar durante uma emergência, mas que fazia meio ano que não estava ali e precisava assumir a responsabilidade por isso.

– Justin sabe onde você está? – perguntei quando saímos do estacionamento.

– Não.

– Tá. Bom, ele precisa saber. Manda mensagem pra ele agora mesmo.

– Ele não vai receber uma ligação dizendo que fui embora ou algo do tipo. Eu conto quando chegar em casa. Isso já é vergonhoso demais.

Abri a porta do motorista, mas fiquei em pé, falando com ela por sobre o teto do carro.

– Sarah, não acho legal te tirar da escola sem que o responsável por você saiba disso.

Ela abriu a porta do passageiro e jogou a mochila no banco de trás. Então olhou bem nos meus olhos, com a cara de adolescente mais irritante que já vi.

– Ele não vai se importar. É *você*.

Ela entrou e bateu a porta.

Soltei um suspiro. Talvez ela tivesse razão, ele não se importaria. Do contrário, teria tirado meu nome da lista de contatos de emergência. Mas mesmo assim.

Entrei e liguei o carro. Não havia sentido em discutir com ela. Sarah não iria ceder, e *eu* é que não mandaria uma mensagem para ele. Seis meses sem nenhum contato e minha primeira mensagem seria "Oi, sua irmã menstruou"? Não.

Eu explicaria quando chegasse lá. Então analisaria atentamente cada centímetro de seu rosto procurando por algum sinal de que ele não me odiava.

Comprei absorventes para Sarah. Depois a levei para comer um hambúrguer. Expliquei como usar tudo enquanto comíamos no estacionamento, dentro do carro.

– Pega isso aqui – falei, lhe entregando um uma cartela de ibuprofeno. – Tome um ou dois a cada seis horas assim que ficar menstruada. Você precisa se adiantar à dor, tá? É difícil se livrar da cólica depois que ela já começou.

Ela tomou o comprimido com o Sprite.

– Banhos quentes ajudam. Você também pode usar um adesivo térmico. E diga ao Justin que ele tem que lavar qualquer peça de roupa que tiver sangue com água fria, tá?

– Justin não lava mais minha roupa. Eu que faço isso agora – respondeu ela.

Olhei para Sarah, surpresa.

– Sério? Desde quando?

Ela deu de ombros.

– Já faz um tempinho. Ele me ensinou... Ensinou o Alex também. A gente faz um monte de coisas agora.

Tive que conter um sorriso.

– Tipo o quê?

– Eu cozinho.

– Você *cozinha*?

– Sim. Com o Justin.

– O que mais? – perguntei.

Ela mordeu a pontinha de uma batata frita.

– A gente tem uma planilha de tarefas. Ah, e o Alex dirige. Ele ficou com a van – disse ela, fazendo uma careta.

Nessa hora dei uma risadinha.

– E você? Como você está? – perguntei.

Ela deu de ombros.

– Bem. Ganhei a competição de dança. Pintei meu quarto. Ensinei o Brad a rolar e abanar o rabo.

– Então quer dizer que o Justin não mudou o nome dele?

– Não.

Ele não iria fazer isso. E o Brad humano provavelmente continuava mandando todos os itens do Rei das Privadas que encontrava.

Sarah continuou falando sobre tudo que tinha mudado desde que eu fui embora. Novas tradições em feriados, histórias engraçadas sobre Alex e Chelsea e os planos que eles tinham para as próximas férias.

Abri um sorriso.

Estava tão orgulhosa deles. Eles estavam bem – não que eu achasse que não estariam. Mas percebi que eles estavam bem *mesmo*.

Eles haviam dado um jeito. Tinham se fortalecido enquanto família, encontrado normalidade e alegria depois de tudo que enfrentaram e das pessoas que perderam. E Sarah demonstrava uma maturidade que não tinha antes. E não era o tipo de maturidade conquistada por ter que crescer rápido demais em meio a um trauma. Era do tipo que vem com uma criação saudável e com a idade.

Fiquei feliz.

A sensação era a de que eu tinha feito a coisa certa ao ir embora quando fui. Porque eu só teria comprometido qualquer progresso que eles tivessem feito no dia em que eu inevitavelmente fosse embora.

– Eu e o Justin fizemos os biscoitos da mamãe – disse ela. – Ficaram bons. Ele disse que você teria gostado.

Saber que ele falou de mim assim de repente fez meu coração disparar.

Eu tinha perdido tantas comemorações. Halloween, Dia de Ação de Graças, Natal, o aniversário dele, o aniversário das crianças. Eles deviam me odiar. Como poderiam não me odiar?

– Sentimos sua falta, sabia? – disse ela.

Essas palavras me pegaram de surpresa, e eu olhei para ela.

– Sério?

Sarah continuou falando sem desviar o olhar do hambúrguer em seu colo.

– Todo mundo ficou, tipo, muito triste quando você foi embora.

Engoli em seco.

– Todo mundo?

– É. Tipo, eu sei que não é isso, mas meio que parecia que você era minha irmã mais velha ou algo assim. Você era da família – disse ela, e olhou para mim.

Fiquei analisando sua expressão.

– Eu também tinha essa sensação. Não queria ter que ir embora – falei.

– Então por que foi? – perguntou ela.

Desviei o olhar.

– Às vezes a gente vai embora porque é melhor enfrentar nossos problemas sozinha.

– E você fez isso?

Voltei a olhar para ela.

– Fiz, sim. Me desculpa se eu magoei vocês ao ir embora. A última coisa que eu queria era que se sentissem abandonados. Eu sei bem como é isso.

– Não me senti abandonada – disse ela, olhando bem em meus olhos. – Porque sabia que se um dia eu ligasse você viria.

Ela disse isso com muita naturalidade. Foi engraçado, porque, assim que ouvi essas palavras, me dei conta de que Sarah tinha razão. Eu iria mesmo.

Em qualquer momento durante aqueles seis meses, eu teria ido até ela se Sarah chamasse.

Eu não era como Amber.

Mesmo pequena, era melhor que ela.

E quando Sarah ligou, eu *fui*.

Passei no teste que nem sabia que aconteceria.

– Quando chegarmos em casa, você deveria entrar – disse ela. – Aposto que ele quer ver você.

Tive que engolir o nó que se formou em minha garganta.

– Tá bom – sussurrei. – Vou fazer isso.

Tudo que eu queria era que ela tivesse razão.

46

Justin

Eu sentia falta dela. Era uma dor em meu peito que nunca passava. Depois de seis meses, aceitei que nunca passaria.

As primeiras semanas foram as piores. Fiquei deprimido. Não havia como negar, era depressão.

As crianças voltaram para a escola e não paravam de ficar doentes. Nas primeiras duas semanas, parecia que tinha alguém gripado em casa todos os dias. Aí *eu* fiquei doente e ainda tive que cuidar de todo mundo.

A casa estava sempre bagunçada. Limpá-la era como tentar varrer a calçada no meio de uma tempestade. Todos precisavam de mim, o tempo todo. A ansiedade de Chelsea, causada pela falta que sentia da minha mãe e de Emma, chegou ao auge, e ela ficava pendurada em mim como uma macaquinha quando chegava em casa, e chorava todos os dias na hora em que eu a deixava na escola. Fiquei sensível, estava sobrecarregado e sentia tanta falta de Emma que era difícil respirar.

Eu passei por aqueles dias como um zumbi. Minha vida parecia uma série de tarefas tediosas que eu tinha que cumprir até o dia da minha morte: refeições, dever de casa, roupa para lavar, consultas médicas, idas ao supermercado. E tudo de novo.

Eu detestava tudo. Estava o tempo todo mal-humorado e cansado. Tentava fingir que estava bem quando íamos visitar minha mãe, mas ela percebia com facilidade. Sempre perguntava o que tinha acontecido, e eu não podia contar. Ia embora me sentindo mal porque percebia que ela estava preocupada comigo.

Os caras fizeram de tudo para ajudar. Fizeram a parte deles. Levavam as crianças para cima e para baixo. Assistiam aos jogos de Alex. Jane levou Sarah para a aula de dança algumas vezes. Eles tentavam fazer com que eu saísse de casa, me levavam para almoçar. Mas uma luz tinha se apagado dentro de mim e nada faria com que ela voltasse a acender.

Tudo isso era por causa de Emma. E eu não a culpava nem um pouquinho.

Se puder escolher entre a raiva e a empatia, sempre escolha a empatia. Foi o que eu fiz.

Um ano antes, eu teria ficado com raiva dela por ter ido embora. Naquela época, era tudo preto no branco. Para mim, amar significava ficar. Mas agora eu entendia que às vezes amar é abrir mão da pessoa amada.

Eu reconhecia a força que fora necessária para que ela viesse me dizer pessoalmente que tinha que ir embora, por mais difícil que fosse.

Respeitava o fato de que Emma tinha a autoconsciência de saber quem era e o que não era capaz de fazer.

Vi o sacrifício que foi decidir não repetir com aquelas crianças o mesmo ciclo que fez com que ela se tornasse quem era.

Eu também não queria repetir esse ciclo. Então também abri mão dela. E o pior era que isso significava que eu jamais poderia deixá-la voltar, porque jamais acreditaria que ela fosse ficar.

Sei que Emma me disse para não fazer isso, mas durante um bom tempo eu *fiquei* esperando que ela voltasse. Uma parte de mim quis ter esperança de que ela poderia mudar. Quis se agarrar à possibilidade de um milagre. Mas com a distância percebi que isso não era verdade. Que a mesma coisa que a tirou de mim a manteria distante – ou a faria ir embora mais uma vez caso um dia ela voltasse. E eu não podia submeter as crianças a isso. De novo.

Eu não conseguia imaginar o que Emma poderia me dizer para que eu me sentisse seguro em um relacionamento com ela depois de tudo. E isso foi o mais difícil. A sensação de que era para sempre.

Tinha mesmo acabado.

Eu me permiti remoer tudo durante algumas semanas tristes e difíceis. Então olhei para a minha vida e me dei conta de que agora eu era responsável pelos meus irmãos. Se eu desmoronasse, não seria mais fácil do que quando minha mãe desmoronou. Eu precisava criar aquelas crianças, precisava dar o exemplo. Não podia me dar ao luxo de curtir a fossa que eu merecia. Então me recompus. Fiz o que sabia fazer de melhor. Eu me levantei e organizei sistemas.

Mapeei minha rotina, analisei tudo e fiz algumas mudanças.

Deixei de preparar o café da manhã durante a semana. Eu gostava de fazer isso porque foi o que minha mãe sempre fez, mas era pesado demais.

Levei todos ao supermercado e deixei que escolhessem seus cereais favoritos. A função de Alex de manhã era servir o cereal de Chelsea, que já estava acordada quando ele saía da cama, e colocar um filme para ela antes de ir pegar o ônibus. Isso tomava dois minutos dele e me garantia mais uma hora de sono.

Quando passei a dormir mais, minha energia e meu humor melhoraram. Comprei uma esteira para colocar em frente à mesa de trabalho a fim de caminhar enquanto trabalhava. Comprei também uns pesos e montei uma academia em casa para treinar depois de levar Chelsea à escola.

Sarah gostava de cozinhar. Passei a convidá-la para me ajudar com o jantar. Ela aceitou. Compramos o livro de receitas da Sloan Monroe, e Sarah e eu preparávamos o jantar. Alex lavava a louça. De repente, o jantar voltou a ser divertido. Uma atividade em equipe pela qual passei a esperar ansiosamente.

Para o Halloween, Alex quis transformar o gramado da casa em um cemitério, então fomos até a loja de festas e compramos vários zumbis automatizados. Gastei dinheiro demais nisso, mas foi o primeiro projeto que fizemos todos juntos. Esculpimos abóboras e compramos uma fantasia de cachorro para o Brad. Na noite de Halloween, Sarah e eu preparamos uma lasanha e chocolate quente e levamos Chelsea para pedir doces. Quando as crianças já estavam todas de volta em casa, sentadas no chão da sala conferindo os doces que ganharam, eu me dei conta de que o dia tinha sido bom. Teria sido melhor se *ela* estivesse lá. Mas foi bom.

Depois disso, os dias foram melhorando, aos poucos. O Dia de Ação de Graças foi difícil sem minha mãe, mas fomos à casa de Leigh e voltamos com muitas sobras de comida. Alguns dias depois, fomos cortar um pinheiro para o Natal. Tiramos fotos e os sorrisos foram genuínos. Passamos o sábado assando os biscoitos da mamãe, e eles ficaram perfeitos.

Quando o relógio bateu meia-noite no Ano-Novo, senti tanta falta de Emma que tive que sair de perto deles. Mas, àquela altura, eu já tinha aceitado aquela dor como parte da minha vida, e, embora nunca tenha ficado fácil lidar com sua ausência, começou a parecer algo natural.

Em janeiro, Alex completou 16 anos e tirou a carteira de motorista. Eu dei a van para ele. Agora tínhamos mais um motorista em casa, o que já ajudava.

Aos poucos, fomos nos organizando.

E não se passava um só dia sem que eu sentisse a ausência dela como um vazio em minha alma. Eu sentia sua falta como sentia falta do sol no inverno.

Aprendi uma coisa depois de estar com Emma. Uma lição valiosa que acho que todos os romances mais incríveis e duradouros entenderam.

O que as histórias de amor nos venderam está errado.

O melhor tipo de amor não acontece em caminhadas enluaradas ou férias românticas. Acontece nas entrelinhas da vida cotidiana. Não são os gestos grandiosos que mostram nossos sentimentos, mas todas as coisinhas secretas que fazemos para que a vida da outra pessoa seja melhor, coisinhas de que nunca falamos. Comer a pontinha do pão para que ela fique com o último pedaço do meio quando você preparar o sanduíche que ela vai levar de almoço. Garantir que o carro dela sempre tenha gasolina para que não precise parar no posto. Dizer que não está com frio para que ela fique com seu casaco quando na verdade você está, sim, com muito frio. Ver TV em um domingo chuvoso enquanto lava a roupa e apagar a luz quando ela dorme no meio da leitura. Compartilhar bordas de pizza, rir de alguma coisa que as crianças fizeram e cuidar um do outro quando ficam doentes. Não é algo cheio de glamour, não são borboletas e estrelas. É *real*. Esse é o tipo de amor que dura para sempre. Porque se for bom assim quando a vida é exaustiva, tediosa e difícil, pense no quanto vai ser incrível quando as canções de amor começarem a tocar e a lua estiver no céu.

Eu *estava* grato pela vida que fui forçado a viver e que me ensinou essa lição. Só gostaria que não tivesse sido com Emma. Porque nada nem ninguém jamais seria comparável. Com qualquer outra pessoa, não passaria de dobrar meias sentado no sofá.

Chelsea estava em casa, tinha acordado com febre.

Eu estava terminando o último projeto do dia quando ouvi alguém na escada, mas os passos eram pesados demais para serem dela. Eu me recostei na cadeira e olhei para o corredor.

– Chels? – chamei.

Sarah espiou dentro do meu quarto.

– Oi – falei, surpreso. – O que está fazendo em casa?

– Fiquei menstruada. Você precisa descer.

– Quem foi te buscar?

Ela revirou os olhos.

– Desce logo – disse, e saiu.

Soltei um suspiro exasperado. No mínimo, Alex a levou para casa e bateu a van no caminho, ou algo do tipo. Ótimo.

Eu me levantei e tirei o fone.

Por que a escola deixou que eles fossem embora sem me ligar? Fiz uma anotação mental para ir atrás disso depois. Quer dizer, eu sei que eles deixam os adolescentes irem embora sem que um adulto esteja lá, mas eu deveria pelo menos ter recebido uma ligação a respeito das aulas que eles iriam perder.

Desci a escada correndo. Sarah estava em pé na entrada, e eu parei atrás dela.

– Por favor me diga que o Alex não estragou…

Fiquei paralisado.

Emma estava no sofá.

Ela estava com Chelsea nos braços, aninhada em um cobertor de *Frozen*, e conversava com ela baixinho. Meu cachorro estava com a cabeça em sua coxa, olhando para ela.

Era como um quadro. Algo que um artista tinha arrancado das profundezas do meu cérebro. Levei a mão ao peito. A sensação era a de que ele partiria ao meio.

Nem um segundo tinha se passado. Não fazia seis meses que eu não a via, mas apenas um piscar de olhos.

Isso é algo que ninguém fala sobre as almas gêmeas. Elas são atemporais. Assim que ressurgem, a gente volta para aquele momento anterior, o instante em que elas se foram. Uma flecha atingiu meu coração, o caminhão me acertou, e meu cérebro registrou a cena.

O cabelo dela estava preso em um coque frouxo. Ela estava com uma blusa azul-clara e brincos dourados de libélulas. E eu não consegui nem respirar ao olhar para ela.

Emma olhou para mim.

– Ela está com febre. Você sabia? – perguntou.

Fiquei olhando para ela. Calado.

Como não respondi, ela voltou a olhar para minha irmã mais nova e afastou o cabelo de sua testa. Chelsea a abraçou. Ela parecia tão feliz. Como um bebê nos braços de uma pessoa amada.

Minha boca ficou seca.

– Eu, é, dei paracetamol pra ela há duas horas. Ela estava puxando a orelha – falei.

Emma assentiu.

– Vou dar uma olhada.

Aquele momento pareceu comum. Como se ela nunca tivesse ido embora. Como se eu tivesse descido a escada para pegar água entre uma reunião e outra e ela estivesse em casa no dia de folga, ajudando com as crianças.

Pigarreei e me virei para Sarah.

– Será que você pode...

– Posso – respondeu ela, pegando Chelsea dos braços de Emma e subindo a escada.

Assim que Chelsea saiu, Brad ocupou seu lugar no colo de Emma. Ela colocou a mão na cabeça do meu cachorro e olhou para mim.

– Sarah me ligou pedindo que eu fosse buscá-la. Ela ficou menstruada – disse.

Senti meu coração desabar. Então ela não estava ali por minha causa.

Não que eu tivesse essa esperança. Fazia seis meses que ela não me ligava.

Ainda assim, doeu.

– Podemos conversar na cozinha? – perguntei.

Eu não sabia se suportaria mais uma conversa triste naquele sofá, talvez eu tivesse que colocar fogo nele.

Fomos para a cozinha e me encaminhei direto à geladeira. Mais para esconder o rosto, para tentar organizar meus sentimentos antes de ter que me sentar na frente dela.

– Quer beber alguma coisa? – perguntei, falando com ela, mas olhando para uma embalagem de leite.

– Não. Obrigada.

Eu me permiti ficar ali mais alguns segundos. Então fechei a porta da geladeira, fui até a mesa e me sentei.

Brad pulou no colo dela e franziu o cenho para mim do outro lado da mesa. Ela olhou em volta.

– Gostei do quadro de tarefas – disse.

– Obrigado.

Foi tudo que consegui dizer. A decepção era paralisante. O que dizer depois de seis meses de nada?

Sarah ainda seguia Emma nas redes sociais. Ela estava morando em Wakan. Até onde eu sabia, fazia dez anos que ela não ficava tanto tempo no mesmo lugar.

Mas ela não pôde fazer isso por *mim*.

Por algum motivo, com ela sentada ali, aquilo parecia um tapa na cara.

Era a família dela, eles estavam se conhecendo, eu *queria* isso para ela. E sabia por que ela tinha ido embora, foi uma decisão mútua. Mas ela claramente estava fazendo um esforço que não se dispôs a fazer por mim, e vê-la reabriu aquela velha ferida, como se nunca tivesse cicatrizado. Ou talvez fosse uma ferida nova. A prova de que ela era capaz de mais do que tinha se proposto.

Se Emma conseguia ficar seis meses no mesmo lugar, por que não fez isso por *nós*?

A duas horas de distância.

Ela nunca visitou, nunca ligou. E só estava ali agora porque Sarah precisou dela.

Quer dizer, acho que eu deveria estar feliz por Emma se importar o bastante para fazer isso.

Eu me recostei na cadeira e fiz de tudo para não a encarar.

Tudo que eu queria fazer era olhar para ela. Absorvê-la por inteiro, como se nunca mais fosse ter outra chance. Mas eu não podia fazer isso sem que o nó que tinha se formado em minha garganta ameaçasse me fazer chorar.

Eu sentia tanta falta dela que minha vontade era simplesmente levantar, abraçá-la e beijá-la, mas em vez disso fiquei ali sentado, sabendo que ela só estava ali porque minha irmã tinha ligado. Aquela era uma visita por educação. Ela entrou para dizer um oi. Pelo menos era essa a sensação. E será que Emma dirigiu duas horas só para buscar Sarah? Isso não parecia provável. Parecia mais plausível que já estivesse por ali. Mas por que ela estaria por ali?

Será que ela estava saindo com alguém?

A ideia surgiu em minha mente como um pensamento intrusivo fortíssimo.

Consegui passar aqueles seis meses sem pensar nisso, e, agora que ela estava ali, a pergunta parecia um enxame de vespas zumbindo em meu coração. Aquele pensamento me fez querer cavoucar meu peito. Senti ciúme demais só de pensar naquilo. Parecia cruel que ela tivesse ido até lá só para me lembrar de que aquela possibilidade existia. Porque, se ela *estivesse* saindo com alguém, significava que outra pessoa tinha convencido Emma a ficar, quando ela não foi capaz de ficar por *mim*.

– E a sua mãe? – perguntou ela.

Senti um enjoo.

Dei de ombros.

– Está bem. Já se adaptou. Tem algumas amigas. A gente vai lá uma vez por mês.

– Vi que não mudou o nome do cachorro – disse ela.

– Não.

Silêncio.

Ela pigarreou.

– E aí, está saindo com alguém? – perguntou, do nada, a voz um pouco estridente.

Olhei para ela e vi seu olhar hesitante. Meu coração disparou ao ouvir a pergunta. Talvez fosse um sinal de que ela ainda se importava.

Balancei a cabeça.

– Não. Não estou saindo com ninguém.

Vi algo surgir em sua expressão.

– E... E você? – perguntei, morrendo de medo da resposta.

O segundo que ela demorou para responder foi insuportável.

– Não.

E percebi um instante de... alguma coisa. Mas não durou. A conversa acabou e ficamos sentados em silêncio.

Era inacreditável o quanto aquilo doía.

Era como se o universo quisesse me mostrar que não, eu não tinha superado, e não, não estava tudo sob controle. Nenhum sistema que eu implementasse poderia melhorar as coisas. Nada que eu fizesse tinha o poder de mudar aquela situação horrível.

– Em que está pensando? – perguntou ela.

Soltei uma risada curta.

– Tem certeza de que quer saber?

Ela engoliu em seco.

– Tenho – disse.

Respirei fundo.

– Estou pensando que estou feliz que esteja aqui, mas que isso é confuso demais para mim.

Ela assentiu, séria.

– E?

– E eu meio que preferia que você não tivesse vindo.

Vi o quanto minha resposta a atingiu.

Mas eu estava sendo sincero. Qual era o sentido daquela visita? Não queria colocar a conversa em dia. Queria o que eu não podia ter. O que ela não era capaz de me dar. Não queria que ela estivesse ali por um instante breve, eu queria tudo.

Ela pediu desculpa. E se levantou para ir embora.

47

Emma

Eu fui sabendo que era provável que ele não quisesse me ver, sabendo que eu poderia não gostar do que encontraria ao chegar lá. Que a porta poderia ser fechada na minha cara ou nem ser aberta, para começo de conversa.

Mas fui assim mesmo.

E agora Justin estava sentado na minha frente, olhando para o chão, e tinha acabado de me dizer que preferia que eu não tivesse ido até lá.

Ele estava de moletom. O cabelo estava bagunçado, do jeito que eu gostava. Eu tinha quase esquecido o quanto sentia falta de olhar para ele. O quanto ele era lindo. Mas seus olhos gentis não ficaram felizes ao me ver.

Quando estacionei em frente à casa com Sarah, fiquei ali por um tempo. Dava para ver a janela do quarto dele de onde eu estava. A janela de onde ele olhou para mim quando apareci na noite em que decidi ficar.

Eu tinha aprendido que nosso lar está sempre lá. Não importa onde estamos no mundo, sabemos que ele está no mesmo lugar, imutável, esperando por nós. Mas, agora que eu estava ali, vi que Justin tinha mudado, sim, e não estava esperando por mim.

Ele estava frio. Meio brusco comigo. E nada feliz por eu ter aparecido.

Meu plano era dizer logo o que eu queria dizer, mas agora nem sabia como começar, ou mesmo se deveria fazer isso.

Uma coisa é fazer terapia e aprender algumas técnicas. Outra bem diferente é ter que aplicá-las na vida real. E eu precisava aplicá-las.

Senti que estava encolhendo no instante em que cheguei. Meu antigo mecanismo de defesa foi acionado pela infelicidade óbvia de Justin ao me ver ali. Meu corpo se retraiu, a necessidade de diminuir apareceu. Minha velha reação automática implorou que eu me levantasse e fosse embora antes que o dano fosse maior.

Mas me mantive firme. Pelo tempo que foi necessário, até ele dizer que preferia que eu não tivesse ido até lá. E agora *era* hora de ir embora.

Eu queria ter sabido que a última vez que ele olhou para mim com amor era a última vez. Teria aproveitado mais. Era tão difícil ver o que eu perdi. Eu sentia saudade de tudo.

O jeito carinhoso como ele sempre me tocava. Meus dedos traçando os pelos em seu peito, deitada com a cabeça em seu ombro enquanto conversávamos. Ouvir sua voz ressoando em meu ouvido. Ele acordando no meio da noite, me procurando e me puxando para perto. Seus olhos se iluminando quando ele me via.

Agora algo tinha se apagado. Tudo que era bom desapareceu.

Meu coração se partiu.

Aquele era o preço. O preço de estar melhor.

Porque a antiga Emma nunca teria ido até lá. Ela teria ido embora de Minnesota seis meses antes, e já estaria em outro estado. Ela não teria se aproximado para ver se o amor tinha se esvaído dos olhos dele.

Eu estava prestes a chorar. E agora precisava mesmo ir embora. Não que eu estivesse com pressa, mas a visita tinha chegado ao fim. Eu estava arrependida de ir até lá. Não queria causar nenhuma confusão, ou magoá-lo, ou fazê-lo relembrar algo que já tinha superado. Ele claramente não queria minha presença e não havia nada ali para mim.

– Me desculpa. Vou embora – falei.

Então fiquei de pé e coloquei o cachorro no chão.

Justin olhou para mim, mas não disse uma palavra. Um segundo depois, sua cadeira arrastou no piso frio e ele se levantou para me levar até a porta.

Brad correu em volta dos meus pés, ganindo e choramingando.

Chegamos à porta e Justin a abriu para mim. Senti uma rajada de ar frio. Vi a frente do meu carro do outro lado da rua pela porta de tela. Imaginei a volta até Wakan. Os outdoors do Rei das Privadas ao longo da estrada até que eu me afastasse o bastante do mundo de Justin e eles desaparecessem. Eu pegaria a estrada tempestuosa até o meu lado de Minnesota. Seguiria pela rodovia de duas pistas e passaria pela placa que me daria as boas-vindas a Wakan. Pela Rua Principal, à beira do rio. De volta à Casa Grant.

A Casa Grant. Lar da minha família.

Mas não o *meu* lar.

Meu lar era ali. Meu lar era *Justin*. O homem que estava se despedindo de mim. E ele nem sabia disso. Eu não era forte o bastante para dizer isso a ele à época, quando faria a diferença.

Mas era forte agora.

Eu me virei para ele à porta.

– Preciso dizer uma coisa antes de ir embora. Vou te dizer o que estou pensando, embora você não tenha perguntado – falei. E reuni forças. – Eu te amo, Justin.

Ele piscou, olhando para mim.

Respirei fundo.

– Sei que magoei você quando fui embora. E, pra falar a verdade, eu não poderia ter feito diferente na época. Estava traumatizada e enfrentando um estresse pós-traumático. Não era capaz nem de dizer o que sentia por você. Não queria admitir nem pra *mim mesma*, de tanto medo.

Umedeci os lábios.

– Sinto sua falta – continuei. – Sinto falta das crianças. Do Brad. Penso em você todos os dias, vasculho os stories da Sarah procurando por pedacinhos de você e ouço a última mensagem de voz que me deixou, e isso é triste, patético e eu não estou nem aí. Quis te ligar muitas vezes, mas estava tentando compreender o que aconteceu comigo e sabia que não faria bem pra você, então decidi te deixar em paz. E parte disso era porque eu tinha medo, porque com você o risco era muito grande. Eu não sabia se conseguiria me recuperar se você não me quisesse mais. Precisava me dedicar mais a mim mesma, me preparar para isso, e foi o que fiz.

Parei por um instante antes de continuar:

– Eu estava vindo pra cá ver você quando a Sarah ligou. Eu já estava em Mineápolis. E ver a Sarah também foi difícil, porque eu não sabia se ela iria me perdoar, mas fui assim mesmo. Talvez você não entenda o peso que isso tem, mas é enorme. É progresso, é crescimento, eu fui corajosa e vim. Sei que isso não deve mais importar, mas agora eu posso te encontrar onde você está. Posso encontrar todos vocês. Preenchi minhas rachaduras. Não quero ser uma ilha. Quero uma vila. Quero muitos amigos e muito amor. Fiquei no mesmo lugar pela primeira vez, sem planos de ir embora, desfiz minhas malas e guardei a droga da caixa do celular novo. Agora tenho muito mais coisas do que caberia em duas malas. Aceitei um emprego fixo e estou fazendo terapia. Estou aprendendo a confiar e a pedir ajuda. Estou tentando ser vulnerável, mesmo quando sei que posso acabar me machucando, e parte disso é dizer às pessoas o que eu sinto por elas.

Respirei fundo outra vez.

– Sei que eu nunca disse que te amo. Você precisa entender o quanto essas palavras eram difíceis pra mim. Todas as pessoas que eu amei *na vida* foram arrancadas de mim, exceto a Maddy. E mesmo com ela eu estava sempre esperando que acontecesse. Então nunca me permiti me aproximar de alguém, porque só assim estaria segura. Mas com você...

Olhei para ele, os olhos cheios de lágrimas. Os dele estavam arregalados.

– Com você eu não tive escolha – falei. – Não consegui manter você longe. Quero que saiba que foi amor à primeira vista, Justin. Eu só demorei muito pra conseguir te dizer o que vi.

Ele soltou o ar, trêmulo.

– Eu te amo – repeti. – Me desculpa por dizer isso tão tarde. Você merecia ter ouvido antes. Quando ainda importava.

Ele estava me olhando fixamente, com lágrimas nos olhos. Não se mexeu nem disse nada. Mas não me arrependi de dizer aquilo tudo. Estava orgulhosa de mim mesma por ter ido até lá e feito isso. Aquelas palavras eram dele e Justin merecia ouvi-las.

Respirei fundo, trêmula também, e me virei para a porta. Então me virei de novo.

– Ah, eu não vou embora antes de dar uma olhada no ouvido da Chelsea. Se quiser me impedir, vai ter que me derrubar – falei, então dei a volta nele e fui em direção à escada.

– Emma...

Antes que eu pudesse entender o que estava acontecendo, ele me virou e me abraçou. Pisquei, olhando para ele, surpresa.

– De novo, não – disse ele baixinho, seus olhos implorando. – Não me abandona de novo.

Demorei um tempinho para entender o que ele estava dizendo. Era uma mudança grande demais em sua atitude.

– *Por favor* – repetiu ele, implorando.

– Eu ficaria pra sempre se você pedisse – sussurrei.

– Então *fica*.

Eu parti ao meio.

Olhei para ele e vi sua expressão transparente. Dúzias de emoções. Tudo que eu achava que tinha perdido de repente extravasava nele.

Ele ainda me amava. Tinha me perdoado.

Soube naquele momento que nunca mais iria fugir. Se ele me quisesse de verdade, eu atracaria ali pelo resto da vida. Faria tudo. Eu me mudaria para sua casa e o ajudaria a criar seus irmãos, e seria constante, grande e presente. Agora eu sabia como fazer isso.

Comecei a chorar. A soluçar.

Ele também estava chorando.

Não sei quanto tempo ficamos à porta, secando as lágrimas um do outro e sussurrando "eu te amo". Foi tempo suficiente para que a risada de alívio surgisse. Ficamos ali, sorrindo, assentindo e afastando o cabelo do rosto molhado um do outro.

Alex chegou em casa e comemorou à porta, então subiu correndo e chamou Sarah. Chelsea fugiu da irmã, desceu a escada segurando o cobertor e abraçou nossas pernas. Sarah sorriu no topo da escada e não pareceu nem um pouco enojada com a cena.

Foi perfeito.

Foi tudo perfeito. Um instante para guardar.

Justin olhou em meus olhos.

– Sabe – disse –, se a maldição for verdadeira, a próxima pessoa que você namorar vai ser sua alma gêmea.

Abri um sorriso.

– E a próxima pessoa que *você* namorar vai ser a sua.

Ele colocou as mãos em meu rosto.

– Quer sair comigo qualquer dia desses? – sussurrou. – Quatro encontros. Um beijo. Nada de término.

Dei risada, e as lágrimas voltaram.

– Não vai ser só até o fim do verão?

– Não. Desta vez vai ser pra sempre.

Epílogo

r/SeráQueOBabacaSouEu *há 2 semanas*
Postado por just_in_267
SQOBSE por pedir minha namorada em casamento em um outdoor do Rei das Privadas?

Então, eu [31/h] estou com minha namorada [31/m] há dois anos.

Temos uma piada interna que envolve o Rei das Privadas, o cara que está em todos os outdoors em Minnesota. É uma longa história, mas nos conhecemos por causa de um dos outdoors. Eles meio que têm um lugar especial no nosso relacionamento por isso, e temos uma regra de nos beijarmos sempre que passamos por um. Um ano, ela comprou um bolo do Rei das Privadas para o meu aniversário, e eu comprei um cartão com o jingle do Rei das Privadas para o dela. Ganhamos descansos de copo do Rei das Privadas no sorteio de uma rádio e temos meias personalizadas do Rei das Privadas que usamos no Natal – vocês já entenderam.

Enfim, já faz um tempinho que estou querendo pedi-la em casamento. Eu tenho a guarda dos meus irmãos, e em algumas semanas minha mãe vai voltar para casa antes do esperado e vai ficar com eles. Minha namorada e eu vamos nos mudar aqui para perto e continuar próximos das crianças, e já começamos a procurar um lugar.

Tive a ideia de dizer a ela que um apartamento no prédio em que eu morava ficou disponível e que a gente deveria dar uma olhada. O apartamento fica de frente para um outdoor do Rei das Privadas, e acho que pode ser o lugar perfeito para fazer o pedido.

Eles têm muita dificuldade de conseguir um inquilino, então o apartamento está vazio. Entrei em contato com o proprietário e ele aceitou que eu alugasse por alguns dias para colocar o plano em ação. O Rei das Privadas disse que estaria disposto a substituir o cocô na privada do outdoor pela frase "Quer casar comigo?".

A ideia é fingir que estamos indo ver um apartamento, encher o estúdio de rosas e luzinhas, e aí abrir a cortina para revelar a mensagem "Quer casar comigo?" no outdoor lá fora. Então, ajoelhar e fazer aquele negócio do pedido com o anel. Depois chegaria um serviço de buffet, e nossos amigos e familiares mais próximos viriam para comer e comemorar com a gente.

Acho que é um plano bom, mas ninguém mais gostou. Fiz uma pesquisa para saber a opinião de todos. Minha mãe e minha tia disseram que é falta de respeito fazer o pedido em um outdoor que tem um papel higiênico sujo de cocô. As esposas dos meus dois melhores amigos também detestaram a ideia. As mães da minha namorada ficaram indiferentes, mas, para ser sincero, acho que elas não entenderam o apelo do Rei das Privadas porque não moram no estado. A melhor amiga da minha namorada aprovou, e o marido dela, Doug, também achou engraçadíssimo.

O que acham? Será que mudo os planos? Mas aí não vai ter o mesmo significado especial.

Editado: para responder às suas perguntas, sim, é o outdoor que tem as moscas em volta da privada, e não, não vai ser menos nojento se eu tirar o desentupidor.

Atualização: eu fui em frente com o plano. Ela amou. Disse sim.

Agradecimentos

Agradeço a Sue Lammert, terapeuta especializada em trauma, à Dra. Julie Patten, psicóloga, e à Dra. Karen Flood, por me ajudarem a representar os aspectos de saúde mental deste livro com sensibilidade e precisão. Como sempre, fica aqui meu aviso de que qualquer erro encontrado neste livro é responsabilidade minha e não das pessoas que me ajudaram. Agradeço a Olivia Kägel, enfermeira, e aos leitores beta Kim Kao, Jeanette Theisen Jett, Kristin Curran, Terri Puffer Burrell, Amy Edwards Norman, Dawn Cooper, e a leitura sensível de Leigh Kramer. Obrigada, Valentina García-Guzio, por revisar o espanhol para mim. Agradeço muito a minha agente, que faz bem mais do que é esperado dela – eu dou muito trabalho, a coitada está exausta. Agradeço a minha editora Leah, que de algum jeito consegue ver sentido nas minhas elucubrações durante nossas ligações para discutir a trama. Estelle e Dana, obrigada por coordenarem toda a mídia e a divulgação dos meus livros. Muitas pessoas ficam sabendo deles por sua causa. Obrigada, Sarah Congdon, pela capa maravilhosa! Obrigada, Graham McCarthy, cujo questionário proposto para seu primeiro encontro com Katrina Froese, que viralizou, foi a inspiração para os questionários de Justin. Tem um vídeo incrível de Katrina a respeito, vá assistir!

P.S.: Eles continuam juntos 😊

CONHEÇA OS LIVROS DE ABBY JIMENEZ

Parte do seu mundo

Para sempre seu

Apenas amigos?

Playlist para um final feliz

Até o fim do verão

Para saber mais sobre os títulos e autores da Editora Arqueiro,
visite o nosso site e siga as nossas redes sociais.
Além de informações sobre os próximos lançamentos,
você terá acesso a conteúdos exclusivos
e poderá participar de promoções e sorteios.

editoraarqueiro.com.br